Weites Land und raues Leben

Das abenteuerliche Leben der Pioniere in Texas

Roman

aus der Reihe „Abenteuer Erde"

von

Karl - Wilhelm Rosberg

1

Inhalt

Prolog

Texas im Jahr 1870, ein weites, raues, sonnendurchflutetes Land in der Mitte der Vereinigten Staaten von Amerika. Ein Land von faszinierender Schönheit, das sich von den Stränden des Golfs von Mexiko bis weit nach Nordwesten erstreckt, wo Hochgebirge Texas von Oklahoma und New Mexiko abgrenzt. Texas ist der jüngste und größte Staat der jungen Nation der Vereinigten Staaten. Über weite Prärien streicht der Wind, der die Gräser wie Wellen auf dem Meer bewegt. Der Golf von Mexiko ganz im Süden nimmt das Wasser der drei großen Ströme des Brazos, des Colorado Rivers und des Rio Grande auf, der auch das Wasser des Pecos Rivers mit sich führt.

Nach einer kurzen, wechselvollen Geschichte, ist das Land jetzt zur Ruhe gekommen. Die Kriege gegen Mexiko und der Bürgerkrieg der Nordstaaten gegen die Südstaaten haben Spuren hinterlassen, weniger im Land, aber um so mehr bei den Menschen, die in Texas leben, das Land besiedeln und ihren Traum von Unabhängigkeit und Freiheit verwirklichen wollen. Sie kommen aus dem Osten der Vereinigten Staaten, wo sie nach ihrer Auswanderung aus Europa gelandet sind, wo sie aber nicht bleiben wollten, nachdem der Osten immer geordneter und europäischer wurde. Sie suchten neue Herausforderungen und Chancen und sie fanden diese in ihrer neuen Heimat, in Texas. Sie sind stolze Texaner geworden und niemand könnte sie bewegen, dieses für sie herrliche, weite Land – ihr Land - wieder zu verlassen, das Land zwischen Rio Grande und Pecos River, wo sich Jeff Chandler niedergelassen hat und eine große Ranch führt. Jeffs Vater, Ben Chandler, hat die Ranch vor über 40 Jahren gegründet und mit Geduld und harter Arbeit aufgebaut. Die Chandler Ranch gehört heute in Texas zu den größten Ranch-Betrieben des Landes und Jeff Chandler ist ein angesehener Mann. Wenn es nach ihm ginge, könnte alles immer so bleiben, wie es ist. Sein Gebiet erstreckt sich im Süden vom Rio Grande mit satten Weideflächen für die großen Herden bis zum Pecos River im Norden, wo die Prärie allmählich in Bergland übergeht. Auch hier gibt es gute Weiden für die Rinderherden der Chandler Ranch. Jeff Chandler ist besonders stolz auf seine Pferdezucht und auf sein schönes, weites Land, das er in gut zwei Tagesritten durchqueren kann. Alles könnte immer so bleiben, wie es ist, wäre da nicht der ständige Kampf um sein Land und seine Herden.

Personen

- **Jeff Chandler** Großrancher und Familienoberhaupt
- **Rose Chandler** Ehefrau von Jeff Chandler
- **Ronald Chandler gen. Ron** ältester Sohn von Jeff und Rose
- **Maggie Chandler** Tochter und Ehefrau von John Simons
- **Pete Chandler** jüngster Sohn von Jeff und Rose
- **Nancy Simons** Haushälterin bei den Chandlers
- **John Simons** Sohn von Nancy Simons
- **Robert Chandler** Sohn von Ron und Marilyn Chandler geb. Davis
- **Randy Simons** Sohn von John und Maggie Simons geb. Chandler
- **Jessica Chandler** Tochter von Pete und Sue Chandler geb. Fairfield

- **Mike Lannigan** Vormann der Chandler Ranch
- **Nick Carsson** zweiter Vormann der Chandler Ranch
- **Shorty Chester** Cowboy der Chandler Ranch

- **Bud Hanson** Sheriff von West County in Stockton
- **Bud Coleman** Sheriff von Fort Summer
- **Jonathan Baxter** Sheriff von El Paso

- **Thomas Fairfield** Kleinfarmer, der sich auf dem Chandler Gebiet niederlässt
- **Eleonore Fairfield** Ehefrau von Thomas Fairfield
- **Sue Fairfield** Tochter von Thomas und Eleonore Fairfield Ehefrau von Pete Chandler
- **Fred Duncan** Farmhelfer auf der Fairfield Farm

11

- **Mike Davis** Großrancher und Nachbar der Chandlers
- **Bette Davis** Ehefrau von Mike Davis
- **Marilyn Davis** Tochter von Mike und Eleonore Davis Ehefrau von Ron Chandler
- **Fred Walker** Vormann der Davis Ranch

- **Bob Cunningham** Farmer aus El Paso

- **Jim Snyder** Farmer aus Fort Hancock

- **Abraham Duffee** Gouverneur von Texas

- **Ben Crocker** Helfer des Gouverneurs
- **Ronald Raven** Oberster Friedensrichter von Texas
- **Patrick Mc Albright** Chef der Eisenbahn
- **Henry Porter** Bauleiter der Eisenbahn
- **Hank Talbot** Abgeordneter aus Sherman
- **Randolf Malony** Colonel des Army-Regiments in Fort Worth
- **Luigi Marietta** Besitzer der Marietta Oil Company
- **Tim Bronson** Texas Oil Corporation
- **Henry Baskerville** Leiter des Abgeordnetenhauses von Texas
- **Peter Stapelton** Leiter der Untersuchungskommission Sandy Mills
- **Ken Boulders** Leiter des Grundbuchbüros für Texas
- **Paul Mac Kinsey** Abgeordneter aus Waco
- **Ted Slater** Mitarbeiter von Ford Philadelphia und Fahrer
- **Hank Cavendish** Leiter von Ford Philadelphia
- **Walter von Trotha** General und Oberbefehlshaber US Army
- **Jerry O' Conner** Baustellenleiter der Baufirma
- **Sam Nicolsen** Farmer im Westcounty

- **Adrian Goodrich** Präsident des Abgeordnetenhauses in Philadelphia
- **Angy Goodrich** seine Frau
- **Henry Bruebaker** Fraktionsvorsitzender der Konservativen Partei
- **Doc Sullivan** Arzt in Austin

- **Billy Cooper** Captain der Special Police
- **Jim Collins** Sergeant der Special Police
- **Fred Bowing** Sergeant der Special Police

- **Estobar Cautillos** Mexikanischer Rinderbaron und Vieh Dieb

- **Harold Justin** Abgeordneter der Konservativen Partei

- **Julie Justin** Tochter von Harold Justin

- **Christopher Bone** Baustellenleiter in der Erdölfirma Sandy Mills

Weites Land zwischen Rio Grande und Pecos River

Die Sonne brennt unbarmherzig über der Prärie. Ein paar Wolkenfetzen sprenkeln den ansonsten tiefblauen Himmel über der stillen, einsamen Landschaft. Zwei Reiter – Ron und Pete Chandler - sind schon seit einigen Stunden unterwegs. Mit gemäßigtem Galopp streben sie nach Norden, wo sich am Horizont schon die Bergkuppen der llano Estacados zeigen. Ganz langsam beginnt die Landschaft sich zu verändern. Die endlosen Flächen der Prärie werden spärlicher und durch niedrige Büsche abgelöst, dazwischen steiniges Land und Felsen.

Die Reiter müssen ihre erstklassigen Pferde jetzt etwas vorsichtiger bewegen und einen sicheren Weg zwischen den zunehmend häufiger werdenden Gesteinsbrocken finden. Ron Chandler, der ältere Bruder von Pete ist achtundzwanzig Jahre alt, groß gewachsen, schlank und hier geboren. Genau wie Pete, der vier Jahre jüngere Bruder, sind beide schon echte Texaner. Pete ist etwas kleiner von Statur, ein aufgeweckter Bursche, ausdauernder Reiter und hat das Aussehen eines Schauspielers. Kein Wunder, dass sich manches Mädel nach ihm umschaut, wenn es sich unbeobachtet fühlt. Pete fliegen die Herzen zu. Egal, was er anfängt, er findet immer offene Ohren und trifft auf Sympathie und Hilfsbereitschaft.

Ron wird einmal die Leitung der Ranch übernehmen, das ist schon klar, Pete weiß aber noch nicht so recht, was er machen wird. Natürlich kann er auf der Ranch bleiben, Arbeit gibt es genug für alle. Aber irgendetwas scheint ihn fortzutreiben. Er möchte noch etwas mehr kennen lernen, als nur die Ranch und macht daraus auch kein Hehl. Ungeachtet dessen verstehen Ron und Pete sich prächtig. Nichts kann sie jemals trennen, sollte man meinen. Jedenfalls sind beide davon überzeugt.

„Geht's noch Bruderherz?" ruft Ron Chandler über die Schulter. „Kein Problem Ron" antwortet ihm Pete, „ da drüben in den Bergen sollten wir eine Pause machen. Gegen Abend werden wir am Pecos River sein. Mann, wie ich mich auf die Jungs freue. Ist immer ganz amüsant, sich mit denen über das Rodeo zu streiten. Jeder will gewinnen." Ron Chandler wischt sich mit dem Ärmel über die Stirn ohne den Weg aus dem Auge zu verlieren. „Gönn ihnen den Spaß, Pete. Wirst du dieses Jahr deinen neuen Wallach reiten?" „Weiß ich noch nicht", antwortet Pete, „kann sein, dass er dann schon so weit ist." „Da drüben können wir eine Pause machen", sagt Ron und deutet auf eine enge Schlucht, die sich mittlerweile aufgetan hat.

Sie sind am Fuße der Bergkette angekommen und müssen jetzt ohnehin langsamer reiten, da sie über ansteigendes Gelände müssen, das ihren schon etwas strapazierten Pferden einiges abverlangt. „Guter Platz" bemerkt Pete und hat sich schon aus dem Sattel gleiten lassen. Pete nimmt einen tiefen Schluck aus dem Wassersack, hat seinen Stetson abgenommen und sich etwas Wasser über den Kopf gegossen. „Ganz schöne Hitze", stöhnt Pete und beginnt damit, sein Pferd in den Schatten zu führen und zu versorgen. Ron folgt ihm. Dann legen sie sich unter einen ausladenden Busch und genießen die Ruhe nach dem anstrengenden Ritt.

Vor ihnen erhebt sich ein gewaltiger Felsen aus rostbraunem Sandstein, den die Natur zu einer bizarren Form entwickelt hat.

Jahrhunderte muss das gedauert haben und immer noch ist das Werk nicht abgeschlossen. „Ist das nicht ein herrlicher Anblick?" sagt Pete, „kaum zu glauben, dass all diese Schönheiten uns gehören."

Eine längere Pause tritt ein, bis Ron schließlich sagt: „Gehört uns das wirklich Pete?" Pete schaut seinen Bruder etwas verwundert von der Seite an und meint: „Na klar gehört uns das oder sind wir nicht etwa als Eigentümer dieses Gebietes in Austin eingetragen?" Ron antwortet nicht sofort, so dass Pete noch einmal nachstößt: „Ron, wie soll ich das verstehen?" Ron wendet sich zu Pete und sagt: „Pete, können Menschen überhaupt Eigentümer einer solchen Natur sein? Gehörte dieses Land nicht vor uns den Mexikanern, davor den Spaniern und davor den Indianern, den Apachen oder den Comanchen oder den Kiowa? Auch ihnen hat es einmal gehört, bis andere kamen und es ihnen wegnahmen. Heute haben wir uns das Land genommen, weil es unserem Großvater zur Besiedelung angeboten wurde. Nur deshalb glauben wir heute, dass es uns gehört."

Pete schaut seinen Bruder nachdenklich an „Und was bedeutet das für uns Ron?" fragt Pete. „Ich bin mir nicht ganz sicher, was das für uns bedeutet", gibt Ron zur Antwort. „Ich bin aber davon überzeugt, dass wir das Glück haben, dieses herrliche Land zu bewirtschaften und es zu behüten. Wir sollten aber niemals so tun, als gehörte uns alles und als ob andere keinerlei Rechte an unserem Land hätten. Ich weiß, dass sich manche Rancher genau so verhalten. Sie umzäunen ihr Land, bewachen es scharf und jagen jeden davon, der es wagt, ihr Land zu betreten. Da wird gleich scharf geschossen und mancher arme Kerl hat dabei schon sein Leben verloren. Vielleicht wollte er ja nur seine Arbeitskraft anbieten oder das Gebiet auf seinem Weg nach Westen nur überqueren. Wie kommen manche Rancher dazu, ihn dann fortzujagen, wie einen räudigen Hund?"

Eine längere Pause entsteht. Ron und Pete hängen ihren Gedanken nach und erholen sich langsam von dem langen Ritt. Die Pferde haben sich auch im Schatten niedergelassen und äugen herüber da sie natürlich wissen, dass es irgendwann weitergehen wird. „Du weißt, dass Vater anders darüber denkt", stellt Pete fest, „hast du mit Pa schon darüber gesprochen?" „Ich habe es versucht" sagt Ron, „aber es scheint ein Problem unserer Generation zu sein, dass wir etwas anders über mache Dinge denken. Vielleicht hätten wir mit unserer Auffassung diese große Ranch ja niemals aufgebaut und über so lange Zeit dieses große Gebiet zusammenhalten können. Deswegen sagte ich ja, dass ich mir nicht sicher bin, was das alles für uns bedeutet. Ich weiß nur, dass die Zeit nicht still stehen wird, schon gar nicht in Texas. Der Fortschritt wird kommen und man wird von uns erwarten, dass wir uns am weiteren Aufbau des Landes beteiligen und uns nicht einbilden, niemand hätte ein Recht auf unser Gebiet. Wie sollen die Menschen denn von Osten nach Westen kommen, zum Beispiel nach Kalifornien, wenn alle Eigentümer sich einbilden, niemand dürfe ihr Land jemals betreten. Tut mir Leid, Pete, aber ich sehe das so."

„Ist schon in Ordnung", sagt Pete „ich glaube, dass du mit deinen Ansichten richtig liegst. Dennoch ist es schön in solch einem Land zu leben und zumindest das Gefühl zu haben, das einem alles gehört." „Ich freue mich, dass wir uns verstehen", sagt Ron, „wollen wir weiter reiten, Bruderherz, wir haben noch einige Stunden vor uns?"

Ohne eine Aufforderung haben die Pferde sich erhoben und kommen langsam zu Ron und Pete. Auch hier gibt es offensichtlich ein Einverständnis. Beide schwingen sich in die Sättel und machen sich auf den Weg. Es geht jetzt aufwärts, immer ansteigend, durch die immer imposanter werdende Bergwelt. Ron und Pete genießen das Panorama und schauen auf dem höchsten Punkt über ein weit ausgedehnte Bergwelt, die sich ihnen friedlich und wie gemalt präsentiert. Ron und Pete tauschen einen vielsagenden Blick aus. Ron deutet nach Norden auf eine Gebirgspassage, wo sie nach einer mehrere Meilen langen Senke hindurch müssen. „Mal sehen, ob du auch richtig reiten kannst", sagt er und zieht ganz plötzlich das Tempo an. Pete kennt das schon und ist kein Spielverderber. Er gibt seinem Pferd Leine und folgt seinem Bruder mühelos hinab in die Senke, eine weit sichtbare Staubfahne hinter sich lassend.

Was soll aus den Jungs werden?

Das Ranchhaus der Chandlers ist ein ansehnliches Anwesen. Imposant ist die Fassade mit einer vorgelagerten Veranda und mit einem Eingangsportal, das links und rechts mit Säulen geschmückt ist. Um das Haupthaus verteilen sich weitere Gebäude, die sich auf dem großen Anwesenden mit ziemlichen Abständen gruppieren. Das Bunkhaus ragt als zweitgrößtes Gebäude heraus. Hier wohnen die Cowboys, wenn sie nicht auf den Weiden sind, hier wohnt auch der Verwalter Mike Lannigan, der Vormann der Chandler Ranch. Es gibt auch Ställe und ein Werkstattgebäude mit Lagerräumen, sowie Scheunen und umzäunte Koppeln, in denen sich immer einige Rinder aufhalten und sich gemächlich hin und her bewegen. Die

Pferdekoppel ist das Schmuckstück mit vielen sehr ansehnlichen Pferden. Man kann sofort erkennen, dass sie dem Rancher wichtig sind. Wer die Ranch betritt sieht sofort, mit wem er es zu tun hat. Hier wohnt ein bedeutender Rancher mit seiner Familie und seiner Mannschaft.

Jeff Chandler sitzt mit seiner Frau Rose auf der Veranda und hält Siesta. Er hat es sich in einem Schaukelstuhl gemütlich gemacht und die Beine weit von sich gestreckt. Rose sitzt in einem gemütlichen Sessel und flickt ein Hemd, das so langsam an das Ende der Tragezeit kommen wird. Sie weiß, dass Jeff nicht schläft. Irgendetwas scheint ihn zu beschäftigen.

„Ich höre es knirschen, wenn du so angestrengt nachdenkst" sagt sie verschmitzt, „lass es raus Jeff Chandler, sonst platzt dir noch der Kopf". Jeff blinzelt zu Rose hinüber und sagt: „Vor dir kann man aber auch gar nichts geheim halten. Wieso glaubst du, dass mich etwas beschäftigt?" „Weil es so ist" entgegnet Rose mit entwaffnender Logik. „Na schön" sagt Jeff, „wie wäre es erst einmal mit einem Kaffee?" „Steht neben dir" sagt Rose und kann ein Lachen kaum unterdrücken. „Sehr schön" brummt Jeff, „es ist doch wirklich gut, wenn man seinen Betrieb gut organisiert hat und jeder seine Aufgaben kennt."

Jeff schaut zu Rose und wartet auf eine passende Antwort. „Ist schon gut Jeff Chandler" sagt Rose, „nimm einen Schluck und du fühlst dich bald wieder ganz normal." Jeff hat sich erhoben und wandert mit dem Becher in der Hand hin und her. Rose denkt nicht daran, ihn anzusprechen. „Weißt du Rose, manchmal habe ich das Gefühl, dass ich nicht mehr der Jüngste bin", sagt Jeff, „da muss man schon manchmal über die Zukunft nachdenken." „Du meine Güte", meint Rose „vielleicht solltest du künftig etwas langsamer

19

reiten." „Ich danke dir für dein Mitgefühl", sagt Jeff, „aber jetzt mal im Ernst, sollten wir beide nicht langsam die Ranch an Ron übergeben? Ron ist ein toller Bursche. Er kennt den Betrieb mittlerweile im Schlaf und die Jungs mögen ihn und vor allem, sie folgen ihm. Das ist ganz wichtig." Rose hat das Hemd zur Seite gelegt und schaut Jeff etwas skeptisch an. „Jeff, so eine Krise geht vorbei. Du auf dem Altenteil? Wie soll das gehen? Außerdem erwartet das niemand von dir? Du bist hier der Chef und bleibst es, bis du aus den Stiefeln fällst. So ist das nun einmal im Westen. Und unsere Söhne sind mitten drin in der Führung der Ranch. Sie unterstützen dich wie selbstverständlich. Jeder weiß, was er zu tun hat. Wo ist das Problem?" Jeff hat seine Wanderung auf der Veranda fortgesetzt und schaut nun nachdenklich in die Ferne. „Das stimmt schon", sagt er „und bei Ron bin ich mir auch ganz sicher. Bei Pete bin ich aber im Zweifel. Ich habe das Gefühl, dass er weg möchte, einmal etwas anderes machen und die Welt kennen lernen." „Wäre das so dramatisch?" Du hast schon das richtige Gefühl. Pete weiß, dass Ron die Ranch nach dir führen wird und er möchte sich etwas Eigenes aufbauen. Er hängt ganz bestimmt an der Ranch und er wird sicher immer wieder nach Hause kommen, aber er wird nicht bleiben. Eines weiß ich aber ganz sicher. Pete wird seinen Weg machen, was immer das auch sein wird." Jeff krault sich das Kinn und brummt mit seiner tiefen Stimme: „Hoffentlich hast du Recht mit deiner Einschätzung. Aber man kann es nicht wissen. Mancher ist auch unter die Räder gekommen." Rose schaut Jeff etwas belustigt an. „ Ein Gangster wird er schon nicht werden, obwohl es auch unter denen berühmte Männer gibt." „Rose, Rose" sagt Jeff, „es wird noch der Tag kommen, an dem ich mit meinen Lieblingspferd Susy über meine Sorgen sprechen muss."

Rose lacht leise, hält es aber für angebracht, jetzt besser nichts mehr zu sagen.

Maggie Chandler, die Tochter, hat fast unbemerkt die Veranda betreten und die letzten Worte des Gesprächs ihrer Eltern gehört. „Pete ein berühmter Gangster", bemerkt sie lachend, „das finde ich aufregend. Seit wann nennt ihr einen Politiker einen Gangster?" „Sag nicht so etwas", brummt Jeff und legt liebevoll seinen Arm um Maggies Schulter. „Wieso glaubst du, dass Pete ein Politiker werden könnte?" Zweifelnd schaut Jeff erst auf Maggie und dann auf Rose. „Frag ihn selbst", entgegnet Maggie, „der Gouverneur hat Pete wohl in sein Herz geschlossen. Mehr weiß ich aber auch nicht." Unterdessen hat Nancy die Veranda betreten.

Nancy Simons ist die Haushälterin der Chandlers, niemand der Familie käme allerdings auf die Idee, sie so zu bezeichnen. Sie lebt mit ihrem Sohn John seit über zwanzig Jahren im Hause der Chandlers und gehört zur Familie. Ihr Mann Burd Simons ist als Soldat der Südstaatenarmee kurz vor dem Ende des Krieges in einem Hinterhalt erschossen worden, es war nicht einmal sicher, dass es überhaupt Soldaten waren. Man nahm an, dass es sich um das übliche Gesindel handelte, das sich in Kriegszeiten herumtreibt. Jeff Chandler war sein Regimentskommandeur, Oberst und ein vorzüglicher Offizier, dem seine Leute blind vertrauten. Er hatte die tragische Pflicht, Nancy die schlimme Nachricht zu bringen. Der damals kleine John Simons war zum Halbwaisen geworden und Nancy wusste nicht, wie es als Witwe weiter gehen sollte ohne Burd.

Die Chandlers haben ihr damals angeboten, doch bei ihnen zu bleiben und den Haushalt zu führen. So wurden aus Monate Jahre und aus Jahren Jahrzehnte. Nancy war immer mehr als nur eine

Haushälterin. Sie war Amme für die Kinder der Chandlers und Freundin und Vertraute von Rose und John war wie ein Sohn und Bruder. Heute ist John, wie alle, auf der Ranch tätig. Die Cowboys respektieren ihn und das nicht nur, weil er wie ein Familienmitglied im Haupthaus wohnt. Nein, sie achten John wegen seiner außerordentlichen Fähigkeiten als Cowboy und weil er ein zuverlässiger Freund der Jungs ist, auf den man sich verlassen kann und der schon manchen Streit geschlichtet hat, da er mit allen gut auskommt.

Nancy hat während des Gesprächs von Jeff und Rose die Veranda betreten und fragt: „Störe ich?" „Im Gegenteil", sagt Jeff, „gut, dass Du kommst. Wir sprechen gerade über Ron und Pete. Hat Pete mit Dir einmal über seine Zukunft gesprochen?" „Nein", sagt Nancy, „das würde er auch nicht tun, Jeff, im Übrigen bist du dafür zuständig. Pete und John haben aber in der letzten Zeit verdächtig häufig die Köpfe zusammen gesteckt. Beide haben offensichtlich Pläne. Die von Pete kann ich nur ahnen, aber was John möchte, habe ich schon mitgekriegt. So etwas undankbares, ich habe ihm schon ordentlich den Kopf gewaschen."

„Meine Güte", sagt Rose, „dann muss das ja etwas ganz Furchtbares sein. Will er in eine Gangsterbande eintreten?" „Ich glaube nicht, dass man die Ranch von Mike Davis so bezeichnen kann", sagt Nancy schmunzelnd. „Mike Davis?" ruft Jeff überrascht aus, „was hat John denn mit Mike Davis zu tun?" „Das kann mal wohl sagen", meint Nancy etwas kleinlaut, „John gehört doch hierher und nicht auf die Davis Ranch." „Was soll John denn auf der Davis Ranch?", fragt Jeff und schaut Nancy fast schon etwas misstrauisch an. „Einmal kommt es ja doch heraus", sagt Nancy, „dann kann ich es Dir ja auch gleich sagen. Mike Davis möchte John als Vormann auf seiner Ranch haben. Fred Walker, der jetzige Vormann, soll wohl so langsam die Reitstiefel ausziehen und da hat Mister Davis John gefragt, ob er als Vormann zu ihm kommen will."

„John hat doch hier alles", brummt Jeff, „wieso sollte er auf die Davis Ranch gehen?" „Weil er weiter kommen will, Jeff Chandler", sagt Rose, „mein Gott, kannst Du denn nicht verstehen, dass dies ein tolles Angebot für John ist, oder willst Du ihn zum Vormann machen?" „Nein", sagt Jeff, „Mike Lannigan ist doch noch ganz gut beieinander und denkt noch nicht daran, aufzuhören. Na ja, später vielleicht, wäre John schon der richtige Vormann bei uns. Daran habe ich auch schon gedacht." „Mike Davis hat aber nicht nur daran gedacht, sondern es John angeboten", sagt Rose, das ist ein kleiner Unterschied. Kannst Du es John verdenken, wenn er ein solches Angebot bekommt?"

Jeff hat seine Wanderung über die Veranda wieder aufgenommen, Rose und Nancy stören ihn nicht. „Nein", sagt Jeff mehr zu sich selber, „nein, verdenken kann ich ihm das nicht. Die Davis Ranch ist ja kein Kuhstall und Mike ein bedeutender Rancher. Sein Land ist ganz schön groß, nicht ganz so groß, wie unseres, aber immerhin. Wie kommt der alte Gauner dazu, mir John wegzuschnappen? Sollst Du ihm auch den Haushalt führen, Nancy?", fragt Jeff unvermittelt. „Jetzt ist es aber gut", entgegnet Nancy fast schon empört, „glauben Sie im Ernst, dass ich auf so etwas eingehen würde?" „Wir duzen uns doch", sagt Jeff etwas verwundert und schaut Nancy verwundert an. „ Da kannst du mal sehen, wie durcheinander ich bin", erwidert Nancy und verlässt die Veranda. „Ich würde mich an deiner Stelle bei ihr entschuldigen", sagt Rose zu Jeff und verlässt ebenfalls die Veranda. Jeff bleibt etwas verwirrt zurück und nimmt seine Wanderung wieder auf. ER muss das alles erst einmal verdauen.

Am Ende der Veranda bleibt Jeff stehen. Er hat zwei Reiter entdeckt, die in äußerster Eile auf die Ranch zustreben. Sie scheinen das Letzte aus ihren Pferden herauszuholen und reiten wie die Teufel. „Das sind ja Mike und John" brummt Jeff, „was ist denn in die gefahren?" Für Jeff war ganz klar, dass irgendetwas nicht stimmte. Aus dem Bunkhaus waren mittlerweile einige Cowboys herausgetreten, da sie Mike Lannigan und John Simons ebenfalls schon erkannt hatten und ihre Erfahrung ihnen sagte, dass etwas Ungewöhnliches geschehen sein musste.

Es gibt Ärger mit Viehdieben

Mike Lannigan und John Simons haben mittlerweile die Ranch erreicht und springen aus den Sätteln. „Was ist los?" ruft Jeff Chandler, „ist der Teufel hinter Euch her?" „Viel schlimmer", ruft Mike Lannigan, völlig außer Atem, „diese verdammten mexikanischen Viehdiebe haben uns überfallen und einen Teil der Herde entführt, mindestens hundert Stück Vieh." Die Cowboys bilden einen Ring und bombardieren die beiden mit Fragen. „Wie konnte das passieren? Habt Ihr geschlafen? Habt Ihr Eure Gewehre verlegt?" Jeff schaltet sich beruhigend ein. „Nun mal ganz ruhig, Jungs", sagt er, „zuerst einmal müssen die beiden sich etwas erholen, dann können sie uns in Ruhe erzählen, was passiert ist." An Mike Lannigan gewandt, sagt er: „Mike, Ihr solltet erst einmal etwas zu Euch nehmen. Ich komme dann rüber in das Bunkhaus und dann werden wir in Ruhe überlegen, was zu tun ist". Zu den

Cowboys gewandt sagt er, „ Jungs, es gibt Arbeit. Macht Euch fertig. Wir werden bald losreiten zum Rio Grande und die Angelegenheit klären. Ich werde meine Rinder zurückholen."

„Völlig klar", murmeln die Cowboys, „diese Mistkerle werden uns kennen lernen. Verdammte Mexe, wissen die eigentlich nicht, mit wem sie es zu tun haben?" Langsam hat sich die Gruppe aufgelöst. Mike und John sind in das Bunkhaus gegangen, einige Cowboys gehen zu dem Korral, um ihre Pferde zu holen. Alle sind beschäftigt. Jeff geht zu Rose und Nancy, um sie zu informieren und macht sich dann auf den Weg zum Bunkhaus, wo Mike und John mittlerweile dabei sind, Riesensteaks in sich hinein zu stopfen, als ob sie tagelang nichts gegessen hätten. Von dem scharfen Ritt haben sie sich einigermaßen erholt.

„Schieß los, Mike", sagt Jeff Chandler kurz. Die anderen Cowboys hören im Hintergrund zu, keiner käme auf die Idee, sich jetzt einzumischen. „Die Kerle haben uns reingelegt", knurrt Mike Lannigan, „sie kamen kurz vor Sonnenuntergang über die westliche Furt des Rio Grande und haben uns in ein Feuergefecht verwickelt, ungefähr fünf Mann. Sie hatten gute Deckung und schossen aus allen Rohren. Tom hat es dabei erwischt,… am Arm,… er lebt noch." „Weiter", drängt Jeff Chandler, „die hatten doch nicht vor, mit Euch um die Wette zu schießen". „Natürlich nicht", sagt Mike Lannigan und schaut unsicher auf die Cowboys im Hintergrund, die ganz gespannt auf seine Antwort warteten. „Das war ja auch ein Ablenkungsmanöver", sagt Mike, „das weiß ich jetzt auch. Wir haben versucht sie einzukreisen und von der Rückseite zu erwischen. Mittlerweile war es schon fast dunkel", stellt Mike fest. „Ist das jetzt eine Denksportaufgabe oder erzählst Du uns noch, was dann passiert ist?" knurrt Jeff sichtlich ungeduldig. „Na ja", sagt

Mike, „wie ich schon sagte, das war ein Ablenkungsmanöver". Mike ist ganz sicher kein guter Geschichtenerzähler und das Ganze ist ihm sichtlich peinlich.

Jeff wendet sich abrupt an John Simons: „Kann man von dir etwas mehr erfahren?" fragt er ganz direkt. „Natürlich", sagt John, „während wir uns mit den Mexikanern ein Schießgefecht lieferten, müssen etwa zwanzig weitere Viehdiebe an der östlichen Furt über den Fluss gekommen sein und ohne große Umstände einen Teil der Herde – etwa hundert Tiere – hochgescheucht und abgetrieben haben, direkt durch die östliche Furt über den Rio Grande nach Mexiko. Inzwischen war es dunkel geworden und wir konnten die Herde noch verschwinden hören. Wir haben sofort die Verfolgung aufgenommen, gerieten aber schon nach einer Meile in einen Hinterhalt. Eine Nachhut hat uns in einer Schlucht schon erwartet und uns aus absolut sicherer Deckung kräftig eingedeckt. Es war in dieser Nacht nicht mehr viel zu machen."

Im Bunkhaus herrscht Totenstille nach diesem Bericht. Die Cowboys haben die Luft angehalten und schauen gespannt auf Jeff Chandler und etwas mitleidig auf Mike und John. Was kommt jetzt wohl. Jeff Chandler kann bisweilen ganz ungemütlich werden, da möchte man nicht in der Haut von Mike und John stecken. „Ist das alles?", brummt Jeff, erhält aber keine Antwort mehr. Es entsteht eine lange Pause, man könnte eine Stecknadel fallen hören. „Großartig", sagt Jeff, „in einer Stunde reiten wir, macht Euch fertig. Wir reiten die Nacht durch." Ohne weitere Worte verlässt er das Bunkhaus.

Noch mehr Ärger

Ron und Pete haben ihr Ziel fast erreicht. Sie haben auf der Höhe des letzten Passes noch eine kurze Pause eingelegt, sind abgestiegen und lassen das vor ihnen liegende grandiose Panorama auf sich wirken. Das Gelände fällt jetzt gleichmäßig ab, überall blickt man auf rotfarbene Gesteinsmonumente mit bizarren Formen. Am Fuße der Bergwelt erstreckt sich bis zum Horizont ein fruchtbares Tal mit ausgedehnten Weideflächen, auf denen sich die Herden gemächlich bewegen. Am Horizont erkennen sie den träge fließenden Pecos River, der sich in leichten Windungen von Westen nach Osten dahin schlängelt, wo er weit hinter dem Horizont in der Nähe von Del Rio auf den Rio Grande treffen wird.

„Da sind unsere Jungs", sagt Ron kurz, „komm Pete, gleich haben wir es geschafft." Die Reiter sitzen auf und reiten ohne Eile hinunter in das Tal, wo sie noch vor Sonnenuntergang ankommen. „Hallo Ron, he Pete", ruft Nick Carson, der schwergewichtige stellvertretende Vormann der Chandler Ranch, der hier zurzeit das Sagen hat, „wir haben Euch schon etwas früher erwartet, alles okay?" „Wenn ihr ein paar ordentliche Steaks gebraten habt, dann ist alles bestens", ruft Ron lachend und lässt sich aus dem Sattel gleiten. Pete folgt ihm. Beide satteln ab, versorgen ihre Pferde und lassen sie dann laufen. Ihr Sattelzeug haben sie in die Nähe des Lagerfeuers geworfen.

Mittlerweile sind einige Cowboys dazu gekommen. Ron und Pete werden freundlich begrüßt und mit Fragen bombardiert. Ron sagt schmunzelnd: „Gemach, Jungs, wir haben heute Abend sehr viel Zeit, lasst uns erst einmal zur Ruhe kommen. Das war ein verdammt anstrengender Ritt. Etwas Handfestes zu essen und ein Kaffee wären nicht schlecht." Shorty, der Kleinste unter den Cowboys hat sich mittlerweile herangeschlichen und die letzten Worte von Ron gehört.

„Ron, vielleicht solltet ihr Euch in Zukunft mit der Kutsche fahren lassen," meint er ganz trocken, „mein Großvater hat solche Fahrten immer sehr genossen, vor allem, wenn die Kutsche ein Sonnendach hatte, dann konnte er sogar noch ein Buch lesen." Shorty konnte sich gerade noch ducken, sonst hätte ihn ein feuchter Lappen erwischt, der zufällig neben dem Kochkessel lag und von Pete fast zielgenau abgefeuert worden ist und den hinter ihm stehenden Dick erwischte, der völlig unschuldig ist.

Wieherndes Gelächter der anderen Cowboys setzt daraufhin ein und Shorty zieht sich beleidigt zurück, knurrt aber noch: „Wenn man es schon einmal gut meint, erntet man nur Undank. Die jungen Leute verstehen aber auch keinen Spaß."

Unterdessen ist es dämmrig geworden. Die Sonne ist hinter den Bergen im Westen verschwunden und beleuchtet eindrucksvoll die scharfen Kanten des Gebirges mit diffusem Restlicht. Bis auf einige Wachen haben sich die Cowboys am Lagerfeuer niedergelassen, haben sich mit gebratenen Steaks und Bohnen bedient und genießen dösend und rauchend die abendliche Ruhe, die nur gelegentlich von den vertrauten Geräuschen der Herden, vom Heulen eines Coyoten oder dem Knurren der Präriehunde unterbrochen wird, die das Lager hungrig umkreisen, sich aber ganz sicher eine Kugel einfangen, wenn sie zu aufdringlich werden. Die Whiskeyflaschen werden jetzt für den Rest des Abends kreisen. Diese Stunden, in denen die Hitze des Tages einer angenehm frischen Luft weicht, mögen die Cowboys besonders gerne. Da können sie sich kein schöneres Dasein irgendwo anders vorstellen.

Lockere Gespräche ergeben sich, manch einer hört auch nur zu und erbaut sich an den Hänseleien oder Neuigkeiten, die man vor allem von John und Pete erwartet.

„Dieses Jahr haben wir beim Rodeo in Stockton wohl keine Chance", meint Shorty ganz unvermittelt, „die Jungs von der Davis Ranch werden wohl die Mannschaftswertung gewinnen." Die Gespräche verstummen und Stille breitet sich um das Lagerfeuer aus. Pete ist der erste, der sich von der Überraschung erholt. „Sag maln spinnst du?" stößt er heraus, was wohl auch die meisten Cowboys gerade denken. „Die Mannschaftswertung gehört uns," bekräftigt Pete, „die anderen werden wohl im Whiskey saufen oder bei Schlägereien eine Chance haben, aber niemals im Rodeo, erzähl solch einen Blödsinn bloß nicht weiter".

Beifälliges Gemurmel begleitet Petes entrüsteten Einwand. „Ist aber so", legt Shorty nach, „meinst du, ich finde das gut?" „Shorty, ich fürchte, du bist komplett übergeschnappt", schaltet sich jetzt Ron ein, „sag mal, wie kommst du eigentlich zu so einem Einfall?" „Weil John Simons dieses Jahr für die Davismannschaft reiten wird und ohne John können wir das Rodeo nicht gewinnen", sagt Shorty und wirft eine leere Whiskeyflasche im hohen Bogen nach einem Präriehund, der sich fast unbemerkt angeschlichen hat. Ein kurzes Aufheulen ist die Antwort. „Guter Wurf", hört man aus der Runde, „sollte vielleicht beim Rodeo eingeführt werden, darin wäre Shorty einsamer Meister". „Auch im Erfinden von unsinnigen Stories würde ihm keiner etwas vormachen", kommt es vom Lagerfeuer. „Jetzt habe ich aber genug", stößt Shorty schon ziemlich entrüstet hervor, „was kann ich denn dafür, wenn ihr alle wie die Rinder durch die Gegend latscht und von der Welt um uns herum nichts mitbekommt."

„Halt mal", sagt Pete jetzt, „ich glaube ich weiß, was Shorty meint. John Simons trägt sich tatsächlich mit dem Gedanken, zur Davis Ranch zu wechseln. Es soll aber noch nicht darüber gequatscht werden, da er sich noch nicht entschieden hat. Woher weißt das das eigentlich Shorty?" „Nick, von der Davismannschaft ist mein Freund und der hat mir das erzählt", antwortet Shorty immer noch beleidigt, „und John soll der neue Vormann auf der Davis Ranch werden und dann ist es doch klar, dass er dann auch für die Davisgang das Rodeo reitet, oder?"

Jetzt ist es mit der Ruhe am Lagerfeuer endgültig vorbei. Einige Cowboys sind aufgesprungen und bedrängen Shorty mit entrüsteten Bemerkungen, wie: „Deine blöden Witze kannst du woanders machen". „Warte nur, bis John das erfährt, dann möchte ich nicht in deiner Haut stecken." „Hört auf", ruft Ron, „damit ändert ihr auch nichts. Ihr habt doch von Pete gehört, dass da etwa dran ist und dass John sich noch entscheiden wird. Bis dahin sollten wir uns da nicht einmischen und schon gar nicht Gerüchte in die Welt setzen. Darum möchte ich dich auch bitten, Shorty", sagt Ron und hat sich wieder am Lagerfeuer niedergelassen.

Langsam kehrt wieder Ruhe ein. Nur Shorty knurrt noch leise vor sich hin: „ Warum haben die meisten Cowpuncher nur den gleichen Verstand, wie die Rinder, frage ich mich. Dösen den ganzen Tag im Sattel und kriegen nichts mit, was in der Welt vor sich geht". „Lass es gut sein, Shorty", mischt sich jetzt auch Pete ein, „ich finde, Ron hat Recht und damit können wir dieses Thema wohl erst einmal abhaken". „Savy", knurrt Shorty noch und macht sich unter seiner Decke lang. Obwohl es jetzt etwas ruhiger geworden ist, hängen die Cowboys noch ihren Gedanken nach; der Eine oder Andere ist wohl auch schon eingeschlafen.

Nick Carson ist jetzt zu Ron und Pete herüber gekommen und führt jetzt mit beiden noch ein etwas leiseres Gespräch, das nicht unbedingt jeder hören soll. „ Ron, ich habe da mal eine Frage", sagt Nick, „ seit wann haben wir Siedler oben im Pecos Valley auf unserem Gebiet?" „Ich verstehe deine Frage nicht", sagt Ron sichtlich überrascht, „es kann keine Siedler auf unserem Land geben, wie kommst du darauf?"

„Dann ist es gut, dass wir darüber sprechen", sagt Nick, „ich war mit zwei Jungs in den letzten Tagen seit langer Zeit einmal wieder ganz oben im Pecos Valley, um die Weideflächen zu prüfen und da fiel uns eine ganz neue Farm am Rande unseres Gebietes , aber ganz sicher auf unserem Gebiet, auf. Wir sind natürlich hin geritten und haben mit den Leuten gesprochen. Der Mann heißt Thomas Fairfield und hat behauptet, ihm gehöre das Land jetzt, er hätte das Recht, sich mit seiner Familie, Frau und Tochter und noch einem Farmhelfer, dort niederzulassen. Er muss wohl vor sechs Monaten mit dem Bau des Farmgebäudes und mit seiner Pferdezucht begonnen haben und niemand hat ihn bisher dabei gestört".

„Da kommen wir auch selten hin", sagt Ron nachdenklich, „das müssen wir natürlich klären. Pete, wir werden morgen wohl einen Umweg machen müssen und uns diesen Fairfield einmal ansehen. Danke Nick, dass du die Augen offen gehalten hast. Wer weiß, wann wir das bemerkt hätten. Morgen früh reiten wir zuerst zum Pecos Valley". Ron und Pete machen sich lang und es kehrt Ruhe am Lagerfeuer ein, dass noch eine Zeit lang wohlig knistert.

Die Herde holen wir uns wieder

Das südlich gelegene Gebiet der Chandler Ranch besteht zunächst noch aus leicht hügeligem Bergland, dass sich aber nach Süden hin immer mehr in eine flache Prärie verwandelt. Niedriges Buschwerk ist eingebettet in wallendes Präriegras. Nach wenigen Meilen werden die Reiter direkt nach Süden reiten und die letzten Meilen durch den Canyon hindurch müssen. Der Rio Grande zwängt sich hier durch ein gewaltiges Felsmassiv hindurch, bevor er nach weiteren fünf Meilen die weite Ebene erreicht, wo sie auf die Herde und ihre Leute treffen werden.

Die Chandler Mannschaft ist schnell unterwegs. Die Männer sind die Nacht durchgeritten und nähern sich nach Sonnenaufgang und nach weiteren wenigen Meilen dem Canyon Eingang. Jeff Chandler und Mike Lannigan bilden die Spitze. Sie reiten leicht nach vorne gebeugt nebeneinander und haben so die Möglichkeit, kurze Gespräche zu führen. „Ich möchte dich um etwas bitten, Jeff", ruft Mike Lannigan zu Jeff hinüber, erhält aber keine Antwort von Jeff. „Ich möchte die Angelegenheit wieder in Ordnung bringen, schließlich war es meine Schuld, dass wir uns so übertölpeln ließen." Jeff schweigt weiter und konzentriert sich auf das Gelände. „Ich würde gerne mit zehn Jungs sofort über den Rio Grande setzen und die Herde zurückholen. Ist das in Ordnung?" Jeff schaut lächelnd zu Mike hinüber. „In Ordnung", ruft Jeff zurück, „ich könnte dich doch sowieso nicht davon abhalten oder soll ich dich vielleicht festhalten?" „Danke", ruft Mike zurück „ich werde dir die Herde wieder zurückbringen. John sollte mitkommen." „Du stellst die Mannschaft zusammen", brummt Jeff und beendet damit das kurze Gespräch.

Die Chandler Mannschaft ist jetzt am Canyon Rand angekommen. Ab hier müssen sie vorsichtig reiten, denn der Weg zum Canyon hinab ist steil und steinig. Mike übernimmt die Spitze und schaut bereits in den Canyon hinein. „Nichts für schwache Nerven", brummt er zu Jeff hinüber. „Immer noch besser, als der lange Umweg durch die Prärie", ruft Jeff, „sei vorsichtig, Mike, sonst sind wir schneller unten, als uns lieb ist." Die Männer lassen ihren Pferden jetzt alle Freiheiten und vertrauen ganz auf die Geschicklichkeit der Pferde, die jetzt einzeln ihren Weg nach unten suchen und dabei erstaunlich umsichtig vorgehen. Die Männer haben diesen Abstieg schon oft gemacht und sind jetzt voll konzentriert. Pferd und Reiter scheinen zu einer Einheit verwachsen zu sein. Es gibt nur einen Weg hinunter, aber die Männer finden ihn ohne Schwierigkeiten. Mike ist schon tief hinunter abgestiegen, die Mannschaft folgt ihm. Nach einer weiteren halben Stunde kommen sie über dem Rio Grande am Fuße des Canyons an. Alles ist wieder einmal gut gegangen. Jetzt sind sie außer Gefahr und können die gewaltige Schlucht genießen. Es ist jedes Mal erneut ein Erlebnis. Ohne Hast folgen sie dem Lauf des Flusses zwischen senkrecht aufsteigenden Felsen und können in der Ferne schon den Canyon Ausgang erkennen, den sie nach einer weiteren halben Stunde erreichen. Von hier aus ist es nicht mehr weit zur Herde und ihren Männern bei der Herde, wo sie schon mit Spannung erwartet werden.

Die Begrüßung ist nur kurz. Die Männer haben sich um Jeff Chandler und Mike Lannigan versammelt. „Mike wird mit zehn Mann über den Rio Grande gehen und die Verfolgung aufnehmen", sagt Jeff, „die Kerle haben jetzt zwei Tage Vorsprung, werden aber wissen, dass sie verfolgt werden. Hundert Rinder hinterlassen eine

Spur, der ein Blinder folgen kann. Mike wird die Sache erledigen, John wird dabei sein. Wie wirst du vorgehen, Mike?" fragt Jeff und alle schauen erwartungsvoll auf Mike Lannigan, der sich nachdenklich das Kinn krault. „Ich habe mir natürlich schon das Hirn zermartert und mich gefragt, wer wohl hinter dieser Geschichte steckt", sagt Mike mehr zu sich selbst, "Ich bin fest davon überzeugt, dass hinter diesem Viehdiebstahl kein Geringerer, als Estobar Cautillos steckt, der reichste Rancher in Nordmexiko, der seine gesamte Herde zusammen gestohlen hat und in Chihuahua zu finden ist. Bis dahin sind das etwa hundert Meilen und die Kerle brauchen dafür mindestens fünf Tage. Wenn wir gleich losreiten, erwischen wir die Bande vorher, ungefähr in der Gegend von La Morita. Die Gegend kenne ich, ist ziemlich schwierig zu treiben durch die Llanos de los Caballos Mestenos. Das sind ziemlich hohe Gebirge und wenn sie durch die Täler treiben, verlieren sie viel Zeit. Dafür gibt es auf der gesamten Strecke nach Chihuahua regelmäßig Wasserstellen und kleinere Bergseen. Wir verfolgen sie zunächst nach Süden in Richtung Santa Fe del Pino, um die Fährte aufzunehmen. Ich bin mir aber sicher, dass sie sich dann nach Westen wenden, um auf kürzestem Weg nach Chiuahua zu kommen. Das ist mein Plan. Wir werden sehen, ob ich Recht habe."
„Klingt überzeugend", brummt Jeff, „dann macht euch mal auf den Weg, seid aber vorsichtig und nehmt Ersatzpferde mit, meine Mannschaft ist mir wichtiger, als die Rinder. Bringt am besten die Kerle gleich mit, dann können wir sie beim Sheriff in Stockton abliefern und es gibt ein paar weniger davon." Die Gruppe murmelte Beifall. Alle erheben sich und treffen die letzten Vorbereitungen für das Aufgebot, das ab sofort nur noch ein Ziel hatte, die gestohlene Herde zurück zu holen.

Was haben sie über den Eisenbahnbau gehört?

Stockton besteht aus zehn Häusern und einer staubigen Hauptstraße, wird aber von allen in stiller Übereinkunft Town genannt, was so viel wie Stadt bedeuten soll. Wenn die Cowboys in kürzeren oder längeren Abständen etwas erleben wollen, dann reiten sie gerne in die Stadt und nicht in ein Kuhdorf. So haben sich überall im Lande zwischen den Ranches und Farmen kleine Orte gebildet, in denen die wichtigsten Dinge zu finden sind, die zum Leben dazu gehören. Sie ähneln sich alle, diese Towns, und ein Fremder findet sich mühelos in ihnen zurecht, so auch in Stockton.

In der Mitte der Hauptstraße befindet sich das größte Gebäude des Ortes, das alles Wesentliche zu bieten hat: ein Store, einen Saloon, ein Hotel und eine Post. Den Begriff Hotel sollte man nicht überbewerten. Als Nebengebäude des Saloons werden dort einige Zimmer angeboten, die etwas mehr Komfort bieten, als ein Stallgebäude. Dafür braucht man sich dort aber auch keinen Zwang aufzuerlegen. Mancher Durchreisende zieht es vor, in Stiefeln zu schlafen, die Waffe griffbereit mit einem nützlichen zweiten Ausgang durch das Fenster über den Dachüberhang des Saloons. Das stört allerdings auch niemanden, da für die Übernachtung immer schon im Voraus gezahlt wird. Als Hotelgast kommt man normalerweise auch erst sehr spät zur Ruhe, da im Saloon bis weit in die Nacht hinein gezecht wird und die Stimmen wegen des sich ständig steigernden Lärms immer lauter werden. Gelegentlich krachen auch schon einmal Schüsse oder es entsteht eine wilde Schlägerei im Saloon, von der hinterher niemand so genau sagen kann, warum sie entstanden ist. Die Cowboys brauchen bei ihrem öden Job gelegentlich Abwechslung. Dazu gehört eine ordentliche Menge Whiskey und ein Tresen, auf den man gelegentlich mit der Faust hauen kann, wenn es Grund zum Ärger gibt. Der Tresen ist dabei die harmlose Variante. Das Kinn eines anderen Streithammels verrichtet den gleichen Dienst, führt aber automatisch zu mehr Ärger und zu der besagten Schlägerei, aus der sich der Sheriff normalerweise heraus hält. Auch wenn geschossen wird, ist das noch kein Grund, einzugreifen. Erst wenn ihm gemeldet wird, dass nach einer Schießerei einer oder mehrere am Boden liegen und sich nicht mehr bewegen, macht sich Sheriff Bud Hanson an die Arbeit. Das passiert aber selten, höchstens einmal in der Woche.

Bud Hanson residiert gegenüber im zweiten Hauptgebäude von Stockton, gleich neben der Bank, die auf diese Weise automatisch den Schutz des Gesetzes genießt. Sheriff Bud Hanson ist ein schwergewichtiger Mann und für das gesamte Gebiet im Umkreis von etwa hundert Meilen um Stockton zuständig. Das ist ein verdammt großes Gebiet und da kann er nicht überall sein. Gar nicht auszudenken, wenn er ganz im Westen wäre und im Osten des County würde etwa passieren oder umgekehrt. Nein, der Sheriff ist ein alter Fuchs und sagt sich, dass es besser ist, wenn er in seinem Office in Stockton bleibt. Die Leute wissen ja, wo sie ihn zu finden haben.

So sitzt er auch heute in seinem kleinen von Tabakqualm verräucherten Office und lauscht misstrauisch auf den zunehmenden Lärm aus dem gegenüberliegenden Saloon. Hätte er keinen Sheriffstern, würde man ihn auf den ersten Blick gar nicht als Sheriff erkennen, in seiner etwas abgetragenen Kleidung, seinem Dreitagebart und der Zigarre im Mund, die perfekt in eine

Zahnlücke passt. Seine zwei Gefängniszellen sind heute leer, was sich aber bei dem ansteigenden Lärm von Gegenüber schnell ändern kann und so wird er aus seinen Gedanken gerissen, als Mike Davis das Büro betritt.

Mike Davis ist neben Jeff Chandler der zweite Großrancher im Stockton County und ein wichtiger Mann. Seine Ranch liegt nördlich der Chandler Ranch, die ihn von der mexikanischen Grenze abschirmt. So hat er weniger Ärger mit Viehdieben, dafür gibt es ständig Streit mit Durchreisenden, die glauben, sich auf seinem Land niederlassen zu können. Mike Davis regelt dass im Allgemeinen selber, lediglich die betroffenen Kleinfarmer oder Schafzüchter beschweren sich dann beim Sheriff, der sie aber nach kurzer Belehrung aus dem Office schmeißt und ihnen dringend rät, woanders Land zu finden.

„Hallo Sheriff", sagt Mike Davis beim Eintreten, „schon wieder ganz schöne Stimmung drüben, was?" „Kann man wohl sagen", brummt Sheriff Hanson und hat sich erhoben, was er nur bei zwei Leuten aus dem County macht, bei Mike Davis, Jeff Chandler und natürlich beim Gouverneur von Texas, sollte er einmal kommen. Hoher Besuch also heute in seinem Office. Bud Hanson zieht einen Stuhl heran und bietet Mike Davis den Platz an.

„Danke Sheriff", sagt dieser und fährt sogleich fort. „Sagen sie mal, was haben sie über den Eisenbahnbau gehört?", kommt Mike Davis sofort zur Sache, „wie man hört, ist die Strecke schon bis Austin fertig und demnächst sind wir wohl an der Reihe, was?" „So ist es, Mr. Davis", platzt der Sheriff amtsbeflissen heraus, „ Das ist eine ganz wichtige Sache und kaum einer nimmt das hier zur Kenntnis. Die Blödhammel drüben in der Kneipe sowieso nicht und dem Rest außer Ihnen und Jeff Chandler scheint das egal zu sein. Austin ist schon angeschlossen und der Gleisbau soll bis El Paso gehen, also mitten durch unser Gebiet. Stockton wird einen Bahnhof bekommen. Hier können sie dann ihre Rinder verladen und sich den langen Viehtrieb nach El Paso ersparen".

„Sehr schön", brummt Mike Davis, „und wo genau geht die Eisenbahnlinie durch, doch nicht etwa über mein Gebiet, oder?" „Wenn ich das wüsste, würde ich es ihnen sagen", brummt der Sheriff, „dazu müsste man die Streckenplanung der Eisenbahngesellschaft in Austin einmal einsehen, dann kann man das genauer sagen. Wenn ich es mir aber genau überlege, so führt die kürzeste Strecke von Stockton nach El Paso mitten über das Gebiet der Chandler Ranch. Das ist Pech, aber es wird sicher eine Entschädigung dafür geben." „Sicher", brummt Mike Davis, „das mit der Einsichtnahme in Austin ist eine gute Idee, Sheriff. Das werde ich wohl tun. Bis dahin erst einmal vielen Dank. Passen sie nur auf die Kameraden da drüben im Saloon auf, gute Cowboys sind schwer zu bekommen." Mike Davis hat sich erhoben und macht Anstalten, das Büro zu verlassen. „Vielen Dank für ihren Besuch, Mister Davis", sagt Bud Hanson, der ebenfalls aufgesprungen ist „vielleicht sollte ich drüben doch einmal nach dem Rechten sehen, bevor es zu spät ist. Nur beim Auge des Herrn, gedeiht das Vieh." Mike Davis sitzt schon im Sattel und verlässt den Ort, als der Sheriff auf den Saloon zuhält, wo es offensichtlich zu einer Auseinandersetzung gekommen ist. Mal sehen, was er noch retten kann?

Das kann ja wohl nicht wahr sein

Das Pecos Valley ist ein im äußersten Nordwesten gelegenes Tal des Chandler Gebietes. Es wird umsäumt von Bergketten, ist bewachsen mit Wäldern und saftigen Weideflächen, umsäumt von den Flussschleifen des Pecos Rivers und wird von Maggie Chandler „das Paradies" genannt. Wenn auf den anderen Weideflächen im Norden schon Dürre herrscht, finden die Herden hier im Pecos Valley immer noch reichlich Nahrung und viel Schatten.

Ron und Pete sind schon seit Stunden unterwegs und haben das Pecos Valley erreicht. Sie haben die Weideflächen in Augenschein genommen und alles so vorgefunden, wie sie es erwartet haben. „Nick kann die Herden schon bald hier in dieses Gebiet treiben", sagt Ron und fügt nach einer Pause hinzu, „wir sollten uns jetzt um die andere Angelegenheit kümmern, von der Nick gesprochen hat." Pete schaut wie geistesabwesend in die Ferne und sagt leise: „Du meinst die Angelegenheit mit den Fairfields, Ron? Wenn das stimmt, was Nick behauptet, dann steht höllischer Ärger ins Haus. Wer hätte gedacht, dass unser Gespräch von vorgestern so schnell Wirklichkeit werden würde. Wenn ich dich richtig verstanden habe, dann müssen wir wohl akzeptieren, dass andere unser Land auch schön finden und sich hier niederlassen. In dem Fall brauchen wir sie ja nur willkommen zu heißen. Was Pa wohl dazu sagen wird?" Ron schaut seinen Bruder jetzt zweifelnd an und sagt: „Mal langsam, Pete, so habe ich das nicht gemeint und das weißt du auch ganz genau. Natürlich hat niemand das Recht, sich einfach hier niederzulassen. Das Recht auf unser Eigentum bleibt unantastbar und muss zur Not auch durchgesetzt werden. Unabhängig davon stelle ich mir die Frage, wie viel Land jemand braucht. Mehr Land, als man bewirtschaften kann sicher nicht und im Falle der Fairfields haben wir es nicht einmal bemerkt, dass jemand uns unser Eigentum streitig machen will". Pete lächelt seinen Bruder an und nickt mit dem Kopf. „Na, dann wollen wir doch mal sehen, was da los ist", sagt er und reitet an.

Sie brauchen nicht lange zu reiten, als sie in der Ferne am Waldrand die Farm der Fairfields entdecken. Sie haben angehalten und schauen staunend auf das sich ihnen bietende Bild. Deutlich erkennbar ist ein Farmhaus – nicht sehr groß – aber doch schön solide und geschmackvoll gebaut, eine Umzäunung, die etwa dreißig Pferde aufgenommen hat, ein kleiner Anbau für Geräte und Vorräte und das alles auf ihrem Land. „Das kann ja wohl nicht wahr sein", findet Pete als erster die Sprache wieder, „sag mir, dass ich träume, Ron." „Nein, Pete, du träumst nicht", erwidert Ron und nach einer Pause: „Das ist doch nicht alles vom Himmel gefallen, da steckt monatelange harte Arbeit drin. Wie konnte uns das nur passieren? Ich glaube, Pa trifft der Schlag, wenn wir ihm das berichten."

Ron und Pete nähern sich langsam dem kleinen Farmgebäude, aus dem jetzt der Farmer herausgetreten ist. „Willkommen Strangers", ruft er freundlich, „kann ich etwas für sie tun?" „Mister Fairfield?" fragt Ron. „Ganz recht", antwortet der Angesprochene, „so heiße ich, und das ist meine Frau Eleonore und das meine Tochter Sue", fährt er fort und deutet auf die beiden Frauen, die nach ihm aus dem Haus gekommen sind. Ron und Pete haben zum Gruß an ihre Stetsons getippt und stellen sich ihrerseits vor: „Ron Chandler und Pete Chandler, mein Bruder", sagt Ron ungerührt, „von der Chandler Ranch. Sie haben wohl schon davon gehört, Mister Fairfield?"

„Gewiss", sagt dieser, „wir sind dann wohl Nachbarn. Ich wollte schon längst einmal bei ihnen vorbei schauen und mich vorstellen. „Nachbarn ist gut", meint Pete, „wir können wohl kaum Nachbarn sein, wenn sie auf unserem Land siedeln, Mister Fairfield. Wie sollte man das eigentlich richtig nennen?" Ron und Pete sitzen immer noch auf ihren Pferden und schauen auf die kleine verdutzte Familie herab.

„Moment mal", findet Thomas Fairfield als erster die Sprache wieder, „dies ist jetzt unser Land. Nach den Gesetzen dieses Landes durften wir es als unbesiedeltes Gebiet nehmen und bebauen. Sie beide befinden sich auf meinem Gebiet und sie haben jetzt zwei Möglichkeiten. Entweder sie benehmen sich wie Gäste und sind dann bei uns willkommen, oder sie erzählen weiterhin solche Märchen, dann sollten sie besser das Weite suchen und sich hier nie mehr sehen lassen. Ich hoffe, wir haben uns verstanden."

„Können sie sich vorstellen, wie viel Arbeit in dieser Farm steckt, junger Mann?" fragt Frau Fairfield Pete streng anschauend und hat den Arm um die Schultern ihrer Tochter gelegt. „Darum geht es doch gar nicht, Miss Fairfield", antwortet Pete, „es geht um Recht und Ordnung und darum, dass sie auf unserem Land siedeln. Es kann ja sein, dass sie einem Irrtum aufgesessen sind, indem sie sich nicht korrekt über die Besitzverhältnisse in dieser Gegend informiert haben, aber es bleibt eine Tatsache, dass dies unser Land ist, das uns seit zwei Generationen gehört."

„Gibt es ein Problem, Mister Fairfield?" fragt ein weiterer Mann, der unbemerkt aus dem Gerätehaus heraus getreten ist und ein Gewehr genau auf Ron gerichtet hält, „werden sie von den beiden Landstreichern belästigt?" „Schon gut, Bill", brummt Fairfield, „steck das Gewehr weg. Das sind unsere Nachbarn von der

Chandler Ranch und keine Landstreicher. Entschuldigen sie bitte, meine Herrn, aber Bill ist ein ziemlicher Heißsporn. Ich schlage vor, dass sie erst einmal ihre Pferde versorgen und dass wir über alles in Ruhe sprechen."

„Einverstanden", antwortet Ron und lässt sich aus dem Sattel gleiten. Pete folgt ihm und sieht sich etwas ungläubig auf der kleinen Farm um. „Ich kann ihnen alles zeigen", spricht ihn Sue Fairfield an und Pete weiß gar nicht, was er erwidern soll. Das blendend aussehende Mädchen musste er schon die ganze Zeit anschauen und eine gewisse Verlegenheit kann er nicht verbergen. „Kommen sie", sagt Sue, „ich beiße schon nicht oder haben sie auf ihrer Ranch noch nie eine Frau gesehen?" Ron kann jetzt ein Lachen nicht unterdrücken, was Pete noch mehr verunsichert. „Sehr freundlich", entgegnet Pete sich an Sue wendet und wirft seinem Bruder einen strengen Blick zu.

Die Fairfields und Ron haben das Farmhaus betreten, Sue und Pete schlendern hinüber zu den Pferden und scheinen sich ganz gut zu verstehen. Ron hat ihnen noch einen ungläubigen Blick nachgeworfen, bevor er das kleine Farmhaus betreten hat. „Ich nehme an, sie kennen den Homestad Act, Mister Chandler", kommt Fairfield gleich zur Sache. „Das ist nicht nur ein Gesetz für Texas, sondern für die Staaten. Danach haben wir hier unbesiedeltes Gebiet gefunden und völlig zu Recht besetzt. Wir wollen hier Pferde züchten und haben uns viel vorgenommen."

„Mister Fairfield", antwortet Ron geduldig, „dieses Gebiet ist nicht unbesiedelt. Es gehört uns und wird für unsere Rinderzucht benötigt. Die Herden werden je nach Jahreszeit mal hier, mal dort gehalten und dazu brauchen wir das Land. Pferde züchten wir im Übrigen auch." „Und woran erkenne ich, dass das Land besiedelt ist?" fragt Fairfield jetzt ganz direkt. „Das erkennen sie überhaupt nicht, da wir Chandlers nichts davon halten, unser gesamtes Gebiet mit Zäunen zu versehen", antwortet Ron und fährt fort, „Fremde sind bei uns immer willkommen und jeder darf auf dem Wege nach Westen unser Land überqueren. Wir unterscheiden uns da von anderen Ranchern. Wenn sie siedeln wollen, sollten sie die in Austin eingetragenen Grundstücksrechte einsehen und sich dann ein unbesiedeltes Gebiet aussuchen. Hier siedeln sie auf unserem Land."

Thomas Fairfield ist schweigsam geworden und Ron hat schon fast Mitleid mit ihm. Eleonore Fairfield hat Kaffee gekocht und etwas Brot und kaltes Fleisch auf den Tisch gestellt. „Stärken sie sich bitte, Mister Chandler", sagt sie freundlich, „Sue und ihr Bruder werden auch wohl bald kommen. So groß ist unsere Farm ja nicht." Die Tür wird geöffnet und Sue und Pete betreten den kleinen Raum. „Ich staune, was sie in dieser kurzen Zeit hier aufgebaut haben", sagt Pete und setzt sich zu den anderen an den Tisch.

Nachdem alle sich gestärkt haben, sagt Thomas Fairfield an Ron und Pete gerichtet: „Meine Herrn, sagen sie ihrem Vater bitte, dass ich niemals die Absicht hatte, ihm sein Land zu nehmen. Ich werde mich sofort nach Austin aufmachen und die Angelegenheit dort klären. Sollten sie Recht haben, dann haben wir hier ein großes Problem, über das ich noch gar nicht weiter nachdenken möchte. Sagen sie ihrem Vater auch, dass ich auf dem Rückweg sofort zu ihm kommen werde, um über alles Weitere mit ihm zu sprechen. Mehr kann ich heute nicht dazu sagen. Das reicht aber auch fürs Erste, findest du nicht auch, Eleonore?"

Eleonore Fairfield schaut ihren Mann sehr traurig aber warmherzig an, sagt aber nichts weiter, sondern gießt noch Kaffee nach und es entsteht in der Runde eine Gesprächspause, die Ron schließlich unterbricht, indem er sich erhebt und sagt: "Es tut mir leid für sie alle hier, wir müssen uns jetzt aber auf den Weg machen. Mister Fairfield, wir sollten es so machen, wie sie vorgeschlagen haben. Seien sie uns willkommen, wenn sie auf dem Rückweg von Austin zu uns kommen. Pete und ich werden uns auf dem Rückweg überlegen, wie wir das alles unserem Vater beibringen. Er ist auch nicht mehr der Jüngste und Ärger hatte er schon genug in seinem Leben." Ron und Pete verabschieden sich und schwingen sich auf ihre Pferde. Noch ein letzter Gruß und beide machen sich auf den Heimweg. „Schau dich ruhig noch einmal um, Bruderherz", ruft Ron zu Pete hinüber, „so ein Winken, wie das von Sue, erlebst du nicht alle Tage. Du solltest es erwidern und dann still in deine Träume versinken. Zeit genug bleibt dir ja auf dem langen Heimweg."

Ihr werdet Chihuahua niemals erreichen

Mike Lannigan, John Simons und weitere zehn Mann mit Ersatzpferden haben es eilig. Die Gruppe bleibt geschlossen zusammen. Mike Lannigan gibt das Tempo vor und findet den schnellsten Weg durch die mexikanische Wüste. John Simons konzentriert sich auf die Fährte, die bei hundert Tieren kaum zu übersehen ist. Sie führt direkt nach Süden auf Santa Fe del Pino zu und Mike fragt sich schon, ob seine Theorie stimmen kann. Nach Chihuahua müsste die Fährte schon bald nach Westen führen. Mike und John wechseln immer wieder kurze Blicke, ziehen es aber vor, sich ganz auf einen möglichst sicheren Weg zu konzentrieren. Die Wüstenlandschaft ist hier flach, jedoch von graubraunen zerklüfteten Bergen umgeben. Der La Bocuilla River schlängelt sich von Süden her durch die menschenleere Gegend, die mit Mesqite Sträuchern und Agaven fast bedeckt ist. Bizarre Kakteen sind immer wieder zwischen dem Gebüsch hoch gewachsen und die Reiter halten sich von diesen Pflanzen möglichst fern. Die Gruppe kommt schnell voran, nur noch wenige Meilen bis Santa Fe.

Mike Lannigan hebt den Arm, um der Gruppe anzuzeigen, dass er etwas entdeckt hat. Auch John Simons hat die Zügel kurz genommen. Die Gruppe kommt zum Stehen. „Schaut euch das an", ruft Mike, „hier schwenkt die Spur tatsächlich nach Westen, hab ich es doch gesagt, Chihuahua ist wohl das Ziel. Wartet nur; Freunde, bald werden wir Euch haben. Ihr werdet Chihuahua niemals erreichen und den alten Mike Lannigan sollen diese Brüder kennen lernen. Auf geht's, Männer, in einem Tag haben wir sie."

„Wir müssen mit einem Hinterhalt rechnen", ruft John zu Mike hinüber, „die Kerle werden natürlich damit rechnen, dass sie verfolgt werden." „Ganz richtig", brummt Mike, „achte nur gut auf die Spuren. Wir müssen feststellen, ob sich einige Kerle von der Herde entfernt haben. Die dürften uns dann irgendwo in der Nähe von La Morita erwarten. Bis dahin sind es aber noch gut fünfzig Meilen, John. Also Tempo, Männer und John hält die Augen offen".

Es ist schon später Nachmittag, als John das Zeichen gibt. „Hier sind jeweils zwei auf jeder Seite aus der Herde heraus geritten, ab jetzt müssen wir höllisch aufpassen." „Wir machen eine Pause", ruft Mike, „dort in den Büschen können wir Deckung nehmen. Wir müssen aber damit rechnen, dass die Kerle uns schon gesehen haben, also ab sofort, äußerste Vorsicht, Männer." Die Spur der Herde führt jetzt direkt auf eine Enge zu, die zwischen zwei etwa tausend Fuß hohe Berge hindurchführt. Auf beiden Seiten am

45

Eingang dieser Schlucht bieten Felsblöcke und Vorsprünge beste Deckung für einen Hinterhalt. „Verdammter Mist", knurrt Mike, „das wird uns Zeit kosten, aber aufhalten können die uns nicht. Was meinst du, John, was machen wir?" Die Männer haben sich hinter eine Gebüsch Gruppe zurückgezogen und blicken gespannt auf den Eingang zur Schlucht, der noch etwa eine halbe Meile entfernt ist. „Ich gäbe was drum, wenn ich wüsste, ob die Kerle uns schon gesehen haben", antwortet John, „wir sollten aber davon ausgehen, da gebe ich dir Recht, Mike. Wir müssen jetzt zunächst einmal die Dunkelheit nutzen und haben zwei Möglichkeiten. Wir können uns auf beiden Seiten an die Kerle anschleichen und sie außer Gefecht setzen. Wir können aber auch die Berge umgehen und die Herde hinter der Schlucht abfangen. In diesem Fall haben wir dann die vier Kerle aber im Rücken, was mir gar nicht behagt."

Die Männer diskutieren mit gedämpften Stimmen die Lage und kommen schließlich zu der Überzeugung, dass die Vier am Eingang der Schlucht ausgeschaltet werden sollen. Dazu sollen sich aber nur vier Mann auf den Weg machen und zwar zu Fuß und zunächst in der Deckung der Büsche. In einer Stunde wird es dunkel sein, dann haben sie es leichter. Mike und John sollen beim Aufgebot bleiben. Es melden sich vier Jungs, die es offensichtlich gar nicht abwarten können, sich auf den Weg zu machen. „Wenn wir mit denen fertig sind, geben wir euch ein Feuerzeichen", sagt Buddy, der die kleine Gruppe anführen wird, „sobald es dunkel geworden ist, könnt ihr euch auch auf den Weg machen, aber seid vorsichtig, dass die Banditen euch nicht sehen."

Ohne jedes Gepäck, nur mit Gewehren, Colts und Messern bewaffnet machen sich die vier Cowboys unter der Führung von Buddy auf den Weg. Schon nach wenigen Minuten sind sie im

Gebüsch verschwunden und es gelingt wirklich nicht mehr, auch nur irgendetwas von ihnen zu bemerken. „Die machen das gut", sagt Mike, „wollen hoffen, dass alles klargeht. In einer Stunde sind die Jungs bei den Banditen und wir machen uns auf den Weg. Wenn wir am Eingang der Schlucht sind, ist hoffentlich alles schon erledigt."

Es ist fast dunkel geworden. Buddy und seine drei Begleiter sind bis vor dem Eingang zur Schlucht zusammen geblieben. Jetzt haben sie sich noch einmal am Boden im Schutz der Büsche niedergelassen und beraten ihr Vorgehen. Dabei müssen sie aber ganz leise sein, um sich nicht zu verraten. Zunächst schauen alle vier angestrengt auf die Felsvorsprünge links und rechts vom Eingang der Schlucht. Dort ist es zunächst ganz ruhig und nichts ist zu sehen. „Die sind sehr vorsichtig", flüstert Buddy, „wir müssen Geduld haben. Passt gut auf." Es vergehen noch ein paar Minuten als sie etwas bemerken. „Die fühlen sich offensichtlich sicher", flüstert Buddy, „sie haben uns also doch nicht gesehen. Seht, dort oben in fünfzig Fuß Höhe sitzen sie, zwei auf jeder Seite. Jetzt geben sie sich Zeichen. Offensichtlich erwarten sie uns noch nicht. Das ist gut. Verdammte Höllenhunde, Euch wird der Teufel holen." Die Männer legen kurz ihr Vorgehen fest und Buddy gibt letzte Anweisungen. „Wir schleichen uns in weitem Bogen auf jeder Seite an. Dann steigen wir hoch etwa hundert Fuß über ihnen und können sie dann von oben beobachten. Es wäre gut, wenn wir gleichzeitig angreifen würden, Messer wären ideal, dann werden wir auch nicht auf der anderen Seite der Schlucht gehört. Wir gehen aber kein Risiko ein und setzen, wenn nötig, sofort die Waffen ein. Auf geht's, Männer, schnappen wir uns die Kerle."

Im nächsten Moment hat die Gruppe sich getrennt und je zwei gleiten geräuschlos auf den Eingang zur Schlucht zu. Das ist eine gefährliche Phase, da sie sich genau im Schussfeld befinden. Aber sie haben Glück, die Banditen fühlen sich sicher und sind nicht besonders aufmerksam. So kommen sie unbemerkt an den Aufstieg zu den Felsen und hier finden sie gute Deckungsmöglichkeiten auf dem Weg nach oben. Der Aufstieg ist nicht schwer, da die Felsen hier zwar steil, aber nicht senkrecht verlaufen. Nach kurzer Zeit befinden sich Buddy und sein Begleiter bereits über den Banditen, die gelegentlich nach vorne schauen, mit einem Angriff von oben und von hinten aber überhaupt nicht rechnen. Die beiden Posten rauchen, so dass man sie sogar mit dem Gewehr erledigen könnte. Das ist aber nicht der Plan. Eine wilde Schießerei würde ja die anderen Banditen bei der Herde warnen, die vielleicht schon am Ausgang der Schlucht sein dürften. So gehen sie geduldig vor, schieben sich ganz vorsichtig weiter an die beiden Posten heran und vermeiden dabei jedes Geräusch. Sie sind jedoch absolut gespannt und haben ihre Colts schussbereit in den Händen. Ganz langsam nähern sie sich der Lagerstelle und als sie dicht genug heran sind, verständigen sie sich noch einmal mit Blicken. Als Buddy nickt, geht alles ganz schnell. Mit wenigen Sprüngen sind sie bei den Banditen, die völlig überrascht sind. Es werden nicht einmal Messer benötigt, die beiden werden niedergeschlagen, krachen mit den Köpfen auf die Felsen und als sie wieder zu Bewusstsein kommen, liegen sie verschnürt und geknebelt am Boden und brauchen noch immer etwas Zeit, um das Geschehene zu begreifen und sich vom Schreck zu erholen.

Auf der gegenüberliegenden Seite des Schlucht Eingangs lief es fast genauso ab, kein Schuss ist gefallen und die vier Chandlerboys verständigen sich jetzt mit einem vereinbarten Käuzchen Ruf, der sofort erwidert wird. Zum Zeichen für die Gruppe um Mike und

John zündet Buddy ein Feuer an, das vom Tal her gut zu sehen sein müsste. Schon nach kurzer Zeit sind die anderen am Eingang der Schlucht. Die Gefangenen sind schon herunter geschafft worden und werden von Mike, John und den anderen in Empfang genommen. „Erstklassige Arbeit, Jungs", sagt Mike, „das Beste daran ist aber, dass ihr so leise gearbeitet habt, dass auch die Hauptgruppe der Viehdiebe nichts mitbekommen hat. Das ist jetzt ein großer Vorteil für uns, den wir auch nutzen werden." John mischt sich ein und sagt: „Mike, wir sollten jetzt keine Zeit mehr verlieren. Vielleicht können wir die Herde noch vor der Helligkeit erreichen und die Halunken zum Teufel jagen." „Guter Vorschlag", brummt Mike, „so machen wir das. Jungs, ihr seid große Klasse. Das ist ja fast schon ein Vergnügen im Vergleich zu der täglichen Arbeit auf den Weiden. „Sollen wir jetzt auf einen Monatslohn verzichten?" fragt Buddy lachend. „Wenn du meinst", lacht Mike zurück, hat sich in den Sattel gezogen und übernimmt mit John die Spitze der Gruppe. Die verschnürten Gefangenen sind auf die Begleitpferde wie Säcke gebunden worden. Für die Vier ist die weitere Reise alles andere, als vergnüglich. Mitleid ist aber den Chandlerboys fremd. Jeder soll das bekommen, was er sich eingebrockt hat. Es kommt jetzt nicht auf Sentimentalitäten an, solange der Auftrag noch nicht ausgeführt ist.

Der Weg durch die Schlucht ist steinig und beschwerlich. Zunächst geht es noch stetig bergauf, dann nach einer Stunde ist der höchste Punkt erreicht und es öffnet sich in der Morgendämmerung der Blick auf die andere Seite des Berges, wo sie tatsächlich die Herde sehen können. Sie lagert am Ausgang der Schlucht und die Viehdiebe haben die Nacht über wohl eine Pause eingelegt. Immerhin sind sie jetzt über drei Tage unterwegs gewesen. Die

Verfolger sind abgestiegen und brauchen nur wenige Minuten, um sich zu verständigen. Jetzt kommt es nicht auf Ruhe an, sondern auf schnelles, entschlossenes Eingreifen. Fünf Mann haben sich mit Gewehren am Rand der Schlucht in Stellung gebracht und auf ein Zeichen von Mike bricht jetzt die Hölle los. Mit höchstem Galopp hält jetzt die Hauptgruppe auf die lagernde Herde zu, während die Scharfschützen das Feuer gezielt eröffnen. Jeder Schuss scheint ein Treffer zu sein. Die überraschten Viehdiebe haben nicht die Spur einer Chance. Während einzelne versuchen, schon verletzt, Deckung zu nehmen, hat sich die Mehrzahl auf ihre Pferde gerettet und sucht bereits das Weite. Alles ist ganz schnell erledigt. Die Verletzten – es sind noch vier zurückgeblieben – werden versorgt, verschnürt und mit den anderen vier Gefangenen zusammengebunden, die Herde wird beruhigt. Zwei Cowboys haben das Feuer wieder in Betrieb gebracht und kochen bereits Kaffee. Alle sind bester Laune.

John übernimmt es, das weitere Vorgehen zu erklären. „Mike und ich haben uns überlegt, dass wir nicht auf dem gleichen Weg die Herde zurücktreiben werden", sagt er kurz, „es gibt einen kürzeren Weg, wenn wir uns am Ausgang der Schlucht direkt in Richtung Nordosten halten. Über Los Morteros kommen wir schnell voran und auch die Sierra he Chiceros sind leicht zu überwinden. Wenn alles glatt läuft, sind wir vielleicht schon Morgenabend am Rio Grande und zurück auf unserem Gebiet". Beifälliges Gemurmel kommt von den Cowboys. Rasch ist der Kaffee ausgetrunken, ein paar Brocken werden verschlungen und schon ist die Herde umkreist und bewegt sich in Richtung Nordosten, zurück nach Texas. Schlafen können die Cowboys auch im Sattel. Das ist reine Übungssache.

Was jetzt kommt ist für die Cowboys Routinearbeit. Die acht Gefangenen haben jetzt eine Marscherleichterung bekommen, sie sind auf ihren Pferden gefesselt, können aber im Sattel sitzen. Die Pferde sind miteinander verbunden und immer zwei Chandlerboys begleiten diese Gruppe sehr eng, die Gewehre schussbereit im Sattel. Buddy hat die erste Bewachung übernommen und erklärt den Banditen, welche Vorteile es hat, ein anständiges Leben als Cowboy zu führen. Einer der so Angesprochenen meint, das sei doch langweilig und bringe nichts ein. „Dafür lebt man länger", meint Buddy, „Ihr werdet doch alle früher oder später an Bleivergiftung sterben oder am Galgen enden." So ist auch der Heimweg nicht langweilig.

Gegen Mittag erreicht die Chandler Gruppe mit der Herde die Gegend um Los Morteros. Ein kleiner mexikanischer Ort wird erkennbar mit einer kleinen Kapelle und mit wenigen windschiefen Häusern, wenn man diese Bauwerke so nennen will. Mike sieht besorgt auf eine Gruppe von Reitern, die sich der Chandler Gruppe rasch nähert. „Vorsicht", ruft Mike, „kann sein, dass wir jetzt Ärger bekommen. Haltet besser eure Gewehr bereit." An der Spitze der Gruppe reitet ein würdevoller Mann mit typisch mexikanischem Spitzsombrero und dem Stern des Alkalden an der Brust. Die übrigen vier Mexikaner sind furchterregende Gestalten, die man eher im Gefängnis vermuten würde, nicht jedoch als die Gehilfen des Alkalden..

„Halt, Amigos", ruft der Alkalde, „wenn mich nicht alles täuscht, seid ihr wohl amerikanische Kuhhirten. Was sucht ihr in Mexiko in meinem Gebiet und vor allem, wo habt ihr die Rinder her? Wohl gestohlen, was?" Er wirft einen Blick auf die gefesselten Gefangenen und brüllt dann noch zorniger: „Und unsere Landsleute wollt ihr auch entführen, ihr Gangster. Die Reise ist beendet, ihr seid alle festgenommen." Mike Lannigan ist die Ruhe selbst. „Wie man sieht, verstehen sie wenig von ihrem Handwerk, Alkalde", sagt er ganz ruhig, „bevor sie sich weiter aufblasen, sollten sie sich erst einmal erkundigen, warum wir hier sind. Sie sollten besser ihre verkommenen Landsleute daran hindern, in Texas Vieh zu stehlen. Wir sind auf dem Heimweg und nehmen unsere Rinder und die Strolche gleich mit. Wenn ich mir ihre Begleiter anschaue, dann sieht man ja, dass sie davon noch genug behalten. Lassen sie uns zufrieden und sagen sie ihrem kriminellen Freund, dem Rinderbaron Estobar Cautillos, dass er sich in Texas besser nicht mehr sehen lassen sollte. Dort ist er schon mehrfach zum Tode durch den Strang verurteilt. Da haben es ihre Landsleute, die uns begleiten besser, die werden nur einmal aufgehängt, nachdem wir zurück sind."

Der Alkalde platzt fast vor Wut und brüllt: „Ich werde ihnen ihr Maul schon stopfen, Cowpuncher, ihr alle werdet jetzt feststellen können, wie gemütlich mexikanische Gefängnisse sind. Los, nehmt sie fest:" „Ganz ruhig, Alkalde", sagt Mike ohne eine Spur von Aufregung, „jeder bleibt, wo er ist. Nehmt die Hände hoch, ihr Anfänger, unsere Geduld ist jetzt erschöpft." Die Gruppe um den Alkalden schaut wie erstarrt in die Läufe der Gewehre und Colts der Chandler Leute, die ganz unbemerkt gezogen worden sind. „Belästigen sie uns nicht länger", sagt Mike, „wir haben ohnehin schon zu viel Zeit verloren. Ziehen sie ihre Show vor ihren Landsleuten ab und sehen sie zu, dass sie weiter kommen. Und noch etwas, lassen sie sich nicht einfallen, uns zu verfolgen, Alkalde. Das würde für sie und ihr Gesindel äußerst ungesund werden. Bleiben sie lieber in ihrem Kaff und genießen sie die Ruhe. So long."

Der Alkalde ist schneeweiß im Gesicht geworden und presst nur noch heraus: „Das werdet ihr noch bereuen, Cowpuncher. Das nächste Mal, wenn ich euch erwische, werden ihr mir die Stiefel küssen." Er hat sein Pferd gewendet und ist mit seiner Gruppe genauso schnell verschwunden, wie er gekommen ist. „Warum nicht gleich so", brummt Mike und gibt ein Zeichen. Die Herde setzt sich in Bewegung. Los Morteros wird umgangen und bis zum Rio Grande sind es noch sechzig Meilen. Wenn jetzt alles gut geht und man ohne Probleme durch die Berge kommt, kann man morgen früh wieder in Texas sein.

Warum habt ihr die Bagage nicht von unserem Land gejagt?

„Sag das noch einmal", knurrt Jeff Chandler seinen Sohn Ron an und wirft auch auf Pete einen düsteren Blick, „wir haben wilde Siedler auf unserem Gebiet und monatelang nichts gemerkt?" „So ist es", antwortet Ron, „vielleicht haben wir zu viel Land, um alles im Auge zu behalten." Jeff schaut seine Söhne misstrauisch an und fragt: „Was willst du damit sagen, wir haben zu viel Land. Was ist in dich gefahren. Willst du unser Land unter die Habenichtse verteilen?" „Vater", mischt sich jetzt Pete ein, „was Ron sagen will, ist das niemand Schuld daran ist, wenn sich Siedler am Rande unseres Gebietes unbemerkt ansiedeln konnten. Wir haben doch sehr viel Land und Mister Fairfield hat sich eben geirrt:" „Mister Fairfield hat sich eben geirrt", wiederholt Jeff mit staunendem Blick, „du meine Güte, Pete, jetzt bist du auch übergeschnappt. Warum habt ihr die Bagage nicht sofort von unserem Land gejagt, anstatt in aller

Seelenruhe nach Hause zu kommen und mir etwas von zu viel Land vorzujammern."

„So geht das nicht, Vater", sagt Ron, „es geht hier ganz sicher um eine Rechtsfrage, die man in Ruhe klären muss. Dazu gibt es den Sheriff in Stockton und den Gouverneur in Austin. Wenn alles geklärt ist, muss eine Lösung gefunden werden." „Ihr habt sie wohl nicht alle", braust Jeff Chandler auf, „ich erledige meine Angelegenheiten alleine, ohne Sheriff und Gouverneur. Gleich Morgen werden wir die Bande von unserem Land jagen und ihre Hütten abreißen." „Ohne uns", sagt Pete unmissverständlich, „Mister Fairfield ist ein ehrbarer Mann, der uns nichts wegnehmen wollte und der dir ausrichten lässt, dass er die Angelegenheit sofort in Austin klären wird. Anschließend wird er hierher kommen und möchte gerne mit dir über alles sprechen. Übrigens....seine Hütte ist ein respektables Farmhaus und seine Frau und Tochter sind sehr nett." „Vater", sagt Ron, „die Zeiten haben sich geändert. Rechtsstreitigkeiten werden heute vor Gericht ausgetragen und nicht mit Gewehren." „Sollen wir eine Girlande aufhängen, wenn Mister Fairfield uns die Ehre seines Besuchs gibt?" fragt Jeff Chandler sarkastisch. „Schon besser", sagt Ron, „was war denn am Rio Grande los?"

„Auch so eine Geschichte", schnaubt Jeff los, „unsere Jungs haben sich von ein paar Mexikaner reinlegen lassen und dabei hundert Rinder verloren. Jetzt sind sie in Mexiko und holen die Herde zurück." „Macht Mike das?" fragt Pete. „Ja, Mike und John mit einem Aufgebot. Die haben das schließlich auch verbockt. Ich kann mich nicht erinnern, dass uns jemals irgendwelche dämlichen Mexikaner so hereingelegt haben. Die Cowboys sind heute auch nicht mehr das, was sie einmal waren." „Vater", sagt Ron, „auf Mike und John kannst du dich verlassen, die bringen das wieder in Ordnung. Vielleicht sind ja auch die dämlichen Mexikaner etwas schlauer geworden. Was soll's?" „Na, ja", sagt Jeff „kann schon sein. Wir werden jetzt einmal abwarten, wann Mike und John zurück sind und werden uns dann um die Angelegenheit mit Fairfield kümmern."

Pete ist inzwischen aus dem Haus herausgetreten und sieht eine Gruppe von Reitern auf die Ranch zuhalten. „Mike und John sind im Anmarsch", ruft er in den Wohnraum hinein. Wie es aussieht, bringen sie auch ein paar Gäste mit, sehen aus, wie Mexikaner." Jeff und Ron sind ebenfalls auf die Veranda gekommen und erwarten die Ankunft der Gruppe, die kurz darauf vor dem Ranch Gebäude ankommt. „Alles in bester Ordnung", meldet Mike Lannigan, „wir haben die Herde zurückgebracht, Jeff, und ein paar von den Viehdieben gleich mit. Kurz vor Puerto del Lobo haben wir sie erwischt. In Los Morteros hatten wir allerdings Ärger mit dem Alkalden, der sich ordentlich aufgespielt hat. Kann sein, dass da noch eine Beschwerde kommt. Jedenfalls haben wir unsere Rinder zurück. Die Kerle hier", und dabei deutet er auf die Gefangenen, die noch in den Sätteln sitzen, „müssen wir wohl in Stockton beim Sheriff abliefern."

Jeff mustert die Gruppe von Viehdieben und fragt: „Für wen arbeitet ihr?" „Fahren Sie zur Hölle", knurrt der älteste der Banditen. „geben sie mir meine Waffe und dann können wir uns unterhalten." Jeff wendet sich wieder an Mike Lannigan und sagt: „Mike, das sind ja ein paar Früchtchen. Du kannst sie morgen beim Sheriff abliefern, bring sie erst einmal in der Scheune unter und erholt euch etwas von dem harten Einsatz. Ron und Pete werden mitkommen, müssen aber noch weiter nach Austin. Nach dem

Essen könnt ihr uns über euren Einsatz in Mexiko berichten. Wir haben auch Neuigkeiten, da wirst du staunen." Die Mannschaft zieht sich mit den Mexikanern in das Bunkhaus zurück. Jeff hat sich eine Zigarette angezündet und schaut auf den beginnenden Sonnenuntergang. „Was ist nur los", murmelt er im Selbstgespräch, „es ist wie verhext, zurzeit scheint es nur noch Probleme zu geben".

Wo soll die Eisenbahnstrecke denn nun gebaut werden?

Austin ist die Hauptstadt des jungen Staates Texas und im Vergleich zu den kleineren Nestern eine wirklich ansehnliche Stadt. Mehrere Straßen bilden eine Art Schachbrettmuster und im Zentrum befinden sich einige Geschäfte, eine Bank, eine Kapelle und seit gestern ein Bahnhof, der aber noch im Bau ist. Von Osten her sind die Geleise bereits fertig gestellt, nach Westen soll es jetzt weiter gehen. Gleich gegenüber dem Bahnhof befindet sich das Regierungsgebäude des Gouverneurs, ein eindrucksvolles Gebäude mit einer Säulenreihe entlang der Eingangsfront. Hier weht auch die Staatsflagge und den Besuchern dieses Gebäudes ist die Bedeutung dieses Ortes sofort klar.

Abraham Duffee, Gouverneur des Staates Texas, ist hoch gewachsen, schlank und hat silbergraues Haar, auch ein grauer Oberlippenbart ziert das freundliche Gesicht. Er ist in seiner zweiten Amtszeit Gouverneur von Texas und kümmert sich aufopferungsvoll um die Belange des jungen Staates. Er hat sich in seinem Büro heute mit dem Eisenbahnchef Partrick Mc Albright getroffen, um den notwendigen Fortgang der Arbeiten zu besprechen. Mc Albright ist klein, rundlich, hat eine fast vollständige Glatze und scheint das reinste Energiebündel zu sein. Sein Projekt des Eisenbahnbaus ist von nationaler Bedeutung und entsprechend tritt er auch auf.

„Wir kommen gut voran, Gouverneur", eröffnet er das Gespräch, „die Einweihung des Bahnhofs von Austin haben wir ja nun hinter uns und jetzt treiben wir die Strecke nach Westen voran. Bis Stockton sehe ich auch keine Schwierigkeiten, dazu brauchen wir zwei Monate. Dann sehe ich aber nur noch große Fragezeichen vor meinem geistigen Auge. Wie wird der Streckenbau nach El Paso weitergehen? Wir müssen nach Stockton über besiedeltes Ranchgebiet und bis heute kann mir niemand sagen, wo die Strecke lang gehen soll. Wenn das nicht bald geklärt wird, verlieren wir viel Zeit. Ich werde das wohl nach Philadelphia melden müssen, damit die Angelegenheit politisch unterstützt wird." „Nun mal langsam, Mister Mc Albright", antwortet der Gouverneur gelassen, „deswegen sitzen wir ja hier zusammen. Die Politiker in Philadelphia können uns auch nicht helfen. Das müssen wir hier schon regeln. Wir haben dazu alle Vollmachten und wir werden einen Weg finden."

„Mister Davis würde sie gerne sprechen", meldet ein Sekretär des Gouverneurs. „Das passt ja ausgezeichnet", ruft der Gouverneur erfreut, „Mister Davis soll hereinkommen." Im nächsten Moment betritt Mike Davis das Büro und begrüßt den Gouverneur und den Eisenbahnchef mit Handschlag. „Ich möchte mich ganz herzlich für den Termin bedanken", sagt er an den Gouverneur gerichtet, „ich sehe, dass es wohl um den Eisenbahnbau geht, nicht wahr Mister Mc Albright?" „Ganz richtig", antwortet dieser, „und es ist gut, dass sie kommen, dann können wir vielleicht gleich heute die Streckenführung festlegen. Um nicht missverstanden zu werden, die Streckenführung bestimmt die Eisenbahngesellschaft und die davon betroffenen Landbesitzer werden von uns informiert und von der Regierung entschädigt."

„Das ist mir klar", entgegnet Mike Davis freundlich, „aber wo soll die Eisenbahnstrecke denn nun gebaut werden?" Patric Mc Albright hat auf dem Schreibtisch des Gouverneurs eine große Karte ausgebreitet, über die sich die Männer jetzt beugen. „Schauen sie", sagt Mc Albright, „hier sind wir heute", und er deutet auf Austin, „übernächsten Monat sind wir in Stockton", erklärt er und fährt mit dem Finger über die Karte. „Bis Stockton haben wir freie Prärie, müssen dort aber über den Pecos River. Das ist auch kein Problem, die Brückenbauarbeiten laufen schon und kommen gut voran. Danach wird der Gleisbau aber schwieriger, weil wir durch die Berge müssen, das hält auf. Was wir aber gar nicht gebrauchen können, sind endlose Diskussionen um die Streckenführung. Wir werden von Stockton direkt auf El Paso zuhalten und wenn wir nächstes Jahr dort sein wollen, müssen wir Tempo machen." Der Eisenbahnchef fährt mit dem Finger die Strecke nach El Paso ab und schaut Mike Davis scharf an. „Über ihr Gebiet, Mister Davis", sagt er, „freuen sie sich, das gibt eine schöne Entschädigung." Mike Davis ist ganz bleich geworden. „Über mein Gebiet?" fragt er sichtbar nervös, „aber wieso denn. Schauen sie", sagt er „der kürzeste Weg nach El Paso geht doch hier entlang" und er zieht mit dem Finger eine Bahnlinie direkt über das Gebiet der Chandlers. „Sie werden doch wohl keine Umwege in Kauf nehmen wollen", stößt er entrüstet hervor, „als Steuerzahler muss ich sie daran erinnern, das jede Art von Geldverschwendung von mir an die Regierung gemeldet werden muss:" „Was erlauben sie sich", ruft Mc Albright, „das Wort Geldverschwendung will ich nicht gehört haben. Sie werden sich augenblicklich dafür entschuldigen, Sir", stößt der Eisenbahnchef empört heraus. „Meine Herrn, meine Herrn, so beruhigen sie sich doch bitte, ich muss doch sehr bitten", greift der Gouverneur in die immer hitziger werdende Diskussion ein. „Wir sind doch nicht hier zusammengekommen, um uns wie die Schulkinder zu streiten", fährt er fort, „Mister Davis hat das ganz bestimmt nicht so gemeint. Ich kenne ihn nun schon eine Ewigkeit, aber ich habe ihn noch nicht einmal aufgeregt gesehen."

Der Eisenbahnchef hat auf dem Schreibtisch ein Lineal entdeckt, dieses auf die Karte gelegt und Stockton mit El Paso verbunden. „Tatsächlich", murmelt er, „ich glaube ich muss mich wohl bei Mister Davis entschuldigen. Die kürzeste Verbindung geht tatsächlich über das Chandler Gebiet. Es ist nicht viel, aber bei einem so großen Projekt kommt es schließlich auf jeden Dollar an. Entschuldigen sie, Mister Davis, ich glaube ich brauche eine Brille. So etwas ist mir überhaupt noch nicht passiert." Mike Davis hat die Hand auf den Arm von Mc Albright gelegt und sagt: „Das macht doch nichts, Mister Mc Albright, das hätte jedem passieren können" und an den Gouverneur gewendet fährt er fort: „dann ist ja alles geregelt, Mister Duffe, kein Grund zur Aufregung. Darf ich die Herren zu einem Drink im Saloon gegenüber einladen und wenn ich es mir genau überlege, dann knurrt mir schon der Magen. Ein paar ordentliche Steaks wird es drüben sicher auch geben. Dazu sind sie natürlich auch eingeladen, meine Herrn, schließlich soll man nicht mit leerem Magen arbeiten." Der Gouverneur und der Eisenbahnchef bedanken sich und verlassen zusammen mit Mike Davis das Büro. Im Saloon ist für den Gouverneur offensichtlich immer ein Tisch reserviert. Die drei Männer haben Platz genommen und diskutieren nun ausführlich die Vorteile, die mit dem

Eisenbahnbau verbunden sind. Es wird spät werden heute, denn bei einem Glas Whiskey wird es ganz sicher nicht bleiben.

Erwartet ihr etwa, dass ich die Kerle jetzt hier behalte?

Es ist schon Nachmittag, als Pete Chandler, John Simons und die acht gefangenen Mexikaner vor dem Sheriffoffice in Stockton ankommen. Die Sonne brannte den ganzen Tag unbarmherzig auf die Reiter und die immer noch gefesselten Mexikaner freuen sich wohl schon auf einen schattigen Platz im Gefängnis. Sheriff Bud Hanson ist vor sein Office getreten und mustert die Gruppe misstrauisch, erkennt aber sofort, dass Arbeit droht.

„Tag Pete", murmelt der Sheriff, „fallen die Männer da von ihren Pferden, wenn sie nicht angeleint sind?" „Das nicht gerade Sheriff", antwortet Pete Chandler, „aber ich fürchte, die wären wohl nicht freiwillig mitgekommen ohne Fesseln." „Sheriff Hanson", schaltet sich John Simons in das Gespräch ein, „wir müssen Anzeige erstatten wegen Viehdiebstahls, diese acht Mexikaner haben unsere Leute am Rio Grande überfallen und sich mit etwa hundert Rindern nach Mexiko aus dem Staub gemacht. Wir haben unsere Rinder natürlich zurückgeholt und diese Strauchdiebe gleich mitgebracht." „Wenn ihr so etwas häufiger macht, dann gibt es in Mexiko bald keine Einwohner mehr" brummt der Sheriff, „erwartet ihr etwa, dass ich die Kerle jetzt hier behalte, wo ich doch nur zwei Zellen und keinen Hilfssheriff habe?" „Das ist ja wohl nicht unser Problem", antwortet Pete schon etwas ungehalten, „wenn ich das richtig ausrechne, dann sitzen je vier in einer Zelle und einen Hilfssheriff können sie jederzeit bestimmen. Ich möchte sie wirklich bitten, jetzt ihres Amtes zu walten, Sheriff." „Schon gut", knurrt Sheriff Bud Hanson, „dann mal hinein in die gute Stube. Sperren wir die Kerle erst einmal ein und dann muss ich einen ordentlichen Bericht von ihnen haben, damit der Richter weiß, warum er sie aufhängen muss." „Selbstverständlich", sagt Pete Chandler, „warum nicht gleich so. Komm John, wir bringen die Mexikaner erst einmal im Gefängnis unter. Wir brauchen dazu die Schlüssel, Sheriff."

Pete und John haben im Sheriffoffice Platz genommen und berichten dem Sheriff, was vorgefallen ist. „In Mexiko hatten wir einen Zusammenstoß mit einem Kollegen von ihnen", sagt John Simons, „da fragt man sich, wer in Mexiko Bandit ist und wer das Recht vertritt. Wahrscheinlich hatte der Alkalde auch keine besondere Lust dazu, die acht Kerle einzusperren, aber das kennen sie ja auch, Sheriff." „Ich bitte mir etwas mehr Respekt aus, mein Junge", antwortet der Sheriff sichtlich ungehalten. „ich bin natürlich nicht begeistert, wenn ihr hier ohne Vorankündigung mit einer Kleinstadtbevölkerung anrückt." „Ich verstehe ja ihren Unmut, Sheriff", antwortet John unbeeindruckt, „aber wenn das Problem des Viehdiebstahls aus Mexiko heraus nicht gelöst wird, dann können sie hier bald anbauen. Da drüben gibt es den Rinderbaron Estobar Cautillos und der stiehlt sich seine Herden auf diese Weise zusammen. Strauchdiebe, die für ihn arbeiten gibt es in Mexiko genug und den Alkalden da drüben können sie vergessen."

„Sheriff", fährt Pete fort, „ich muss nach Austin, wenn hier alles erledigt ist und werde das Problem auch dort beim Gouverneur zur Sprache bringen. Wir können unsere Mannschaften zwar noch verstärken und noch härter vorgehen, das Problem können wir aber ohne Unterstützung durch den Staat Texas nicht lösen, vielleicht sollte das Militär gegen diese Banditen einmal eingesetzt werden."

„Das geht nur auf texanischem Boden", erwidert der Sheriff „und die mexikanische Grenze ist lang. Mexiko muss an den eigenen Grenzen für Ordnung sorgen, aber wer glaubt schon an Wunder."

„Da gibt es noch ein Problem", fährt Pete fort, „das können wir allerdings im eigenen Land lösen. Im Pecos Valley hat sich eine Familie Fairfield auf unserem Land niedergelassen. Da besteht ganz sicher ein Irrtum, der sich aufklären wird, aber ich meine, sie sollten das wissen Sheriff." „Was sagt dein Vater dazu?" fragt Sheriff Hanson. „Das können sie sich ja wohl denken", entgegnet Pete, „er wird die Angelegenheit aber rechtlich klären und sich bis dahin an die Kette legen." Hoffen wir das Beste", meint Sheriff Hanson, „noch mehr Probleme können wir hier zurzeit nicht gebrauchen. Ich finde es gut, wenn du das Problem ebenfalls in Austin zur Sprache bringst. Du kannst dann auch gleich über den Eisenbahnbau mit dem Gouverneur sprechen."

„Was haben wir denn mit dem Eisenbahnbau zu tun?" fragt Pete ganz überrascht. „Wirst du schon sehen", antwortet Sheriff Hanson, zieht es aber vor, jetzt keine Einzelheiten mehr zu diskutieren, „seht zu, dass ihr weiter kommt, ich muss mich jetzt um meine mexikanischen Gäste kümmern. John, hast du Lust, Hilfssheriff zu sein?" „Im Gegensatz zu vielen anderen hier im Ort, habe ich etwas zu tun", antwortet John Simons, „drüben im Saloon haben sie immer freie Auswahl Sheriff, viel Erfolg dabei." Pete und John verlassen das Sheriffbüro und verabschieden sich. Während Pete nach Austin weiter reitet, muss John Simons zurück zur Chandler Ranch.

Ich glaube, du hast heute einen Freund fürs Leben gefunden

Jeff Chandler und Mike Lannigan sind seit Stunden unterwegs. Sie streben direkt auf das Pecos Valley zu, wo Jeff nach dem Rechten sehen will. „Niemand wird mich aufhalten, mir das selber anzusehen", stößt Jeff Chandler heraus, ich hätte nie gedacht, dass mir einmal jemand mein Land streitig machen würde." „Jeff, du musst aber ganz ruhig bleiben", ruft Mike Lannigan zu Jeff hinüber, „ein Irrtum bleibt ein Irrtum, auch wenn du dich noch so sehr darüber ärgerst."

Die beiden Reiter streben in gemäßigtem Galopp den Bergen am Horizont zu und wollen in zwei Stunden bei den Fairfields im Pecos Valley sein. Bis dahin haben sie noch viel Zeit, das eine oder andere zu besprechen. Sie sprechen über das Angebot von Mike Davis an John Simons, über die Viehdiebe an der mexikanischen Grenze, über das bevorstehende Rodeo in Stockton und sie haben sich vorgenommen, auch die Mannschaft am Pecos River aufzusuchen. So erreichen sie endlich das Pecos Valley und haben auf einer Anhöhe angehalten, von wo aus sie in das wunderschöne Tal hinein blicken können.

„Eins muss ich ja sagen", beginnt Mike das Gespräch wieder, „Geschmack hat dieser Mister Fairfield, das ist unser schönstes Gebiet und sein Farmhaus kann sich auch sehen lassen. Was ist Jeff, soll ich dich sicherheitshalber fesseln und knebeln bis wir wieder weg sind?" „Scherzbold", entgegnet Jeff, „ich versuche mir nur vorzustellen, was mein Vater wohl in dieser Situation getan hätte." „Das wissen wir beide ganz genau", entgegnet Mike, „aber die Zeiten haben sich geändert und Selbstjustiz gehört der Vergangenheit an. Jeff, niemandem nützt es etwas, wenn du den

Fairfield über den Haufen schießt und dann für Jahre ins Gefängnis gehst." „Du solltest Priester werden", knurrt Jeff, „komm, wir bringen das hinter uns."

Vor dem Farmhaus sind sie abgestiegen und stehen plötzlich Frau Fairfield gegenüber, die aus dem Haus getreten ist und auf Jeff Chandler zugeht. „Es ist mir eine Ehre, Mister Chandler", sagt sie ohne zu zögern und streckt Jeff Chandler die ausgestreckte Hand hin. Jeff Chandler stutzt nur kurz und gibt dann der sympathischen Frau die Hand. „Ganz meinerseits, Madam", antwortet Jeff, „kann ich ihren Mann sprechen?" „Mein Mann ist drüben bei den Pferden", sagt Eleonore freundlich, dort ist auch meine Tochter. Möchten sie etwas zu sich nehmen?" „Danke", brummt Jeff, „wir werden nicht lange bleiben. Wir wollen noch weiter zu unseren Herden am Pecos River."

„Der hast du es aber gegeben", flüstert Mike auf dem Weg zu den Pferdekoppeln, „wenn du weiter so ruhig bleibst, werde ich ganz stolz auf dich sein, Jeff." Jeff schaut nur kurz auf Mike und brummt: „Ich kann dich doch nicht enttäuschen." Thomas Fairfield ist schon auf dem Wege zu Jeff und Mike und kommt sofort zur Sache. „Ich habe sie schon erwartet, Mister Chandler", sagt er, „ich hoffe, wir können die Angelegenheit friedlich regeln. Ich war zwar noch nicht in Austin, will das aber gleich morgen tun." „Den Weg können sie sich sparen", knurrt Jeff, „ich kenne schließlich meine Rechte und ich bin noch nicht so verkalkt, dass ich nicht mehr weiß, welches Land zu meinem Gebiet gehört. Was haben sie sich nur dabei gedacht?"

„Ehrlich gesagt, gar nichts", antwortet Thomas Fairfield mit entwaffnender Offenheit, „ich dachte nur, dass ich ein großes Glück hatte, dieses herrliche Land zu finden und ich dachte, dass ich hier

meinen Traum erfüllen könnte. Sonst habe ich gar nichts gedacht."
„Sie sind mir vielleicht einer", brummt Jeff, „eigentlich wollte ich stinksauer auf sie sein und mich tüchtig über sie ärgern. Haben sie wenigstens etwas Geld, um mir eine Pacht zu zahlen?" „Habe ich nicht", entgegnet Thomas Fairfield, „alles, was ich hatte, steckt in dem Gebäude und in den Anbauten." „Mein Großvater hatte auch kein Geld, als er vor zwei Generationen hier ankam, aber er hatte eine Menge Ehrgeiz und Mut und natürlich Fleiß. Sollten sie es zu etwas Geld gebracht haben, dann lassen sie es mich wissen, Mister Fairfield, dann können wir noch einmal über das Geschäftliche reden. Bis dahin viel Glück und sagen sie mir, wenn ich ihnen helfen kann."

Mike schaute verdutzt auf Jeff, dann auf Fairfield und schließlich auf Sue Fairfield, die hinzugekommen ist und die letzten Worte von Jeff Chandler noch gehört hat. „Darf ich ihnen auch meine Tochter vorstellen, Mister Chandler", sagt Thomas Fairfield und legt seinen Arm um Sues Schulter. „Sie sind also der Vater von Pete", sagt Sue lächelnd, „grüßen sie ihn bitte, wenn sie ihn sehen. Ich würde mich sehr freuen, wenn er uns wieder einmal besuchen würde." „Soll ich auch Ron, meinen anderen Sohn grüßen?" fragt Jeff ganz direkt, „der war doch auch hier?" „Ja natürlich", stößt Sue schnell heraus, „natürlich, grüßen sie ihn bitte auch. Entschuldigen sie, das war unhöflich von mir." „Werde ich machen", sagt Jeff und wendet sich direkt an Thomas Fairfield: „Auf gute Nachbarschaft, Mister Fairfield", sagt Jeff und hat Thomas Fairfield fest die Hand gegeben, „ich würde mich freuen, wenn sie uns möglichst bald besuchen würden, Nachbarn müssen schließlich zusammenhalten. Empfehlen sie mich ihrer Frau. Mike, ich glaube, wir müssen weiter, wenn wir noch heute bei der Herde sein wollen."

Jeff und Mike schwingen sich in die Sättel, grüßen noch kurz und sind auch schon wieder unterwegs. Keiner sagt ein Wort, bis schließlich Jeff das Schweigen bricht: „Nun sag es schon", sagt er, „bevor du die Sprache ganz verlierst, Mike." „Ich bin wirklich sprachlos, Jeff", sagt Mike, „und ich finde es gut, wie du reagiert hast, das war wirklich ganz groß, Jeff. Ich glaube, du hast heute einen Freund fürs Leben gefunden", sagt er und nach einer Pause: „außer mir natürlich. Und ich glaube, du hast heute noch mehr gefunden." "Glaubst du?" murmelt Jeff, "ich glaube, du hast Recht. Das Gefühl hatte ich auch."

Sie schickt der Himmel Pete Chandler

Pete Chandler hat die lange Strecke von Stockton nach Austin in fast zwei Tagen geschafft. Er ließ sein Pferd ruhig laufen. Das brave Tier verstand es, die Kräfte gut einzuteilen und lief unermüdlich. Jetzt nähert sich Pete der Stadt, die von Ferne doch ganz anders wirkt, als die kleinen Orte, zu denen auch Stockton zählt. Er sucht seinen Weg direkt zum Gebäude des Gouverneurs, gleitet aus dem Sattel und macht sein braves Pferd fest. In Ruhe schaut er sich um und geht dann in das Gebäude.

„Sie schickt der Himmel, Pete Chandler", empfängt ihn Abraham Duffee ausgenommen freundlich, „setzen sie sich doch, sie müssen ja ganz Müde vom langen Ritt sein. Haben sie schon eine Unterkunft?" Pete setzt sich in einen bequemen Sessel und bedankt sich höflich: „Mister Duffee, das ist sehr freundlich von ihnen. Nein, eine Übernachtungsmöglichkeit werde ich mir noch suchen." „Gehen sie doch gegenüber zu Ben Crandel, dem Inhaber des

Desert Inn Hotels. Der wird sie sicher gut versorgen und das Essen ist ausgezeichnet." Pete ist ein wenig verwundert wegen der überschwänglichen Begrüßung, denn er hatte bisher wenig Kontakt zum Gouverneur. „Danke", sagt Pete, „ich werde das tun."

Der Gouverneur setzt sich Pete gegenüber und zündet sich eine dicke Zigarre an. „Was kann ich für sie tun, Mister Chandler?" fragt er direkt und lehnt sich erwartungsvoll zurück. „Ich habe gleich zwei Anliegen", sagt Pete, „ich soll sie aber zunächst einmal ganz herzlich von meinem Vater grüßen, Mister Duffe." „Danke", erwidert der Gouverneur, „ich hoffe, dass es ihrem Vater gut geht." „Es geht ihm gut, aber es gibt auch ein paar Probleme", antwortet Pete und fährt nach einer kurzen Pause fort: „Vor ein paar Tagen hat es Ärger bei unseren Herden am Rio Grande gegeben. Eine Gruppe mexikanischer Viehdiebe hat unsere Leute überfallen und etwa hundert Stück Vieh nach Mexiko abgetrieben." „Das waren sicher wieder die Leute von Estobar Cautillos", wirft der Gouverneur ein, „die anderen Viehdiebe in Mexiko sind harmlos oder werden von Cautillos kontrolliert. Wie ich euch einschätze, habt ihr die Herde sicher wieder zurückgeholt?"

„Ganz richtig", sagt Pete, "das haben wir und gleich acht Viehdiebe mitgebracht. Die befinden sich beim Sheriff Hanson in Stockton und warten auf ihre Strafe." „Bestens", sagt der Gouverneur, „dann wäre ja alles in Ordnung." „Nicht ganz", sagt Pete, „da ist noch etwas. In Los Morteros hat es Ärger mit dem örtlichen Alkalden gegeben, der die Sache völlig verdreht hat und unsere Leute für Viehdiebe und Entführer hielt. Er hat wilde Drohungen ausgestoßen, konnte aber gegen Mike Lannigan, unseren Vormann nichts ausrichten." „Der Alkalde steht auch auf Cautillos Lohnliste", bemerkt der Gouverneur, macht euch keine Sorgen deswegen, von dem werden wir nichts hören. Ihr habt ganz richtig gehandelt, aber es ist gut, dass sie mich informiert haben. Was gibt es noch?"

„Wir haben einen Siedler auf unserem Land, im Pecos Valley, der da nicht hingehört", fährt Pete fort. „Er heißt Thomas Fairfield und hat dort von uns zunächst unbemerkt sogar schon ein Farmhaus errichtet. Ich glaube, er will Pferde züchten." „Das Pecos Valley gehört euch, Pete, da gibt es keinen Zweifel. Dieser Fairfield muss sich geirrt haben. Die Angelegenheit ist rechtlich völlig klar. Ganz anders sieht die Sache aus, wie es jetzt weiter gehen soll. Habt ihr euch das schon überlegt?" fragt der Gouverneur. „Wir haben zunächst Vater davon abgehalten, die Fairfields davon zu jagen, aber das ist noch keine Lösung", antwortet Pete. „Nein, das ist noch keine Lösung", wiederholt der Gouverneur, „aber ihr habt das richtig gemacht, Gewalt ist bestimmt keine Lösung. Ich nehme an, das Fairfield demnächst hier auftauchen wird, um die Eigentumsfragen zu klären, dann werden wir ihm klarmachen, dass er auf fremdem Land siedelt. Am besten wäre es, wenn er mit ihrem Vater zu einer Einigung käme." „Ja", sagt Pete nachdenklich, „das wäre wahrscheinlich das Beste für alle." „Ich glaube, Mister Chandler, wir werden da eine Lösung finden", sagt der Gouverneur, „da gibt es aber noch ein anderes Problem zu besprechen."

Pete schaut etwas verwundert und der Gouverneur fährt ungerührt fort: „Sie wissen ja, dass es eine Eisenbahn bis El Paso geben wird", fährt der Gouverneur fort, „Austin ist bereits angeschlossen, schauen sie sich doch einmal unseren neuen Bahnhof an. Jetzt geht der Eisenbahnbau weiter zunächst bis Stockton und dann immer weiter nach Westen bis El Paso und das ist das Problem." Pete hat aufmerksam zugehört und fragt nun: „Ich schätze, es geht wohl um die Streckenführung, Mister Duffee?" „Ganz recht", erwidert der

Gouverneur, „die Eisenbahnlinie wird direkt über euer Ranchgebiet gehen. Das ist der direkte Weg nach El Paso." Pete sagt zunächst nichts und der Gouverneur stört ihn nicht in seinen Überlegungen. Schließlich sagt der Gouverneur: „Was sagen sie dazu, Mister Chandler?" Pete räuspert sich und schaut den Gouverneur direkt an: „Das wird wirklich ein Problem für unseren Vater, Mister Duffee", sagt Pete, „der tut mir schon leid. Da kommt zurzeit einiges zusammen. Im Süden wird er regelmäßig bestohlen, im Westen versucht man, ihm sein Land wegzunehmen und von Osten kommt der Fortschritt, mitten über sein Land." „Ja, das ist sicher ein bisschen viel auf einmal", sagt der Gouverneur, „es gibt natürlich eine Entschädigung, nicht unbedingt Geld, aber Land. Texas ist schließlich groß." Es entsteht eine Gesprächspause und beide Männer denken angestrengt nach. Schließlich unterbricht Pete die Pause und sagt: „Der Eisenbahnbau bringt natürlich auch große Vorteile für das ganze Land und für die Farmer und Rancher. Ich denke da einmal nur an die Viehtransporte." „Ja", sagt der Gouverneur, „ihr jungen Leute versteht das sofort, aber wir müssen auch die Älteren überzeugen. Dazu brauche ich ihre Hilfe, Pete."

Nach einer weiteren Denkpause sagt der Gouverneur: „Pete – ich darf sie doch so ansprechen – wie stellen sie sich eigentlich ihre Zukunft vor?" Pete ist sichtlich überrascht und sagt: „Mister Duffee, darüber habe ich mir ehrlich gesagt noch keine Gedanken gemacht." „Das brauchen sie auch nicht, Pete, das haben andere schon gemacht. Ich würde Ihnen gerne einen Vorschlag machen. Wollen sie mein Sekretär werden, hier in Austin. Sie kennen die Gegend vor allem im Westen gut, auch die Leute dort und sie sind offen für die Zukunft. Ich hätte sie gerne hier, allein komme ich mit den vielen Aufgaben schon lange nicht mehr klar. Sie brauchen sich nicht sofort entscheiden, überlegen sie es sich aber bitte und geben sie mir Bescheid, wenn sie zu einer Entscheidung gekommen sind."

„Ich danke ihnen, Mister Duffee", sagt Pete, „ich werde es mir überlegen, muss ihr Angebot aber erst einmal verdauen." „Tun sie das", sagt Abraham Duffee, „ich würde mich über eine positive Entscheidung sehr freuen." Pete steht auf, verabschiedet sich und verlässt das Büro. Im Desert Inn Hotel findet er Ben Crandel, der ihm ein Zimmer zuweist und ein anständiges Abendessen, das Pete schweigsam einnimmt. Danach schlendert er durch Austin und schaut sich den Bahnhof an. „Wenn die Eisenbahntrasse fertig ist, sind sie in zehn Stunden in El Paso", spricht ein älterer Mann ihn an, „das kann man kaum mehr begreifen." „Das stimmt", sagt Pete, „und genau das ist das Problem." „Wo soll da ein Problem sein?" fragt der ältere Mann. „Die Schwierigkeit ist, dass die Eisenbahntrasse erst noch gegenüber den Landbesitzern durchgesetzt werden muss. Das ist noch lange nicht entschieden." Der ältere Mann schaut Pete ganz verwundert an, schüttelt den Kopf und geht weiter. „Soll einer die jungen Leute verstehen", murmelt er im Fortgehen, „da kommt der Fortschritt über uns und die jungen Leute sehen nur Probleme."

Großvater wird sich im Grabe umdrehen

Auf der Chandler Ranch tagt der Familienrat. Es gibt viel zu besprechen. Pete ist aus Austin zurück und Jeff Chandler ist ebenfalls vom Pecos Valley zurückgekehrt. Die Familie hat sich um den großen Esstisch versammelt und Jeff Chandler berichtet über sein Gespräch mit Thomas Fairfield. Alle hören gespannt zu.

„Was soll ich sagen", berichtet Jeff, „dieser Thomas Fairfield ist ein sehr anständiger Mann. Ich wollte ihm wirklich Vorwürfe mache, aber das war überhaupt nicht erforderlich. Er hat seinen Fehler wohl schon eingesehen, will sich aber dennoch in Austin noch einmal vergewissern." „Das wird ihm auch nicht helfen", sagt Pete, „der Gouverneur hat klar gesagt, dass wir die Besitzer des Pecos Valleys sind. Etwas anderes wird er Thomas Fairfield nicht sagen. Er empfiehlt nur, über eine Lösung nachzudenken."

„Das hab ich schon", fährt Jeff Chandler fort, „ich habe Mister Fairfield angeboten, das Grundstück zu pachten. Allerdings fehlt ihm auch dazu momentan das Geld." „Das hast du getan?" ruft Pete überrascht, „Pa, das finde ich großartig von dir." „Danke", murmelt Jeff, „Großvater wird sich im Grabe umdrehen. Aber was soll's, die Zeiten haben sich eben geändert. Keine Heiligsprechung bitte. Pete, was hast du beim Gouverneur erreicht?"

Pete berichtet jetzt ausführlich über sein Gespräch mit dem Gouverneur und alle hören aufmerksam zu. Er berichtet über die Viehdiebe und den Ärger mit dem Alkalden, worüber man sich keine Sorgen machen soll und kommt dann auf den Eisenbahnbau zu sprechen. „Vater", sagt Pete, „es sieht so aus, als würde die Eisenbahn von Stockton aus nach El Paso direkt über unser Gebiet verlegt werden." „Was ist los?", ruft Jeff Chandler jetzt und ist aufgesprungen. „Wieso muss die Eisenbahnlinie ausgerechnet über unser Gebiet verlaufen", stößt er aufgeregt heraus, „es führen viele Wege nach El Paso und Texas ist groß."

„Der Gouverneur sagt, dass dies die kürzeste Strecke ist und außerdem soll es eine Entschädigung geben, möglicherweise Land an anderer Stelle", fährt Pete fort. „Dann ist unser Land doch nichts mehr wert", mischt sich jetzt auch Ron in das Gespräch ein.

„Vielleicht irren wir uns", sagt Pete, „wir müssen doch auch die Vorteile der Eisenbahn sehen. Allein der Viehtransport ist ein großer Vorteil, wir bekommen vielleicht eine Verladestation. El Paso, Stockton und Austin sind mit der Bahn in wenigen Stunden zu erreichen und wir können weiterreisen nach dem Osten und nach dem Westen, eines Tages vielleicht sogar nach Kalifornien."

„Da steckt was dahinter", knurrt Jeff Chandler „und ich werde auch herauskriegen, wer hinter diesem teuflischen Plan steckt. Eine Vermutung habe ich schon. Pete, war Mike Davis auch in Austin?" „Mike Davis war vor ein paar Tagen beim Gouverneur", antwortet Pete, „er hat auch mit dem Eisenbahnchef, Patric Mc Albright gesprochen. Das hat der Gouverneur erwähnt." „Dachte ich es mir doch" sagt Jeff Chandler, „bei der Gelegenheit wurde der Plan ausgeheckt, aber die werden mich kennen lernen." Jetzt schaltete Rose Chandler sich in das Gespräch ein und sagt: „Jeff, reg dich vor allem nicht auf. Mit Sturheit kannst du hier gar nichts erreichen. Verlang doch vom Gouverneur ein offizielles Schreiben von der Regierung, in dem die Gründe für die Streckenführung dargelegt werden. Du hast so die Möglichkeit, gegen dieses amtliche Schreiben vorzugehen." Maggie schaltet sich ebenfalls ein und schlägt vor: „Vielleicht sollten wir einen Rechtsanwalt einschalten. In Austin gibt es ein Gemeinschaftsbüro, soviel ich weiß. Diese Leute wissen jedenfalls, was man in solchen Fällen tun kann. Es gibt immerhin Gesetze und Recht, nur können wir das nicht alleine in die Hand nehmen." „Wir haben doch schlaue Kinder, Rose", brummt Jeff, „wir werden das genauso machen."

Nachdem diese Frage besprochen ist, meldet sich Pete noch einmal zu Wort: „Da ist noch etwas, was ihr wissen solltet", sagt Pete. Alle schauen ihn gespannt an. „Immer noch Neuigkeiten?" brummt Jeff

Chandler. „Ja", sagt Pete, „aber darüber muss ich ganz alleine entscheiden." „Worum geht es denn?" fragt Ron. Pete lässt sich etwas Zeit mit der Antwort und man spürt die Spannung im Raum. Pete geht behutsam vor, indem er sagt: „Wie ihr wisst, habe ich ja mit dem Gouverneur gesprochen. Das meiste habe ich euch ja schon berichtet, aber da ist noch etwas, was mir seither durch den Kopf geistert." „Mein Gott, einen Kopf hat er auch", bemerkt Ron, „mach es doch nicht so spannend. Willst du Sue Fairfield heiraten?" „Wie kommst du darauf?" fragt Pete ganz entrüstet, „wie kommst du in drei Teufels Namen ausgerechnet auf Sue Fairfield?" „Ist doch ein nettes Mädchen", sagt Ron, „du glaubst doch nicht, dass andere das nicht auch bemerken." „Andere bemerken auch, dass Marilyn Davis ein ganz nettes Mädchen ist", kontert Pete, „oder willst du vielleicht abstreiten, dass du etwas für sie übrig hast?" „Schluss damit", ruft Jeff Chandler, „über diese Dinge wollen wir keinen Streit. Das sind ganz persönliche Angelegenheiten und wenn einer von euch uns etwas mitzuteilen hat, dann wird er das schon tun. Wir bitten euch jedenfalls darum, damit wir nicht die letzten sind, die solche Dinge erfahren. War es das, Pete?"

„Keineswegs", fährt Pete fort, „der Gouverneur, Mister Abraham Duffee, hat mir vorgeschlagen, dass ich nach Austin kommen und sein Sekretär werden soll." Jetzt breitet sich Schweigen im Raum aus. Jeff und Rose wechseln bedeutungsvolle Blicke. Als erste findet Rose ihre Sprache wieder: „Aber das ist ja großartig, Pete", sagt sie, „was für ein Glück. Sekretär des Gouverneurs von Texas. Mein Junge, das wäre ganz großartig. Das wäre eine Stellung, mit der du es sehr weit bringen kannst. Was sagst du, Jeff, ist das nicht großartig?" Jeff hat bisher nichts gesagt, erhebt sich und geht im Raum auf und ab. „Ich frage mich nur, was wohl dahinter steckt?"

sagt er: „vielleicht will der Gouverneur uns damit ruhig stellen, damit wir den Eisenbahnbau nicht stören." „Was du immer hast", ruft Rose sichtlich empört, „rede Pete doch nicht dieses tolle Angebot schlecht, Jeff. Es muss doch nicht immer hinter allem etwas stecken."

Pete hat bis jetzt zugehört und sagt jetzt: „Wie ich schon sagte, ist das meine Angelegenheit und ich denke darüber nach. Die Frage, ob das dahinter steckt, was Pa vermutet, werde ich mit dem Gouverneur klären. Ich glaube das zwar nicht, aber ein offenes Wort zur rechten Zeit ist immer gut. Ich brauche jetzt etwas Abstand von allem, auch von euch. Ich werde zum Pecos River reiten und die Jungs aufsuchen. Ich werde auch einen Abstecher in das Pecos Valley machen und die Fairfields besuchen. Danach sehen wir weiter, bis dann." Ohne zu zögern verlässt Pete den Raum und geht zu dem Pferdekorral, um sein Pferd zu holen. „Mir ist ganz schlecht", sagt Jeff, „ich glaube, ich brauche jetzt einen Whiskey." „Ich auch", sagt Ron, „wir werden uns wohl bei Pete entschuldigen müssen."

Rodeo in Stockton

Einmal im Jahr findet in Stockton das Rodeo statt. Der kleine Ort ist dann nicht wieder zu erkennen. Er platzt förmlich aus allen Nähten. Aus der größeren Umgebung kommen die Rancher mit ihren Familien und ihren Cowboys zusammen, um im Rodeo die Kräfte zu messen. Da möchte niemand fehlen und es gibt einen harten Wettbewerb zwischen den Cowboyteams der verschiedenen

Ranches, allen voran die Mannschaften der Chandlers und der Davis Ranch.

Dazu wurde am Rande von Stockton schon vor Jahren eine Wettkampfstätte geschaffen und über die Jahre hinweg ausgebaut. In der Mitte befindet sich ein umzäuntes, rundes Reitgelände mit verschiedenen Zugängen und Korrals. Die vielen Zuschauer finden Platz auf den geräumigen Holztribünen. Im Umkreis um Stockton haben sich die reinsten Wagenburgen gebildet, wo die Zuschauer und Teilnehmer während der drei Tage des Rodeos übernachten. Das einzige Hotel von Stockton würde die Zuschauermassen gar nicht bewältigen können. Außerdem wird an diesen Tagen auch ein wenig Nostalgie gepflegt. Man erinnert sich an die Tage der großen Trecks und die geräumigen Planwagen werden extra dazu noch einmal benutzt. Abends sitzt man an Lagerfeuern, brät Fleisch und lässt die Flaschen kreisen. Musik klingt in die Nacht. Es gibt viel zu erzählen, vor allem über das Rodeo.

Das ist in Stockton von besonderer Qualität und die Disziplinen sind äußerst schwierig, ja auch gefährlich. Die Mannschaften und Einzelreiter beweisen sich in einer Reihe von Schwierigkeitsübungen. Es gibt das Wildpferdfangen und Einreiten der Wildpferde. Das ist sehr spektakulär, wird mit großer Begeisterung begleitet und die Pferde sind nach diesem Wettbewerb als Reitpferde zu gebrauchen, man kann sie auch kaufen. Bullenreiten ist besonders gefährlich, denn wenn ein Reiter unter einen solchen Bullen gerät, dann kann das üble Folgen haben. Es stehen zwar Helfer bereit, die den Bullen abzulenken versuchen, aber das gelingt eben nicht immer. Den Rest muss dann der Doktor erledigen, schlimmstenfalls der Leichenbestatter, der für das Rodeo immer schon einige Holzkisten bereithält. Neben dem Drugstore macht er jedes Jahr das beste Geschäft, sagt man. Etwas weniger gefährlich, dafür für die jüngeren Zuschauer sehr unterhaltsam, ist das Einfangen der Kälber. Dabei können die Cowboys ihre Lassokünste unter Beweis stellen. Den Abschluss bildet immer das große Prärierennen. Die Mannschaften reiten um die Wette. Es geht auf einen Rundkurs von 10 Meilen mit festen Stationen. Wer mogelt, fliegt aus dem Wettbewerb.

Jeff Chandler und Mike Davis sitzen vor dem Planwagen der Chandlers und haben einiges zu besprechen. „Mike", sagt Jeff Chandler, „ich habe dich immer für einen anständigen Mann gehalten, das weißt du." „Was willst du damit sagen, Jeff", antwortet Mike Davis, „bin ich das jetzt nicht mehr?" „Mike, ich glaube, dass du deine Finger im Spiel hattest, als es um die Streckenführung der Eisenbahn ging. Du warst beim Gouverneur und zusammen mit dem Eisenbahnchef wurde das ausgeheckt."

Mike Davis sagt erst einmal gar nichts. Dann nach einer Pause schaut er Jeff Chandler lächelnd an und sagt: „Jeff, was hättest du an meiner Stelle getan, die Kerle wollten die Eisenbahn über mein Gebiet legen und ich habe ihnen nur gezeigt, dass es eine kürzere Verbindung nach El Paso gibt." „Eben", sagt Jeff Chandler, „über mein Land. Und niemand ist auf die Idee gekommen, mit mir zuerst darüber zu sprechen."

„Ich verstehe, dass du wütend bist", sagt Mike Davis, „und was soll jetzt geschehen?" „Ich werde mir das nicht gefallen lassen und die Sache rechtlich prüfen lassen. Das wird Geld kosten, für alle Beteiligten, und vor allem wird es Zeit kosten. Das hätte man sich ersparen können, wenn man anders vorgegangen wäre." „Schade", sagt Mike Davis, „dabei können wir die Eisenbahn gut gebrauchen. Die langen Viehtriebe kosten unser Geld und wir verlieren dabei regelmäßig viele Tiere." „Mike", sagt Jeff Chandler, „das ist alles richtig, aber ich werde nicht akzeptieren, dass man in dieser Weise über mein Land verfügt." „Verstehe", sagt Mike Davis, „ich würde das wahrscheinlich auch so machen. Ich habe da noch ein anderes Thema, Jeff. Bist du damit einverstanden, dass John Simons zu mir als Vormann kommt?"

„Ich habe davon schon gehört", antwortet Jeff Chandler, „wenn John das möchte, dann habe ich selbstverständlich nichts dagegen. Ich dachte aber, dass er einmal Mike Lannigan nachfolgen könnte." „Warten wir's doch ab", sagt Mike Davis, „wenn John das einmal möchte, werde ich ihm bestimmt nicht im Wege stehen. Ich danke dir jedenfalls für dein Verständnis. So, und jetzt sollten wir uns wieder das Rodeo anschauen. Unsere Jungs sind ja wieder mit vollem Einsatz dabei. Bin gespannt, welche Mannschaft dieses Jahr das Rennen macht. Ich habe John Simons geraten, dieses Jahr noch einmal für die Chandler Ranch zu reiten. Ich halte das für besser." „Das ist sehr vernünftig, Mike", brummt Jeff Chandler, „die Jungs würden das auch nicht verstehen. Wenn John im nächsten Jahr für euch reitet, dann ist das etwas anderes." Beide erheben sich und schlendern hinüber zur Wettkampfstätte, wo gerade unter großem Gejohle der Zuschauer ein Wildpferd zugeritten wird.

Etwas abseits vom Geschehen haben sich Ron Chandler und Marilyn Davis im Schatten eines Baumes niedergelassen und verfolgen das Treiben mit etwas Abstand. In Wirklichkeit freuen sie sich über die Gelegenheit, sich wieder einmal zu treffen und sich in aller Ruhe auszusprechen. Beide kennen sich von Kindheit an und waren immer gute Freunde. Sie trafen sich regelmäßig, mal auf der Chandler Ranch, mal bei den Davis, und beide Familien erwarteten im Gunde genommen, dass die beiden einmal ein Paar werden.

Damit lassen sich Ron und Marilyn aber Zeit und drängeln lassen sie sich schon gar nicht. Marilyn hat einmal zu Ron gesagt: „Ron, wenn es so kommen soll, dann wird es auch so kommen. Wir werden das aber ganz alleine entscheiden und lassen uns von niemandem hineinreden, einverstanden?" Ron hat das so akzeptiert und seither hatten beide nicht das geringste Problem miteinander.

Jetzt sitzen sie sehr vertraut aber schweigend beieinander, bis Ron das Schweigen bricht. „Marilyn", sagt Ron, „hoffentlich können wir das Problem mit dem Eisenbahnbau regeln. Ich sehe sonst schwarz für die Zukunft. Vater ist wild entschlossen, gegen die Streckenführung anzugehen. Er kann es einfach nicht akzeptieren, dass in dieser Weise über sein Land verfügt wird." „Da ist auch sehr viel Ungeschicklichkeit im Spiel", sagt Marilyn, „ich weiß natürlich, dass mein Vater beim Gouverneur Einfluss genommen hat. Das könnte zu einem wirklichen Problem auch zwischen unseren Familien werden." „Soweit dürfen wir es nicht kommen lassen", bemerkt Ron, „wenn ich nur wüsste, was man in diesem Fall tun könnte?" Marilyn schaut Ron an und sagt: „Vielleicht kann Pete ja etwas tun. Er hat das Vertrauen des Gouverneurs und vielleicht auch etwas Einfluss." „Schon möglich", sagt Ron nachdenklich, „nur, was soll Pete wirklich tun? Zaubern kann er auch nicht." „Sicher nicht", sagt Marilyn, „aber wir können etwas tun, Ron. Wir lassen uns von den Dingen nicht beeinflussen, komme, was da wolle. Bist du einverstanden?" „Bin ich", sagt Ron und küsst Marilyn flüchtig auf die Wange. Beide machen sich auf den Weg zur Rodeo Stätte, wo Shorty von der Davis Ranch gerade ein ganz wildes Pferd zu zähmen versucht.

Das Tier ist wie von Sinnen. Es bäumt sich unter seinem Reiter auf, macht wilde Sprünge und versucht alles, um den lästigen Kerl auf seinem Rücken los zu werden. Das Pferd spürt offensichtlich, dass es hier um seine Freiheit geht und darum, dass der Reiter versucht, ihm seinen Willen aufzuzwingen. Es geht im wahrsten Sinne um alles oder nichts. Das geht nun schon seit gut einer Viertelstunde so und die Zuschauer klatschen stehend dieser atemberaubenden Szene Beifall. Ganz langsam lassen die Kräfte des Pferdes nach, die Zuschauer spüren, dass Shorty fast am Ziel ist. Dieser ist aber viel zu erfahren, um sich vom Verhalten des Tieres täuschen zu lassen. Das Pferd steht jetzt still, atmet schwer und schaut ganz wild um sich. Shorty bleibt gespannt und aufmerksam, um nicht am Ende noch einen Fehler zu machen, der schon so vielen Cowboys passiert ist. Und wirklich, beginnt das Pferd erneut zu springen und zu bocken, aber Shorty merkt, dass dies das letzte Aufbäumen ist und das hinter den Sprüngen nicht mehr die anfängliche Kraft steckt. Seelenruhig lässt er das Tier gewähren, hält sich unnachsichtig mit der rechten Hand fest und gleicht mit dem linken Arm die Bewegungen des Tieres aus. Ganz langsam erlischt der Widerstand des Pferdes. Noch ein, zwei Sprünge, dann bleibt das Tier stehen, schaut ungläubig um sich und dann nach hinten auf den seltsamen Reiter auf seinem Rücken. Die Zuschauer sind ganz außer sich vor Begeisterung und Shorty wächst in diesem Augenblick zu einer unglaublichen Größe auf. Er legt die Hand auf den Hals des Pferdes und streichelt das verwirrte Tier. Dann zieht Shorty seinen Hut und grüßt die Menge, begleitet von frenetischem Beifall. Shorty hat das Pferd jetzt in Bewegung gesetzt und reitet eine Runde, bis er das Tier wieder zum Stehen bringt. Unter weiterem Beifall verlässt er jetzt den Innenraum der Rodeo Stätte. Er weiß, dass er jetzt nicht absteigen darf. Das Tier muss sich vollständig an die ungewohnte Situation gewöhnen und zu seinem Reiter Vertrauen gewinnen. Deshalb reitet er das Tier noch eine Weile, macht einige

Gehorsamsübungen, bis er schließlich das Pferd erlöst und aus dem Sattel gleitet.

Die Cowboys der Davis Ranch sind jetzt bei ihm und gratulieren ihm, manch einer zertrümmert ihm fast die Schulter vor Begeisterung, so dass Shorty lachend sagt: „Ich wusste ja, dass eure Glückwünsche gefährlicher sind, als das Zureiten." In der Rodeo Stätte geht es inzwischen schon wieder hoch her. Der nächste Reiter hat schon mit dem Zureiten begonnen, ist aber schon nach wenigen Minuten in einem imposanten Bogen aus dem Sattel geflogen. So geht das den ganzen Nachmittag weiter und die Zuschauer sollen voll auf ihre Kosten kommen, auch der Doktor und zum Glück noch nicht der Leichenbestatter, aber das Bullenreiten kommt erst noch und so bleibt ihm die Hoffnung auf ein besseres Geschäft.

Dieses schöne Land gehört ganz sicher nicht uns

Pete Chandler ist noch einmal zu der Mannschaft am Pecos River geritten. Er braucht etwas Zeit, um nachzudenken. Das geht am besten, wenn er alleine unterwegs ist. Er hat die Nacht mit der Mannschaft verbracht, hat sich aber früh hingelegt und ist gleich früh morgens weiter geritten, in das Pecos Valley, wo er die Fairfields noch einmal aufsuchen möchte. Gegen Mittag ist er am Ziel.

Von Miss Fairfield erfährt er, dass Thomas Fairfield unterwegs nach Austin ist. Sie erzählt Pete auch, wie sehr sich das Leben der Fairfields geändert hat, nachdem sie erfahren haben, dass sie möglicherweise auf dem Gebiet der Chandlers siedeln. Alle waren aber überrascht, wie Petes Vater reagiert hat. Auch wenn man noch keine Lösung für das Problem hat, so ist es doch ein gutes Gefühl zu wissen, dass den Fairfields keine Absicht unterstellt wird. Irgendwie muss es jetzt zu einer Lösung kommen, sonst haben die Fairfields alles verloren, ihren Besitz, vor allem aber ihre Hoffnung auf eine schöne Zukunft. Pete hat geduldig zugehört und sagt jetzt: „Miss Fairfield, mein Vater ist kein Unmensch. Er hat nach dem ersten Schock vorbildlich reagiert und er wird zusammen mit ihrem Mann sicher einen Weg finden." Sue Fairfield hat schweigend zugehört, ihren Blick aber nicht von Pete gelassen. Unvermittelt spricht sie Pete an: „Wie wäre es mit einem Ausritt? Wollten sie mir nicht etwas von ihrem Land zeigen?" „Sehr gerne", sagt Pete und schaut Miss Fairfield fragend an. „Sie sollten das tun", sagt Miss Fairfield, „hier gibt es im Moment ohnehin nicht viel zu tun und etwas Abwechslung wird Sue gut tun." Sue und Pete machen sich kurz darauf auf den Weg.

Es geht zunächst durch eine schöne Berglandschaft, in die das Pecos Valley eingebettet ist. Hin und wieder halten sie an, um einen Ausblick zu genießen. „Das alles ist zu schön, um wahr zu sein", sagt Sue, „und das alles gehört ihnen?" Pete schaut Sue lange an und antwortet etwas zögernd: „Dieses schöne Land gehört ganz sicher nicht uns. Wir haben aber das Glück, dass wir es im Augenblick besitzen und dass wir es bewirtschaften dürfen. Wer weiß, wem es in Zukunft gehören wird. Ich glaube nicht, dass es uns gehören kann, wenn wir im Grundbuch als momentane Besitzer eingetragen sind." Sue schaut Pete lächelnd an: „Diese Ansicht überrascht mich, Pete. Ich darf doch Pete sagen?" „Sehr gerne Sue", antwortet Pete, „ich habe nicht immer so gedacht. Ehrlich gesagt, habe ich mir darüber früher überhaupt keine Gedanken gemacht. Alles war ganz selbstverständlich. Aber unser momentanes Problem zeigt doch ganz deutlich auf, wie schwierig es ist, mit Besitz oder Eigentum umzugehen. Dein Vater dachte auch, dass ihm das Pecos Valley jetzt gehören würde, bis wir auftauchten und unser Recht geltend machten." „Welche Möglichkeiten gibt es denn jetzt?" fragt Sue jetzt ganz direkt. „Na ja, man könnte sich auf eine Pacht verständigen, später könnte dein Vater es vielleicht auch kaufen", antwortet Pete, „wo ein Wille ist, da ist immer auch ein Weg. Wichtig ist nur, wie wir miteinander umgehen. Ich glaube, dass wir schon auf dem richtigen Weg sind. Beide Seiten haben sich bisher sehr vernünftig verhalten. Wollen wir weiterreiten, Sue?"

Schweigend reiten sie nebeneinander und lassen die atemberaubende Natur auf sich wirken. Sie überqueren einen Hang, halten auf einer Höhe und schauen auf den Pecos River hinunter, der sich wie ein graugrünes Band durch die Ebene schlängelte. Dann sehen sie die Herden und halten auf diese zu. Nach kurzer Zeit erreichen sie die Herde und die Chandler Mannschaft. Kein Cowboy lässt es sich entgehen, Sue und Pete zu begrüßen. Natürlich sind die Jungs auch neugierig, verhalten sich aber freundlich und zurückhaltend und derbe Sprüche hört man überhaupt nicht.

Sue und Pete wird Kaffee angeboten, eine kleine Stärkung gibt es auch und dann müssen beide weiter, da sie noch vor Einbruch der Dunkelheit wieder daheim sein wollen. Noch ein kurzes Winken zum Abschied und schon sind Sue und Pete wieder unterwegs. Sie erreichen die Fairfield Farm rechtzeitig und Pete verabschiedet sich rasch von Miss Fairfield und Sue und verspricht, dass er bald wieder kommen werde. Er hat es jetzt eilig und möchte wieder den Heimweg antreten. Als er außer Sichtweite ist, hält Pete kurz an, um dann im Schritt weiter zu reiten. Jetzt hat er es plötzlich nicht mehr eilig. Als es dunkel wird, steigt Pete ab und richtet ein Nachtlager ein. Er möchte jetzt in Ruhe über alles nachdenken. Es genügt, wenn er morgen am Nachmittag wieder zu Hause ist.

Ich glaube, dass du mit dem Angebot geködert wirst

Auf der Chandler Ranch ist die gesamte Familie versammelt. Pete hat es sich in einem Sessel gemütlich gemacht, Ron sitzt verkehrt auf einem Stuhl, Rose arbeitet an einem Hemd und flickt es, Maggie hat Kaffee eingegossen und reicht diesen herum. Jeff Chandler zieht einen Whiskey vor, den er mit viel Liebe in ein großes Glas gleiten lässt. Es herrscht eine gewisse Spannung im Raum.

Pete bricht die Stille: „Ich werde das Angebot des Gouverneurs annehmen und nach Austin gehen", sagt er ganz direkt. Damit sollte sich jeder Widerspruch wohl erledigen. „Toll", ruft Maggie, „dann habe ich wenigstens einen Grund, häufiger einmal nach Austin zu kommen. Das ist doch ganz etwas anderes, als dieses kleine Kaff Stockton. In Austin gibt es wenigstens Geschäfte, wo es sich einzukaufen lohnt". „Deine Sorgen möchte ich haben", brummt Ron, „und da gibt es auch allerhand Gesindel, das dir deine Einkäufe wieder abnimmt, wenn du Pech hast."

„Ich habe damit ein ganz anderes Problem", sagt Jeff Chandler, „ich glaube nämlich, dass du mit dem Angebot geködert wirst." „Zu welchem Zweck?" fragt Pete. „Na ja, ich denke da an den Eisenbahnbau", fährt Jeff fort, „wenn man ein Mitglied der Chandlers nach Austin zum Gouverneur holt, wird der alte Chandler vielleicht Ruhe geben, wenn man ihm die Schienen über sein Land legt. Was kann er dann noch machen, wenn er die Karriere seines Sohnes nicht gefährden will?" „Jeff", schaltet sich Rose ein, „wir sollten das trennen. Das eine muss mit dem anderen nicht unbedingt zusammenhängen. Ich glaube vielmehr, dass der Gouverneur Pete wirklich braucht, um seine Amtsgeschäfte ordentlich durchzuführen. Pete ist ganz sicher der beste junge Mann, den er in der ganzen Umgebung finden kann." „Das ist ganz sicher richtig, Rose", sagt Jeff, „wir können das andere aber auch nicht ausschließen und ich möchte nicht, dass Pete für irgendwelche Machenschaften missbraucht wird." „Der Gouverneur ist doch ein honoriger Mann, Jeff", gibt Rose zu bedenken, „seine Amtsführung ist untadelig und er gilt als gerecht gegen jedermann. Natürlich muss er einen Weg finden, dass diese Eisenbahn gebaut wird und da kann er es nicht allen recht machen. In diesem Fall trifft es uns."

„Seid ihr fertig?" fragt Pete jetzt etwas ungehalten, „wenn ich es richtig sehe, geht es um mich und um meine Angelegenheiten und die löse ich ganz alleine. Haltet ihr mich eigentlich für so naiv, dass ich mir das alles nicht auch schon überlegt habe? Pa, ich kann dir deine Befürchtungen im Augenblick nicht nehmen und ich kann sie sogar verstehen. Ich habe aber keinen Grund, an der guten Absicht des Gouverneurs zu zweifeln und mich reizt natürlich die Aufgabe. Der Gouverneur möchte, dass ich mich um den Westen kümmere, da ich hier gut Bescheid weiß, und dann bin ich natürlich auch mit dem Eisenbahnbau befasst. Das lässt sich ganz sicher nicht vermeiden. Vielleicht haben einige Leute andere Absichten, aber das werde ich schon herausfinden. Ich bin aber davon überzeugt, dass es immer besser ist, die Dinge vor Ort an der Wurzel anzupacken, als sich nur im Widerstand zu gefallen. Pa, du solltest etwas mehr Vertrauen zu mir haben".

„Da hörst du es, Jeff", schaltet sich Rose wieder ein, „deine ganze Erziehung wäre ja nichts wert, wenn du auf das Ergebnis nicht vertraust." „Pete hat recht", schaltet sich auch Ron ein, „seine Berufung durch den Gouverneur und der Eisenbahnbau können genauso gut ein zufälliges Zusammentreffen sein. Pete ist clever genug, zu erkennen, wenn die Dinge anders liegen. Pete, wenn es dir recht ist, werde ich dich nach Austin begleiten. Wir sollten den großen Zweispänner nehmen und zwei Cowboys zur Begleitung, damit du einige Sachen mitnehmen kannst und würdevoll in Austin ankommst und nicht wie ein hergelaufener Weidereiter." „Ihr habt natürlich Recht", brummt jetzt auch Jeff, „entschuldigt bitte, aber das war in letzter Zeit auch alles ein bisschen viel für mich, da wird man eben misstrauisch. Ich wünsche dir viel Glück, mein Junge, du wirst das schon machen. Mein Gott, unser Pete geht in Regierungsgeschäfte, wer hätte das gedacht." „Toll", ruft Maggie jetzt, „Pete wird vielleicht einmal selber Gouverneur!" „Oder Präsident der Vereinigten Staaten", stichelt jetzt Pete, „wir wollen doch auf dem Teppich bleiben. Pa, ich danke dir und Rons Angebot nehme ich natürlich gerne an. Ich werde jetzt einige Sachen einpacken, denn morgen früh soll es losgehen."

Wenn ich keinen brauchbaren Vorschlag mache, holt mich vielleicht der Teufel

Jeff Chandler und Mike Lannigan sind seit Stunden unterwegs zum Rio Grande. Sie haben recht gemächlich die Prärie durchquert, haben über dies und jenes gesprochen und die Zeit ist ihnen nicht lang geworden. Sie wollen Sheriff Bud Hanson bei den Herden am Rio Grande treffen. Der Sheriff will sich über die Situation der Herden am Rio Grande ein eigenes Bild machen und mit den Cowboys über die Umstände des letzten Überfalls sprechen. Der Gouverneur möchte einen genauen Bericht. Die ständigen Viehdiebstähle sind neben dem Eisenbahnbau sein größtes Problem. Der Gouverneur denkt offensichtlich über den Einsatz des Militärs nach.

Jeff Chandler ist überrascht, den Sheriff schon anzutreffen und noch mehr überrascht ihn die Anwesenheit von Mike Davis und John Simons, dem neuen Vormann der Davis Ranch. „Hallo Sheriff, hallo Mike, hallo John", begrüßt Jeff Chandler die bereits Anwesenden, „Hallo Jungs", begrüßt er auch seine Cowboys. „Was verschafft mir die Ehre? Wir sollten vielleicht ein Stück den Rio Grande ostwärts reiten", schlägt Jeff dem Sheriff, Mike Davis und John Simons vor. Mike Lannigan bleibt derweil zurück bei der Herde.

„Ich habe mit ihren Leuten schon gesprochen", sagt Sheriff Bud Hanson, „es scheint so, als hätten wir durch die Furten im Rio Grande hier im Süden ein richtiges Problem. Die Art und Weise, wie die Viehdiebe vorgegangen sind, gibt mir natürlich auch zu denken. Die gehen ziemlich raffiniert vor und setzen ihre Schusswaffen ohne Skrupel ein. Wie viele Furten gibt es auf ihrem Gebiet, Mister Chandler?" „Insgesamt drei", antwortet Jeff Chandler, „außer der, die wir eben gesehen haben, noch eine im Osten und eine im Westen, kurz vor dem Canyon." „Dann kommen sicher noch einige Furten außerhalb ihres Gebietes entlang der Staatsgrenze dazu", meint der Sheriff, „und überall können die Viehdiebe jederzeit zuschlagen. Wir müssen etwas dagegen tun."

„Was stellen sie sich vor Sheriff?" fragt Jeff Chandler. Der Sheriff überlegt und sagt dann: „Ich werde dem Gouverneur vorschlagen, an den Furten Militärposten einzurichten. Es geht ja auch um das andere Gesindel, dass an den Furten regelmäßig den Rio Grande überquert, nicht nur um Viehdiebe. Jeder, der in Texas ein Ding gedreht hat, kann sich auf diese Weise nach Mexiko absetzen und drüben herrscht sowieso Gesetzlosigkeit. Wenn etwas Gras über die Sache gewachsen ist, kommen die Kerle dann wieder unbemerkt nach Texas, um das nächste Ding zu drehen."

Mike Davis und John Simons hatten bis dahin zugehört. Jetzt mischt sich auch Mike Davis in das Gespräch ein und sagt: „Wir haben natürlich Glück, dass unser Gebiet im Norden liegt und die Chandler Ranch uns abschirmt. Dennoch ist es mir nicht egal, was meinem Nachbarn regelmäßig passiert. Ich möchte anbieten, dass wir jederzeit mit einer Mannschaft zur Verfügung stehen, wenn es darum geht, gegen die Viehdiebe vorzugehen. Da braucht man zusätzliche Männer und wir stehen jederzeit zur Verfügung, Jeff." „Danke", sagt Jeff, „das ist sehr freundlich und hilft uns ganz sicher. Wir brauchen aber auch eine Möglichkeit, uns mit dem Sheriff und mit euch in Verbindung zu setzen. Bis ein Reiter euch erreicht, vergehen Tage. Gibt es da nicht so eine moderne Möglichkeit, Nachrichten zu übermitteln, mit so einem Klapperapparat? Ich weiß nicht, wie das funktioniert, aber die Special Police und die Post sollen schon damit arbeiten."

„Ganz recht", entgegnet der Sheriff, „das nennt man einen Morseapparat. Wenn wir Militärposten bekommen, dann werden die so etwas einrichten. Das ist aber nicht ganz einfach, da man dazu lange Kabel braucht." „Na, das sind ja schöne Aussichten", brummt Jeff Chandler, „und die Kabel kann man vermutlich durchschneiden". „Wissen sie etwas Besseres?" knurrt Sheriff Hanson, „immer nur meckern kann ich auch." „Sorry", brummt Jeff Chandler, „das fiel mir nur gerade so ein." „Ist schon okay, Mister Chandler", brummt Sheriff Hanson, „ich muss jetzt sehen, „dass ich weiter komme. Der nächste Überfall kommt bestimmt und wenn ich keinen brauchbaren Vorschlag mache, holt mich vielleicht der Teufel in Gestalt des Gouverneurs. So long Gentlemen", spricht es und gibt seinem Pferd die Sporen.

Jeff Chandler, Mike Davis und John Simons machen sich auf den Weg zurück zur Herde, wo es noch einiges zu besprechen gibt. Alle drei genießen hin und wieder die Möglichkeit, nachts bei den Herden zu übernachten. Das Lagerfeuer, die Cowboys, die Geräusche der Herden und der Prärie, das alles gehört zu einem Rancher. So war er selber einmal ein Cowboy und so zieht es ihn regelmäßig hinaus. Nicht das Ranch Gebäude allein ist sein Leben, sondern es ist das Zusammensein mit den Herden und der Mannschaft. So ist Texas.

Pete wird jetzt ein völlig anderes Leben führen

Von der Chandler Ranch nach Austin sind es etwa fünfhundert Meilen, eine lange Strecke. Über Stockton wäre es noch weiter, aber Pete, Ron und ihre beiden Cowboys Jim und Larry wählen den kürzeren Weg entlang des Rio Grande, der ihren Weg etwa zu einem Drittel der Strecke nach Austin begleitet. Nach fünfzig Meilen verlassen sie das eigene Ranchgebiet und folgen dem Fluss immer in Richtung Osten. Sie werden fast sechs Tage und Nächte unterwegs sein und der große Planwagen wird ihnen auch zur

Übernachtung dienen, sofern nicht die Übernachtung unter freiem Himmel vorgezogen wird. Das ist immer dann der Fall, wenn es – wie meistens in Texas – schön warm ist. Die Kühle der Nacht ist da eher eine Wohltat und Decken, in die man sich einrollt, halten ausreichend warm. Ein Lagerfeuer bietet Schutz gegen Schlangen und anderes Getier. Außerdem wird Wache gehalten, da man nie wissen kann, wer sich noch vom Lagerfeuer angezogen fühlt. Sie überqueren einen Creek nach einem Viertel der Strecke und den Pecos River nach der Hälfte. Hier vereinigt sich der Rio Grande mit dem Pecos River und der Strom knickt nach Südosten ab. Es ist die Hälfte der Strecke bewältigt und man durchquert bis Austin eine wellige Prärielandschaft über Loma immer in Richtung Osten. Die Eisenbahn wird später diese Strecke auf eine knappe Tagesreise verkürzen, ohne Anstrengungen und Schinderei. Wer könnte diese Vorzüge besser schätzen, als jemand, der die Strecke mehrfach mit Pferd und Wagen bewältigen musste.

Es ist Nacht geworden und die Reisegruppe hat das Lager errichtet. Der Mond steht hell über der Landschaft und ein eindrucksvoller Sternenhimmel überspannt den Himmel wie ein Gemälde. Aus der Prärie klingen die vertrauten Geräusche herüber, man hat es sich am Lagerfeuer gemütlich gemacht. „Was wirst du in Austin machen, Pete?", fragt Jim interessiert. „Na ja", sagt Pete, „ich werde für den Gouverneur arbeiten. Der Gouverneur regiert Texas und das kann er nicht ganz alleine schaffen." „Und wie geht das den ganzen Tag, wenn man regiert?" fragt jetzt auch Larry, „ehrlich gesagt kann ich mir das nicht vorstellen." Pete denkt eine Weile nach und überlegt, was er jetzt antworten soll. Dumme Fragen gibt es nicht, aber viele dumme Antworten und das möchte er Jim und Larry doch nicht antun.

„Also", beginnt Pete bedeutungsvoll, „Texas hat geschätzt fünfhunderttausend Einwohner und wächst jeden Tag. Die Menschen kommen aus dem Osten, durchqueren Texas nach Westen und viele bleiben hier, um sich eine Existenz aufzubauen, so wie wir. Die Menschen sind aber nicht nur in Texas, sondern immer auch in den Vereinigten Staaten. In Texas gelten alle Gesetze der Vereinigten Staaten und die müssen eingehalten werden. Der Gouverneur ist der oberste Vertreter der Regierung in Texas. Es gibt eine Abordnung von Vertretern der verschiedenen Gebiete von Texas, die mit dem Gouverneur zusammenarbeiten. Außerdem gibt es eine Staatspolizei und Sheriffs in den Countys und ein Gericht, das Streitfälle löst und Verbrecher aburteilt. Der Gouverneur hat eine Verwaltung mit Mitarbeitern, die sich um alles kümmern, was für Texas erforderlich ist, wirklich alles: Steuern und Abgaben, Grundstücksfragen, Wege- und Eisenbahnbau, Handel, Schulen, Kneipen, Ärzte, Rechtsanwälte, Ackerbau und Viehzucht, Heiratsangelegenheiten nicht zu vergessen. Man erwartet, dass sich der Gouverneur um alles kümmert, wenn es erforderlich ist. Da ist es wohl klar, dass er das alles nicht allein bewältigen kann. Ich soll ihm in Zukunft dabei helfen, so wie andere in seiner Verwaltung auch."

„Wahnsinn", rutscht es Larry jetzt heraus, „und wann sehen wir dich dann einmal wieder bei unseren Herden?" „Das ist der Pferdefuß dabei", schaltet sich Ron jetzt ein, „Pete wird jetzt ein völlig anderes Leben führen. Er wird für die Regierung arbeiten und damit für uns alle und mit der schönen Freiheit eines Weidereiters ist es erst einmal vorbei, nicht wahr Pete?" „So ist es", bekräftigt Pete, „deshalb ist es mir auch schwer gefallen, das Angebot des Gouverneurs anzunehmen. Ihr Knilche werdet mir fehlen, eure

Sprüche und Neckereien und das freie, sorglose Leben unter freiem Himmel. Aber ich werde auch viel unterwegs sein müssen und da werde ich hoffentlich genügend Möglichkeiten haben, mit Euch und anderen Cowboys zusammen zu sein. Auch das gehört dazu, jedenfalls in Texas." „Und musst du dafür, dass du jetzt nicht mehr arbeiten musst auch noch Geld mitbringen?" fragt ganz unvermittelt Jim. Lautes Gelächter ertönt jetzt am Lagerfeuer. „Ganz bestimmt nicht", übernimmt Ron die Antwort, „die Arbeit für die Regierung ist anstrengend und verantwortungsvoll und sie wird auch ganz ordentlich bezahlt. Ich glaube, dass Pete es sich in Zukunft leisten kann, uns einen auszugeben, wenn er mal im Lande ist, ist es nicht so, Pete". „So ist es großer Bruder", antwortet Pete lachend, „ich kann aber schon verstehen, dass Jim und Larry unter Arbeit etwas anderes verstehen, als Leute aus der Stadt, die an einem Schreibtisch sitzen und mit einem Anzug herumlaufen."

Es ist spät geworden. Die kleine Gruppe hat sich am Lagerfeuer niedergelassen und hängt den eigenen Gedanken nach. Pete hat die erste Wache übernommen. Er hat noch über vieles nachzudenken und wo kann man das besser, als unter dem Sternenhimmel in der Weite der Prärie in Texas.

Ihr verdammten Mörder, das werdet ihr bereuen

Ruhig und friedlich liegt die Fairfield Farm, eingebettet in große Wälder und Wiesen im Pecos Valley. Thomas Fairfield ist seit Tagen abwesend. Er will in Austin die Angelegenheit mit seinem Grundstück klären. Fred Duncan, der Farmhelfer kümmert sich um die Farm, um die Pferde und sorgt für das Farmhaus. Im Augenblick

91

zerteilt er Holzstücke für den Herd, an dem Eleonore Fairfield gerade ein Essen zubereitet, während Sue mit einem Pferd unterwegs ist, das etwas bewegt werden muss.

Fred Duncan hat seine Arbeit unterbrochen und schaut angestrengt zum Waldrand, wo er eine Gruppe von Reitern bemerkt hat, die sich der Farm nähern. Es sind drei Männer, die auf ihn keinen besonders Vertrauen erweckenden Eindruck machen. Er hat das Gefühl, dass die Männer nicht in guter Absicht kommen und geht rasch in den Schuppen, um sicherheitshalber sein Gewehr zu holen. Rasch lädt er die Waffe und entsichert sie. Die drei Männer haben sich mittlerweile der Farm genähert und befinden sich jetzt unmittelbar am Zaun. Zwei Männer bleiben zusammen, während der Dritte einen Bogen um das Grundstück macht und sich von einer anderen Stelle wieder nähert.

Das alles gefällt Fred Duncan überhaupt nicht. Er entschließt sich die Männer anzusprechen. „Was wollt ihr hier?", fragt Fred Duncan ganz direkt. „Warum so unfreundlich", entgegnet der Anführer, ein unsympathischer Bursche, etwas abgerissen in der Kleidung und unrasiert, „wir brauchen Wasser für unsere Pferde und etwas zu essen wäre auch nicht zu verachten." „Wasser könnt ihr da hinten an der Tränke finden, aber ein Gasthaus sind wir nicht", antwortet Fred Duncan sehr bestimmt, „wenn eure Gäule getränkt sind, dann seht zu, dass ihr weiter zieht. Wir wollen hier unseren Frieden haben."

Das sollten die letzten Worte von Fred Duncan gewesen sein, denn ein einziger Schuss peitscht durch die Stille, abgegeben von dem dritten Reiter, der sich entfernt hatte. Fred Duncan schaut sekundenlang ungläubig auf das Gewehr seines Mörders und bricht dann ohne ein weiteres Wort sagen zu können, zusammen. Er ist auf der Stelle tot. Eleonore Fairfield stürzt ins Freie und läuft auf Fred Duncan zu, der reglos am Boden liegt. „Ihr verdammten Mörder", ruft sie, „das werdet ihr bereuen, ihr elendes Gesindel." „Ihr Kerl da ist selber schuld", antwortete der Anführer ungerührt, „sie hätten ihm besser Manieren beibringen sollen. Empfängt man so Gäste?" „Gäste?", schreit Eleonore aufgebracht, „Verbrecher seid ihr, die wehrlose Menschen überfallen. Hinterhältige Mörder seid ihr. Was hat euch der arme Mann getan, dass ihr euch einbildet ihn einfach so niederschießen zu können." „Halten sie die Luft an, Madam", entgegnet der Anführer und steigt von seinem Pferd, „sie gehen jetzt ins Haus und bereiten etwas zu essen vor. Wir schauen uns mal auf der Farm ein wenig um. Ist noch jemand hier, der nach einer Kugel verlangt?"

Mein Gott Sue, schießt es Eleonore durch den Kopf, hoffentlich hat sie den Schuss nicht gehört und bleibt der Farm fern. „Nein", antwortet Eleonore so ruhig, wie möglich, „ich bin jetzt allein auf der Farm, nachdem sie meinen Farmhelfer hinterrücks erschossen haben. Wollen sie mich auch erschießen?" „Das liegt bei ihnen", antwortet der Anführer kalt, „wenn sie tun, was man ihnen sagt, können sie ihr armseliges Leben gerne weiter führen". Die beiden anderen Männer haben inzwischen die Farm inspiziert und während Eleonore Fairfield wieder ins Haus geht, berichten sie ihrem Anführer, was sie gesehen haben. „Hier ist nicht viel zu holen, Boss", sagt der Todesschütze, das sind keine reichen Farmer, alles noch ziemlich neu hier, wohl noch im Aufbau." Der andere fügt hinzu: „Da sind allerdings zehn ordentliche Pferde, Boss. Die sollten wir mitnehmen. Dafür können wir sicher einen guten Preis bekommen."

Völlig unbemerkt beobachten zwei Indianer die Szene. Sie haben zwischen den Büschen am Waldrand Deckung genommen und jedes Detail beobachtet. Die Indianer gehören zum Stamm der Apachen aus dem nahe gelegenen Reservat. Kurz beraten sie, ob sie eingreifen sollten, entscheiden sich aber, zunächst nur weiter zu beobachten. Dem Mann, der erschossen worden war, konnten sie ohnehin nicht mehr helfen. Außerdem haben die Indianer gelernt, sich aus den Angelegenheiten der Weißen heraus zu halten. Sie bekamen immer nur Ärger, wenn sie sich einmischten. Am Ende würden sie noch verdächtigt, das Verbrechen begangen zu haben. Sie würden alles ihrem Häuptling melden, der immer genau weiß, was zu tun ist. Sie verhalten sich ruhig und können beobachten, wie die drei Männer das Farmhaus verlassen. Die Frau lebt noch. Das ist beruhigend. Die Männer öffnen den Korral, leinen zehn Pferde zusammen und nehmen sie mit, auch Sättel und allerhand Material aus dem Schuppen. Dann sitzen sie grußlos auf und ziehen mit ihrer Beute nach Nordwesten, dem Waldrand zu. Die beiden Indianer brauchen nur Sekunden, um sich zu verständigen. Einer soll sofort ins Reservat zurückkehren und alles dem Häuptling berichten. Der Zweite würde den Banditen folgen, um festzustellen, wohin sie sich wenden. Je nachdem, was der Häuptling dann entscheiden sollte, würden die Apachen dann die Verfolgung aufnehmen. Alles Weiter würde sich zeigen.

Haben sie mich deswegen zu ihrem Sekretär gemacht?

Abraham Duffee, der Gouverneur, hat sich in einem bequemen Ledersessel niedergelassen und Pete einen ebenso bequemen

Sessel zugewiesen. Er möchte sich ganz in Ruhe mit ihm unterhalten und hat angeordnet, dass er in der nächsten Stunde nicht gestört werden möchte.

„Schön, dass sie endlich da sind, Pete", beginnt er das Gespräch, „sie sind jetzt mein persönlicher Sekretär und ich möchte, dass sie über alles Bescheid wissen. Ich halte es für ganz wichtig, dass sie mich jederzeit verstehen und meine Entscheidungen mittragen. Nur so können wir gut zusammen arbeiten. Ich bitte sie aber, Pete, dass sie mich beraten und immer ihre ehrliche Meinung sagen, auch wenn sie mal anderer Ansicht sind, als ich. Ich kann nicht alles wissen und manchmal verbohre ich mich möglicherweise. Also immer offen und ehrlich sein und mit ihrer Meinung nicht hinter dem Berg halten. Nur so können wir verhindern, dass ich mich manchmal verreite." „Ich finde das wirklich großartig, Mister Duffee. Ich freue mich auf die Zusammenarbeit und sie können sich auf mich jederzeit verlassen."

Abraham Duffee hat sich eine dicke Zigarre angezündet und bläst genüsslich eine Rauchwolke an die Decke. „Pete", beginnt der Gouverneur, „Texas ist schon heute der flächenmäßig größte Staat der Vereinigten Staaten. Auch in der Bevölkerungszahl werden wir bald an der Spitze liegen, hoffentlich nicht auch in der Kriminalität. Texas ist der wichtigste Lieferant für Getreide und Rindfleisch, wir müssen aber aufpassen, nicht zu einseitig zu werden." „Welche Möglichkeiten sehen Sie, Mister Duffee?" fragt Pete. „Nun ja", antwortet der Gouverneur, „im Norden hat man nach Öl gebohrt. Das kann vielleicht einmal ganz bedeutsam werden, obwohl noch niemand sagen kann, wozu das Öl wohl gut sein soll. Aber, wenn das Zeug einmal da ist, findet sich meistens auch eine sinnvolle Verwendung, Pete. Wir brauchen hier auch eine gesunde Mischung aus Ranch- und Farmbetrieben. Jeder muss auf die anderen Rücksicht nehmen und die Streitereien zwischen Kuhschwänzen und Schafhirten müssen aufhören. Wir brauchen beide und außerdem die Feldarbeit. Die Vereinigten Staaten haben einen großen Bedarf an Nahrungsmitteln und Texas kann das liefern. Damit komme ich zum aktuellen Hauptthema. Um das alles zu transportieren, brauchen wir die Eisenbahn. Uns nützen die besten Ergebnisse nichts, wenn wir unsere Erzeugnisse nicht wegtransportieren können. Daran hängt der ganze Erfolg des Staates."

Es entsteht eine längere Pause bis der Gouverneur fortfährt. „Pete", sagt er, ich weiß, dass es mit der Trassenführung über euer Gebiet ein Problem gibt. Wir müssen eine Lösung finden, und zwar bald. Der Eisenbahnbau macht gute Fortschritte und wird bald euer Gebiet erreichen. Wir werden uns das einmal anschauen." „Haben Sie mich deshalb zu Ihrem Sekretär gemacht?" fragt Pete ganz ohne Umschweife. Der Gouverneur schaut Pete ganz entgeistert an und scheint zunächst sprachlos, hat sich aber bald wieder gefangen.

„Ich verstehe", sagt er, „mein Gott, ich hätte daran denken müssen, dass so etwas vermutet wird. Pete, ich danke dir für deine Aufrichtigkeit." Und nach einer Pause fährt er fort: „Du kannst mir glauben, mein Junge, an so etwas habe ich keine Sekunde gedacht und hätte ich daran gedacht, dann säßest du jetzt nicht hier. Glaub mir das bitte. Ich sollte dich vielleicht im Osten einsetzen und dich von eurem Gebiet im Westen fernhalten. Was war ich für ein Idiot." „Nicht doch, Mister Duffee", greift Pete jetzt ein, „mir ist nur wichtig, was sie mir dazu sagen, alles andere interessiert mich nicht. Gerade weil der Eisenbahnbau so wichtig ist, können sie mich ruhig im Westen einsetzen. Dort kenne ich mich aus, kenne die Leute und habe hoffentlich genug Ansehen, um die Betroffenen am Ende zu überzeugen. Dass geredet wird, können wir beide nicht verhindern. Ich schlage vor, dass ich mich zunächst einmal an der Eisenbahnbaustelle informiere und mich dann wieder in den Westen begebe, um die weiteren Möglichkeiten auszuloten." „Das ist ausgezeichnet, Pete", sagt jetzt der Gouverneur, „genauso machen wir das. Ich bin froh, dass alles zwischen uns geklärt ist. Hast du schon ein Quartier gefunden?" „Noch nicht", sagt Pete, „aber ich will mich gleich darum kümmern. Eine letzte Frage, Mister Duffe, wie stellt sich die Regierung den Ausgleich für das Land vor, das für den Streckenbau benötigt wird?" „Geldzahlungen sind unmöglich", antwortet der Gouverneur, „aber es kann Land angeboten werden im Ausgleich. Oben im Norden steht noch genügend Regierungsland zur Verfügung." „Interessant", meint Pete, „oben im Norden, da wird doch nach Öl gesucht." „Ganz recht", antwortet der Gouverneur, „das sollte das Angebot doch attraktiv machen." „Das denke ich auch", sagt Pete etwas nachdenklich, „Land im Norden von Texas, das hat etwas. Ich werde mich darum kümmern." Abraham Duffe und Pete haben sich erhoben und drücken sich fest die Hände. „Auf eine erfolgreiche Zusammenarbeit, Pete", beendet der Gouverneur jetzt das Gespräch und Pete verlässt mit raschen Schritten das Gebäude.

Zweitausend acre im Norden von Texas müsste doch reichen

Gemächlich schaukelt die Eisenbahn durch die Prärie nach Westen. Der Gouverneur, Abraham Duffee, der Eisenbahnchef, Mc Allister und Pete haben es sich im Dienstabteil gemütlich gemacht. Langsam zieht die Landschaft an ihnen vorbei. „Ist das nicht phantastisch?" fragt Mc Allister, „wenn wir jetzt durchfahren könnten, wären wir heute Abend in Stockton, aber leider ist die Strecke erst etwa hundert Meilen nach Austin fertig gestellt." „Wie machen sie das denn mit dem Bau und dem Material?", fragt Pete interessiert. „Das ist das Schöne am Eisenbahnbau", erklärt Mc Allister, „die Eisenbahn versorgt sich selbst. Ist eine Strecke erst einmal gelegt, dann kann sie auch benutzt werden, jedenfalls bis zur Baustelle. So schaffen wir alles Material heran, was gebraucht wird, die Schwellen, die Schienen, die Schrauben, das Werkzeug und sogar die Arbeiter. Im Bauzug an der Baustelle werden sie sogar untergebracht und einen kleinen Saloon auf Rädern gibt es dort auch. Die Leute sollen nicht nur arbeiten, sondern sich auf der Baustelle auch einigermaßen wohlfühlen. Manche werden Jahre beim Eisenbahnbau verbringen. Wir wollen ja nach Kalifornien, meine Herren."

„Wahnsinn", sagt Pete, „so habe ich das bisher gar nicht gesehen. Wie viel Land benötigen sie für die Trasse?" Mc Allister denkt einen Augenblick nach und sagt nach einer Weile: „fünfzig Fuß in der Breite und etwa sieben acre auf die Meile." „So viel?" wundert sich Pete, „das sind dann ja siebenhundert acre auf hundert Meilen." „Ganz richtig", sagt Mc Allister, „und dann kommen da noch die Flächen für die Stationen dazu. Sagen wir einmal rund tausend acre bei hundert Meilen. Ist ihr Land so groß, Mister Chandler?". „Ja, so ungefähr", entgegnet Pete und schaut nachdenklich aus dem Fenster. Jetzt schaltet sich der Gouverneur ein: „Die Regierung erstattet die doppelte Fläche, Pete. Es ist ja schließlich ein Nachteil, wenn das eigene Land nicht zusammen hängt, sondern weit entfernt ist." „Zweitausend acre im Norden von Texas", wiederholt Pete noch einmal, „das müsste doch ausreichen, um zu überzeugen. Ich habe da auch schon einen Plan, Mister Duffee", sagt Pete und vertieft sich in die vorbeiziehende Landschaft.

Um die Mittagszeit erreicht der Zug die Baustelle. Die Reise ist hier beendet, da die Strecke nur bis hierhin führt. Auf der Baustelle herrscht reges Treiben. Vor dem angekommenen Zug befindet sich noch ein Transportzug mit Material und davor steht der Bau Zug, der immer an der Baustelle bleibt. Die Arbeiter sind in Kolonnen aufgeteilt. Während ein Teil der Arbeiter schon weit vor der Baustelle das Gelände vorbereitet und einebnet, Steine und Gebüsch beseitigt, verlegt ein weiterer Trupp bereits die Schwellen für die Trasse. Ein dritter Trupp legt danach die Gleise auf die Schwellen und ein vierter Trupp befestigt die Gleise mit den Schwellen. Dazu werden Keile in den Boden getrieben und dicke Schrauben angezogen. Es ist heiß und die Männer arbeiten schwer. Sie begrüßen nur kurz die Angekommenen, vor allem den Eisenbahnchef, der den Vorarbeiter zur Seite nimmt, um mit ihm über den Bau zu sprechen.

Mc Allister möchte vor allem wissen, wie viel Strecke am Tag geschafft wird und wie man die Arbeiten noch beschleunigen kann. „Das kann ich ihnen sagen, Mister Mc Allister", sagt der Vorarbeiter Jack, „wir müssen nur in zwei Schichten arbeiten. Die Männer können diese Arbeit höchstens sechs Stunden machen, dann brauchen sie eine Pause. Wenn wir die doppelte Anzahl Männer einsetzen, können wir in zwei Schichten zwölf Stunden am Tag arbeiten und sind dann auch doppelt so schnell, vorausgesetzt das Material ist da." „Das werden wir machen, Jack", sagt Mc Allister.

Ich werde das Nötige in die Wege leiten. Nächste Woche bekommen sie die Leute und natürlich mehr Material.

„Na, wie schnell kommen sie voran, Mister Mc Allister", fragt jetzt der Gouverneur. „Im Augenblick schaffen wir eine halbe Meile am Tag, wenn wir in zwei Schichten arbeiten, können wir auch eine Meile am Tag schaffen." „Dann sind sie ja in zwei Monaten in Stockton und einen Monat später im Gebiet der Chandler Ranch. Na, Pete, bis dahin muss alles geregelt sein. Sie sollten nicht mehr allzu lange warten, die Zeit drängt." „ Ich werde mich schon morgen auf den Weg machen", sagt Pete, „da ist ziemlich viel Überzeugungsarbeit zu leisten. Heute Abend werde ich aber nach unserer Rückkehr meinem Bruder erst einmal Austin zeigen. So viel Zeit muss sein, Mister Duffee. Ich brauche ihn zu Hause noch, wenn es darum geht, entweder meinen Vater oder Mister Davis zu überzeugen." „Ist das ihr Plan?" fragt der Gouverneur, „klingt gut. Konkurrenz belebt das Geschäft. Na dann viel Erfolg, Pete. Ich glaube, Mister Mc Allister, wir haben genug gesehen und sollten uns auf den Heimweg machen. Wir halten ihre Leute sonst nur unnötig bei der Arbeit auf." Alle drei und andere Mitreisende besteigen den Zug und es geht zurück nach Austin.

Sie sind nicht allein, wir helfen ihnen

Es ist Abend geworden in Austin. Pete ist von der Eisenbahnbaustelle zurückgekehrt und hat sich mit Ron und den beiden Cowboys Jim und Larry im Desert Saloon getroffen. Pete berichtet vom Eisenbahnbau und Ron und die Cowboys sind begeistert von der Stadt. Sie haben sich ein ordentliches Essen bestellt und haben viel zu erzählen, als am Eingang des Saloons plötzlich Mister Fairfield auftaucht. Er hat Ron und Pete sofort gesehen und eilt auf die Gruppe zu.

„Hallo", sagt er kurz und an Ron und Pete gewendet, sagt er „kann ich sie bitte beide einmal sprechen." Die beiden Cowboys machen Platz und wechseln mit ihren Steaks an einen anderen Tisch. Thomas Fairfield nimmt Platz. Ohne Umschweife stößt er heraus: „Meine Farm ist überfallen worden. Ich habe das eben beim Sheriff von Austin erfahren, der vom Sheriff in Stockton per Telegraph informiert worden ist." „Was ist passiert?" fragt Ron besorgt. „Eine Gruppe von drei Banditen war auf der Farm. Sie haben unseren Farmhelfer Fred Duncan erschossen und alle Pferde mitgenommen", bricht es aus ihm heraus. „Was ist mit ihrer Frau und ihrer Tochter", stößt Pete nach, ist denen etwas passiert?" „Beide sind in Ordnung", sagt Thomas Fairfield, meine Frau haben sie zufriedengelassen und Sue war gar nicht auf der Farm, Gott sei Dank. Ich muss sofort zurück."

Ron und Pete wechseln einen kurzen Blick und Ron sagt: „Mister Fairfield, sie sind nicht allein, wir helfen ihnen." „Danke, die Grundstücksfrage ist auch eine Katastrophe. Wie es aussieht, habe ich einen Fehler gemacht und kann auf ihrem Land nicht bleiben. Ich weiß nicht mehr, was ich machen soll, ich bin ruiniert." „Wir finden ganz sicher eine Lösung", sagt jetzt Pete, „wichtig ist doch nur, dass ihrer Familie nichts passiert ist." Fairfield schaut beide entgeistert an: „Sie haben Recht, Pete, das ist sicher das Wichtigste."

Ron hat Jim und Larry herangewinkt. „Macht den Wagen und die Pferde fertig, wir müssen sofort zurück. Es ist etwas passiert. Die Fairfield Farm ist überfallen worden. Wir müssen die Halunken zur

Rechenschaft ziehen." „Ich werde sofort mit dem Gouverneur sprechen", sagt Pete, „ich komme natürlich mit und habe ohnehin noch einiges zu klären. Also in einer Stunde kann es losgehen."

Mit den letzten Sonnenstrahlen verlässt die Gruppe in großer Eile Austin und jagt mit hohem Tempo in die Prärie hinaus. Man wird Tag und Nacht unterwegs sein und immer nur kurze Pausen einlegen. Sie wollen so schnell wie möglich zur Fairfield Farm. Alle haben nur noch ein Ziel, die Schurken zu verfolgen und zur Verantwortung zu ziehen. Sie werden schon nach zwei Tagen auf der Fairfield Farm sein, wo sie bereits erwartet werden.

***

Auf der Fairfield Farm ist einiges los. Man hat auf der kleinen Farm noch nie so viele Leute gesehen. Sheriff Bud Hanson ist da, ebenso Jeff Chandler mit einigen Leuten, auch Mike Davis ist gekommen und hat einige Leute mitgebracht. Die Farm wurde nicht mehr unbewacht gelassen und es besteht auch schon ein Plan, wie jetzt vorgegangen werden soll. Zwei Indianer der Apachen sind herbeigeeilt und haben dem Sheriff genau berichtet, was sie beobachtet haben. Sie haben auch mitgeteilt, dass zwei Indianer des Stammes die Verfolgung aufgenommen haben. Die Banditen sind nach New Mexiko über die Staatsgrenze geflohen, die Indianer wissen aber genau, wo sie sich aufhalten. Der Sheriff ist voll des Lobes und ein allgemeines Gefühl hat sich eingestellt, dass der Rest jetzt nur noch Formsache ist.

„Sheriff", sagt Ron Chandler jetzt, „ich schlage vor, dass wir mit John Fairfield und einem Aufgebot die Verfolgung aufnehmen. Gibt es ein Problem damit, dass wir nach New Mexiko müssen?" „Im

Grunde genommen schon", antwortet der Sheriff, „dort bin ich nicht zuständig. Ich werde aber per Telegraph meinen Kollegen in Fort Summer um Hilfe bitten und ihm mitteilen, dass sie unterwegs sind und sich mit ihm in Verbindung setzen werden." „Danke", sagt Ron kurz, „auf geht's Männer, wir werden uns die Kerle schnappen."

Kurz darauf setzt sich das Aufgebot in Bewegung. Es geht zunächst immer nach Norden. Die Indianer sind hervorragende Spurenleser und haben keinerlei Schwierigkeiten, der Spur, die zehn Pferden und drei Reiter hinterlassen haben, zu folgen, außerdem wissen sie ja, wo sie hin wollen. Sie beobachten scharf und geben immer nur kurze Zeichen, so dass die Männer des Aufgebotes schnell vorankommen. Es werden immer nur kurze Pausen eingelegt. Wichtig ist jetzt, die noch frische Spur zu verfolgen, um möglichst bald die Verbrecher zu stellen und zur Verantwortung zu ziehen. Heute Nacht werden sie die Staatsgrenze nach New Mexiko erreichen und morgen früh in Fort Summer sein, wo sie sich mit den beiden anderen Indianern treffen werden. Niemand der Verfolger verspürt Müdigkeit, alle haben nur ein Ziel vor Augen. Diese hinterhältige Tat muss gesühnt werden. Die schnelle Bestrafung der Banditen wird in jedem Falle helfen, dass weitere Verbrechen dieser Art zumindest vermindert werden können. Im Westen gibt es ein ungeschriebenes Gesetz und das lautet: Auge um Auge, Zahn um Zahn. Wer friedliche Bürger überfällt, darf seiner Strafe nicht entgehen. Jedes Verbrechen wird bestraft, auch wenn das Gesetz und der Sheriff weit entfernt sind.

Wie schön doch dieses Land ist, unser Land

Jeff Chandler und Mike Davis sind noch auf der Fairfield Farm geblieben, während Sheriff Bud Hanson schon auf dem Weg zurück nach Stockten ist. Die beiden Rancher wollen auf die Rückkehr des Aufgebotes warten und haben wieder etwas Zeit für ein längeres Gespräch. Sie haben auf einer Bank vor dem Farmhaus Platz genommen und beobachten die Cowboys, die sich auf der Farm verteilt haben.

„Thomas Fairfield braucht zumindest eine kleine Mannschaft", sagt Jeff Chandler, „ein einzelner Farmhelfer bietet keinen ausreichenden Schutz". „Kann er denn bleiben?" fragt Mike Davis, „immerhin gehört dir doch das Land." Es entsteht eine längere Pause. „Mike, ich denke manchmal daran, wie wir angefangen haben. Weißt du noch, wie es ganz früher war? Mit wie viel Stolz und Optimismus haben wir das alles hier aufgebaut, immer wieder vergrößert, uns gegen Viehdiebe und allerlei Gesindel verteidigt. Wir hatten hohe Ziele, haben unsere Familien gegründet und im Grunde genommen gut zusammen gehalten." „Wir haben uns aber auch kein Land wegnehmen lassen, Jeff." „Nein, das wäre undenkbar gewesen, Mike. Ein Mann verteidigt sein Land und koste es ihn auch sein Leben. Das war schon bei unseren Vätern so." „Was wirst du mit Fairfield machen?"

Jeff überlegt kurz: „Thomas Fairfield ist heute in der gleichen Lage, wie wir damals, Mike. Auch er ist voller Optimismus und Ehrgeiz und er ist ein guter Farmer, wie man sieht. Warum soll er nicht die gleichen Chancen haben? Weißt du, Mike, unser Land ist so groß, das wir es gar nicht vollständig nutzen können. Ich habe in sechs Monaten nicht einmal bemerkt, dass Fairfield sich hier angesiedelt hat. Ist das nicht merkwürdig, Mike? Wie viel Land braucht eine einzelne Familie eigentlich, wie viel ist genug?" „Na ja, Jeff, jetzt ist es erst einmal wichtig, dass diese Verbrecher gefasst werden und ihre Strafe bekommen. Sag mal, Jeff, warum sind wir nicht mit den anderen geritten?" „Kaum zu glauben, Mike, das habe ich mir auch schon überlegt. Früher hätte uns niemand halten können und heute sitzen wir hier seelenruhig und lassen die jüngeren Leute die Arbeit machen. Werden wir vielleicht schon alt?" „Bestimmt nicht, Jeff, aber vielleicht schon etwas weise. Aber wenn ich mir das genau überlege, will ich noch gar nicht so weise sein. Los, lass uns aufsitzen, wir folgen dem Aufgebot ohne Hetze und schauen mal, ob die Jungs klar kommen. Vielleicht können wir ja noch etwas tun und sitzen hier nicht nur herum." Jeff lächelt Mike an und sagt: „Hervorragende Idee, hätte von mir sein können. Ja, warum sitzen wir hier eigentlich noch herum?"

Beide verabschieden sich von Eleonore und Sue Fairfield, geben ihren Leuten noch einige Anweisungen und schwingen sich auf ihre Pferde. „Ist das nicht besser?" fragt Mike Davis. „Kein Vergleich mit der harten Bank", sagt Jeff Chandler und beide reiten mit leichtem Galopp nach Norden. Sie haben die Spur aufgenommen, die jetzt noch deutlicher ist und Mike Davis meint: „Dieser Spur könnte jetzt ein Blinder folgen. Na, was soll's Jeff, Abenteuer hatten wir früher, heute kommt das Vergnügen. Mein Gott, wie schön doch dieses Land ist, unser Land, Jeff."

Ihr könnt euer armseliges Leben zumindest so lange retten, bis man euch aufknüpft

Das Aufgebot hat schon am nächsten Vormittag Fort Summer erreicht und sofort den Sheriff aufgesucht. Es war leicht zu finden, da sie immer nur dem Pecos River nach Norden folgen mussten. Kurz vor Fort Summer haben sie die Spur verlassen, die nach Westen abknickt. Sie würden die Spur später wieder aufnehmen. Zuerst mussten sie aber zum Sheriff, da ein eigenmächtiger Einsatz erheblichen Ärger verursachen würde. Sheriff Bud Coleman ist bereits informiert.

„Gut, dass Sie kommen", sagt er, „ich hätte im Moment Schwierigkeiten, überhaupt ein Aufgebot auf die Beine zu stellen. Bei mir haben sich zwei Indianer gemeldet, die behaupten, sie wüssten wo die Banditen stecken. Wir sollten daher keine Zeit verlieren." „Danke, Sheriff", sagt Ron Chandler, stellt rasch seine Begleiter vor. „Sie sind der Geschädigte, Mister Fairfield?" fragt der Sheriff. „Ja, Sheriff, meine Farm wurde überfallen, mein Farmhelfer wurde von hinten erschossen und meine zehn Zuchtpferde wurden gestohlen." Thomas Fairfield erklärte dies dem Sheriff ganz ruhig, der Zorn war ihm aber anzusehen. „Das tut mir sehr leid, Mister Fairfield", antwortet Sheriff Coleman, wir werden hier im Westen noch lange mit dieser Art von Kriminalität zu tun haben, müssen aber ganz entschieden dagegen vorgehen, sonst haben wir überhaupt keine Chance, das Problem jemals zu lösen."

Dann wird aufgesessen und unter der Führung der Indianer geht es weiter, diesmal zurück entlang dem Pecos River in südlicher Richtung bis zu der Stelle, wo sie erneut die Spur aufnehmen können. Sie folgen dem Rio Hondo in Richtung auf das Indianer

Reservat, wo die Apachen leben, dann geht es in Richtung der Guadelupe Mountains. Der Weg beginnt anzusteigen und nach weiteren Meilen lässt Ron Chandler anhalten, um das weitere Vorgehen zu beraten. Ron hat die Führung bei diesem Einsatz. Der Sheriff hat ihm die Eigenschaft eines Hilfssheriffs für diesen Einsatz übertragen. Ein Stern an der Brust weist Ron Chandler als Amtsperson aus. Sheriff Coleman musste in Fort Summer bleiben, da andere wichtige Amtsgeschäfte ihn daran hinderten, selber den Einsatz zu leiten.

Die Indianer haben erklärt, dass es jetzt nicht mehr weit ist bis zu der Stelle, wo sich die Verbrecher aufhalten. Sie befinden sich in einer Schlucht der Guadelupe Mountains, wo sie in einigen Blockhäusern wohl ihr Hauptquartier eingerichtet haben. Von hier aus führen sie ihre Raubzüge aus und scheinen sich hier ziemlich sicher zu fühlen. Die Männer haben sich hinter einem Hügel versammelt. Ab jetzt müssen sie damit rechnen, dass Beobachter aufgestellt sind, so dass sie nicht unbemerkt das Hauptquartier erreichen können. Die Gruppe ist mit Ron und Pete Chandler, Thomas Fairfield, zwei Indianern und fünf Cowboys der Chandler und der Davis Ranch zehn Mann stark. Das ist auch erforderlich, da nicht genau bekannt ist, auf wie viele Gegner sie treffen werden. Die beiden Indianer haben sich angeboten, zunächst die Lage auszukundschaften und sind sofort aufgebrochen. Alle anderen haben sich im Schutz der Bäume niedergelassen. Zwei Männer übernehmen die erste Wache.

„Wir werden jetzt erst einmal auf die Rückkehr der Indianer warten", beginnt Ron Chandler, „danach sehen wir weiter." „Ron", sagt Thomas Fairfield, „wir sollten kein Risiko eingehen. Wenn absolut sicher feststeht, dass es sich um die handelt, die meine

Farm überfallen haben, müssen wir rücksichtslos von unseren Waffen Gebrauch machen. Ich möchte nicht, dass aus unserer Gruppe noch jemand zu Schaden kommt. Auf Heldentaten kommt es hier nicht an." Allgemeine Zustimmung wird erkennbar. „Das sehe ich auch so", sagt Ron Chandler, „nicht wir haben den Kampf begonnen, die Verbrecher waren es und sie sind äußerst brutal vorgegangen. Das werden sie auch gegen uns so halten, wir brauchen uns da nichts vorzumachen. Wenn es nach denen ginge, würde keiner von uns überleben." „So ist es", sagt Pete. Die Männer nicken entschlossen und drücken damit ihre Zustimmung aus.

Kurz vor Einbruch der Dunkelheit sind die Indianer zurück und berichten in gebrochenem Englisch, was sie gesehen haben. Sie sind ohne Mühe an den zwei Wachposten vorbei gekommen, waren fast an den Blockhäusern, haben die Anzahl gezählt - es waren dreizehn Männer anwesend - sie haben die gestohlenen Pferde gesehen und die Gespräche belauscht. Daraus geht hervor, dass sich die Bande offensichtlich ganz sicher fühlt. Sie sprachen über einen weiteren Überfall, den sie schon bald durchführen wollen und scheinen mit keiner Gefahr zu rechnen. „Das ist gut", sagt Ron Chandler, „ganz ausgezeichnete Arbeit. Ich glaube nicht, dass jemand das besser kann, als ihr. Ich werde mich bei eurem Häuptling dafür bedanken. Wollt ihr uns bei dem, was jetzt kommt, unterstützen?" Die Indianer schauen überrascht und machen klar, dass sie selbstverständlich die Gruppe unterstützen werden. „Könnt ihr die beiden Wachposten geräuschlos ausschalten?" fragt Ron Chandler, „das würde die Aktion ganz erheblich erleichtern." Die Indianer nicken kurz und machen klar, dass dies für sie überhaupt kein Problem ist, Ron Chandler soll nur sagen, wann es losgehen soll.

Die Indianer benötigen dazu nur eine knappe halbe Stunde. Die Wachposten werden angeschlichen und so rasch mit Messern erledigt, dass keiner auch nur einen Laut abgeben kann. Im nächsten Moment sind die Männer des Aufgebots an ihnen vorbei und verteilen sich in einem großen Kreis um das Lager. Sie haben gute Schussentfernung und beste Deckung. Ron eröffnet das Feuer, indem er gezielt einen großen Kerl vor dem Blockhaus erschießt. Dieser sinkt ohne ein Wort zusammen und der Rest der im Freien Stehenden wirkt wie versteinert. Bevor sie sich von dem Schreck erholen können, ist die Hölle los. In rascher Folge werden Salven aus zehn Gewehren abgegeben. Über die Bande bricht die Hölle herein. Alle, die sich vor den Blockhütten aufgehalten haben, werden so erledigt. Wie viele noch in den Blockhäusern sind, ist noch unklar. Es herrscht Totenstille im Lager.

Die Männer des Aufgebotes warten ab. Zunächst tut sich nichts, dann lässt sich ein weiterer, wuchtiger Kerl sehen und schaut ungläubig auf das Bild, das sich ihm bietet. Wie ein Blitz ist er wieder in der Blockhütte verschwunden und Gemurmel ist aus der Hütte zu vernehmen.

„Kommt raus", ruft Ron Chandler, „wir sind das Gesetz, euer Spiel ist aus. Ihr habt nicht die geringste Chance. Werft eure Gewehre und Pistolen vor die Hütte und kommt mit erhobenen Händen heraus. So könnt ihr euer armseliges Leben zumindest so lange retten, bis man euch aufknüpft." Wieder ist Gemurmel zu hören. Man scheint zu beraten. „Das dauert mir schon zu lange", zischte Ron Chandler und gibt den Indianern ein Zeichen. Mehrere Brandpfeile fliegen auf die Dächer der Blockhütten und setzten diese in Brand. Drinnen rührt sich immer noch nichts. „Ihr habt die Wahl", ruft Ron Chandler, „entweder an den Galgen später oder jetzt gegrillt. Ihr solltet euch entscheiden." Nach weiteren fünf Minuten kommt Bewegung in die Szene. Die Türen der Blockhütten werden aufgestoßen, Gewehre und Pistolen fliegen in hohem Bogen heraus und insgesamt fünf Männer treten mit erhobenen Händen auf den Platz vor den Blockhütten. Ungläubig schauen sie auf ihre toten Bandenmitglieder und es ist ihnen klar, dass es vorbei ist. Hier ging jemand genau so brutal vor, wie es auch ihre Art ist. Brutale Gewalt wird hier mit unnachsichtigem Vorgehen bestraft.

„Sind das alle?" ruft Ron Chandler, „oder gibt es noch mehr von euch Brüdern im Camp?" „Das sind alle", kommt es kleinlaut zurück. „Dann verhaltet euch ruhig", ruft Ron ihnen zu, „wir werden euch jetzt reisefertig machen und vergesst nicht, dass wir euch im Visier behalten. Wenn einer um eine Kugel bettelt, kann er sie sofort haben." Ron gibt ein Zeichen und drei Männer des Aufgebots sind rasch auf dem Vorplatz, fesseln die Banditen und machen eine Kette aus ihnen. Ein Entkommen ist nicht mehr möglich. Rasch durchsuchen die Männer die Blockhäuser und rufen Ron zu, dass die Häuser leer sind. Die Indianer und zwei weitere Männer durchsuchen die nähere Umgebung des Lagers, finden aber niemanden mehr. Sie finden auch die Pferde und nachdem sie sich auf dem Vorplatz die gefangen genommenen angesehen haben, fragt Thomas Fairfield einen der Gefangenen ganz direkt: „Nach der Beschreibung musst du auf meiner Farm gewesen sein. Wie heißt du?" Der Angesprochene schaut verächtlich und brummt nur: „Lass mich zufrieden, ich beantworte keine Fragen." „Wir werden ja sehen", gibt Thomas Fairfield zurück, „immerhin gibt es Zeugen für euer feiges Verbrechen."

Ohne weitere Zeit zu verlieren, werden die Pferde geholt, werden die Banditen auf den Pferden festgebunden und der Weg zurück wird angetreten. Diesmal haben die Männer etwas weniger Eile. Vor und hinter der Gruppe folgen in einem Sicherheitsabstand Wachen. Man kann ja nicht wissen, ob nicht doch noch weitere Bandenmitglieder entkommen sind. So erreicht das Aufgebot schließlich Fort Summer, wo auch Jeff Chandler und Mike Davis schon angekommen sind. Sheriff Coleman dankt den Männern des Aufgebotes und steckt die Gefangenen in das Gefängnis von Fort Summer. Er hat mittlerweile weitere Hilfssheriffs ernannt, die sich um die Bewachung kümmern werden. Ron Chandler gibt seinen Stern wieder ab und macht sich daran, für den Sheriff einen Bericht zu schreiben. Thomas Fairfield erstattet Anzeige bei Sheriff Coleman, so dass alles seine Ordnung hat. Für das Gerichtsverfahren wird ein Richter aus New Mexiko kommen, Thomas Fairfield und Ron Chandler werden am Prozess gegen die Banditen teilnehmen müssen. Sheriff Bud Hanson wird sie rechtzeitig informieren. Rasch stärken sich die Männer des Aufgebots im einzigen Saloon von Fort Summer, dann geht es zurück nach Texas.

Da muss erst einmal jemand drauf kommen

Herrlicher Sonnenschein liegt über der Prärie, nur wenige Wolken sind zu sehen. Ein leichter Wind bewegt das Präriegras und den spärlichen Bewuchs. Weit am Horizont zeichnen sich die Berge ab, die das Chandler Gebiet nach Nordwesten begrenzten. Ron und Pete Chandler sind unterwegs zur Grenze zwischen der Chandler und der Davis Ranch. Als sie die Grenze erreichen, die nur durch wenige Pfähle, ohne Zaun markiert ist, machen sie halt.

„Ron", sagte Pete, „warum in Teufels Namen verlegen wir nicht die Eisenbahntrasse genau hier in das Grenzgebiet. Das stört doch niemanden, da dieses Land für uns sowieso keinen Wert hat, und wenn wir auf unserer Seite bleiben, erhalten wir sogar noch ein ordentliches Ausgleichsgebiet im Norden von Texas, wo wir eine weitere Ranch gründen können." „Das wäre dann deine", bemerkt Ron. „Quatsch", entgegnet Pete, „daran habe ich gar nicht gedacht, aber vielleicht hat Maggie Interesse an einer eigenen Ranch." „Sei nicht so bescheiden", fährt Ron fort, „dass ich alles hier übernehmen, soll gefällt mir überhaupt nicht. Was meinst du wird Mike Davis dazu sagen, wenn wir der Regierung dieses Tauschgeschäft vorschlagen?" „Das kann uns ziemlich egal sein", sagt Pete, „Mike Davis hat dann doch alles erreicht. Die Eisenbahn geht dann nicht über sein Land und auf die Idee mit dem Grenzgebiet hätte er ja auch kommen können, ist er aber nicht. Stattdessen hat er hinter Vaters Rücken die Eisenbahntrasse von seinem Land wegverhandelt. So soll es nun auch sein. Alles hat eben immer seinen Preis."

„Ich staune", sagt Ron, „für die Politik bist du wahrscheinlich geboren, Bruderherz. Da muss erst einmal jemand drauf kommen. Der Staat bekommt seine Bahn, Mike Davis behält recht, wir gewinnen ein schönes Stück Land hinzu und du wirst wahrscheinlich der nächste Gouverneur, alles bestens." Pete muss jetzt schallend lachen. „Erklär das bloß niemandem so", sagt er, „du musst das anders darstellen. Ich probiere es einmal anders herum. Der Eisenbahngesellschaft ist es trotz schwieriger Besitzverhältnisse gelungen, Jeff Chandler zum Verzicht auf einen beträchtlichen Teil seines Gebietes zu veranlassen. Damit erweist sich Jeff Chandler als großer Patriot, indem er den Bau der Eisenbahn in Texas ermöglicht. Dabei nimmt er in Kauf, dass sein Landbesitz geteilt wird. Mike Davis wird von all diesen Fragen und Schwierigkeiten verschont, nachdem er sehr darum gebeten hat, die Eisenbahntrasse nicht über sein Land zu führen. Na, wie klingt das?"

„Junge, Junge", brummt Ron, „wo hast du das bloß gelernt. Das ist genial, Pete. Ich glaube, aus dir wird noch einmal etwas. So, nun lass uns zurück reiten. Ich schätze, Vater wird staunen. Bis dahin kannst du mir noch etwas über das Öl im Norden erzählen. Bei deiner tollen Erklärung hast du davon gar nichts erwähnt." „Toll", sagt Pete, „du hast auch das bemerkt. Also das mit dem Öl ist eine spannende Sache, Ron, über die man aber im Moment noch nicht so viel reden muss. Das verdirbt höchstens die Preise. Wir wollen ja eine ordentliche Ausgleichsfläche bekommen. Die könnte sogar noch etwas größer werden, wenn wir Thomas Fairfield sein Farmgebiet überlassen. Der Gouverneur wäre auch damit einverstanden." „Und du könntest Sue Fairfield heiraten, was?" „Wie kommst du jetzt darauf?" fragt Pete sichtlich verdutzt. „Weil ich Augen im Kopf habe", sagt Ron lachend, „komm lass uns Tempo machen, mir knurrt schon der Magen. Heute Abend brauche ich ein besonders großes Steak. Auch Wohltäter müssen gelegentlich etwas essen."

Und was macht man mit dem Öl sonst noch?

Nach ihrer Rückkehr zur Chandler Ranch langen Ron und Pete erst einmal tüchtig zu. Sie sind dabei, einige beachtliche Steaks zu verschlingen. Jeff Chandler hat es sich in seinem Sessel gemütlich gemacht und beobachtet wohlwollend seine beiden Söhne. Nach Sonnenuntergang ist die Bar geöffnet und Jeff genießt einen Whiskey pur zusammen mit einer wohlriechenden Zigarre.

„Das habt ihr euch ja fein ausgedacht", schmunzelt er, „eigentlich eine tolle Idee, die Eisenbahntrasse in das Grenzgebiet zu verlegen. Ich vermute, Pete hat sich das einfallen lassen, intelligenter Bursche, mein Sohn. Ich versuche mir vorzustellen, wie Mike Davis schauen wird, wenn er davon erfährt." „Wir sollten das jetzt ganz schnell regeln, Pa", sagt Pete, „und alles unter Dach und Fach bringen. Dann kannst du Mike Davis die gute Nachricht persönlich überbringen und brauchst dir sein Gesicht nicht nur vorzustellen." „Prima", brummt Jeff Chandler, „das allein wäre schon die Sache wert. Erzähl uns mal etwas über Erdöl, Pete. Wieso ist da oben im Norden so viel davon im Boden und wozu braucht man das?"

Pete und Ron haben ihre Mahlzeit beendet und sich zu ihrem Vater gesetzt und Pete lässt sich Zeit mit der Antwort. Auch er genießt jetzt einen Whiskey und spannt seinen Vater und Ron etwas auf die Folter. „Pete", sagt Jeff Chandler jetzt, „denk daran, dass dein Vater nicht ewig lebt. Es wäre sicher schön, wenn du heute noch mit deiner Erklärung anfangen könntest." „In Ordnung", sagt Pete, „da wo sich heute Erdöl in der Erde befindet, müssen früher einmal Bäume gestanden haben. Vielleicht war es auch einmal ein vom Ozean bedeckter Meeresgrund. Jedenfalls hat sich über einen langen Zeitraum dort das Öl aus untergegangenen Wäldern unter der Erde gebildet. Da geht es um ungeheure Mengen, die dort unter hohem Druck in großer Tiefe lagern. Dabei ist es unwichtig, unter welchem Land sich gerade das Erdöl befindet. Man muss nur an der richtigen Stelle bohren, dann kommt der ganze Segen nach oben und es gehört dem, der das Loch gebohrt hat."

„Ich werd verrückt", sagt Jeff Chandler, „und du meinst, dass wir auf unserem Ausgleichsgebiet Öl finden können?" „Da bin ich ziemlich sicher", sagt Pete, „da oben in Texas darfst du nicht einmal einen zu langen Zaunpfahl in den Boden hauen und schon stößt du auf das Öl. Zum Teil liegt es fast auf der Oberfläche. Schon die Indianer haben das Oberflächen Öl gekannt und sich damit eingeschmiert." „Und was macht man mit dem Öl sonst noch?", will Ron jetzt wissen.

„Da sind wir noch ziemlich am Anfang", fährt Pete fort, „was man schon weiß ist, dass es ziemlich wertvolle Stoffe enthält. Die Bäume hätte man ja gut verbrennen können und die Energie dieser Bäume steckt jetzt in dem Erdöl, wenn auch in flüssiger Form. Ich habe gehört, dass es schon Energiemaschinen geben soll, die solche flüssige Energie benötigen und damit laufen. Man könnte sie zum Beispiel für Eisenbahnen gebrauchen. Heute fahren die noch mit Wasserdampfmaschinen, aber in Zukunft kann sich das ändern. Es soll auch schon im Osten fahrbare Kutschen geben, mit denen man große Strecken zurücklegen kann."

„Und wozu braucht man dann noch Pferde?" fragt Ron. „Gute Frage", sagt Pete, „Pferde werden wir sicher immer brauchen, aber die fahrbaren Kutschen werden auch kommen und dann brauchst du befestigte Wege und in jedem Ort eine Station, damit man den flüssigen Treibstoff bekommt." „Und der wird aus Erdöl gemacht", stellt Jeff Chandler ganz ruhig fest, „und mein kleiner Sohn hat das alles schon erkannt. Das wird dann aber das ganze Land verändern. Ich mag mir das ehrlich gesagt noch gar nicht vorstellen."

Nach einer Pause fügt Jeff Chandler hinzu: „Egal, ändern können wir das wahrscheinlich doch nicht. Aber wir können mitmachen und da ist es wohl das Beste, wenn man ganz am Anfang dabei ist. Pete, regele die Dinge beim Gouverneur und mit der Eisenbahn so, wie wir das jetzt besprochen haben. Vergiss auch nicht die Fairfield Farm mit auszugleichen. Fairfield soll bleiben, wo er ist. Wir können ihn nicht einfach fortjagen. Wenn das alles vertraglich so vereinbart ist, werde ich keine Einwände mehr gegen die Eisenbahn haben."
Jeff steht auf, wünscht seinen Söhnen eine gute Nacht und begibt sich zur Ruhe. Ron und Pete bleiben noch eine Weile zusammen, bevor auch sie den langen, anstrengenden Tag beenden. Beide wirken sichtlich zufrieden.

Sie sollten als Abgeordneter für das Gebiet im Westen kandidieren

In Austin herrschte große Aufregung. Es stehen Wahlen bevor. Der Gouverneur muss neu gewählt werden, ebenso Abgeordnete aus allen Countys. Die Organisation läuft auf vollen Touren und da gibt es eine Menge Themen, die man von den Abgeordneten geklärt haben will. Der Eisenbahnbau spielte eine große Rolle. Es gibt viel Zustimmung bei den Menschen, da man ganz allgemein den Fortschritt dieser Einrichtung sieht. Ein weiteres Thema ist die Kriminalität im Lande. Die Menschen sind mit den Zuständen nicht mehr zufrieden. Sie wollen in Ruhe leben und nicht ständig von Banditen und Verbrechern bedroht werden. Überall hat man begonnen, Wahlveranstaltungen durchzuführen und die Menschen hören genau zu, was man ihnen erzählt. Abraham Duffee hat alle Hände voll zu tun. Er ist häufig unterwegs und weiß ziemlich genau, worauf es den Menschen ankommt.

Als Pete Chandler sein Büro betritt, ist der Gouverneur außer sich vor Freude. „Pete", ruft er, „sie schickt der Himmel. Sie glauben gar nicht, was hier alles los ist. Ich bin froh, dass sie wieder da sind. Ich brauche sie dringend. Aber zunächst einmal erzählen sie, was sie erreicht haben." „Ich freue mich auch, wieder zurück zu sein, Mr. Duffee, ja, es hat sich eine Menge ereignet. Ich weiß gar nicht, wo ich anfangen soll." „Am besten erzählen sie der Reihe nach", ermunterte ihn der Gouverneur, „ich habe jetzt ein wenig Zeit für sie."

„Okay", sagt Pete, „also der Reihe nach. Zunächst einmal zu dem Raubüberfall auf die Fairfield Farm. Wir haben die Angelegenheit geregelt. Sheriff Hanson hat seinen Kollegen in Fort Summer, übrigens in New Mexiko, informiert und wir haben ein Aufgebot dahin geschickt und die Banditen in ihrem Hauptquartier erledigt. Einige sind dabei hopps gegangen, andere wurden verhaftet und werden vor Gericht gestellt. Die Bande existiert nicht mehr und Mister Fairfield hat seine Zuchtpferde wieder." „Großartig", sagt der Gouverneur, „das ist ganz großartig. Ich nehme an, sie waren dabei." „So ist es", sagt Pete, „wir alle haben Thomas Fairfield geholfen. Mein Bruder Ron hat das Aufgebot geführt." „Pete", sagt der Gouverneur nachdenklich, „aus diesem Thema machen wir etwas. Ich brauche sie auch für den jetzt beginnenden Wahlkampf. Ich muss ihnen da noch einen Vorschlag machen, aber erzählen sie erst einmal weiter."

„Ich kann gleich bei Thomas Fairfield bleiben", fährt Pete fort, „Vater hat Mister Fairfield angeboten, auf seiner neu gegründeten

Farm zu bleiben. Er geht allerdings davon aus, das ihm das abgetretene Land ersetzt wird." „Selbstverständlich", sagt der Gouverneur, „das ist doch Ehrensache. Dein Vater ist großartig, ich werde ihm persönlich meinen Dank sagen. Was ist mit dem Eisenbahnbau?"

„Ja", sagt Pete, „der Eisenbahnbau ist kein Problem mehr. Wir haben da eine Lösung. Wir schlagen vor, die Strecke entlang der Grenze zur Davis Ranch über unser Gebiet zu führen und das Gelände ebenfalls auszugleichen. Mister Davis bleibt dann unbehelligt und wir stellen sicher, dass der Eisenbahnbau ungestört und schnell durchgeführt werden kann. Vater wird seinen Einspruch zurückziehen." Der Gouverneur hat sich erhoben und umarmte Pete jetzt wortlos. „Du bist ein Gottesgeschenk, mein Junge", sagte er ganz gerührt, „was hätte ich nur ohne dich gemacht. Pete, du wirst ein großartiger Politiker werden."

„Jetzt habe ich einen Vorschlag zu machen", fährt der Gouverneur fort, „ich bitte dich, in mein Wahlkampfteam einzutreten und gleichzeitig als Abgeordneter für das Gebiet im Westen zu kandidieren. Dazu gehören eure Ranches, das Indianergebiet und das ganze Gebiet bis El Paso, fast halb Texas. Was sagst du?" „Ich bin sprachlos", sagt Pete, „ich werde das machen. Das ist eine enorme Aufgabe, Mister Duffee und die reizt mich sehr. Das ganze Gebiet im Westen muss in den nächsten Jahren weiter entwickelt werden. Wir werden viel zu tun haben mit dem Eisenbahnbau und wir müssen die Kriminalität bekämpfen. Das sind große Aufgaben. Ja, ich werde das machen." Der Gouverneur umarmt Pete noch einmal lange und sagt: „Willkommen in unserem Team, Pete, dir gehört die Zukunft. Regele bitte ganz schnell die Gebietsangelegenheiten und schau dir vor allem das Land im

Norden an. Such dir ein schönes Gebiet aus. Du hast es verdient, mein Junge. Beeile dich aber, wir wollen schon bald auf eine Wahlkampfreise gehen und im Westen wirst du ja gebraucht."
Beide schütteln noch einmal die Hände und dann eilt Pete aus dem Gebäude. Es gibt viel zu tun.

Die Vereinigten Staaten sind eine Demokratie und alles fängt mit eurer Stimme an

Im Desert Inn Hotel in Stockton herrschte große Aufregung. Heute soll zum ersten Mal der Abgeordnete für West County gewählt werden. Abordnungen aus allen Teilen des County sind gekommen, alle Rancher und Farmer sind anwesend und der Gouverneur hat den obersten Friedensrichter von Texas, Richter Ronald Raven, geschickt, damit die Wahl des Abgeordneten einwandfrei über die Bühne gehen kann. Der Saloon ist brechend voll und die Lautstärke unbeschreiblich. Am Eingang wurden den Teilnehmern ihre Waffen abgenommen, was zu erheblichen Protesten geführt hat. Aber der Friedensrichter ist unerbittlich. Bei seinen Veranstaltungen duldet er keine Waffen. Am schlimmsten ist aber, dass Sir Raven, wie manche ihn respektvoll nennen, strikt untersagt hat, während seiner Veranstaltung Alkohol auszuschenken. Das mag auch der Grund sein, warum der Saloon Wirt ausgesprochen düster schaut und kaum ansprechbar ist.

„Hört, hört, hört!!" brüllt jetzt der Helfer des Friedensrichters in den Saal hinein, „begrüßen sie den obersten Friedensrichter von Texas, Sir Ronald Raven!" Und als die Lautstärke kaum abnimmt zieht er einen Revolver aus der Tasche und schießt dreimal in die

Decke. Jetzt herrscht sofort Ruhe. Einer ruft: „Ich denke, hier sind keine Schusswaffen erlaubt!" „Für das Gesetz schon", ruft der Helfer des Friedensrichters zurück, „einer muss euch ja Beine machen, wenn ihr den Anordnungen nicht folgt. Also, haltet jetzt das Maul, der Friedensrichter kommt."

Würdevoll betritt der Friedensrichter den Raum, schreitet gemessenen Schrittes zu einem Tisch, der auf einer kleinen Bühne aufgestellt worden ist und schaut gebieterisch in die Runde. „Der Gouverneur von Texas, Abraham Duffee, hat sie alle hier zu dieser Wahlversammlung eingeladen und mich beauftragt, dafür zu sorgen, dass die erste Wahl des künftigen Abgeordneten für West County einwandfrei durchgeführt wird." Allgemeines Gemurmel setzt wieder ein. Der Friedensrichter hat inzwischen Platz genommen, haut jetzt mit einem Holzhammer dreimal auf eine Holzplatte und ruft: „Ich bitte um Ruhe. Merken sie sich eines, Gentlemen, während meiner Versammlung rede ich und sie verhalten sich ruhig. Sie werden dann etwas sagen, wenn ich ihnen das Wort erteile. Dies ist eine amtliche Versammlung und keine Belustigung für Cowpunscher." Leises Gemurmel ist die Antwort. „Na also", fährt der Friedensrichter fort, „mein Helfer hat, wie sie ja schon feststellen konnten, als einziger im Raum eine Pistole und er wird davon Gebrauch machen, wenn ich es ihm sage. Verhalten sie sich also ruhig, fangen sie keinen Streit an und sprechen sie nur, wenn ich sie dazu auffordere. Das ist ganz einfach und selbst sie hier im Westen sollten sie sich das wohl merken können. Noch etwas: Während der Versammlung wird kein Alkohol ausgeschenkt, danach können sie sich meinetwegen wieder bewusstlos saufen."

Die Anwesenden sind beeindruckt und murmeln jetzt immer nur ganz leise, was der Friedensrichter durchgehen lässt. Dann erhebt er wieder das Wort. „Gentlemen", sagt er zu der gespannt zuhörenden Versammlung, „dies ist ein bedeutender Tag für Texas und für euer County. Zum ersten Mal werden sie einen Abgeordneten wählen, der ihre Interessen in der Landesversammlung in Austin vertreten wird. Texas wird in Zukunft nach dem gleichen Recht regiert, wie die Staaten im Osten seit Gründung der Vereinigten Staaten von Amerika. Es hat hier nur etwas länger gedauert, da das Land erst einmal besiedelt werden musste. Habt ihr das bis dahin verstanden oder hat jemand eine Frage?"

„Ich habe eine Frage", sagt ein kleiner Mann aus den hinteren Reihen. „Wer sind sie und woher kommen sie?" fragt der Friedensrichter. „Bob Cunningham aus El Paso, Sir", gibt der Mann zur Antwort. „Nehmen sie ihren Hut ab und sagen sie mir, wie ihre Frage lautet?" antwortet der Friedensrichter streng. Der Mann ist sichtlich verunsichert und scheint es schon zu bereuen, sich überhaupt zu Wort gemeldet zu haben. Er fährt dann aber fort: „Jawohl Sir, also Sir, ich komme ja aus El Paso und das liegt ja ganz im Südwesten, an der mexikanischen Grenze, Sir." „Das ist mir bekannt", entgegnet der Friedensrichter, „aber sie sagten, sie hätten eine Frage." „Jawohl, Sir", fuhr der Mann fort, „also Sir, mir ist nicht klar, was ein Abgeordneter zu tun hat. Wozu sollen wir ihn wählen?"

Allgemeines Gemurmel, einige lachen. „Mister Cunningham", antwortet jetzt der Friedensrichter, „das ist eine sehr berechtigte Frage und ich bin froh, dass sie diese Frage stellen. Ich will sie ihnen und den anderen gerne beantworten." Jetzt herrscht völlige Ruhe und die Männer schauen gespannt auf den Friedensrichter. „Also, das ist so", beginnt der Friedensrichter, „sie wählen heute ihren

County Abgeordneten, so wie es auch in den anderen Countys von Texas gemacht wird. Die gewählten Abgeordneten bilden dann das Abgeordnetenhaus von Texas und wählen künftig den Gouverneur aus ihren Reihen. Zusätzlich wählen sie dann noch Abgeordnete, die in das Abgeordnetenhaus nach Philadelphia entsandt werden, den Kongress und die Senatoren für den Senat der Vereinigten Staaten. Die wählen dann den Präsidenten der Vereinigten Staaten. Ihr seht also, die Vereinigten Staaten sind eine Demokratie und alles fängt mit eurer Stimme an."

Jetzt setzt etwas stärkeres Gemurmel ein, denn die Männer müssen das erst einmal verdauen. Der Friedensrichter ist schon etwas milder gestimmt und lässt sie eine Zeit lang Gespräche untereinander führen. Dann nimmt er wieder den Hammer zur Hand und schlägt dreimal auf den Holzklotz. Sofort kehrt wieder Ruhe in der Versammlung ein.

„Wenn das soweit klar ist, komme ich zum nächsten Punkt, den Wahlvorschlägen", sagt der Friedensrichter jetzt, „haben sie Wahlvorschläge zu machen?" Gemurmel setzt ein, allgemeine Ratlosigkeit breitet sich aus. Ein anderer Mann meldet sich und erhält das Wort. „Jim Snyder aus Fort Hancock, Sir", beginnt dieser, „wir haben das besprochen, Sir, aber wir haben keinen Mann gefunden. Wir haben alle viel mit unseren Farmen zu tun und können nicht einfach nach Austin gehen. Wer soll dann unsere Farmen führen?"

„Verstehe", sagt der Friedensrichter, „der Abgeordnete muss das aber tun. Ihr braucht einen, der auch die Zeit dazu hat und ein guter Mann ist, der wirklich eure Interessen vertritt." Gemurmel setzt ein, es kommt keine Wortmeldung mehr. „Gentlemen", sagt der Friedensrichter jetzt, „das ist für das erst Mal auch ein bisschen viel verlangt, ich verstehe das. Der Gouverneur hat sich das auch schon gedacht und möchte euch einen Mann aus euren Reihen vorschlagen, von dem er sehr viel hält."

Jetzt steigert sich die Aufmerksamkeit und es wird wieder ganz ruhig in der Versammlung. „Wer ist das?" wird aus verschiedenen Reihen gerufen. Der Friedensrichter macht es spannend und genießt die Aufmerksamkeit. Man könnte jetzt eine Stecknadel fallen hören. „Ihr solltet ihn kennen", fährt der Friedensrichter fort, „es ist ein junger Mann von hier, der schon viel für euer Gebiet in Texas getan hat." „Wer ist es", rufen verschiedene Versammlungsteilnehmer jetzt ganz aufgeregt. Der Friedensrichter schaut befriedigt in die Runde und sagt: „Es ist Pete Chandler, der Sohn von Jeff Chandler. Pete ist seit einigen Monaten der Sekretär des Gouverneurs und hat schon eine Menge für euch getan." „Wo ist er?", hört man, „er soll aufstehen!" „Pete Chandler", sagt der Friedensrichter jetzt, „würden sie bitte einmal nach vorne kommen. Ich könnte mir vorstellen, dass die Männer hier einige Fragen an sie haben."

Pete hat die Versammlung aus den hinteren Reihen verfolgt, steht jetzt auf und geht ohne Hast nach vorne. Er stellt sich neben den Friedensrichter und schaut freundlich in den Saal. „Gentlemen", sagt der Friedensrichter jetzt, „stellen sie dem Kandidaten ruhig ihre Fragen. Schließlich wollen sie ja wissen, wer sich hier zur Wahl stellt."

Die Männer aus El Paso stellen die erste Frage. „Pete Chandler", fragt der Erste, „in El Paso kennen wir sie noch nicht. Wann kommen sie zu uns und was wollen sie für El Paso tun?" Pete lässt sich mit der Antwort Zeit und sagt dann: „Ich beabsichtige, regelmäßig nach El Paso zu kommen und mit ihnen zu sprechen.

Fürs erste kommt es jetzt darauf an, dass die Eisenbahnlinie nach El Paso fertig wird. Wir hatten hier in dieser Gegend einige Schwierigkeiten mit der Streckenführung. Die sind aber ausgeräumt, so dass mit höchstem Tempo die Strecke bis El Paso jetzt gebaut werden kann. El Paso wird dann zunächst eine direkte Verbindung in alle Staaten des Ostens haben und wird ein wichtiger Umschlagplatz für die Viehtransporte sein."

Beifall ist zu hören, Zustimmung wird signalisiert. Pete fährt fort: „Alles ist aber nichts wert, wenn wir nicht die Bandenkriminalität in den Griff bekommen. Es kann nicht sein, dass anständige Farmer und Rancher schwer arbeiten müssen und dann von diesem Gesindel überfallen und beraubt werden. Viele von denen kommen aus Mexiko, aber das ist euch ja bekannt. Wir müssen hier rigoros einschreiten." Bravorufe hört man und Beifall kommt auf. Pete fährt fort: „Ich bin hier in der Gegend auf der Chandler Ranch groß geworden, mein Vater ist einer von euch und ich kenne eure Probleme genau. Ich verspreche euch, dass ich alles tun werde, um eure Interessen in Austin zu vertreten, natürlich auch die Interessen der anderen, in Stockton und natürlich auch in Fort Hancock." Beifälliges Gemurmel erhebt sich im Raum. An der Bar gibt es einen kleinen Zwischenfall. Der Wirt hat einem Anwesenden eine Flasche abgenommen, die dieser sich aus dem Regal fischen wollte.

„Wenn es keine weiteren Fragen gibt", fährt der Friedensrichter jetzt fort, „dann können wir zur Abstimmung kommen. Jeder hat nur eine Stimme. Sie können mit Ja stimmen oder mit Nein, sie können sich auch der Stimme enthalten." Gemurmel im Saal. Der Friedensrichter fährt fort: „Zur Abstimmung steht der einzige Wahlvorschlag für den künftigen Abgeordneten des West County, Pete Chandler. Ich frage jetzt, wer diesem Vorschlag zustimmt, der hebe jetzt die Hand." Alle Hände gehen im Saal hoch, begleitet von Beifallskundgebungen. Zu seinem Helfer gewandt sagt der Friedensrichter: „Bitte zählen sie die Stimmen aus." Nachdem das erledigt ist, sagt der Friedensrichter: „Wer stimmt dagegen?" Kein Handzeichen im Saal, so dass der Friedensrichter fortfährt: „Enthält sich jemand der Stimme? Das ist nicht der Fall. Dann stelle ich fest, dass Pete Chandler einstimmig zum künftigen Abgeordneten des West County gewählt wurde."

Ein Gejohle setzt ein, Beifallsäußerungen überschütten Pete Chandler. Der Friedensrichter lässt es eine Weile zu, greift dann aber erneut zum Holzhammer und prügelt beängstigend hart auf den Klotz. „Ich bitte um Ruhe", ruft er, „die Wahl ist noch nicht beendet. Ich frage jetzt noch den Kandidaten, ob er die Wahl annimmt?" Pete wendet sich lächelnd zum Friedensrichter und sagt für alle gut verständlich: „Herr Friedensrichter, ich danke allen für das Vertrauen und nehme die Wahl an."

Jetzt ist es mit der Ruhe endgültig vorbei. Einige Männer haben sich auf Pete gestürzt und zertrümmern ihm vor Begeisterung fast die Schulter. Einige sind auf die Bänke gesprungen und klatschen in die Hände. In der letzten Reihe hört man den Gesang: „Fore he is a jolly good fellow!" Der Friedensrichter drischt vergeblich auf den Hauklotz, als sein Helfer die Pistole aus der Tasche holt und eine Salve von Schüssen in die Decke jagt. Die entstehende Ruhe nutzt der Friedensrichter jetzt ganz schnell, indem er in den Saal ruft: „Die Versammlung ist geschlossen, die Bar ist geöffnet!"

Ein Händeschütteln setzt jetzt ein, Schultern klopfen, Lachen und einige Männer umarmen sich sogar. Pete ruft jetzt noch einmal in den Saal: „Ich bezahle die Getränke!" Danach würde niemand mehr zu Wort kommen. Die erste Abgeordnetenwahl im West County ist damit beendet und der Friedensrichter hat sich fast unbemerkt davon gemacht. Von den Anwesenden wird niemand vor Mitternacht den Saloon verlassen und manch einer wird erst morgen früh wieder unter der Bar erwachen.

Der jährliche Viehtrieb eine Angelegenheit für harte Männer

Der jährliche Viehtrieb ist eine außerordentliche Herausforderung für die Mannschaften der großen Ranches, so auch für die Männer der Chandler Ranch. Dabei werden große Rinderherden mit ausgesucht gesunden und kräftigen Tieren auf bestimmten Routen, vorwiegend nach Norden getrieben, wo das Fleisch der Rinder gebraucht wird oder auf die schon bestehende Eisenbahn verladen werden kann. Die Chandlers treiben ihre Herden über den Pecos, den Colorado, den Brazos und den Red River und über die Grenze nach Oklahoma, eine Angelegenheit nur für harte Männer. Sie werden fast zwei Monate unterwegs sein, enorme Schwierigkeiten überwinden müssen, sich gegen Banditen und Viehdiebe zu verteidigen haben und werden auch Verluste beim Vieh in Kauf nehmen müssen.

Mit dem Eisenbahnbau würde sich das ändern. Wenn die Strecke erst einmal fertig gestellt sein wird, können die Rinder auf der Chandler Verladestation verladen und sogar ganz nach Osten in die großen Städte transportiert werden, wo der Bedarf noch größer ist und noch bessere Preise für das Vieh erzielt werden dürfte. Trotz all dieser Schwierigkeiten, fiebern die Männer dem großen, jährlichen Viehtrieb entgegen. Jeder möchte dabei sein und die Enttäuschung ist bei denjenigen groß, die auf der Ranch zurück bleiben müssen. Die Männer ahnen, dass mit der Fertigstellung der Eisenbahn eines der letzten großen Abenteuer verloren gehen könnte und das jeder Viehtrieb der letzte gewesen sein kann.

Fünf Meilen nördlich der Chandler Ranch sind die Rinder der verschiedenen Herden zusammen getrieben worden. Es sind wahrscheinlich über tausend Tiere, die unruhig hin und her wandern und wohl spüren, dass ihnen etwas Ungewöhnliches bevorsteht. Die versammelte Herde ist unruhig und mit bloßem Auge kaum überschaubar. Die Cowboys haben die Herde umzingelt und wissen, dass sie jetzt aufpassen müssen, damit sie nicht außer Kontrolle gerät. Eine Stampede, bei der die Herde in Panik gerät und durchgeht, fürchten die Cowboys mehr, als den Kampf gegen Banditen. Mancher Rancher hat schon schwere Verluste dadurch erlitten, dass sich die Tiere bei einer Stampede in der Prärie verlieren.

„Aufpassen, Männer", ruft Ron seinen Leuten zu, „beruhigt die Tiere und verhaltet euch ruhig. Wir werden bald aufbrechen. Wenn die Herde erst einmal unterwegs ist, haben wir es leichter mit den Tieren." Die Cowboys verstehen genau, was Ron befürchtet und sie sind wachsam, beruhigen nervöse Tiere immer wieder und suchen mit Kennerblick die Leittiere aus, die sie nach vorne an die Spitze bringen. Mike Lannigan, der Vormann, wird Ron bei der Führung der Herde unterstützen, ebenso Nick Carsson, der zweite Vormann, der das Ende des Viehtriebs bilden wird. Insgesamt zwanzig Cowboys umzingeln die Herde, werden sie vorantreiben und zusammenhalten und ein waches Auge auf Ausreißer haben. Jeder weiß genau, was er zu tun hat.

Dann ist es soweit, Ron hat das Zeichen gegeben und die Cowboys bringen die Herde in Bewegung. Peitschen knallen, laute Rufe ertönen und die Leittiere haben sich an die Spitze gesetzt. Jetzt gibt es kein Zurück mehr, es wird immer nach Norden gehen über die Prärie, durch gefährliche Flüsse und enge Täler. Der Cattle Trail ist den Männern sehr vertraut. Er hat sich über Jahre hinweg heraus gebildet und bewährt und steuert vor allem die flacheren Stellen der Flüsse an, wo die Herde einigermaßen sicher das andere Ufer erreichen kann.

Der diesjährige Viehtrieb der Chandler Ranch hat begonnen und Jeff Chandler schaut als einsamer Reiter seiner Herde hinterher. Wie oft hat er schon den Viehtrieb geleitet? Was hat er alles dabei erlebt? Jetzt ist Ron der Verantwortliche und Jeff hat volles Vertrauen zu ihm und seiner Mannschaft. Ganz langsam verschwindet die Herde am Horizont. Eine Staubwolke schwebt über der Herde und wird sie wohl bis zum Ziel begleiten. Jeff Chandler hat sein Pferd gewendet und reitet jetzt langsam und gedankenverloren zurück zum Ranch Gebäude. „War das der letzte Viehtrieb? Werden wir demnächst die Rinder auf dem Gelände der Chandler Ranch verladen? Was wir sich ändern mit dem Bau der Eisembahn?" Diese und andere Gedanken gehen ihm durch den Kopf.

Die Station wird Chandler Station heißen

Der Eisenbahnbau hat das Chandler Gebiet erreicht. In zwei Schichten wird der Bau vorangetrieben. Es entsteht eine Bahnstation mit Verlademöglichkeit für Vieh und eine kürzere Parallelstrecke für Zugbegegnungen, die Chandler Station. Jeff Chandler beobachtet die Arbeiten mit großem Interesse und ihm wird klar, was ihm hier vom Staat für eine Chance geboten wird. Von Stockten aus kann die Strecke in östlicher Richtung schon demnächst benutzt werden und Jeff Chandler wird mit Ron dann in den Osten fahren, um in den größeren Städten Abnehmer für seine Rinder zu finden und Verträge mit ihnen zu schließen. Vielleicht sollte er das auch schon Ron überlassen.

„Was sagen sie, Mister Chandler", ruft der Bauleiter Henry Porter, „sind wir nicht schnell voran gekommen?" „Ja", entgegnet Jeff Chandler, „ich kann nur staunen, wie sie und ihre Männer das machen. Sagen sie, Mister Porter, wie genau verläuft eigentlich die Strecke?" Porter deutet auf die Bahnstrecke und zeigt nach Osten. „Dies ist eine Nebenstrecke der Central Union Linie, Mister Chandler, und diese Strecke geht nach EL Paso", sagt er, "die Transkontinentalstrecke verläuft weiter im Norden und ist schon etwas weiter nach Westen vorangetrieben. Wir werden uns wohl bald mit der Trans Pacific Linie vereinigen. Vor kurzem hat der Präsident den genauen Treffpunkt der beiden Linien festgelegt. Das wird ein großes Ereignis für das ganze Land sein." Jeff Chandler hat interessiert zugehört und sagt jetzt nachdenklich: „Und sie und ihre Männer sind dabei gewesen, Mister Porter. Hier wird Geschichte geschrieben und niemand wird das mehr aufhalten. Ich versuche mir vorzustellen, wie sich das Leben hier mit der Eisenbahn verändern wird." Henry Porter lächelt und sagt: „Dafür bin ich nicht zuständig, Mister Chandler, das wird dann wohl ihre Sache sein. Ich werde aber alles tun, damit diese Strecke möglichst bald fertig wird."

„Wie muss ich mir die Station vorstellen, an der sie gerade arbeiten?" will Jeff Chandler jetzt noch wissen. „Diese Station wird ein bedeutender Umschlagplatz werden", erklärt der Bauleiter, „hier werden später die Tiere verladen und hier werden auch die Lokomotiven mit Wasser und Brennstoff versorgt. Das Parallelgleis ist erforderlich, damit sich hier zwei Züge begegnen können. Die braucht man hin und wieder auf einer noch einspurigen Bahnlinie. Ich habe gehört, dass sie Chandler Station heißen wird. Das ist sicher eine große Ehre für sie, Mister Chandler." „Ja, das ist es wohl", sagt Jeff Chandler mehr zu sich selbst, „haben sie jedenfalls vielen Dank für die Erklärungen." „Gerne", sagt der Bauleiter, „bitte entschuldigen sie mich jetzt, Mister Chandler, aber ich muss mich jetzt wieder um meine Baustelle kümmern, sonst wird die Bahnlinie am Ende gar nicht mehr fertig und das möchte ich ihnen doch nicht antun", sprach's und begab sich mit schnellen Schritten zur Baustelle.

Die Landschaft ist viel zu schön um hier zu arbeiten

Im Norden von Texas wurde den Chandlers ein Ausgleichsgebiet von beachtlicher Größe angeboten. Die Familie hat beschlossen, dass Pete sich um dieses Gebiet kümmern soll. Es befindet sich in einer noch dünn besiedelten Gegend und liegt in einem Tal zwischen den Eastern Timbers und den Sandy Mills, zwei

Berghöhenzügen von mittlerer Höhe, die sich von Osten nach Westen hinziehen. Das Gebiet liegt zwischen dem Trinity und dem Sabine River, für Wasser ist also gesorgt. Fort Worth ist der nächste Ort und in einem Tagesritt erreichbar.

Pete ist schon den ganzen Tag unterwegs, hat sich alles genau angesehen und festgestellt, dass die Landschaft hier völlig anders ist als im Süden, wo die Chandler Ranch liegt. Diese Landschaft ist fast malerisch schön und Pete denkt, fast zu schön, um hier zu arbeiten. Er ist auf dem Weg nach Fort Worth, wo er auf einige Anwohner zu treffen hofft. In Fort Worth liegt auch ein Regiment der Armee, was für Pete doch sehr beruhigend ist. Vor Hereinbrechen der Nacht erreicht er Fort Worth und kommt in einem einfachen Saloon mit wenigen Schlafmöglichkeiten unter.

Der Wirt begrüßt Pete freundlich und erkundigt sich, was ihn hierher in diese einsame Gegend treibt. Pete hält es für richtig, noch etwas vorsichtig mit Erklärungen zu sein. Daher antwortet er etwas ausweichend und lässt den Wirt nur wissen, dass er sich auf der Durchreise befindet. Er erkundigt sich nach dem Kommandeur des Army-Regiments und erhält vom Wirt eine genaue Beschreibung, wo er diesen finden kann. Pete bedankt sich und begibt sich zum Kommandeur, Colonel Randolf Malony.

Colonel Malony ist ein kräftiger, groß gewachsener Offizier, dem seine Uniform wie angegossen sitzt. „Ich freue mich, sie kennen zu lernen", sagt er freundlich, „was treibt sie in diese Gegend, Mister Chandler? Hier trifft man nicht viele interessante Leute, einen Haufen Indianer, einige Strauchdiebe und ein paar merkwürdige Leute, die hier in der Wildnis herumstöbern und behaupten, dass sie Öl suchen würden."

„Ich sollte mich vielleicht erst einmal vorstellen, Colonel", sagt Pete, „ich komme aus dem Süden von Texas, bin Abgeordneter des West County in Austin und schaue mir hier ein Gebiet an, dass wir als Ausgleich für zur Verfügung gestelltes Land von der Regierung erhalten sollen." „Interessant", sagt Colonel Malony, „darf ich fragen, wofür sie ihr Land zur Verfügung gestellt haben?" „Für den Eisenbahnbau", sagt Pete, „meinem Vater gehört die Chandler Ranch, westlich Stockten, zwischen dem Rio Grande und dem Pecos River und die Eisenbahnlinie nach El Paso wird über unser Gebiet gebaut."

Der Kommandeur scheint zu grübeln: „Chandler", sagt er, „Chandler. Ich kenne den Namen. War ihr Vater nicht auch bei der Armee?" „Mein Vater war Colonel in der Armee der Vereinigten Staaten", sagt Pete, „jetzt ist er aber schon lange außer Dienst und hat mit seiner Ranch genug zu tun." „Ja richtig", sagt Colonel Malony, „der berühmte Colonel Chandler. Mein Gott und vor mir sitzt sein Sohn. Sie glauben gar nicht, wie ihr Vater noch in der Armee verehrt wird. Es hat selten wieder einen Regimentskommandeur gegeben, der einen solchen Ruf hat. Wenn ich irgendetwas für sie tun kann, Mister Chandler, dann lassen sie es mich bitte wissen." „Sehr freundlich, Colonel", sagt Pete jetzt, „fürs Erste wollte ich mich eigentlich nur vorstellen. Wenn ich demnächst hier unser Anwesen aufbaue, werde ich vielleicht einmal auf ihr freundliches Angebot zurückkommen." Pete erhebt und verabschiedet sich von Colonel Malony.

Viel Öl, Mister Chandler, sie sitzen auf der Terrasse und werden ein reicher Mann

Als Pete in den Saloon zurückkommt, deutet ihn der Wirt darauf hin, dass ein Mann schon auf ihn wartet. „Da hinten in der Ecke, Sir", sagt der Wirt und zeigt auf einen Tisch, an dem ein einzelner Mann in einem hellen Anzug sitzt, einen Whiskey vor sich hat und eine Zigarre genießt. Pete geht zu ihm und spricht ihn an. „Pete Chandler", sagt er, „der Wirt sagt, dass sie sich nach mir erkundigt haben?" Der Mann erhebt sich und stellt sich vor: „Luigi Marietta, Marietta Oil Company, Sir, freue mich, sie kennen zu lernen. Möchten sie Platz nehmen und mit mir ein Glas trinken?"

„Danke, gerne", sagt Pete, „sind sie Italiener?" „Mein Papa", sagt Marietta, „wir stammen aus Neapel, eine wunderbare Stadt, bella Napoli, es gibt keine schönere, Mister Chandler." „Und warum sind sie dann hier?" fragt Pete. „Na, kann man sich immer aussuchen, wo man leben möchte, Mister Chandler? Das Schicksal hat meine Familie hierher verschlagen und hier ist es auch schön, vor allem kann man hier etwas machen." Pete schaut mit Vergnügen auf diesen quirligen Mann, der mit großem Eifer spricht und seine Rede mit eleganten Handbewegungen untermalt.

„Mister Chandler", sagt Marietta jetzt, „wie ich höre werden sie hier Landbesitzer und da möchte ich ihnen die Dienste unserer Firma, der Marietta Oil Company, anbieten. Wir sind seit einiger Zeit im Ölgeschäft tätig und sind auf diesem Gebiet schon sehr erfahren, wir sind die Besten würde ich sagen. Sie sollten mit uns zusammen arbeiten, wenn es um Öl geht, Mister Chandler." Pete krault sich das Kinn, schaut etwas skeptisch auf Marietta und sagt dann: „Das geht jetzt etwas schnell, Mister Marietta, aber vielleicht komme ich auf ihr Angebot zurück. Sagen sie, was macht sie so sicher, dass es hier Öl gibt?"

Marietta hebt beschwörend beide Hände: „Ganz sicher, Mister Chandler, ganz sicher. Hier ist überall Öl, schönes Öl, viel Öl. Wenn sie hier Grundbesitz haben, sind sie vom lieben Gott gesegnet, Mister Chandler. Was sie nur brauchen ist eine Firma, die das Öl für sie aus der Erde holt. Wir suchen, wir bohren und wir transportieren das schöne Öl weg, Mister Chandler und wir bauen die Öl Türme mit den Pumpen, die den ganzen Tag und die ganze Nacht nicken und sie sitzen auf ihrer Veranda, Mister Chandler und werden ein reicher Mann."

„Sie sind ja ein ganz Schneller", sagt Pete jetzt, „aber sicher wird es auch andere Ölfirmen geben, die das gleiche tun, oder täusche ich mich?" „Ganz unbedeutende Firmen, Mister Chandler", sagt Marietta jetzt, „sie sollten uns vertrauen. Marietta Oil Company ist die beste, glauben sie mir." „Ich will ihnen ja gerne glauben, Mister Marietta", sagt Pete, „aber jetzt muss ich erst einmal etwas essen, ich war den ganzen Tag unterwegs. Können wir uns in Austin sehen?". „Gewiss, Mister Chandler", sagt Marietta, „ich werde sie schon bald in Austin aufsuchen und ihnen ein Angebot machen. Wir bieten ihnen einen Festpreis für eine bestimmte Menge Öl an, Mister Chandler. Sie werden sehen, dass dies für sie von großem Vorteil ist."

Pete erhebt sich, grüßt noch einmal kurz und wechselt an einen einzelnen Tisch. Der Wirt eilt zu ihm und hat ein ordentliches Steak auf einem Brett. Er hat die letzten Worte von Pete offensichtlich schon gehört. „Na, Mister Chandler", sagt er jetzt, „ist das nicht eine Pracht. Guten Appetit, Sir, hier soll niemand hungrig bleiben. Zum Nachtisch empfehle ich unseren Whisky, Sir. Auch davon haben wir genug." Pete bedankt sich und macht sich dann mit großem Appetit über das Steak her.

***

Zurück in Austin wurden zunächst alle Formalitäten erledigt und die Verträge abgeschlossen. Die Chandlers sind jetzt Eigentümer des Gebietes in Sandy Mills und können damit beginnen, Zukunftsplanungen zu machen. Pete wird das neue Land bewirtschaften und beabsichtigt, in Sandy Mills ein Ranch Haus errichten zu lassen und einen zunächst noch kleinen Ranch Betrieb aufzubauen. Dazu wird er Leute brauchen, die ihn unterstützen.

Neben seiner Tätigkeit als Sekretär des Gouverneurs muss er sich noch um seine Aufgaben als Abgeordneter des West County kümmern und an den Abgeordnetenversammlungen in Austin teilnehmen. Außerdem hat er sich vorgenommen, die wichtigsten Orte des West Countys aufzusuchen, um sich mit den Zuständen und Problemen seines Wahlgebietes vertraut zu machen. Zum Glück kann er jetzt schon die Eisenbahn bis Stockten benutzen, demnächst sogar bis zur Chandler Station. Das wird es ihm wesentlich leichter machen, die großen Strecken zu überwinden.

Außerdem ist da noch Sue Fairfield, an die er häufig denken muss. Sue hat es ihm von Anfang an angetan und er ist jetzt ganz sicher, dass er Sue heiraten möchte. Bevor Pete aber wieder einmal seinen privaten Plänen nachgehen kann, muss er noch einige Termine in Austin wahrnehmen. Eine andere Ölfirma möchte mit ihm sprechen. Pete wird den Vertreter der Firma Texas Oil Incorporation, Tim Bronson, der Pete dringend um ein Gespräch gebeten hat, noch heute im Saloon treffen.

„Ich freue mich, sie kennen zu lernen", sagt Pete und drückt Mister Bronson die Hand. „Ganz meinerseits, Mister Chandler", sagt Tim Bronson, „wollen wir uns setzen? Ich habe schon auf ihre Rückkehr gewartet. Danke, dass sie so schnell Zeit für mich gefunden haben." Beide setzen sich und bestellen erst einmal Getränke. Pete schaut Tim Bronson an und hat sofort das Gefühl, dass er sympathisch ist. Bronson ist etwa fünfzig Jahre alt, gut gekleidet und sehr gepflegt. Er ist ein ganz anders, als die Rancher und Weidereiter hier und strahlt etwas von einem Geschäftsmann aus. Man spürt Energie und Zuversicht in seinem Verhalten. Bronson ist ein Typ, wie er Texas vielleicht in der Zukunft prägen wird.

„Mister Bronson", sagt Pete Chandler, „mich hat bereits Mister Marietta angesprochen und sein Interesse an einer Zusammenarbeit bekundet." „Was hat er ihnen angeboten, Mister Chandler?" fragt Bronson ohne Umschweife. „Er hat mir angeboten, das geförderte Öl zum Festpreis abzunehmen, " sagt Pete, „aber ich glaube, dass dies aus verschiedenen Gründen kein gutes Angebot ist." „Da haben sie recht", sagt Bronson, „Marietta ist Italiener und kennt sehr genau seinen Vorteil. Was sich zunächst gut anhört, kann für sie sehr nachteilig werden, aber das haben sie ja schon erkannt." „Wie lautet ihr Angebot?" fragt Pete. „ Respekt", sagt Bronson, „sie halten sich aber auch nicht bei der Vorrede auf, Mister Chandler. Also gut, ich mache ihnen ein faires Angebot. Für die Förderrechte biete ich ihnen eine Beteiligung an der Texas Oil Corporation an, über deren Höhe wir noch verhandeln sollten. Für das Öl biete ich ihnen eine Abnahme zum jeweiligen Marktpreis nach Fördermenge an. Ich glaube, dass sie mit diesem Angebot leben können, Mister Chandler." Pete schaut Bronson freundlich an, lächelt und reicht ihm die Hand: „Wir sind Partner", sagt Pete. „Darauf trinken wir jetzt", sagt Bronson, „ich lade sie ein."

Ein Unwetter über der Herde

Die Chandler Herde hat die Hälfte der Strecke bereits geschafft. Die Nacht naht und die Herde hat sich erschöpft niedergelassen. Die Tiere sind ruhig und die Cowboys machen sich im Moment keine Sorgen um die Sicherheit der Herde. Die Wachposten sind ausgedünnt und die Männer haben sich am Lagerfeuer zusammengefunden.

„Wenn es so weiter geht, werden wir in drei Wochen in Oklahoma sein", sagt Ron Chandler und hat sich am Lagerfeuer ausgestreckt. „Ron", sagt Nick Carsson, der zweite Vormann, „der Übergang über den Brazos River macht mir etwas Sorgen. Wir haben dort vor zwei Jahren viele Tiere verloren." Ron nickt und überlegt. „Ich denke auch schon dauernd darüber nach, Nick", sagt er, „wir hatten aber jetzt eine lange Trockenheit und da führt der Brazos hoffentlich wenig Wasser. Das könnte unsere Chance sein, die Herde möglichst geschlossen hinüber zu bekommen." „Wenn es anders kommt, müssen wir am Ende die Tiere einzeln hinüber schaffen", schaltet sich jetzt auch Mike Lannigan ein, „wir verlieren dabei enorm viel Zeit." „Warten wir's ab", brummt Ron, „übermorgen wissen wir es." Dann kehrt Ruhe im Lager ein, die Männer sind eingeschlafen.

Die Geräusche der Herde wirken beruhigend und die Nacht über der Prärie ist sternenklar. Die Wachposten dösen in weiten Abständen auf ihren Pferden und bewegen sich gelegentlich in größerer Entfernung zur Herde mal in diese, mal in jene Richtung. Die Cowboys haben ein gutes Gespür und wissen, dass zurzeit keine Gefahren drohen. So ist auch die Nachtwache erträglich und mancher Cowboy hat es sogar gelernt auf dem Pferd gelegentlich ein Auge zuzumachen.

Nahezu unbemerkt sind in der Dunkelheit Wolken aufgezogen, ein zunächst noch leichter Wind weht über die Prärie, der im Laufe der Nacht aber zunimmt. Die Wachen bemerken es zuerst und beruhigen die Tiere, die schon etwas unruhig werden. Dann plötzlich ist die Hölle los. Ein greller Blitz macht die Nacht für einen Moment taghell. Dann folgt mit Abstand ein krachender Donner und mit der Nachtruhe ist es vorbei. Blitze und Donner folgen in schneller Folge und es beginnt zu regnen, zunächst noch ganz leicht, dann immer mehr und schließlich befindet man sich in einem wahren Wolkenbruch. Der Wind ist zu einem Sturm geworden. Die Tiere sind aufgesprungen und müssen beruhigt werden. Alle Cowboys sitzen jetzt auf ihren Pferden und bilden einen Ring um die Herde. So geht es fast eine Stunde. Blitze zucken, Donner auf Donner überlagert sich und die Szene ist geisterhaft. Die Männer können sich kaum verständigen bei diesem Lärm, aber die Mannschaft ist eingespielt und jeder weiß, was er zu tun hat.

Nach einer Stunde hat sich das Gewitter ausgetobt und verliert an Kraft. Es ist den Männern gelungen, die Herde zusammen zu halten und mit abnehmendem Regen beruhigen sich die Tiere mehr und mehr. Solch ein Gewitter ist nichts Ungewöhnliches in der Prärie. Es kommt manchmal wie angeflogen, aber genauso schnell vergeht es dann wieder, wenn die Kräfte der Natur sich ausgetobt haben. Für dieses Mal ist wieder alles gut gegangen. Als die Sonne über den Horizont schaut, beginnt ein neuer Tag mit herrlichem Wetter und mit ganz klarer Luft. Die nass gewordene Kleidung trocknet schnell, schon nach kurzer Zeit ist der ganze nächtliche Spuk wieder vergessen und die Herde ist wieder unterwegs nach Norden, nach Oklahoma.

Habe ich noch Zeit mir ein Pferd zu holen?

Pete Chandler sitzt im Zug nach Stockton, hat die Beine von sich gestreckt und lässt die Prärielandschaft an sich vorbei ziehen. Der Zug fährt mit gleichmäßiger Geschwindigkeit nach Westen, die Wagen schütteln sich manchmal ein wenig, aber das ist alles erträglich und kein Vergleich mit den Strapazen eines Pferdesattels.

„Wir freuen uns, dass sie uns die Ehre geben, Mister Chandler", spricht ihn jetzt der Zugbegleiter an, „nicht mehr lange und sie können so durch die ganzen Vereinigten Staaten reisen, von der Ostküste an die Westküste und zurück." „Kaum zu glauben", sagt Pete, wer hätte das noch vor wenigen Jahren gedacht." „Sie wollen nach Stockton?" fragt der Zugbegleiter weiter. „Ja und dann weiter zur Chandler Ranch", antwortet Pete. „Zur Chandler Ranch?" wiederholt der Zugbegleiter, „dann nehmen sie doch den Baustellenzug. Die Strecke ist bis zur Chandler Station fast fertig. Die Wagen sind nicht so bequem, aber das wird ihnen doch nichts ausmachen." „Meinen sie, dass das möglich ist?" fragt Pete. „Sicher", sagt der Zugbegleiter. „die Baustrecke wird fast täglich befahren, mit etwas Glück brauchen sie gar nicht lange zu warten." Pete bedankt sich und zieht sich zu einem Nickerchen in die Polster zurück.

In Stockten steht der Baustellenzug tatsächlich schon zur Abfahrt bereit. Man hat auf den Zug aus Austin gewartet, da noch etwas

Werkzeug und Material umgeladen werden muss, außerdem sind einige Arbeiter im Zug, die ebenfalls zur Baustelle müssen. „Habe ich noch Zeit, um mir ein Pferd zu holen?" fragt Pete den Zugbegleiter. „Kein Problem, Mister Chandler", antwortet der, „Pferde haben wir allerdings nicht auf der Baustelle anzubieten. Wir werden mit der Weiterfahrt auf sie warten." Pete kehrt schon nach kurzer Zeit mit Pferd und Ausrüstung zurück, das Pferd wird verladen und weiter geht es nach Westen in Richtung Chandler Station. Pete freut sich, wieder einmal zu Hause sein zu können und natürlich freut er sich auf Sue Fairfield, die er gleich in den nächsten Tagen besuchen will.

Über den Brazos River

Die Chandler Mannschaft ist mit der Herde am Brazos River angekommen. Jetzt wird es darauf ankommen, die Herde auf die Nordseite des Flusses zu bekommen. Der Viehtrieb durch Flussfurten gehört zum Handwerk jeder Mannschaft, der Brazos River stellt aber höchste Ansprüche. Er ist verhältnismäßig breit, führt zurzeit viel Wasser und in der Furt befinden sich immer wieder Untiefen.

„Das ist Pech", brummt Ron, „der Brazos führt nach den Regenfällen jetzt doch mehr Wasser, als ich dachte." „Vielleicht sollten wir die Herde teilen", schlägt Mike Lannigan vor. Da oben gibt es noch eine Furt und das Ganze geht dann schneller." „In Ordnung", antwortet Ron, „ übernimm du die andere Furt, Mike, wir werden es hier versuchen."

Dann kommt Bewegung in die Herden, die Cowboys veranstalten Lärm. Peitschen knallen und die Leittiere werden ohne sichtliche Begeisterung in die Fluten getrieben. Von hinten wird angetrieben, so dass an der Spitze die Leittiere gar keine Wahl haben, als in die Furt zu gehen und dem anderen Ufer zuzustreben. Die Cowboys helfen den verängstigten Tieren immer wieder, indem sie beruhigend auf sie einwirken, sie aber doch antreiben und besonders verängstigte Tiere am Lasso führen. So geht es fast eine Stunde. Die Spitze der Herde hat das andere Ufer bereits erreicht, der Rest wird folgen. Das eine oder andere Rind schafft es aber nicht, verlässt die Furt und wird vom strömenden Wasser des Brazos aufgenommen. In diesem Fall kann niemand mehr helfen. Der Mannschaft kommt es eben darauf an, von der Herde so viel, wie möglich, auf die andere Seite zu bringen und das gelingt auch heute wieder. „Gute Arbeit", ruft Ron, „wir haben es geschafft." Die Herden vereinigen sich wieder und weiter geht es, immer nach Norden, nach Oklahoma.

Das alles zusammen kann ich nicht leisten

Pete hat es von der Chandler Station nicht mehr weit bis zur Chandler Ranch. Er hat es daher auch gar nicht eilig und genießt das Gefühl der Weite und der Freiheit der Prärie. Er lässt das Pferd ruhig ausgreifen, streichelt gelegentlich den Hals des braven Tieres und ist mit sich und der Welt in völliger Übereinstimmung. In Gedanken geht er sein Programm der nächsten Tage durch.

Gleich morgen wird er zu den Fairfields reiten und freut sich schon auf ein Wiedersehen mit Sue. Soll er schon morgen mit ihr und den

Eltern sprechen, oder sollte er noch etwas warten. Pete ist nicht ganz sicher, was das Richtige ist, immerhin hat er noch bis morgen Zeit, darüber nachzudenken. Er muss dann aber weiter nach El Paso, wo ihn schon Bob Cunningham erwartet.

Pete überlegt, ob er ganz alleine nach El Paso reiten soll oder ob er seinen Vater bitten soll, ihm einen Cowboy als Begleiter mitzugeben. Schade, dass Ron im Moment mit der Herde unterwegs nach Oklahoma ist, er wäre bestimmt gerne mitgekommen. Sue, überlegt er, was ist mit Sue? Soll sie vielleicht mitkommen? Aber nein, denkt er, was für ein Unsinn, das ist doch viel zu anstrengend und vielleicht auch zu gefährlich. Wie kommt er nur auf so eine Idee. Andererseits, wäre es schön, zusammen mit Sue unterwegs zu sein. Na, mal sehen, das wird sich schon klären.

Er muss auch noch mit Maggie sprechen. Er kann sich nicht auch noch regelmäßig um die neue Ranch in Sandy Mills kümmern, dazu braucht er Hilfe. John Simons wäre eine perfekte Lösung gewesen, der hat aber jetzt seinen Job als Vormann der Davis Ranch angetreten. Schade, John wäre eine wirklich gute Lösung gewesen, aber Maggie kann die Ranch genauso gut leiten. Es ist ja nicht für immer, mal sehen, was Maggie dazu sagt?

Soll er im Anschluss an El Paso auch noch weiter nach Fort Hancock reiten. Jim Snyder hat ihm gekabelt, dass er möglichst bald kommen soll. Es gibt dort Ärger zwischen den Ranchern und den Farmen, immer das gleich Problem, im Grunde genommen in ganz Texas. Rinderzucht und Feldarbeit passen nicht gut zusammen. Die Rancher würden es am liebsten sehen, wenn die Farmer wieder verschwinden würden. Manch einer treibt auch sein Vieh über die Felder und richtet so großen Schaden an. Wenn die Farmer dann aufgeben, versuchen sie sofort das frei werdende Land zu kaufen und wieder in Weideflächen umzuwandeln. So kann das aber nicht gehen. Texas braucht beides, Viehwirtschaft und Landwirtschaft. Das Land ist auch groß genug und hat Platz für beides. Es kommt eben darauf an, das zu akzeptieren und Rücksicht auf einander zu nehmen.

Wenn er über Fort Hancock reitet, kann er aber erst in zwei Wochen wieder in Austin sein, wo er sich unbedingt mit Tim Bronson von der Texas Oil Corporation treffen muss, der die Verträge dann wohl fertig gestellt hat. Tim hat ein wenig zur Eile geraten. Erst wenn die Verträge unter Dach und Fach sind, kann mit der Ölförderung in Sandy Mills begonnen werden. Pete muss jetzt erst einmal sehen, wie viel Zeit er in El Paso braucht, dann kann er immer noch entscheiden, ob er noch nach Fort Hancock reitet. Über die Chandler Station wäre er dann natürlich sehr schnell wieder in Austin. Dazu braucht er dann nur noch zwei Tage, über Fort Hancock muss er die ganze Strecke mit dem Pferd zurücklegen, das kostet ihn mindestens eine Woche.

So reitet Pete ohne Hast durch die Prärie und fast wäre ihm entgangen, dass die Chandler Ranch am Horizont schon sichtbar ist. Du meine Güte, denkt er, ich bin ja schon fast zu Hause. Er gibt dem Pferd einen kurzen Druck mit den Schenkeln und das Tier tritt sofort an. Im Nu ist er auf der Ranch, zügelt sein Pferd, springt aus dem Sattel und stürmt ins Haus, wo er mit großer Freude von seinen Eltern und seiner Schwester begrüßt wird.

Fragen stürmen auf ihn ein und man wird viel zu erzählen haben, auf der Veranda, wo Nancy Simons schon eine Erfrischung und eine Stärkung bereitgestellt hat. Endlich wieder zu Hause. Pete wundert sich, welche Gefühle ihn jetzt beherrschen. Er hätte das gar nicht gedacht. Die Chandler Ranch war so weit entfernt in den vergangenen Wochen, die mit allem Möglichen ausgefüllt waren. Ihm wird erst jetzt klar, dass er bereits in einer ganz anderen Welt lebt. Er erlebt aber auch zum ersten Mal das Gefühl, wie viel ihm die Ranch bedeutet und dass sie wirklich sein Zuhause ist und es bleiben wird, egal, was in Zukunft noch alles auf ihn zukommen wird. Das ist ein wirklich schönes Gefühl, zu wissen, wohin man gehört und wohin man immer wieder zurückkommen kann.

Mit der Familie – Ron ist leider noch mit der Herde nach Oklahoma unterwegs – gibt es viel zu besprechen. Pete erzählt, wie es ihm im Norden ergangen ist, beschreibt Sandy Mills, wo die neue Ranch entsteht, berichtet über seine Verhandlungen mit den Ölfirmen, erklärt seine Aufgaben als Abgeordneter und Sekretär des Gouverneurs und kommt schließlich zu dem Thema, dass ihn zurzeit am meisten bewegt. „So schön das alles zurzeit ist", sagt Pete, „leider wird mir zunehmend klar, dass ich das alles zusammen mit meinen Aufgaben als Politiker nicht leisten kann. Ich brauche dringend Hilfe."

Alle haben aufmerksam zugehört und Jeff sagt jetzt: „Pete, du hast ganz sicher Recht, die Dinge haben sich viel schneller entwickelt, als wir das angenommen haben. Du kannst nicht überall gleichzeitig sein. Am Ende gelingt dir gar nichts richtig. Hast du dir überlegt, wie die Hilfe aussehen soll?" „Habe ich", sagt Pete und wendet sich unmittelbar an Maggie, „ich brauche deine Hilfe, Maggie. Ich bitte dich, in Sandy Mills die Ranch mit aufzubauen und zu leiten. Ich kümmere mich dann um das Erdölgeschäft."

Maggie ist zunächst sprachlos und ehe sie antworten kann, sagt Pete: „Ich möchte nicht unfair sein, Maggie, bitte überleg es dir. Du brauchst dich nicht sofort zu entscheiden. Sag mir dann, wie du dich entschieden hast. Morgen muss ich weiter nach El Paso und es wäre schön, wenn mich einer der Jungs begleiten könnte, ist das wohl möglich?" „Klar ist das möglich, wie wäre es mit Shorty. Der befindet sich im Augenblick auf der Ranch und rennt hier herum, wie ein eingesperrter Puma. Der könnte Bewegung gebrauchen und wenn der hinter dir reitet, dann kannst du dich sicher fühlen." „Dank dir, Pa", sagt Pete, „ich werde übrigens noch einen Abstecher zu den Fairfields machen." „Das habe ich mir schon gedacht", sagt Jeff, „ich nehme an, du interessierst dich vor allem für Fairfields Pferde. Grüß bitte die Fairfields von uns, und wenn du Sue siehst, grüß sie auch." Pete lächelt und sagt: „Mach ich, Pa. Es stimmt, Fairfield hat auch schöne Pferde."

Sucht euch woanders anständige Arbeit

Die Chandler Mannschaft ist mit der Herde jetzt fast drei Wochen unterwegs. Bis Oklahoma sind es noch mindestens zwei Wochen und sie haben noch den Red River vor sich. Die Berglandschaft liegt jetzt hinter ihnen und die vor ihnen liegende ausgedehnte Prärie erleichtert das Vorwärtskommen. Übermorgen will die Mannschaft am Red River sein. Ron und Mike befinden sich an der Spitze der Herde. Sie halten Ausschau nach eventuellen Schwierigkeiten und besprechen den weiteren Weg des Trails.

„Der Red River ist an den meisten Stellen verdammt breit", sagt Ron, „wir müssen das Gebiet mit den Furten finden, dort kommen wir dann ganz gut auf die andere Seite." „Wenn man sich in dieser flachen Prairielandschaft nur besser orientieren könnte", meint Mike, „gibt es irgendeinen Anhaltspunkt, wo wir die Furten finden?" „Wir müssen uns nordwestlich halten entlang der

Bergkämme dort", sagt Ron und deutet auf eine nicht zu hohe Bergkette am westlichen Horizont, „im Osten kommen wir zu den Red River Falls, dort ist es zu gefährlich und der Fluss ist zu breit."

Ron hat angehalten und schaut gespannt nach Norden, Mike folgt seinem Blick und meint: „Das gefällt mir nicht, Ron." „Das sind Reiter, Mike, bestimmt zehn Mann, die halten auf uns zu." „Wir müssen hier mit Viehdieben rechnen, Ron, ich hole die Männer zusammen." Mike wendet sein Pferd auf den Hinterhufen und prescht davon. Ron ist stehen geblieben und lässt die Reiter nicht aus den Augen. Eine dünne Staubwolke schwebt über der Gruppe.

Mike hat alle Cowboys schnell zusammen getrommelt, die meisten Jungs haben die Reitergruppe auch schon wahrgenommen und schnell versammeln sich alle um Ron. „Wir ziehen uns etwas auseinander", ordnet Ron an, „wir sind klar in der Überzahl und werden sie sofort umzingeln. Haltet Eure Gewehre bereit, es könnte Ärger geben." Die Cowboys reiten auseinander und halten ihrerseits in gehörigen Abständen auf die ankommende Reitergruppe zu, die bei Ankunft sofort umzingelt wird.

„Was wollt ihr", ruft Ron der Gruppe entgegen, „nehmt die Hände von den Waffen und sagt, was ihr wollt." „Warum so unfreundlich", entgegnet der Anführer, ein ziemlich wild aussehender Kerl, dem man gleich ansieht, das er in seinem Leben noch nicht für Dollars gearbeitet hat, „wir wollen euch helfen. Wenn ihr uns sagt, wohin ihr mit der Herde wollt, können wir euch vielleicht den Weg zeigen. Wir kennen uns hier aus."

„Danke, nicht nötig", antwortet Ron kurz angebunden, „seht zu, dass ihr weiter kommt, wir brauchen keine Hilfe." Der Anführer lässt langsam seine Hände zu den Colts gleiten, wird aber von Ron scharf gestoppt. „Nimm die Hände wieder hoch", kommandiert er, „und schau dich um. Ihr habt gegen uns keine Chance." Der Anführer schaut sich verwundert um und sieht in die Gewehrläufe der Cowboys, die auf seine Gruppe gerichtet sind. „Geht man so mit anständigen Männern um, die euch Hilfe anbieten?" fragt der Anführer scharf und greift jetzt zur Waffe.

Ein Schuss peitscht und der Anführer schaut verwundert auf Ron, der blitzschnell gezogen und geschossen hat. Dann rutscht er langsam aus dem Sattel und gibt keinen Ton mehr von sich. „Hat noch jemand Bedarf?" fragt Ron jetzt. Die Angesprochenen fluchen still vor sich hin, aber niemand zieht eine Waffe. „Dann nehmt euren Boss mit, ich habe ihn nicht getötet", sagt Ron, „und seht zu, dass ihr weiter kommt. Lasst euch vor allem nicht mehr in unserer Nähe sehen und sucht euch woanders anständige Arbeit. Wenn ihr uns noch einmal belästigt, landet ihr alle entweder im Gefängnis oder unter der Erde. So, und jetzt verschwindet, lasst sie durch." Die Männer lassen sich das nicht zweimal sagen. So schnell, wie sie gekommen sind, sind sie auch wieder verschwunden. Ihren Boss haben sie quer über sein Pferd gelegt und sich nicht einmal die Zeit genommen, ihn mit einem Lasso zu sichern. Eine kleine Staubwolke zeigt noch eine Zeitlang an, wohin sie reiten, nach Norden nämlich. „Ich fürchte, die sehen wir wieder", meint Ron. „Schon möglich", murmeln die Jungs, „wir werden auf der Hut sein. Mit diesem Gesindel werden wir schon fertig. Die Herde hat das alles nicht gestört, die Tiere sind ruhig weiter gelaufen und die Cowboys nehmen wieder ihre Plätze rund um die Herde ein. Sie wollen so schnell, wie möglich, zum Red River und dann nach Oklahoma.

Sue, möchtest du meine Frau werden?

Pete und Shorty nähern sich der Fairfield Farm im Pecos Valley. Das Farmgebäude liegt friedlich am Rande eines kleinen Wäldchens und die Zahl der Pferde im Korral ist gewachsen. Es müssen wohl schon über hundert Pferde sein. Die Reiter haben angehalten und schauen auf das schöne Anwesen. „Mich laust der Affe", meint Shorty, „und das habt ihr nicht mitgekriegt, dass dieser Fairfield hier auf eurem Gebiet gebaut hat? Dann hätte ja hier auch eine ganze Stadt gebaut werden können." „Sehr freundlich, Shorty", brummt Pete, „so etwas kommt vor. Unser Gebiet ist eben sehr groß."

„Wie gut, dass ich solche Probleme nicht habe. Alles, was mir gehört, habe ich immer bei mir und Land werde ich wohl nie haben." „Warum eigentlich nicht, Shorty", sagt Pete, „auf meiner neuen Ranch in Sandy Mills könnte ich einen Vormann gebrauchen, der Maggie bei der Führung der Ranch unterstützt. Ich könnte dir dort auch ein Stück Land überlassen, wie wäre es, hast du Lust?" „Du willst mich jetzt auf den Arm nehmen, Pete", meint Shorty, „das hätte ich nicht von dir gedacht, dass du solche Scherze machst." „Das ist kein Scherz, Shorty, ich brauche dringend eine Mannschaft und einen Vormann." Shorty schaut Pete ganz bewegt an, dann schaut er auf die Fairfield Farm, dann wieder auf Pete. „Dann könnte ich mir ja auch so eine schmucke Farm aufbauen. Ich glaube, ich träume. Pete, mit dir gehe ich überall hin, du musst nur sagen, wann es losgehen soll." „Schon bald, Shorty, wenn wir aus El Paso zurück sind." Die beiden haben jetzt ihre Pferde wieder in Bewegung gesetzt und nähern sich der Fairfield Farm.

Dort wurden sie bereits wahrgenommen. Die Familie steht vor dem Farmgebäude und empfängt die beiden Reiter mit freundlichen Worten. „Willkommen", ruft ihnen Thomas Fairfield zu, „wie schön, dass du vorbeikommst, Pete, dein Begleiter ist wohl Shorty, von dem du uns schon so viel erzählt hast?" „Hoffentlich nur gutes, Mister Fairfield", sagt Shorty, „sie haben ein wunderschönes Farmgebäude und herrliche Tiere." „Die schau'n wir uns gleich in Ruhe an", sagt Fairfield, „einem Kenner, wie sie, zeige ich sie natürlich gerne."

Die Reiter sind abgestiegen. Pete hat die Fairfields begrüßt, Shorty vorgestellt und Sue in den Arm genommen. Shorty meint: „Sie haben aber nicht nur schöne Pferde hier, Mister Fairfield". Pete wirft Shorty einen vielsagenden Blick zu und man begibt sich in das Farmgebäude. Es gibt viel zu erzählen, weil sich seit dem Überfall und der Banditenjagd schon wieder so vieles ereignet hat. Fairfield erzählt, dass die Pferdezucht gute Fortschritte macht und dass er jetzt schon zwei Farmhelfer beschäftigt. Pete berichtet über den Fortschritt beim Eisenbahnbau, der schon bis zur Chandler Ranch fertig gestellt worden ist. Er erklärt auch, warum er morgen nach El Paso weiter muss. So vergeht die Zeit und Eleonore Fairfield beginnt, dass Abendessen vorzubereiten. Shorty geht mit Thomas Fairfield zu den Pferden. Pete und Sue machen einen Spaziergang.

Pete hat seinen Arm um Sue gelegt und schweigend gehen beide durch die duftenden Wiesen bis zum Waldrand. „Sue", sagt Pete, „ich muss ständig an dich denken und du fehlst mir wirklich sehr." Sue schaut Pete lächelnd an und erwidert: „Pete, du fehlst mir auch." Beide sind stehen geblieben und Pete sagt: „Ich habe viel in Austin zu tun, in den Countys und natürlich auch in Sandy Mills. Da wird es schwer werden, dass wir uns regelmäßig sehen. Ich sehe nur einen Weg für uns." Sue schaut Pete erstaunt und fragend an. „Ja", sagt Pete, „ich sehe nur einen Weg. Sue, möchtest du meine Frau werden?" Sue umarmt Pete und sagt: „Ja, Pete, ich möchte deine Frau werden. Ich kann mir nichts Schöneres vorstellen, als mit dir zusammen zu sein."

Wann sagen wir es den Eltern?" „Am besten wäre es, wenn wir es unseren Eltern zusammen sagen würden. Pa will euch demnächst zu uns auf die Ranch einladen. Das ist dann der richtige Augenblick, Sue." Es tritt ein Augenblick gemeinsamen Schweigens ein, dann sagt Pete: „Ich werde uns ein Haus in Austin mieten. Dort werden wir wohnen und dort können wir die meiste Zeit zusammen sein." „Ich kann es kaum erwarten", antwortet Sue. Sie haben den Rückweg angetreten und Eleonore Fairfield wartet schon vor dem Haus, da das Abendessen mittlerweile bereit steht. Der Abend wird lang und es gibt noch viel zu erzählen. Ein Thema wird allerdings von Pete und Sue ausgelassen. Diese Neuigkeit wollen sie noch bis zum gemeinsamen Treffen auf der Chandler Ranch aufschieben und sie glauben, dass noch niemand etwas gemerkt hat, als ob Eltern nicht ein feines Gespür dafür hätten.

Als Pete und Shorty sich am nächsten Morgen auf den Weg nach El Paso machen, spricht Pete noch die Einladung zu einem Besuch auf der Chandler Ranch aus und dann geht es auch schon los, bis El Paso werden sie mindestens zwei Tage unterwegs sein. Sie werden durch die Davis Mountains müssen, dann hinunter zum Rio Grande, dem sie über Fort Hancock bis El Paso folgen werden.

Ihr solltet euch schämen, unserem jungen Abgeordneten ein solches Schauspiel zu bieten

Im Chihuahua Desert am Fuße der St. Franklin Mountains, die man schon in über fünfzig Meilen Entfernung sehen kann, ist vor langer Zeit El Paso entstanden, eine graue Stadt, von Steinwüsten umgeben, geteilt durch den Rio Grande in einen mexikanischen und einen texanischen Teil. Der Rio Grande, den die Mexikaner Rio Bravo del Norte nennen, bildet zugleich die Grenze zwischen Texas und Mexiko.

Das Wort Grenze sollte aber nicht zu wörtlich verstanden werden, denn wer will, kann den Fluss an vielen Stellen überschreiten und die aus Mexiko immer wieder einfallenden Viehdiebe nutzen das auch regelmäßig aus. Umgekehrt kümmern sich auch die Texaner wenig um die Tatsache, dass Mexiko ein Staat ist, in dem man auch nicht tun und lassen kann, was einem beliebt. Wenn es darum geht, Viehdiebe zu jagen, oder einfach nur unterzutauchen, dann gehen auch die Texaner über die Grenze nach Mexiko. Den zwischenstaatlichen Zustand zwischen Mexiko und Texas könnte man als rechtsfrei, in jedem Falle nützlich für beide Seiten beschreiben.

Es gibt in El Paso einen Stadtkern, mit allen erforderlichen Einrichtungen und einer Bank, die regelmäßig überfallen wird. Natürlich gibt es Stores und einen Saloon, in dem man sich trifft und Neuigkeiten erfährt. Die Stadt wurde schön gleichmäßig in Quadraten angelegt, ganz regelmäßig und die Grundstücke sind zum Teil bebaut. Wer will, findet hier aber noch genügend Platz, um sich anzusiedeln.

Pete und Shorty haben den El Paso beherrschenden Berg schon lange im Auge und können, indem sie entlang des Rio Grande reiten, den Ort überhaupt nicht verfehlen. Der Rio Grande gibt ihnen die Richtung vor und die Landschaft gleicht einer Steinwüste, spärlich bewachsen mit Grasbüscheln und kleinen Kakteen, die jetzt um diese Zeit gelbe Blüten tragen und der Landschaft so ein freundliches Aussehen geben. Es beginnt zu dämmern, als sie in den Ort einreiten und einigermaßen verwundert auf die verhältnismäßig ausgedehnte Stadt schauen. Sie reiten unmittelbar zum Sheriffbüro, um ihre Anwesenheit dem Sheriff mitzuteilen und um sich nach Mister Cunningham zu erkundigen, den sie treffen wollen.

Sheriff Jonathan Baxter, ein wahrhaft schwergewichtiger Mann, begrüßt die beiden mit einem schmerzhaften Händedruck und teilt Pete sofort mit, dass es für ihn eine telegrafische Nachricht aus Austin gibt. Pete schaut nur kurz auf die Nachricht und sagt zu Shorty: „Ich muss so schnell, wie möglich, zurück nach Austin. Wir werden uns hier nur eine Nacht und einen Tag aufhalten können. Umso wichtiger ist es, Mister Cunningham noch heute zu treffen." „Das wird kein Problem sein", bemerkt der Sheriff, „Mister Cunnigham hat sie schon angekündigt und für heute Abend eine Versammlung angesetzt. Alle sind schon sehr gespannt, ihren Abgeordneten einmal kennen zu lernen. Sie sind verdammt jung, Mister Chandler, wenn sie mir diese Bemerkung erlauben." „Das stimmt", meint Pete, „ich war selber überrascht, als mir das Amt angetragen wurde. Aber, Sheriff, älter werde ich automatisch. Mir kommt es darauf an, etwas für die Menschen zu tun und da sollte das Alter keine allzu große Rolle spielen." „Schon in Ordnung", brummt Sheriff Baxter, „ich werde mir ihre Ausführungen auf der

Versammlung auch anhören. Als Vertreter des Rechts muss ich schließlich über alles Bescheid wissen, was die Menschen bedrückt und was die Politik dafür tun will." Ein erneuter schmerzhafter Händedruck und Pete und Shorty verlassen das Sheriffbüro.

Im Saloon treffen sie auf Bob Cunningham und Jim Snyder aus dem nahe gelegenen Fort Hancock. Die Begrüßung ist herzlich und der Saloon bereits brechend voll. „Bevor wir anfangen, sollten sie erst einmal etwas essen, Mister Chandler", sagt Bob Cunningham, „wir haben da hinten einen Tisch für sie reserviert. Sie sind mein Gast, Mister Chandler." „Danke", sagt Pete, „wir haben auch einen Bärenhunger. Übrigens, Mister Cunningham, ich muss schon morgen wieder zurück nach Austin. Der Gouverneur hat dringend darum gebeten." „Gibt es Ärger?" fragt Cunningham. „Ich habe keine Ahnung", sagt Pete, „es scheint aber wichtig zu sein, sonst hätte der Gouverneur nicht telegrafiert."

Nach einem kräftigen Essen, geht Pete herum und schüttelt viele Hände. Es wird das eine oder andere Wort gewechselt und man ist allgemein überrascht, wie jung ihr Abgeordneter ist. Cunningham und Snyder haben mittlerweile auf einer kleinen Bühne Platz genommen, auf die sich jetzt auch Pete begibt. „Ladies and Gentlemen", ruft Cunningham jetzt in den Raum, „darf ich Ihnen unseren Abgeordneten, Mister Pete Chandler, vorstellen. Mister Chandler hatte die Güte, extra für diese Versammlung den weiten Weg aus Austin hierher zu machen. Er wird gleich zu uns sprechen und dann ihre Fragen beantworten. Sprechen sie frei heraus und sagen sie ihm alles, wo uns hier der Schuh drückt." Sheriff Baxter hat mittlerweile auch den Raum betreten und einen kurzen Gruß in Richtung der Bühne angedeutet. Pete ist aufgestanden und beginnt jetzt mit seiner Ansprache.

„Ladies and Gentlemen", sagt Pete, „ich freue mich sehr, hier bei ihnen in El Paso zu sein, und ich darf ihnen die Grüße des Gouverneurs, Sir Abraham Duffee, überbringen. Der Gouverneur möchte persönlich noch in diesem Jahr nach El Paso kommen. Er ist ein viel beschäftigter Mann und er sorgt sich um das Wohl von Texas und seiner Bürger. Gouverneur Duffee hat mich gebeten, ihn ausführlich über die Gespräche mit ihnen zu informieren. Sie sollten daher keine Scheu haben, mir alles zu sagen, was nach ihrer Meinung der Gouverneur von Texas wissen sollte. Sie können davon ausgehen, dass sich der Gouverneur um alles kümmern wird." Pete macht eine kurze Pause und die Anwesenden schauen gespannt auf ihn.

„Texas ist ein wundervolles Land", fährt Pete fort, „es ist einzigartig in der Landschaft und in der Natur und es bietet seinen Bewohnern viel Platz, um ihre Existenzen aufzubauen und zu bewirtschaften. Texas lebt vom Mut und vom Engagement seiner Einwohner. Sie alle sind nach Texas gekommen, um hier ein neues Leben in Freiheit und ohne zu starke staatliche Bevormundung zu führen. Der Staat muss aber da für Ordnung sorgen, wo es zum Schutz und für die Sicherheit jedes Einzelnen nicht anders geht.

So müssen wir alle akzeptieren, dass die Besiedelung des Landes überwacht und die Eigentumsverhältnisse geregelt werden. Es kann dann aber nicht sein, dass Einzelne sich über die Rechte anderer hinwegsetzen. Ich möchte das an einem Beispiel verdeutlichen. Texas braucht aus gutem Grund sowohl eine Viehwirtschaft, also Rancher, aber auch eine Lebensmittelwirtschaft, also Farmer. Beide, Rancher und Farmer, sind für Texas, aber auch für die Vereinigten Staaten, unverzichtbar. Rindfleisch, Getreide und Lebensmittel begründen den Wohlstand von Texas und natürlich ihren persönlichen Wohlstand, den ihnen der Staat gerne gönnt. Akzeptieren sie aber auf alle Fälle ihre gegenseitigen Rechte. Rinder bleiben auf ihren Weiden und werden nicht über die Felder der Farmer getrieben, umgekehrt wird nichts auf Weiden angebaut, die für die Rinder benötigt werden und Stacheldrahtzäune sind nach meiner festen Überzeugung ein Symbol für die Unfähigkeit, miteinander friedlich zu leben, sich zu respektieren und die Rechte anderer zu achten.

Ich werde für die Rechte aller kämpfen, für die Rechte der Rancher – ich bin selber ein Rancher – und für die Rechte der Farmer. Und ich bitte sie alle, mir dabei zu helfen." Nach ganz kurzer Pause erhält Pete einen starken Beifall und erste Rufe werden aus dem Saal hörbar. „Und wer sorgt dafür, dass die Rinder nicht über unsere Felder getrieben werden?" hört man aus den hinteren Reihen. „Wir waren mit unseren Rindern doch schon vor euch da!" hört man aus einer anderen Ecke des Saales. „Wir werden alle Rinder abschießen, wenn sie noch einmal über unsere Felder getrieben werden!" antwortet die Partei der Farmer. „Dann jagen wir euch Farmer alle zum Teufel!" kontert die Rancher Seite.

„Ihr werdet gar nichts tun!" meldet sich jetzt Sheriff Baxter zu Wort. „Für Recht und Ordnung zu sorgen, ist ausschließlich meine Sache. Ihr solltet euch schämen, unserem jungen Abgeordneten ein solches Schauspiel zu bieten. Was soll er eigentlich von uns halten und was soll er vor allem dem Gouverneur berichten? Soll er vielleicht dem Gouverneur sagen, dass hier in El Paso nur Hornochsen leben, die sich nicht vertragen können. Habt ihr nicht gehört, was Mister Chandler euch erklärt hat. Mister Chandler, ich muss mich für meine Landsleute entschuldigen. Die sind zwar hitzköpfig, aber sonst ganz in Ordnung."

„Schon gut, Sheriff", sagt Pete in ruhigem Ton, „ich kenne das. Glauben sie nicht, dass dies bei uns anders ist. Texaner sind es gewohnt, für ihre Rechte zu kämpfen. Es muss nur alles im Rahmen bleiben und die Regeln, wie das Zusammenleben funktionieren muss, habe ich ja schon erklärt."

Pete wendet sich noch einmal an die Anwesenden im Saal und fragt freundlich, ob es noch Fragen an ihn gibt. „Was macht der Eisenbahnbau?" wird ihm zugerufen. „Ja", rufen andere, „wann werden wir einen Eisenbahnanschluss haben?" Pete geht jetzt auf dieses Thema ein. „Die transkontinentale Verbindung zwischen dem Osten und dem Westen der Vereinigten Staaten wird noch in diesem Jahr geschlossen sein. Jetzt geht es um den Anschluss des Südwestens", erläutert Pete, „dieser Anschluss verläuft über Austin, Stockton und ist bis zur Chandler Station – also gut 250 Meilen vor El Paso – fertig gestellt. Es gibt immer wieder Probleme mit den Eigentumsrechten, wenn die Eisenbahntrasse über Privatbesitz verlaufen soll. Das kostet dann Zeit. Jetzt sind aber alle Probleme gelöst und die Strecke wird mit hohem Tempo weiter bis nach El Paso gebaut. Ich bin kein Eisenbahnexperte, aber der Eisenbahnchef hat mir erklärt, dass die Eisenbahn in 24 Monaten in El Paso sein soll. Die Bahnhofsanlagen sollen in Kürze schon vorbereitet werden."

„Was bringt uns die Eisenbahn, Mister Chandler?" fragt jemand aus der vorderen Reihe. „Eine ganze Menge", antworte Pete, „als erstes wird El Paso dann ein Umschlagpunkt für den Vieh- und Getreidehandel werden und die Erträge dieser Gegend können in den Osten der Vereinigten Staaten transportiert werden. Dort besteht ein zunehmender Bedarf und das wird gut für die Verkaufspreise sein. Zum anderen wird die Eisenbahntrasse weiter gebaut bis nach Kalifornien an die Westküste und das erschließt Reisemöglichkeiten in beide Richtungen. El Paso ist dann nicht mehr ein Randgebiet der Vereinigten Staaten, sondern hat Anschluss an alle übrigen Staaten."

„Was tun wir gegen die Viehdiebe aus Mexiko?" lautet eine weitere Frage und noch eine Frage folgt: „Und gegen die Banküberfälle?" Pete bedankt sich für die Frage und antwortet: „Diese Kriminalität aus Mexiko heraus ist ein großes Problem entlang des Rio Grande in ganz Texas. Die Regierung der Vereinigten Staaten wird Armeeposten einrichten, um schneller auf diese Überfälle reagieren zu können, natürlich auch um abzuschrecken. Eine Armeestation wird auch in El Paso eingerichtet. Ich kann ihnen aber noch kein Datum nennen. Ich werde dem Gouverneur vortragen, dass vor allem hier eine schnelle Lösung erforderlich ist. Der Gouverneur kann das sicher beschleunigen."

Bob Cunningham ist auf die Bühne gekommen und hat sich neben Pete Chandler gestellt. Als eine Pause eintritt, übernimmt er das Wort. „Ich glaube", sagt Cunningham, „unser Abgeordneter Pete Chandler hat uns viel Neues berichtet." Sofort wird er durch Beifall unterstützt und fährt fort, indem er sich unmittelbar an Pete wendet: „Mister Chandler, Verzeihung, Herr Abgeordneter, ich bin sicher, dass unsere Sorgen bei Ihnen in guten Händen sind. Ich weiß, dass sie gleich morgen zurück nach Austin müssen, weil der Gouverneur sie in dringenden Angelegenheiten zurück beordert hat. Ich möchte mich daher bei ihnen bedanken und bitte sie im Anschluss noch etwas bei uns zu bleiben und noch Einzelgespräche zu führen. Ansonsten wünsche ich ihnen alles Gute für die Zukunft und kommen sie bald wieder. Die Versammlung ist damit geschlossen." Nachhaltiger Beifall beendet den offiziellen Teil der

Veranstaltung. An der Bar trifft Pete auf Shorty, der ihm bei einem Glas Whiskey zuraunt: „Ich bin ganz sprachlos, Pete, Verzeihung, Herr Abgeordneter, und mächtig stolz auf meinen Boss." Pete stößt ihm freundschaftlich einen Ellenbogen in die Rippen: „Danke, Shorty, wir sollten das hier heute nicht allzu sehr ausdehnen, da ich gleich morgen früh weiter möchte."

Lassen sie ihr Abgeordnetenmandat ruhen und beantworten sie die Fragen der Untersuchungskommission

Pete ist mit Shorty am Morgen nach der Veranstaltung sofort zurück geritten, zunächst zur Chandler Ranch und danach konnte Pete von der Chandler Station mit dem Baustellenzug weiter reisen nach Stockton und von dort schließlich nach Austin. Jetzt sitzt er dem Gouverneur gegenüber, der eine Zigarre angezündet hat und einiges mit Pete zu besprechen hat.

„Es gibt mächtigen Ärger, Pete", beginnt der Gouverneur, „kennen sie den Abgeordneten aus Sherman, Hank Talbot?" „Nur flüchtig", sagt Pete, „ich hatte noch nicht viel mit ihm zu tun." „Das wird sich ändern", fährt der Gouverneur fort, „leider. Hank Talbot hat ein Ausschlussverfahren gegen sie beim Vorsitzenden des Abgeordnetenhauses beantragt. Talbot behauptet, dass die Übertragung des Gebietes in Sandy Mills ein Korruptionsvorgang sei, der sie auf Staatskosten begünstigt. In Sandy Mills gibt es Öl und sie hätten das Ausgleichsgebiet niemals so günstig bekommen dürfen." „Ich bin mir keiner Schuld bewusst", antwortet Pete bestürzt. „Das weiß ich", fährt der Gouverneur fort, „der Angriff richtet sich ja vor allem gegen mich. Der Vorsitzende der Abgeordnetenversammlung, Mister Henry Baskerville, hat schon mit mir gesprochen. Er hat keine andere Wahl, als in diesem Fall eine Untersuchungskommission einzurichten, die den Fall überprüfen soll." „Und was kann ich in diesem Fall tun?" fragt Pete. „Erst einmal gar nichts", sagt der Gouverneur, „lassen sie ihr Abgeordnetenmandat ruhen und beantworten sie die Fragen der Untersuchungskommission. Bis dahin kümmern sie sich um ihre Aufgaben als mein Sekretär. Ich glaube, damit haben sie genug zu tun. Und nun berichten sie mir, was in El Paso los war."

Pete benötigt einen Augenblick, um sich zu fassen und berichtet dann über die Versammlung und über die Gespräche in El Paso. Der Gouverneur hört aufmerksam zu und sagt jetzt: „Wir müssen uns um die Leute in den Countys, vor allem in El Paso mehr kümmern, die fühlen sich sonst am Rande von Texas vernachlässigt. Der Streit zwischen Ranchern und Farmern muss ein Ende haben. Das gilt übrigens für das ganze Land. Wie wäre es, wenn wir eine Informationskampagne starten und den Leuten die wirtschaftlichen Zusammenhänge zwischen Ranch- und Farmwirtschaft besser erklären. Wir müssen vor allem die Wichtigkeit beider Bereiche für das Land, aber auch für jeden einzelnen, deutlich machen. Machen sie mir dazu einmal einen Vorschlag, wie wir das organisieren können. So geht das jedenfalls nicht weiter."

„Die Kriminalität ist auch ein Problem in ganz Texas, im Süden natürlich vor allem die aus Mexiko. Ich werde versuchen, die Einrichtung von Armeeposten zu beschleunigen. Dazu werden wir nach Philadelphia reisen müssen, Pete. Bereiten sie doch bitte auch diese Reise vor. Mit der Eisenbahn ist das ja jetzt zum Glück eine einfache Sache geworden. Wir müssen uns dazu jetzt nicht mehr den Hintern wund reiten, ganz abgesehen davon, dass ich das in meinem Alter sowieso nicht mehr könnte.

Und noch etwas, Pete. Ich habe gehört, dass es jetzt solche merkwürdigen Kutschen geben soll, die ohne Pferde fahren. Ich kann mir das zwar nicht richtig vorstellen, aber vielleicht wäre das ja etwas für unsere Reisen." „Das sind Automobile, Mister Duffee", sagt Pete, „denen gehört die Zukunft. Im Osten fahren die schon überall herum, da gibt es aber auch schon ordentliche Straßen. In Philadelphia sollten wir einmal eine Probefahrt machen, dann können sie sich ein eigenes Urteil bilden." „Gute Idee", sagt der Gouverneur, „fehlt nur noch, dass wir demnächst wie die Vögel durch die Luft fliegen." „Auch das gibt es schon", ergänzt Pete, „übrigens braucht man für alle Motoren Öl, Mister Duffee, und damit wären wir wieder beim Untersuchungsausschuss." „Ganz recht", sagt der Gouverneur, „wir sind gut beraten, die Angelegenheit ernst zu nehmen. Man will wahrscheinlich meinen Kopf. So, nun wollen wir aber nicht Trübsal blasen, sondern an die Arbeit gehen. Es gibt viel zu tun, Pete."

Wenn noch ein Funke Anstand in ihnen ist, dann legen sie ihr Mandat nieder

Im Abgeordnetenhaus von Austin hat sich die Untersuchungskommission zum Fall Sandy Mills unter dem Vorsitz des Abgeordneten Peter Stapelton aus Waco versammelt. Es handelt sich um zwölf Abgeordnete, die vom Vorsitzenden des Abgeordnetenhauses bestimmt wurden. Der Abgeordnete Hank Talbot, der lediglich als Zeuge geladen ist, gehört nicht zur Kommission. Diese hat die internen Beratungen bereits durchgeführt und beginnt mit der Anhörung der Zeugen. Geladen sind Hank Talbot, der Gouverneur Abraham Duffee, Pete Chandler, Ronald Raven der oberste Friedensrichter von Texas und der Leiter des Grundbuchbüros für Texas, Ken Boulders. Die Zeugen haben sich im Gang vor dem Besprechungsraum versammelt.

Als erster wird der Zeuge Hank Talbot aufgerufen. Der Vorsitzende des Untersuchungsausschusses, Peter Stapelton, ermahnt den Zeugen, vor dem Ausschuss die Wahrheit zu sagen, die Wahrheit und nichts als die Wahrheit. Er muss damit rechnen, vereidigt zu werden. Stapelton weist den Abgeordneten Talbot darauf hin, dass es sich in diesem Fall um schwerwiegende Anschuldigungen gegen den Abgeordneten Chandler und vor allem auch gegen den Gouverneur richtet. „Mister Talbot", sagt der Vorsitzende des Untersuchungsausschusses, „ich hoffe, sie sind sich darüber im Klaren, dass diese Anschuldigungen keine Kleinigkeiten sind, sondern die Integrität und den Ruf mehrerer hoch angesehener Persönlichkeiten angreift." Talbot wirkt etwas unruhig und sagt mit leiser Stimme: „Das ist mir klar, Herr Vorsitzender. Aber es geht doch um Gesetz und Recht und darum, dass alles seine Ordnung haben muss und sich niemand an Staatseigentum bereichern darf."

„Na schön", sagt Stapelton, „dann wollen wir das klären. Tragen sie dem Ausschuss jetzt bitte vor, worauf sich ihre Anschuldigung stützt. Wir hören." Talbot fühlt sich sichtbar unwohl in seiner Haut. Die Ausschussmitglieder schauen ihn streng an, niemand sagt etwas. „Sie haben das Wort", sagt der Vorsitzende.

„Ja, also, meine Herren", beginnt Talbot etwas stockend, „Mister Pete Chandler hat in Sandy Mills vom Staat Texas ein großes Gebiet übertragen bekommen und auf diesem Gebiet gibt es Erdöl." „Woher wissen sie das?" unterbricht ihn Stapelton. „Man spricht ganz offen darüber, Herr Vorsitzender", sagt Talbot, „im ganzen

Norden gibt es Erdöl." „So, so", sagt Stapelton, „im ganzen Norden gibt es Erdöl. Es gibt aber auch Weiden, Prärie, Berge, Büffel und Flüsse im Norden. Wie soll ein Gebiet übertragen werden, das von all dem nichts hat? Jedes Land ist wertvoll, auf irgendeine Weise. Ich hoffe, ihnen ist bekannt, dass die Chandler Familie dem Staat Texas ein ebenso wertvolles Land für den Eisenbahnbau übertragen hat. Auch dort gibt es all das, was wir als wertvoll ansehen müssen. Vielleicht gibt es auch dort Erdöl, vielleicht gibt es in ganz Texas Erdöl. Was sagen sie dazu?" „Das weiß ich nicht", antwortet Talbot sichtbar verunsichert, „im Norden jedenfalls gibt es Erdöl." „Vielleicht wollen die Herren des Ausschusses ein paar Fragen an den Zeugen richten", fährt der Vorsitzende fort.

Der Abgeordnete Paul Mac Kinsey aus Waco räuspert sich und fragt: „Mister Talbot, welchen Wahlbezirk vertreten Sie?" „Ich vertrete den Wahlbezirk in Sherman County". „Das ist doch nicht weit entfernt von Sandy Mills, nicht wahr?" setzt Mac Kinsey nach. „Ja, das ist nicht weit von Sandy Mills entfernt". „Haben sie dort oben eigenes Land, Mister Talbot?" „Ja, Mister Mac Kinsey, ich habe dort eine Farm." „Und haben sie dort auf ihrer Farm auch Erdöl?" „Nein, Mister Mac Kinsey, ich habe kein Erdöl, das liegt weiter westlich." „Mister Talbot, haben sie Kontakt zur Marietta Oil Company?" Talbot wird unruhig. „Mister Marietta ist ein Freund der Familie, Mister Mac Kinsey". „Hat ihnen Mister Marietta gesagt, dass in Sandy Mills Erdöl ist?" „Ich weiß nicht, ob wir darüber gesprochen haben, Mister Mac Kinsey." „Worüber spricht man denn mit einem Besitzer einer Erdölfirma, Mister Talbot, über das Wetter?" „Nein, natürlich auch über Erdöl." „Und sie können sich nicht erinnern, mit Mister Marietta auch über Sandy Mills gesprochen zu haben?" „Kann schon sein, Mister Mac Kinsey, so genau kann ich mich daran nicht mehr erinnern." „Ich habe keine weiteren Fragen, Herr Vorsitzender", beendet Mac Kinsey seine Befragung. „Mister Talbot, sie können jetzt draußen Platz nehmen", sagt der Vorsitzende, „aber halten sie sich bitte für den Ausschuss verfügbar, wir bitten den Gouverneur zur Befragung."

Abraham Duffee betritt den Saal und die Mitglieder des Ausschusses erheben sich. „Ich danke ihnen, meine Herren", sagt der Gouverneur und nimmt auf einem Stuhl Platz. „Mister Duffee", sagt der Vorsitzende, „ich danke ihnen, dass sie dem Ausschuss einige Fragen beantworten wollen und ich möchte ihnen sagen, dass der Ausschuss bis zum Beweis des Gegenteils keine Sekunde an ihrer Amtsführung Zweifel hat. Entschuldigen sie bitte das Verfahren, aber die Regeln des Parlamentes wollen das so." „Herr Vorsitzender", sagt Duffee, „sie brauchen sich nicht zu entschuldigen. Ich halte dieses Verfahren für eine Selbstverständlichkeit."

„Mister Duffee", fährt der Vorsitzende fort, „können sie bitte dem Ausschuss mitteilen, wie es zu der Landübertragung an Mister Chandler gekommen ist?" „Selbstverständlich", fährt der Gouverneur fort. Die Regierung hat ein außerordentliches Interesse daran, den Eisenbahnbau zügig bis nach El Paso voran zu treiben. Dabei müssen wir westlich von Stockten über das Gebiet von dort ansässigen Ranchern die Eisenbahntrasse legen, entweder über das Gebiet der Davis Ranch oder über das Gebiet der Chandler Ranch. Beide Rancher waren nicht gerade darüber erbaut, eine ordentliche Fläche Land für den Eisenbahnbau zur Verfügung zu stellen. Es handelt sich schließlich um Weideland, das sie dringend benötigen." „Das ist verständlich", sagt der Vorsitzende, „um wie viel Land geht es in diesem Fall?" „Die Eisenbahntrasse benötigt sieben acre für die Meile und siebenhundert acre für hundert Meilen, so breit ist das Gebiet der Chandlers. Hinzu kommen noch etwa dreihundert acre für die Stationen unterwegs, insgesamt also etwa tausend acre."

„Donnerwetter", sagt jetzt der Vorsitzende, „wer hätte das gedacht." „Das ist noch nicht alles", fährt der Gouverneur fort. „Im Falle der Chandlers müssen wir noch berücksichtigen, dass ein Ausgleichsgebiet weit entfernt im Norden für die Familie Chandler nicht den gleichen Wert hat, wie ein zusammenhängendes Gebiet, wie vorher." „Wie gleichen sie diesen Nachteil aus, Gouverneur?" will jetzt der Vorsitzende wissen. „Indem wir das Ausgleichsgebiet verdoppeln und damit ein wirtschaftlich nutzbares Angebot machen." „Verstehe", sagt der Vorsitzende, „das scheint mir sehr vernünftig zu sein." „Da ist noch etwas", ergänzt der Gouverneur, „auf dem Gebiet der Chandler Ranch hat sich irrtümlich im Pecos Valley ein Farmer niedergelassen, Mister Fairfield, der sich auf den Homestad Act berufen wollte. Allerdings hat er sich hier geirrt und auf dem Chandler Gebiet gesiedelt. Wir hatten jetzt nur die Möglichkeit, die Farm abzureißen oder das Gebiet der Fairfields der Chandler Familie zu ersetzen." „Wie ist das ausgegangen?" will der Vorsitzende jetzt wissen. „Jeff Chandler, der Vater von Pete Chandler, ihn hat fast der Schlag getroffen, als er davon erfuhr. Er hat sich aber sehr großzügig verhalten und war mit einem Ausgleich des Gebietes der Fairfields ebenfalls einverstanden. Dabei ging es noch einmal um etwa fünfhundert acre." Der Vorsitzende bedankte sich beim Gouverneur und es wird der Leiter des Grundbuchbüros Ken Boulders aufgerufen.

„Mister Boulders", beginnt der Vorsitzende, „berichten sie doch bitte dem Ausschuss, wie es zu der Landübertragung an den

Abgeordneten Pete Chandler kam?" „Das ist wahrscheinlich ein Irrtum, Herr Vorsitzender", antwortete Boulders, „an Pete Chandler wurde kein Land übertragen, sondern an den Vater, Jeff Chandler, im Ausgleich mit der Trasse des Eisenbahnbaus und dem Gebiet der Fairfield Ranch."

„Wie bitte?", fragt der Vorsitzende, „an Pete Chandler wurde kein Land übertragen?" „Nein, Sir", antwortete Boulders, das wäre auch gar nicht möglich gewesen, den Anspruch hat Jeff Chandler, niemand sonst. Pete Chandler wird für die Familie Chandler das Land bewirtschaften, soweit ich das gehört habe, das ist eine Angelegenheit der Chandler Familie."

Es entsteht Unruhe im Saal. Es wird die Frage nach dem Erdöl in Sandy Mills gestellt und ob das eine Rolle gespielt habe. „Erdöl war mit Jeff Chandler kein Thema", fuhr Boulders fort, „im Übrigen gibt es bis heute keinen Beweis für Erdöl auf diesem Gebiet. Erst nach einer Erkundung werden Abbaurechte beantragt und im Grundbuch vermerkt. Ich habe das Mister Talbot erklärt." „Wieso Mister Talbot", will der Vorsitzende jetzt wissen. „Mister Talbot hat sich mehrfach für das Gebiet Sandy Mills interessiert und wollte es kaufen. Ich musste ihm aber leider mitteilen, dass es sich bei Sandy Mills um eine Vorbehaltsfläche für Ausgleichsansprüche beim Eisenbahnbau handelt. Er war sehr ärgerlich und drohte mehrfach damit, gegen diese Vormerkung vorzugehen." Jetzt entstand Unruhe im Saal. Worte, wie: „Unglaublich, das ist doch unerhört, wir werden hier doch hinters Licht geführt" sind zu vernehmen. Der Vorsitzende greift jetzt ein und sagt: „Meine Herren, ich verstehe ihren Unmut, aber wir müssen uns bemühen, die Sache hier anständig über die Bühne zu bringen."

Ronald Raven, der oberste Friedensrichter, wird jetzt befragt und führt aus: „Meine Herren des Untersuchungsausschusses, ich habe mir diesen Vorgang genau angeschaut, und ich kann ihnen versichern, dass nichts, aber auch gar nichts daran zu beanstanden ist. Alle beteiligten Amtspersonen haben absolut einwandfrei nach Gesetz und Recht gehandelt und ich kann die Anschuldigungen gegenüber dem ehrenwerten Abgeordneten Pete Chandler nur als schändliche Verleumdung bezeichnen. Im Übrigen gehört Pete Chandler das Gebiet überhaupt nicht, sondern seinem Vater, Jeff Chandler." Der Vorsitzende bedankt sich und bittet den Friedensrichter im Saal Platz zu nehmen.

„Meine Herren", sagt der Vorsitzende jetzt, „ich glaube der Fall liegt klar. Ich möchte meinerseits auf eine Anhörung des Abgeordneten Pete Chandler verzichten. Ich wüsste nicht, was Pete Chandler uns hier vortragen sollte. Wenn sie einverstanden sind, rufe ich noch einmal den Abgeordneten Hank Talbot auf, diesmal aber nicht als Zeuge. Der Ausschuss signalisiert Zustimmung und Hank Talbot nimmt wieder auf dem Zeugenstuhl im Saal Platz.

„Mister Talbot", eröffnet der Vorsitzende sein Schlussplädoyer, „sie sitzen hier jetzt nicht mehr als Zeuge, sondern eher schon als Angeklagter. Die Untersuchung hat einwandfrei ergeben, dass es sich in diesem Fall um ein infames Lügengebäude handelt, das von ihnen errichtet wurde. Sie hatten selber an dem Gebiet von Sandy Mills Interesse und haben bei ihren Anschuldigungen in Kauf genommen, dass sie einen untadeligen, jungen Abgeordneten mit ihren verleumderischen Lügen in den Schmutz gezogen haben. Der Ausschuss wird dem Vorsitzenden des Abgeordnetenhauses empfehlen, ihnen das Mandat zu entziehen und wenn noch ein Funke Anstand in ihnen ist, dann legen sie selber ihr Mandat nieder und treten zurück. Eine Erwiderung von ihnen möchte ich den Anwesenden hier ersparen. Die Sitzung ist beendet".

Die Ausschussmitglieder erheben sich, die Zeugen verlassen das Gebäude. Der Gouverneur gibt Pete die Hand und sagt: „Wir hatten einen sehr anständigen Ausschussvorsitzenden. Der Fall wäre damit wohl erledigt, nicht allerdings für Hank Talbot, für den beginnt er erst noch. Pete, bereiten sie bitte die Reise nach Philadelphia vor. Ich möchte möglichst bald die Gespräche mit den Abgeordneten im Kongress und mit dem Präsidenten der Vereinigten Staaten führen."

Habt ihr Cowpunscher es tatsächlich mit euren dreckigen Kühen bis Oklahoma geschafft

Die Chandler Mannschaft ist in Oklahoma angekommen. Alle Schwierigkeiten eines so großen und langen Rinder Trails wurden überwunden. Man hat verhältnismäßig wenige Tiere verloren, die übrigen sind nach dem langen Trail auch noch in recht guter Verfassung. Oklahoma ist das Ziel vieler Trails und hier ist immer viel los. Zunächst müssen die Tiere in vorbereitete Korrals getrieben und gezählt werden. Dann erscheinen die Aufkäufer, besichtigen die Tiere und es beginnt das Spiel aus Angebot und Nachfrage.

Ron stimmt nicht sofort den ersten Angeboten zu, da er sich zunächst einmal einen Überblick über das Gesamtangebot machen möchte und in Gesprächen herauszufinden versucht, wie weit er mit seinen Vorstellungen wohl gehen kann. Die Tiere können jetzt eine Pause auch gut gebrauchen und je mehr sie sich erholen, umso ansehnlicher werden sie. Es ist also keine Eile geboten. Die Cowboys haben jetzt nicht mehr viel zu tun. Die Herde wird in den Korrals bewacht, die Tiere werden versorgt, der Rest kann sich umsehen und endlich wieder lang entbehrten Vergnügungen nachgehen.

Die Stadt ist in den letzten Jahren stark gewachsen. Oklahoma gehört noch nicht zu den Vereinigten Staaten, wird aber stark besiedelt und täglich kommen Menschen an, Einzelne und Familien und alle möchten in Oklahoma und in den dünn besiedelten Gebieten im Westen Land finden, auf dem man sich niederlassen kann. Unter den Einwanderern befinden sich auch viele Afroamerikaner, Farbige also, die entweder als Diener die weißen Familien begleiten, aber auch Freie, die sich hier selbstständig machen und unabhängig leben wollen.

Ron findet schon am dritten Tag einen Aufkäufer, der ihm für die Rinder einen fairen Preis macht. Mit ihm begibt er sich zu der Oklahoma Farmers Bank, wo das Geschäft schriftlich abgewickelt wird und wo der Aufkäufer den Kaufpreis einzahlt. Die Bank wird dann dafür sorgen, dass die Chandlers in Stockten bei der dortigen Bank dann später ihr Geld bekommen. Mit dem Telegrafen lässt sich das ohne Schwierigkeiten regeln. Pete ist darüber ganz froh, denn früher musste er das viele Geld auf dem Rückweg mit sich herum tragen und das war natürlich äußerst riskant. Für den jetzigen Bedarf und für die Jungs lässt Ron sich etwas Geld auszahlen.

Ron hat die Cowboys in den Oklahoma Midwest Saloon eingeladen, wo man einen vergnügten Abend bei gutem Essen und viel Whiskey verbringen will. Der Saloon ist brechend voll und man versteht sein eigenes Wort kaum. „Du Ron", sagt Mike Lannigan, „sind das da drüben nicht die Kerle, die uns belästigt haben? Dem Anführer scheint es schon wieder ganz gut zu gehen, der führt schon wieder ordentlich das Wort." „Ja", sagt Ron, „ich denke das sind sie. Jungs aufpassen, es kann vielleicht Ärger geben."

Der Anführer schlendert auch bereits auf die Chandler Gruppe zu und baut sich vor Ron auf. „Sieh einmal an", sagt er, „wen haben wir denn da. Habt ihr Cowpunscher es tatsächlich mit euren dreckigen Kühen bis Oklahoma geschafft." Es wird still im Saloon. So ziemlich jeder weiß, was jetzt wohl kommen wird. Ron schaut den Anführer geringschätzig an und erwidert: „Ganz recht, wir haben es auch ohne eure Hilfe nach Oklahoma geschafft. Wie ich sehe, seid ihr immer noch arbeitslos und belästigt immer noch friedliche Bürger."

„Vorsicht, mein Junge", zischt der Anführer, „mit Devil Carsson spricht so niemand. Mit dir habe ich auch noch eine Rechnung offen. Du hast mich hinterhältig angeschossen und das werde ich dir jetzt heimzahlen." „Hier drinnen oder draußen?" fragt Pete. „Ist mir egal", antwortet Carsson, „komm hoch, damit ich dir eine reinhauen kann. Ich kann es kaum erwarten."

Ron schaut kurz in die Runde seiner Jungs und hat sich dabei etwas von Carsson abgewendet, der sich dadurch täuschen lässt. Im nächsten Moment schnellt Ron vom Stuhl hoch und zieht Carsson die Handkante mit voller Wucht quer durch das Gesicht. Es gibt für alle hörbar ein hässliches Geräusch. Carsson stürzt rücklings wie vom Blitz getroffen zu Boden und rührt sich nicht mehr. Der Kampf scheint schon beendet, als die Begleiter von Carsson sich auf die Chandler Gruppe stürzen.

Eine wilde Schlägerei beginnt und die übrigen Gäste machen wie auf Kommando mit. Nun sind Schlägereien in Saloons das normalste, was sich Cowboys vorstellen können. Diese Schlägerei ragt allerdings nach der Anzahl der Beteiligten und Dauer heraus. Die Einrichtung des Saloons geht nahezu vollständig zu Bruch und der wild um sich schießende Wirt kann nichts zur Befriedung der Schlägerei beitragen. Sie beruhigt sich erst nach einer Viertelstunde, nachdem die Argumente ausgetauscht und die Kräfteverhältnisse geklärt sind.

Wer keine Lust mehr hat, weiter zu machen, bleibt einfach am Boden liegen und hat damit seine Ruhe. Dann fällt ein einzelner Schuss, den der mittlerweile wieder bei Bewusstsein befindliche Carsson abgegeben hat. Er hat auf Ron gezielt, aber Mike Lannigan getroffen, der sich den Oberarm hält, was auf einen Streifschuss hindeutet. Als Carsson noch einmal anlegt, ist es allerdings auch mit ihm vorbei. Ron hat blitzschnell seinen Revolver gezogen und auf Carsson geschossen. Dieser stöhnt nur kurz auf begibt sich dann wieder in Tiefschlaf. Ron ist ein guter Schütze und er hat auch diesmal Carsson nicht erschossen, sondern kampfunfähig gemacht. „Kümmert euch jetzt um euren Boss", sagt Ron in Richtung der Carsson Gruppe, „und lasst euch nicht noch einmal sehen. Einen dritten Versuch bekommt euer Boss nicht mehr."

Die Carson Gruppe hat ihren Boss aufgehoben und gemeinsam tragen sie ihn aus dem Saloon. Der Wirt jammert um seine Einrichtung und Mike Lannigan begibt sich mit zwei der Chandler Jungs zum Doc. Die Anwesenden versuchen einige Stühle und Tische zusammen zu stecken und der Wirt öffnet wieder die Bar. „Das setze ich euch heute alles auf die Rechnung", knurrt er und hat einige Whiskeygläser, die noch heil geblieben sind, wieder aufgefüllt. „Die Möbel zahlt diesmal die Carsson Bande", bemerkt Ron ganz ruhig, „wir sind angegriffen worden, sorry."

Schon im nächsten Moment sieht alles wieder ganz friedlich aus. Auf den Sheriff hat man verzichtet, da der ohnehin nur zusätzlichen Ärger verursachen würde. Und da niemand ums Leben gekommen ist, gibt es auch nichts zu melden. Mike Lannigan taucht schon bald mit einem Verband um den Oberarm wieder auf und es wird ein langer Abend. Morgen früh werden die Chandler Jungs wieder zurückreiten. In einer Woche wollen sie wieder auf der Chandler Ranch sein.

Wir müssen vor allen Dingen vorschlagen, wo die Armee Forts einrichten soll

Der Gouverneur und Pete haben sich mit einigem Gepäck und einem weiteren Begleiter, namens Ben Crocker, zum Bahnhof in Austin begeben, wo der Zug nach Osten schon abfahrbereit steht. Ben Crocker ist ein großgewachsener ehemaliger Cowboy, der den Gouverneur mit allerhand Diensten unterstützt und als Mann für alle Fälle immer bereit steht. Er kümmert sich einfach um alles, was gerade notwendig ist. Ben Crocker ist aber auch ein guter Pistolenschütze und bärenstark. Damit sorgt er auch für den Schutz des Gouverneurs und mancher, der schon ausfallend werden wollte, hat es sich angesichts dieses imposanten Begleiters schon anders überlegt und sich von den sichtbaren Argumenten Ben Crockers überzeugen lassen.

Auf dem Bahnhof herrscht reges Treiben, Gepäck wird verstaut, die Reisenden stehen in Gruppen und verabschieden sich. Der Gouverneur wird überall aufmerksam gegrüßt. Der Zug führt zehn Reisewagen und drei Gepäckwagen. Er wird von einigen Soldaten der Armee begleitet, denn mancher Zug wurde schon auf offener Strecke überfallen. Vor allem der erste Teil der Reise ist nicht ganz ungefährlich. Je weiter man nach Osten kommt, umso zivilisierter wird es. Vor dem Zug befindet sich eine imposante Baldwin Lokomotive mit einem langen Dampfkessel, vielen Ventilen und einem bauchigen Dampfausstoßbehälter. Ganz an der Spitze ist ein Sicherheitsgitter angebracht, das für den Fall unvorhergesehener Hindernisse den Dampfkessel schützen soll. Die Maschine scheint schon unter ordentlichem Druck zu stehen, denn es dampft aus dem Kessel und der Lokomotivführer schaut schon etwas ungeduldig aus dem Seitenfenster.

Ein Reporter des Austin Chronical hat sich auf dem Bahnhof eingefunden und interviewt den Gouverneur noch in aller Kürze. Morgen wird man es im Chronical lesen können, dass der Gouverneur nach Philadelphia gereist ist, um dort wichtige Gespräche mit der Regierung zu führen. Dabei soll es vor allem um die Sicherheit an den Grenzen zu Mexiko gehen.

Der Gouverneur, Pete und Ben haben im Salonwagen Platz genommen, schon ertönen laute Pfeifsignale und der Zug setzt sich schnaufend und dampfend in Bewegung. Das ist immer wieder ein imposantes Bild, wenn ein Zug den Bahnhof verlässt und zunehmend Fahrt aufnimmt. Bald schon wird er am Horizont verschwunden sein. Bis Philadelphia geht es über Little Rock, Chattanooga, Knoxville und Baltimore und man wird morgen gegen Abend in Philadelphia ankommen, wenn nichts dazwischen kommt. Der Gouverneur, Pete und Ben haben sich in den Speisewagen begeben, wo sie erst einmal tüchtig essen und trinken und die Prärielandschaft an sich vorüber ziehen lassen. Die Grenze nach

Arkansas werden sie erst heute Nacht überfahren, so groß ist Texas eben.

„Vielleicht können sie in Philadelphia noch einiges erledigen, Pete", sagt der Gouverneur, „so schnell kommen sie da nicht wieder hin." „Ganz richtig" sagt Pete, „ich werde Kontakt zu Viehhändlern suchen, damit unsere Rancher Ansprechpartner für den direkten Viehverkauf mit der Eisenbahn bekommen. Wir können uns dann die elend langen Viehtriebe in Zukunft ersparen. Die sind anstrengend, gefährlich und kosten eine Menge Vieh, das unterwegs draufgeht." „Sehr gut", brummt der Gouverneur, „tun sie das. Was ist mit den Ölfirmen?" „Auch hier brauchen wir seriöse Unternehmer. Im Augenblick treiben sich in Texas zu viele Windhunde herum", sagt Pete, „einen davon habe ich auch schon kennen gelernt." „Sie meinen wahrscheinlich Marietta, Pete, der ist in der Tat mit Vorsicht zu genießen. Ich hoffe, sie sind auf den nicht herein gefallen." „Bestimmt nicht", antwortet Pete schmunzelnd.

In der Zwischenzeit wird das Essen serviert und der Gouverneur, Pete und Crocker langen tüchtig zu. „In das Hauptquartier der Armee gehen wir zusammen", meint der Gouverneur, „sie können die Situation an der Grenze am besten beschreiben, Pete. Diese Viehdiebe machen mir Sorgen. Ich fürchte, dass sich die Lage noch verschärfen wird und für unsere Rancher auch noch gefährlicher werden könnte. Brutales Gesindel findet sich reichlich in Texas und für eine Handvoll Dollars begehen die jeden Raub und Mord. Wir müssen vor allen Dingen vorschlagen, wo die Armee Forts einrichten soll. Haben wir dazu schon Vorstellungen, Pete?"

„Ja, haben wir. Es geht um den gesamten Grenzverlauf mit Mexiko entlang des Rio Grande von El Paso bis Brownsville am Golf, mindestens tausend Meilen und schwer zu überwachen. Die Armee benötigt bestimmt fünf Forts im Abstand von etwa zweihundert Meilen, Sir, und auch das sind schon gewaltige Abstände. Ich fürchte, mehr wird die Armee nicht leisten können, aber die Rancher sind ja auch noch da mit ihren Mannschaften." „Ich werde zunächst mit dem Präsidenten sprechen und ihm die Lage unverblümt darlegen", sagt der Gouverneur mehr zu sich selbst, „erst dann macht ein Gespräch mit der Armee Sinn. Ohne Rückendeckung der Regierung werden die keine Zusagen machen können.

Was glauben sie, wie lange brauchen wir in Philadelphia?" „Ich meine, eine Woche sollte ausreichen", antwortet Pete. „Okay", antwortet der Gouverneur, „so machen wir das, aber Langeweile wird nicht aufkommen. Können wir auch ein Automobil sehen, oder wie die Dinger heißen?" „Yes, Sir, " schmunzelt Pete, „das sollte eigentlich eine Überraschung sein, aber sie werden die ganze Woche über in Philadelphia mit einem Automobil gefahren. Die örtliche Vertretung der Firma Ford hat uns das angeboten. Sie werden die Attraktion in Philadelphia sein."

Das Essen ist vorbei und man begibt sich wieder in den Salonwagen, wo es sich jeder gemütlich macht. Die Landschaft zieht vorbei, endlose Prärie, Herden, Cowboys, hin und wieder eine Ranch, dann ein Fluss. Als die Dämmerung hereinbricht, sind alle eingeschlafen. So geht das noch Stunden, bis kurz vor Mitternacht der Zug heftig bremst.

Aufregung macht sich breit, draußen laute Stimmen und Schüsse aus Winchester Gewehren. Salve um Salve kracht, dann wird es wieder ruhiger und ein Leutnant der Armee erscheint, um dem Gouverneur Bericht zu erstatten. „Das war ein versuchter Überfall, Sir. Die haben natürlich nicht gewusst, dass der Zug von uns begleitet wird. War nicht schwierig, Sir, die Bande auf Abstand zu halten. Wir hoffen, dass jetzt alles ruhig bleibt, Sir." „Danke", brummt der Gouverneur, „ein Abschiedsgruß aus Texas, was?" „Ganz richtig, Sir, wir kommen schon nach Arkansas. Ich wünsche eine gute Nacht, Sir", sagt der Leutnant kurz, grüßt und verlässt den Salonwagen. „Prima Arbeit", brummt der Gouverneur, „da haben wir einen guten Einstieg für unsere Gespräche mit der Armee."

Zum Glück wissen die nicht, dass wir Texaner sind. Dort muss jeder sein Gepäck selber tragen

Die Reisegruppe des Gouverneurs hat Philadelphia erreicht und befindet sich am Bahnhofsausgang. Vor dem Bahnhof hat sich eine kleine Menschenmenge versammelt und der Gouverneur stutzt. „Mich laust der Affe, was ist denn das?" wendet er sich an Pete. „Ihr Automobil, Sir", sagt Pete schmunzelnd, „gefällt es ihnen?" Vor dem Eingang steht ein dunkelbrauner Wagen, einer Kutsche ähnelnd, mit vier Speichenrädern, die hinteren etwas größer als die vorderen. Zwei Sitzreihen mit Ledersitzen hintereinander, einem Motor im Heck, einer senkrecht stehenden Kurbel vorne und allerlei Hebeln, Signalhörnern auf beiden Seiten und ein dunkel gekleideter Chauffeur, der den Gouverneur freundlich begrüßt und sich als Ted Slater von der Ford Vertretung in Philadelphia vorstellt.

„Ich begrüße sie im Namen von Ford Philadelphia, Gouverneur", sagt dieser, „es ist uns eine Ehre, sie in Philadelphia fahren zu dürfen." „Ganz meinerseits", antwortet der Gouverneur etwas verwirrt, „und diese Kutsche fährt ohne Pferde?" „Sie werden sehen, Sir", sagt Slater, „bitte steigen sie ein, das Gepäck werden wir hinten anschnallen. Das ist schnell gemacht." Die Menschenmenge teilt sich respektvoll und gibt dem Gouverneur den Weg zum Einstig frei. Der Gouverneur und Pete nehmen auf der hinteren Sitzbank Platz und Ben Crocker setzt sich vorne neben den Fahrer.

Dieser wirft zunächst mit einer Kurbel den Motor hinten an, der auch sofort startet und angenehm brummt. Dann schwingt sich der Fahrer auf seinen Platz, hupt kurz, legt einen Gang ein und löst die Bremse. Sofort setzt sich das Fahrzeug in Bewegung und die Menschenmenge muss sich jetzt etwas beeilen, um nicht unter die Räder zu kommen. Gemütlich rollt das Automobil auf der Market Street entlang und Slater beginnt mit einer Stadtrundfahrt. „Ich hoffe, sie sind einverstanden, wenn wir zunächst eine kleine Rundfahrt machen, Sir?" wendet sich Slater nach hinten. „Sehr gerne", antwortet der Gouverneur, „schneller kann ich ja wohl die Stadt nicht kennen lernen." „Wenn sie einverstanden sind, kann ich auch ein Stück am Delaware River entlang fahren, Sir. Dort herrscht reger Hafenbetrieb. Im Moment sind dort einige Schiffe aus Europa." „Sehr interessant, Mister Slater. Ich danke ihnen vielmals für die interessanten Eindrücke." „Sagen sie mir bitte, wann sie im Hotel sein wollen. Ich könnte mir vorstellen, dass sie noch Termine haben, Sir." „Heute nicht, da werden wir uns etwas ausruhen können. Sagen sie, Mister Slater, kennen sie einen Saloon wo man gut essen und trinken kann?" „Gut, dass sie es ansprechen, Sir", sagt Slater, „Mister Hank Cavendish, mein Chef, würde sie sehr gerne heute Abend zum Essen in das Louis Lesieur`s in der Chestnutstreet einladen. Dort werden sie viele wichtige Leute aus Philadelphia treffen können." „Sagen sie ihrem Chef, dass ich die

Einladung gerne annehme", sagt der Gouverneur, „sie werden uns sicher rechtzeitig dort abliefern, Mister Slater."

Der Wagen biegt jetzt zum Hafen am Delaware River ein und die kleine Reisegruppe staunt. Was für ein Anblick bietet sich ihnen. In der Mitte des Hafens laufen gerade einige Schiffe ein und aus, mit einer Teilbesegelung. An den Kaimauern vor den einzelnen Umschlagschuppen liegen Schiffe fest gemacht und werden beladen oder entladen. Einzelne etwas größere Automobile transportieren die Waren. „Das sind die großen Brüder unseres Automobils, Sir" bemerkt Slater, „Lastwagen. Denen gehört die Zukunft, wenn erst einmal ausreichend Straßen gebaut worden sind. Dieser da, Sir, ist ein Ford."

„Kaum zu glauben", brummt der Gouverneur, „das ist hier eine ganz andere Welt, als bei uns in Texas." „Ich glaube, Sir, dass es in Texas auch bald so aussehen wird", bemerkt Slater und der Gouverneur schaut etwas irritiert auf das sich ihm bietende Bild. Entlang des Delaware gibt es auf beiden Seiten ein Stadtbild, das sich wirklich sehen lassen kann. Dicht an dicht stehen die Gebäude, große und kleinere und werden überragt durch die Kirchtürme und durch die Behördengebäude und das Parlament. „Ich schlage vor, dass ich sie jetzt zum Hotel bringe, Sir, damit sie noch etwas Zeit haben, sich frisch zu machen. Mit ihrem Einverständnis, hole ich sie dann rechtzeitig zum Dinner vom Hotel ab. Die Fahrt zum Louis Lesieur`s dauert höchstens eine Viertelstunde."

Slater biegt jetzt ab in eine Straße, die vom Hafen weg führt und steuert das Fahrzeug geschickt durch die Menschenmenge und vorbei an den entgegen kommenden Automobilen bis zum Hotel, einem imposanten Gebäude, mit einem gewaltigen Säulenvorbau und dem goldfarbenen Schriftzug LIBERTY STAR. Pagen öffnen die

Ausstiegstür und kümmern sich um das Gepäck. „Meine Güte",
brummt der Gouverneur. „zum Glück wissen die nicht, dass wir
Texaner sind. Dort muss jeder sein Gepäck selber tragen."
„Verzeihung, Sir", sagt ein Page, „sind sie aus Texas, Sir?" „Ganz
recht", sagt der Gouverneur verwundert, „woher wissen sie das?"
„Ihr Hut, Sir, ist ganz vortrefflich. So etwas gibt es in ganz
Philadelphia nicht." „Ich bring ihnen das nächste Mal einen mit",
brummt der Gouverneur" und verschwindet im Eingang.

Der Tag hat in Texas auch nur vierundzwanzig Stunden
Mister Cavendish

Das Restaurant Louis Lesieur's ist ausgesprochen gediegen
eingerichtet und man sieht sofort, dass hier die wichtigen Leute
Philadelphias verkehren.

Kaufleute, Politiker und Reporter treffen sich hier ganz zwanglos
und es gibt keinen besseren Ort in Philadelphia, um Informationen
zu bekommen oder Geschäfte zu vereinbaren. Hank Cavendisch, ein
großer, schlanker Mann, mit leicht grauem Haar und Schnäuzer, in
einem eleganten dunklen Anzug, erwartet den Gouverneur schon.
Er begrüßt die beiden und weist auf einen schön gedeckten Tisch,
der etwas separat steht und durch ein großes Fenster den Blick frei
gibt auf Philadelphia und ein Stück des Hafens. Es beginnt zu
dämmern und die Lichter gehen an.

„Wie gefällt ihnen das Automobil?" fragt er den Gouverneur. „Man
könnte sich daran gewöhnen", antwortet dieser. „Dann tun sie es
doch", sagt Cavendish, „wenn sie wollen, können sie ihn gleich

mitnehmen. Wir können ihn auf der Rückfahrt verladen und Ted Slater kann sie begleiten und für sie die erste Zeit auch fahren. In Austin werden wir eine Firmenniederlassung von Ford gründen. Slater wird das Notwendige in Austin veranlassen und auch ihren Fahrer einweisen können. Wären sie einverstanden?" Der Gouverneur kratzt sich am Kopf und sagt zunächst gar nichts, nur Pete schmunzelt. „Keine Sorge, Gouverneur, wir machen der Regierung einen guten Preis", sagt Cavendish, „immerhin gehen sie dann ja mit gutem Beispiel voran und beweisen den Leuten, dass Automobile kein Teufelszeug sind. Wir werden auch in Austin dafür sorgen, dass ihr Fahrzeug ohne Probleme läuft." „Einverstanden", sagt der Gouverneur lachend, „darauf sollten wir anstoßen."

In der Zwischenzeit werden Getränke gereicht und das Essen wird serviert; es ist köstlich und beinhaltet neben raffinierten Beilagen natürlich auch ein gutes texanisches Steak. So verläuft der Abend harmonisch und mit guten Getränken und es wird viel besprochen. Cavendish hat klare Ziele, was Texas betrifft und er schlägt dem Gouverneur und Pete einige Maßnahmen vor, die in nächster Zeit durchgeführt werden müssen. Dazu gehören ganz am Anfang die Planung eines Straßennetzes und die Gründung einer Baufirma. Im Nachgang, aber ebenfalls zeitlich rasch folgend, soll ein Vertriebsnetz für Automobile und Lastwagen aufgebaut werden und Cavendish denkt dabei vor allem an Pete, von dem er schon viel Gutes gehört hat.

Pete ist etwas irritiert und meint nach kurzer Überlegung: „Der Tag hat in Texas auch nur vierundzwanzig Stunden Mister Cavendish." Dieser hebt sein Glas und meint schmunzelnd: „Dann nehmen wir eben noch die Nacht dazu, Mister Chandler. Wir befinden uns in einer unglaublich dynamischen Zeit. Was wir nicht machen, tun andere. Wer dabei sein will, muss jetzt handeln. Ausruhen können wir uns dann später und das ist in ihrem Alter noch eine lange Zeit."

„Mister Cavendish", sagt Pete, „ich arbeite zurzeit im Regierungsdienst, bin Abgeordneter und bewirtschafte nebenbei eine Farm. Selbstverständlich werden wir uns um die Planungen für Texas kümmern. Ich kann zurzeit aber nicht noch zusätzlich private Unternehmungen starten. Das würde wahrscheinlich schnell zu Interessenskonflikten führen." „Das verstehe ich, Mister Chandler", antwortet Cavendish, „und diese Einstellung ehrt sie natürlich. Wir müssen das ja auch nicht über das Knie brechen. Wenn die notwendigen Planungen für das Straßennetz stehen, können sie sich das immer noch überlegen. Wir werden ihnen ein Angebot machen und sie können sich dann für uns oder für die Regierung entscheiden."

Jetzt mischt sich der Gouverneur ein: „Mister Cavendish, Männer vom Format Pete Chandlers – Pete hör mal eben weg – sind selten in Texas. Er wird wirklich dringend als Abgeordneter seines Countys und als mein Sekretär gebraucht und es warten wahrscheinlich noch ganz andere Aufgaben auf ihn, zum Beispiel hier in Philadelphia, wenn sie wissen, was ich meine. Wir sollten daher wirklich sorgsam mit ihm umgehen. Lassen sie uns im Gespräch bleiben. Kommt Zeit, kommt Rat. Vielen Dank für das Automobil, das wir natürlich bezahlen werden und für das Abendessen, zu dem sie uns eingeladen haben. Ich möchte mich revanchieren, wenn sie in Austin sind. Bitte haben sie Verständnis, wenn wir jetzt ins Hotel zurückkehren. Es war ein langer Tag und es liegen beschwerliche Tage vor uns. Nochmals vielen Dank." Der Gouverneur erhebt sich, drückt Hank Cavendish die Hand und verlässt mit Pete das Lokal.

Auf der Fahrt zum Hotel genießen sie noch einmal die frische Abendluft und den Anblick einer faszinierenden Stadt.

Sie sind aber gläubige Männer und lesen aus der Bibel, wenn sie jemanden erschossen haben

Die folgenden Tage werden anstrengend und sind voll gespickt mit Besprechungen. Zunächst trifft der Gouverneur den Präsidenten der Vereinigten Staaten, Ulyssis S. Grant. Pete begleitet ihn und hält sich während des Gesprächs zunächst im Hintergrund. Der Präsident hat für die ihm vorgetragenen Probleme mit der Grenzsicherheit in Texas volles Verständnis, war er doch früher der Oberbefehlshaber der Unionsarmeen. Viele sagen hinter vorgehaltener Hand, dass er das auch besser geblieben wäre.

Pete wird aufgefordert, die Situation zu beschreiben und einen Vorschlag für eine Verbesserung der Lage zu machen. Der Präsident stimmt zu, dass hier etwas geschehen muss. Als der Gouverneur vorschlägt, darüber auch mit dem Kriegsminister, William W. Belknap zu sprechen, gerät der Präsident in helle Aufregung: „Um Gottes Willen nicht, Mister Duffee, lassen sie den bloß zufrieden, der hat ganz andere Probleme. Der Senat hat ihm ein Verfahren wegen Korruption angehängt. Dabei geht es um Waffenverkäufe ans Ausland, das Land darf ich nicht nennen. Belknap wird sich nicht um ihre Probleme kümmern können, aber der Oberbefehlshaber der Armee, General Walter von Trotha, wird sie unterstützen. Ich werde mit ihm vorher sprechen."

Der Gouverneur berichtet über den Eisenbahnbau in Texas und über die Möglichkeiten, die sich künftig bieten, das Vieh und Erzeugerprodukte der Farmen direkt in den Osten des Landes transportieren zu können. Als der Gouverneur vorschlägt, den zuständigen Minister für den Eisenbahnbau, Jay Gould aufzusuchen, sagt der Präsident schon fast verzweifelt: „Nein, Mister Duffee, den auch nicht. Der steht wegen privater Geldgeschäfte mit der Erie Railroad und auch mit der Union Pacific kurz vor dem Rücktritt, verschieben sie das lieber und sprechen sie dann später mit seinem Nachfolger. Ich kann ihnen sagen, dass hier zurzeit der Teufel los ist. Auch ein Whiskeyring macht mir zu schaffen. Ausgerechnet mein Schwager hängt damit drin. Seien sie froh, dass sie in Texas sein können. Da ist die Welt noch in Ordnung, Philadelphia ist dagegen eine Hölle." Der Präsident verabschiedet den Gouverneur und Pete und bedauert, dass er nur in einem Punkt helfen kann, der ist ihm aber wichtig und er wird daher sofort mit von Trotha sprechen.

General von Trotha empfängt den Gouverneur und Pete sofort nach ihrer Ankunft. Beim Militär gibt es offensichtlich kein langes Warten. „Ich freue mich sie zu sehen, Gouverneur und Herr Abgeordneter", sagt er und ist bis zur Tür beiden entgegengekommen, „der Präsident hat mir schon in groben Zügen erklärt, worum es geht. Er war ja selber General und wird daher in der Armee immer noch hoch geschätzt. Schade, dass er als Politiker so viele Probleme hat. Na ja, da muss man seine Schlüsse draus ziehen. Ich werde jedenfalls um die Politik einen große Bogen machen, meine Herren."

Er stutzt und fährt dann fort: „Na, das ist wohl nichts für ihre Ohren, sie sind ja selber Politiker. Entschuldigen sie bitte, aber manchmal gehen auch einem alten Reiter mal die Pferde durch. Also kommen wir zu Texas. Was schlagen sie vor meine Herren?" Pete übernimmt sofort den Vortrag und sagt: „Herr General, wir haben wie sie wissen, eine lange Grenze am Rio Grande gemeinsam mit Mexiko, über tausend Meilen. Unsere Rancher werden ständig bedroht durch Viehdiebe, die aus Mexiko über den Rio Grande kommen und dann mitten in unseren Herden auftauchen und große Mengen Rinder abtreiben, über den Rio Grande nach Mexiko. Dort gibt es Rinderbarone, die sich damit eine goldene Nase verdienen."

„Schade, dass wir die nicht ausheben dürfen, aber in Mexiko sind wir nicht zuständig", bemerkt der General, „sie denken an Armeeposten entlang der Grenze?" „Ganz recht", fährt Pete fort, „ungefähr fünf Stationen bis El Paso, das würde helfen." „Verstehe", sagt der General, „kennen sie Colonel Randolph Malony, den Kommandeur in Fort Worth?" „Den kenne ich", sagt Pete, „ich habe ihn neulich aufgesucht und mich als Farmer in seiner Nähe vorgestellt." „Wie schön", sagt der General, „das macht die Sache einfacher. Colonel Malony wird beauftragt, die Sicherungsposten aufzubauen und wird auf Zusammenarbeit mit dem Gouverneur von Texas angewiesen. Mit ihm können sie alles Notwendige besprechen. Reicht das?"

„Vorzüglich, General" sagt Pete, „die Rancher in Texas werden die Armee in ihr Nachtgebet einschließen." „Sind die denn alle so gläubig?" erkundigt sich der General. Jetzt antwortet der Gouverneur: „Die Rancher sehen den zuständigen Reverend ihrer Kirche im Grunde nur einmal im Leben, bei der Trauung. Bei der Taufe können sie ihn noch nicht sehen und bei der Beerdigung können sie ihn nicht mehr sehen. Sie sind aber gläubige Männer und lesen aus der Bibel, wenn sie jemanden erschossen haben und begraben." „Toll", sagt der General, „das muss ich mir mal ansehen kommen. Gouverneur, ich freue mich auf meinen nächsten Truppenbesuch in Texas."

Die weiteren Tage in Philadelphia stehen Pete zu seiner Verfügung, während der Gouverneur noch Gespräche mit Abgeordneten und Senatoren führt. Pete sucht eine Reihe von Fleischfabrikanten und Lebensmittelunternehmen auf und verhandelt mit ihnen Rahmenverträge für die Rancher und Farmer in Texas. Die Idee ist, eine Genossenschaft in Texas zu gründen, die die Interessen der Farmer und Rancher vertritt und vernünftige Konditionen für den Verkauf der Produkte aushandelt. Mit der Eisenbahnzentrale verhandelt er einen Transportrahmenvertrag zu festen Preisen. Zum Abschluss sucht Pete noch einen Büroraum für eine feste Vertretung der Genossenschaft in Philadelphia. Dann bummelt er noch durch die Stadt und am Abend wird er mit dem Gouverneur wieder die Heimfahrt nach Austin antreten.

Dort werden schon heute Entscheidungen auch über uns getroffen und niemanden interessiert es, ob wir das wollen

Zurück aus Philadelphia macht sich Pete sofort auf den Weg nach Sandy Mills, wo sich Maggie um den Aufbau der Ranch kümmert. Shorty hilft ihr dabei als Verwalter und Vormann und hat auch schon eine Mannschaft gefunden. Die ersten Herden weiden auch schon auf den satten grünen Flächen der Ranch, die unmittelbar an einem See liegt und von zwei Flüssen durchzogen wird.

Pete ist zwei Tage unterwegs gewesen und erreicht die Farm am Nachmittag. Er zügelt sein Pferd, sitzt ab und lässt das Pferd und das Ersatzpferd etwas ausruhen. Sein Blick schweift über ein ausgedehntes Tal, das durch nicht zu hohe Bergzüge eingefasst ist und sehr malerisch wirkt. Unmittelbar in See Nähe ist das Ranch Haus errichtet worden, ebenso die Korrals und das Bunkhaus für die Mannschaft. Pete gefällt sehr, was er sieht, aber er fragt sich, ob Viehwirtschaft und Farmwirtschaft in Texas, vor allem hier im Norden, eine Zukunft haben werden. Er ist immer wieder an Gebieten vorbei gekommen, wo Öl gefördert wird, und Ölwirtschaft und Landwirtschaft vertragen sich nicht unbedingt.

Pete schwingt sich auf sein Pferd und legt die restliche Strecke schnell zurück. Maggie hat ihn kommen sehen und fällt ihrem Bruder in die Arme. Maggie zeigt ihm das Gebäude, die Nebengebäude und Korrals. Später werden sie auch zur Herde reiten, wo Shorty bei den Cowboys ist. Auf der Veranda hat Maggie für einen Imbiss und Kaffee gesorgt und beide haben sich viel zu erzählen.

„Am Nachmittag kommt Tim Bronson, Pete", sagt Maggie, „ich glaube, er hat einige Dinge mit dir zu besprechen." „Machen die Arbeiten am Ölfeld Fortschritte?" möchte Pete wissen. „Ich glaube schon", antwortet Maggie, „an einigen Stellen wird sogar schon gebohrt, aber das wird dir Tim Bronson alles besser erklären können." Es entsteht eine kleine Pause. „Schaffst du das alles, Pete?" fragt Maggie besorgt. „Ohne deine Hilfe wäre es nicht möglich, Maggie. Ich fürchte, es kommen noch einige Dinge hinzu. In Philadelphia hatten wir wichtige Gespräche und Kontakte und uns wurde ziemlich deutlich gemacht, dass Texas so nicht weiter machen kann, wie bisher." „Was wird sich ändern?" fragt Maggie. „Eine ganze Menge, Maggie, vielleicht alles. Schau mal, wir leben hier noch auf einer Insel der Ahnungslosen und bekommen überhaupt nicht mit, welche Entwicklungen auf uns zukommen. Du wirst ja auch Philadelphia kennen lernen und danach braucht dir niemand mehr etwas zu erklären. Das ist eine andere Welt, ein anderes Amerika. Dort werden schon heute Entscheidungen auch über uns getroffen und niemanden interessiert es, ob wir das wollen. Ich glaube, auch Mister Duffee ist sehr nachdenklich geworden. Ich weiß daher gar nicht, wo ich anfangen soll.

Da ist zunächst das Automobil, der Gouverneur hat jetzt auch eines, das unser ganzes Land umwälzen wird. Zum Betrieb benötigt man Straßen und das Zeitalter von Pferd und Wagen wird bald vorbei sein. Wir werden ein ganzes Netz von Straßen brauchen, das alle Orte miteinander verbindet. Man hat mir vorgeschlagen, eine Baufirma zu gründen. Das Automobil braucht Kraftstoff und den liefert die Ölwirtschaft. Wir sind ja auch dabei. Die Firma Ford wird von Austin aus Automobile verkaufen, auch Lastwagen. Auch dabei soll ich helfen. Ich weiß aber nicht, ob ich das auch noch machen kann, wahrscheinlich nicht." „Ist das alles?" fragt Maggie verwundert. „Beileibe nicht, Maggie, wir werden für die Rancher und Farmer eine Genossenschaft gründen, damit sie geschlossen gegenüber den Abnehmerunternehmen im Osten auftreten können und vernünftige Preise bekommen für ihre Produkte. Und schließlich werden noch Forts gebaut, entlang der Grenze zu Mexiko am Rio Grande, um unsere Herden gegen die Viehdiebe aus Mexiko zu schützen. Die Armee bittet um Unterstützung beim Aufbau der Forts. Auch dazu wird die Baufirma benötigt."

„Und wann willst du heiraten?" fragt Maggie jetzt ganz unvorbereitet. Pete schaut sie entgeistert an und muss dann herzhaft lachen. Dann wird Pete ernst und sagt: „Das ist eine gute Frage, Maggie, um meine ganz persönlichen Dinge kann ich mich im

Augenblick überhaupt nicht kümmern. Ich muss unbedingt nach Hause und Sue aufsuchen und ein paar Tage Ruhe täten mir auch ganz gut. Wenn ich zu Hause bin, werde ich mit Ron zu unseren Herden reiten, bei den Cowboys übernachten und dann Sue aufsuchen und alles mit ihr besprechen. Ich bin nur froh, dass du dich hier um alles kümmerst, Maggie."

Da wird es bald sprudeln, Mister Chandler

Tom Bronson deutet auf einen Förderturm und sagt zu Pete: „Da wird es bald sprudeln, Mister Chandler. Ich habe das im Gefühl, man kann es förmlich riechen, das Öl." Beide schlendern über das Gelände des Ölfeldes, wo es ziemlich wüst aussieht. Gestänge liegen herum, Baufahrzeuge stehen verstreut auf dem Gelände, Wohnbaracken sind aufgestellt worden. „Wir brauchen ein Straßennetz in Texas, Mister Chandler", fährt er fort. „Ich weiß", sagt Pete, „das ist uns in Philadelphia auch deutlich gemacht worden. Aber wer soll es bauen?" „Wir", sagt Bronson, „wir bauen eine erste Straße von Sandy Mills nach Austin und gründen dazu eine Baufirma. Sie sind Partner und kümmern sich um die Baugenehmigungen und um den Landerwerb durch den Staat. Sollen andere das Geschäft machen?" „Welches Geschäft?" fragt Pete jetzt zweifelnd. „Die Straßen bezahlt selbstverständlich der Staat, wir übernehmen lediglich den Auftrag", sagt Bronson überzeugend, „wer sollte sonst für die Kosten des Straßennetzes in Texas und den Erhalt auf Dauer aufkommen?" „Und ich kümmere mich um die Baugenehmigungen?" „Klar", sagt Bronson, „wer sonst. Sie sind Politiker und das gehört zu ihren Aufgaben. Das schätze ich an ihnen so, dass sie alles sofort verstehen. Wollen wir uns nicht beim Vornamen nennen, Pete? Ich heiße Tom. Als Partner sollten wir nicht so förmlich sein."

„Ich fürchte, da gibt es dann bald ein Problem, Mister Bronson, Entschuldigung, Tom." „Welches denn, Pete?" „Schau mal, wenn ich an politischen Entscheidungen beteiligt bin, kann ich doch nicht auch noch von den Entscheidungen profitieren. Das wird nicht gut gehen. In Philadelphia stecken fast alle Minister in einem Sumpf von Korruption, selbst der Präsident." „Dann befindest du dich doch in einer erlauchten Gesellschaft, Pete. Aber mal im Ernst, du hast natürlich Recht. Auf die Dauer geht das natürlich nicht. Aber wir sind hier in Texas noch ganz am Anfang und zeig mir bitte die Männer in Texas, die sich so wie du, um die Dinge kümmern. Die meisten sind doch Farmer, Rancher oder Cowboys und die leben in ihrer kleinen Welt und würden so noch in hundert Jahren leben. Nichts würde sich verändern in Texas, andere würden kommen und die Dinge für uns regeln. Also starten wir sie zunächst selber. Nimm die Baufirma, wer sollte sie gründen? Ich sag es dir, clevere Geschäftsleute aus dem Osten würden kommen, die Aufträge übernehmen und sich auf Staatskosten eine goldene Nase verdienen. Du wirst in der Baufirma stiller Teilhaber und trittst gar nicht in Erscheinung, so wie in der Ölfirma. Es kommt aber irgendwann ein Zeitpunkt, wo du dich für das eine oder andere entscheiden musst. Aber glaub mir bitte, keinem Politiker kann verwehrt werden, sich mit seinem Geld an Unternehmen zu beteiligen oder sollten Politiker die einzigen im Lande sein, die keine Aktien kaufen dürfen? Vergiss es. Wichtig ist, dass du ein Gespür dafür behältst, wann der Punkt zu Vorteilsnahmen überschritten wird. Das ist aber ein schwieriges Feld." Tom Bronson legt den Arm um Petes Schulter und sagt: „Komm, Pete, mach es dir nicht unnötig schwer. Gemeinsam schaffen wir das und wenn du Zweifel bekommst, kannst du deine Anteile immer noch verkaufen und woanders einsteigen, oder du verlässt die Politik und kümmerst dich um deine Geschäfte. Mit deinen Fähigkeiten wirst du auf beiden Feldern gebraucht und Erfolg haben."

Pete übernimmt so langsam die Führung der Familie, Rose. Wer hätte das gedacht?

Die Chandler Familie sitzt auf der Veranda und hört aufmerksam zu, was Pete zu berichten hat. Pete erzählt von Philadelphia und spricht über die vielen Veränderungen, die auf Texas zukommen und Jeff Chandler sagt nach einer Weile ganz nachdenklich: „Sag mal Pete, das alles würde ja auch kommen, wenn du nicht in die Politik gegangen wärst und das nicht mitbekommen würdest?" „Ganz sicher, Pa", sagt Pete, „ich bilde mir nicht ein, dass das alles von mir abhängt, vielleicht ein wenig, aber bestimmt nicht mehr."

„Nehmen wir einmal die Genossenschaft, Pete, wie soll das laufen? Mir leuchtet der Sinn dieser Sache absolut ein, aber wer soll das machen und vor allem, wie?" „Pa", sagt Pete, „das ist genau der Punkt. Das habe ich schon in der Politik gelernt. Wenn einer etwas für nötig erkannt hat, dann muss er es in die Hand nehmen und machen. Das heißt, wir machen es. Wir gründen die Genossenschaft und andere können beitreten und mitmachen, Davis zum Beispiel."

„Hörst du das, Rose, was unser Pete uns hier erklärt?" fragt Jeff. Rose hat die ganze Zeit aufmerksam zugehört. „Ja Jeff, ich höre es und ich sehe, was Pete alles in die Wege geleitet hat und wie erfolgreich er auch dich überzeugt hat. Wir haben jetzt die Eisenbahn und einen eigenen Bahnhof und demnächst werden wir auch die Rinderwirtschaft in halb Texas organisieren. Wolltest du nicht in den Ruhestand gehen?" Pete meldet sich noch einmal: "Ich glaube, hier liegt noch ein kleines Missverständnis vor. Wir werden uns nicht nur um die Rinderwirtschaft kümmern müssen, sondern auch um die Farmer. Wenn wir das nicht tun, werden die ihre eigene Genossenschaft gründen müssen und wir werden wieder gegeneinander arbeiten. Das darf nicht sein, das schadet Texas." "Meine Güte", stöhnt Jeff, "jetzt auch noch Weizen, Kohl und Rüben?" "Und Hühner und Eier", ergänzt Pete, "genau erkannt, Pa."

Ron hat sich bisher zurückgehalten und fragt Pete jetzt: "Sag mal Pete, hast du der Familie nicht noch etwas zu sagen?" Pete schaut überrascht auf Ron, denkt einen Moment nach, dann lächelt er vielsagend. "Gut, dass du mich daran erinnerst, Ron", sagt Pete, "ich möchte euch zu Großeltern machen, muss dazu aber vorher noch Sue Fairfield heiraten." "Noch eine Genossenschaft", stöhnt Jeff Chandler, "Rose, freu dich, du wirst Oma!" "Und du Opa, Jeff Chandler", sagt Rose, umarmt Pete und sagt: "Das freut mich, Pete, habt ihr schon…?" "Nein", ruft Pete, "natürlich nicht." "Ich meine doch, den Hochzeitstermin festgelegt?" "Ach so", sagt Pete erleichtert, "nein, den haben wir noch nicht festgelegt. Da sollt ihr auch mitentscheiden."

Jeff sagt: "Das ist eine vernünftige Entscheidung, nicht Ron?" "Warum schaust du mich dabei so an, Pa?" fragt Ron, "was hat das mit mir zu tun?" "Du bist immerhin der Ältere, Ron", brummt Jeff Chandler, "ich meine, da kann man sich doch mal Gedanken machen oder bist du noch nicht so weit?" "Wie weit?" fragt Ron etwas irritiert. „Na, ja", fährt Jeff fort, „wie wäre es mit einer Doppelhochzeit. Das wäre doch ein Aufwasch, Pete braucht sich nicht zweimal dafür frei zu nehmen und wir müssten nicht dauernd Hochzeit feiern."

„Ich glaube es nicht", stößt Ron jetzt hervor, „und was ist mit Maggie? Vielleicht können wir die bei dieser Gelegenheit gleich auch mit unter die Haube bringen. Das wäre doch ganz praktisch, dann haben wir mit den Davis gleich eine ganz ordentliche Genossenschaft." „Wieso mit den Davis, die haben doch gar keinen Sohn." „Aber eine Tochter und John Simons ist der Vormann dort." Jeff schaut verwundert: „Will John denn Marilyn heiraten?" „O Gott, nein", stöhnt Ron, „ich werde Marilyn heiraten und wenn ich das richtig verstehe wird John vielleicht Maggie heiraten."

„Dann sag das doch", brummt Jeff Chandler, „ist doch gut, wenn man hin und wieder miteinander spricht. Was hast du gesagt, Maggie will John heiraten?" „Jeff", mischt sich Rose jetzt ein, „lass die Jungs mal zur Herde am Pecos reiten. Ich werde dir dann in aller Ruhe die Genossenschaftsprobleme in unserer Familie erklären. Das ist wohl das Beste." Ron und Pete springen auf, als hätten sie nur auf dieses Stichwort gewartet. Rasch machen sie sich für den Ausritt bereit, sitzen kurz darauf auf ihren Pferden und verlassen in gestrecktem Galopp die Chandler Ranch.

Jeff und Rose schauen ihnen nach, bis sie nicht mehr wahrzunehmen sind. Dann brummt Jeff: „Pete übernimmt so langsam die Führung der Familie, Rose. Wer hätte das gedacht? Vor allem aber frage ich mich, ob wir hier in Texas hinter dem Mond leben. Wäre Pete nicht in die Politik gegangen, hätten wir von all dem zunächst gar nichts mitbekommen und die Ereignisse wären über uns gekommen, wie ein Unwetter und wie hätten wir wohl darauf reagiert?"

Rose legt beide Arme um Jeff und sagt zunächst gar nichts. So stehen sie eine Weile, bis Rose das Gespräch wieder aufnimmt. „Jeff, wir kennen die Zukunft nicht und vielleicht ist das auch ganz gut so, wenn wir noch unbeschwert in der Gegenwart leben. Aber ich bin davon überzeugt, dass es die Zukunft im Grunde genommen gar nicht gibt." „Das verstehe ich nicht", sagt Jeff. „Sieh mal, Jeff, wir sind doch die Zukunft. Wir entscheiden jeden Tag über Dinge, die sich in der Zukunft auswirken werden und die dann Einfluss haben auf unser Leben, aber auch auf das Leben anderer Menschen. Wir gestalten die Zukunft für unseren überschaubaren Bereich und alle anderen Menschen tun das genauso und haben damit Einfluss auch auf unser Leben. Es gibt die Zukunft noch nicht, sie wird jeden Tag gestaltet."

„So habe ich das noch nicht gesehen", sagt Jeff, „aber du hast Recht. Es sind die Entscheidungen, die alles verändern. Pete hat sich entschieden in die Politik zu gehen. Nach seinen Vorschlägen, wird die Eisenbahnstrecke gebaut. Es sollen Genossenschaften gegründet werden. Die Kinder entscheiden sich, zu heiraten. Damit können sich deren Kinder schon langsam auf ihr Leben vorbereiten, dass es sonst nicht geben würde. Ein interessanter Gedanke, Rose. Wir sind die Zukunft." So stehen beide noch eine Weile zusammen auf der Veranda und genießen die hereinbrechende Dämmerung. Dann brummt Jeff: „Rose, lass uns hineingehen, ich möchte die Bar öffnen und auf die Zukunft mit dir anstoßen." Rose lacht laut auf: „Aber Jeff, die Zukunft gibt es doch noch gar nicht." Lachend gehen beide ins Haus.

Wenn wir das nicht machen, dann übernehmen das andere

Ron und Pete verbringen die Nacht in den Bergen, auf halbem Weg zu den Herden am Pecos River. Sie haben die Pferde versorgt und lagern am Lagerfeuer. Der Mond steht hoch am Himmel. Die Sterne blinken über ihnen und erlauben so einen Blick in die Unendlichkeit des Alls. Grillen zirpen und das gleichförmige Geräusch der nächtlichen Prärie hat eingesetzt.

Pete hat sich lang ausgestreckt und schaut nach oben. „Wie klein wir doch sind", bemerkt er jetzt, „was meinst du, Ron, ob da überall auch Menschen leben auf den Sternen oder deren Planeten?" „Wer weiß das schon, aber Texas gibt es sicher nur auf unserem Planeten, Pete." Beide schauen schweigend zum Himmel, während das Feuer leise knistert. Dann meint Ron: „Wer soll eigentlich die Genossenschaft leiten, Pete?" „Am besten wäre es, wenn du das machen würdest", antwortet Pete. „Wie soll das gehen?" „Das ist kein Vollzeitjob, Ron. Das ist ein Büro in Stockton, mit zunächst ein oder zwei Helfern und einem Leiter, der aber nicht ständig anwesend sein muss. Hinzu kommt ein Büro mit einem Mitarbeiter in Philadelphia, das über den Telegrafen erreichbar ist. Hin und wieder muss mit den Mitgliedern der Genossenschaft das Notwendige besprochen werden und ab und zu müsstest du wohl auch mit der Eisenbahn nach Philadelphia fahren, um mit den Abnehmerunternehmen zu sprechen und die Verträge zu erneuern. Rancher ist doch auch kein Vollzeitjob, wenn er gute Leute hat. Wichtig ist zunächst, dass wir die Fäden in die Hand bekommen und die Vieh- und Agrarwirtschaft in diesem Teil von Texas auf diese Weise kontrollieren und gestalten. Wenn wir das nicht machen, dann übernehmen das andere. Da kannst du ganz sicher sein."

Nach einer Pause fährt Pete fort: „Ich finde das eigentlich eine gute Idee von Pa, wenn wir unsere Hochzeitsfeiern zusammenlegen. Warum eigentlich nicht, Ron." „Vielleicht sollten wir einmal mit unseren künftigen Frauen darüber sprechen", brummt Ron schon etwas schläfrig, „irgendwie haben die ja auch etwas damit zu tun." „Das werde ich gleich morgen tun. Hättest du etwas dagegen, wenn du alleine zur Herde reitest? Ich könnte dann gleich die Fairfields aufsuchen und mit Sue alles Notwendige besprechen." „Nichts dagegen", antwortet Ron schon im Halbschlaf, „tu das. Ich werde mit Marilyn gleich in den nächsten Tagen sprechen und dann sehen wir weiter. Morgen ist auch noch ein Tag. Schlaf gut Bruderherz, diese herrliche Nachtluft wirst du in Austin vermissen."

Eine solche Hochzeit hat es in ganz Texas noch nicht gegeben

In Stockton herrscht großer Trubel, fast so groß, wie beim Rodeo. Planwagen aus der gesamten Umgebung sind gekommen, bunt geschmückt und blitzblank gereinigt. Mit der Eisenbahn sind viele Leute aus Austin gekommen, auch aus El Paso sind Gäste da, alle wollen bei dem außergewöhnlichen Ereignis dabei sein.

Die Chandlers feiern eine dreifache Hochzeit. Ron und Marilyn, Pete und Sue und Maggie und John heiraten. Eine solche Hochzeit hat es in ganz Texas noch nicht gegeben und die kleine Kapelle von Stockten ist überfüllt. Viele stehen auf der Straße vor der Kapelle und warten auf die Brautpaare. Als die frisch getrauten Paare schließlich die Kapelle verlassen, brandet Jubel auf. Die Brautpaare sind ganz überrascht und winken der Menge zu. Dann besteigen sie die schön geschmückten Hochzeitskutschen und in einer langen Schlange, der sich viele andere Wagen anschließen, geht es aus dem Ort hinaus in Richtung Chandler Ranch, wo schon alles für das große Fest vorbereitet ist.

Auf der Chandler Ranch sind Tische und Bänke aufgestellt. Ein großes Lagerfeuer ist vorbereitet, aber noch nicht angezündet. An einem anderen Feuer, etwas abseits, dreht sich ein mächtiger Ochse am Spieß. Viele Helfer tragen die vorbereiteten Speisen auf die bereitgestellten Tische und an einer aus Bohlen und Balken zusammen gezimmerten Bar werden Getränke angeboten. Man könnte meinen, dass die Gäste scheintot werden müssten, wenn sie all diese Getränke zu sich nehmen würden. In größerem Abstand verteilen sich auf dem Gelände der Ranch die Planwagen und Kutschen der vielen Gäste, die zum Teil weite Strecken zurückgelegt haben, um an dieser Hochzeitsfeier teilzunehmen. Die Planwagen sind nicht nur Transportmittel, sondern werden auch zur Übernachtung benutzt, denn niemand könnte natürlich all die Gäste unterbringen.

Soeben erreicht der lange Zug der Hochzeitswagen die Ranch und der Jubel der wartenden Gäste, die nicht in Stockton waren, kennt keine Grenzen. Eine kleine Musikkapelle hat Aufstellung genommen und begrüßt die Paare mit schwungvoller Country Musik. Später wird dann bis tief in die Nacht hineingetanzt werden. Die Hochzeitspaare können einem fast schon leidtun, so viele Hände müssen sie schütteln und auf langen Tischen sind die Geschenke aufgestellt, die alle begutachtet werden und dann müssen zum Dank wieder viele Hände geschüttelt werden.

Jeff Chandler hat sich in die Mitte der Tische und Bänke gestellt und versucht sich Gehör zu verschaffen, nachdem alle Platz genommen haben und mit Getränken versorgt sind. „Liebe Brautpaare", ruft er, „liebe Gäste von nah und fern. Was ist das für eine Freude, wenn die eigenen Kinder heiraten. Wenn es aber gleich drei an einem Tag sind, ist das Glück nahezu grenzenlos. Schuld an allem ist Pete, der heute Sue Fairfield heiraten wollte. Da konnte natürlich sein älterer Bruder Ron nicht beiseite stehen und da hat er sich einen Ruck gegeben und gleich mit geheiratet, seine große Liebe Marilyn Davis. Die beiden haben vielleicht geglaubt, wir hätten das nicht bemerkt, aber Eltern kriegen alles mit, was die Kinder betrifft, nicht wahr Mike?" Mike Davis schmunzelt.

Er unterbricht kurz seine Rede und erhält begeisterten Beifall. „Aber damit nicht genug, hat sich unser lieber John auch noch entschlossen, unsere Maggie zu heiraten. Und so haben wir heute das einmalige Glück, eine Dreifachhochzeit zu feiern. Meine Frau

Rose und ich bitten euch daher, esst dreimal so viel wie ihr könnt und trinkt vor allem dreimal so viel, denn dieses Ereignis muss natürlich begossen werden." Tosender Beifall erhebt sich bei den Männern. Die Frauen wagen ein vorsichtiges „Buh!" „Ich erwarte von den Männern allerdings", fährt Jeff fort, „dass ihr tüchtig das Tanzbein schwingt und auch ansonsten euren Mann steht und euch um eure Frauen kümmert, bevor ihr vom Alkohol besiegt werdet und zusammenbrecht." Tosender Beifall jetzt bei den Frauen. „Ihr hört es", sagt Jeff schmunzelnd, „also richtet euch danach. Ich möchte keine Klagen hören." Dann begrüßt Jeff die anwesenden Gäste vollständig, indem er zu jedem Gast oder zu jedem Paar einige freundliche Worte findet und er endet schließlich mit den Worten: „Ich wünsche euch allen eine wirklich schöne Hochzeitsfeier und übergebe jetzt das Wort an Mike Davis und John Fairfield, die sicher auch noch etwas sagen wollen.

Mike Davis weist darauf hin, dass beide Ranches jetzt und in Zukunft zusammengehören, da sie künftig von Ron und Marilyn bewirtschaftet werden und Thomas Fairfield sagt etwas verschmitzt, dass auch seine Farm, die ja irrtümlich auf dem Chandler Gebiet gebaut wurde, damit zurückkehrt und der Schaden somit wieder behoben ist. Er sei ja noch nicht so alt und werde sich um die Farm weiterhin kümmern. Später aber müssten dies Pete und Sue übernehmen. Man werde sehen.

Nach diesem offiziellen Teil entsteht einige Aufregung, denn eine Kutsche mit mehreren Reitern als Begleitung nähert sich schnell der Szenerie. Man reckt die Hälse, wer das wohl sein könnte und Jeff hat sich erhoben und geht der Kutsche etwas entgegen. Der Gouverneur von Texas, Abraham Duffee, entsteigt der Kutsche und geht mit großen Schritten auf Jeff Chandler zu. „Ich gratuliere ihnen und ihrer lieben Frau ganz herzlich zu dem großen Ereignis", ruft er laut und erhält rauschenden Beifall von den Gästen. „Der Gouverneur", wird getuschelt, „wer hätte das gedacht, der Gouverneur ist extra aus Austin gekommen". Die Kapelle hat sich erhoben und spielt die Hymne „My country, 'tis of thee, sweet land of liberty."

Alle sind aufgestanden und singen mit. Was für ein erhebender Augenblick. Nachdem die Kapelle geendet hat, bedankt sich der Gouverneur und hat wohl das Gefühl, dass ein paar Worte von ihm erwartet werden.

„Liebe Brautpaare", beginnt er, „liebe Eltern, liebe Gäste. So eine schöne Feier habe ich in meinem ganzen Leben noch nicht erlebt und ich habe volles Vertrauen in die Zukunft unseres Landes, wenn ich sie alle so betrachte. Natürlich brauchen wir solche Ereignisse, wie die heutige Dreifachhochzeit zum Wohle unseres Landes und zur Verbesserung der Einwohnerzahl." Gelächter setzt ein. „Sei mir nicht böse, Pete, wenn ich das so frei heraus sage, aber das Leben besteht nun einmal nicht nur aus Arbeit und Geschäften. Das Fundament unseres Lebens ist immer die Familie, sind die Eltern, die Ehepartner und die Kinder, die unsere Zukunft sind. Natürlich gehören dazu auch Freunde, mit denen ihr ja reichlich gesegnet seid, wenn ich mich so umschaue. Jetzt will ich aber hier keine lange Rede halten, sondern den drei Paaren alles Glück dieser Erde wünschen und mein Glas mit euch allen zusammen erheben. Ich trinke auf das Wohl der Brautpaare und auf Texas, unsere einmalige Heimat." Begeisterter Applaus brandet auf, man ist über die Anwesenheit des Gouverneurs begeistert und das Fest nimmt seinen Lauf.

Im Laufe des Nachmittags treten immer wieder einzelne Gäste vor, um ebenfalls ein paar Worte zu sagen oder um mit selbst gemachten Anekdoten zur allgemeinen Stimmung beizusteuern. Etwas ganz Besonderes haben sich die Cowboys der beiden Ranches ausgedacht. Sie simulieren einen Banküberfall auf das Bunkhaus, das mit einer entsprechenden Inschrift „Chandler Bank" versehen wurde. Dann kommt es zu einer wilden Verfolgung in einem großen Kreis um die Ranch herum und schließlich werden die eingefangenen „Banditen" beim anwesenden Sheriff, Bud Hanson, abgeliefert, der sie schmunzelnd in Empfang nimmt und zu je einer Flasche Whiskey verurteilt, die sofort auszutrinken ist. Unter dem Gejohle der Gäste, erledigen die Verurteilten das sofort und ziehen sich dann sicherheitshalber schnell zurück, so lange der Whiskey noch keine Wirkung zeigt.

Dann wird ausgiebig gegessen und getrunken und bis tief in die Nacht hinein getanzt. Für Ansprachen gibt es jetzt keine Gelegenheit mehr, sie werden auch nicht mehr erwartet. Das Lagerfeuer ist gewaltig und verbreitet in großem Umkreis eine ausreichende Beleuchtung. Wer will, oder nicht mehr kann, zieht sich später ohne große Erklärungen in seinen Planwagen zurück. Einige Standfeste feiern jedoch bis in die frühen Morgenstunden und die Letzten bleiben gleich auf bis zum Frühstück, das von fleißigen Helfern morgens angerichtet wird und zu dem die ersten bereits wieder aus ihren Planwagen kommen. Der Kaffeeduft hat sie wohl angelockt. Der Gouverneur verlässt nach dem Frühstück die Feier, alle anderen bleiben und feiern weiter bis zum Abend, bis in die Nacht, bis zum nächsten Morgen und das drei Tage lang. Die Helfer wurden von Jeff Chandler angewiesen, dass die Feier erst dann beendet ist, wenn der letzte Wagen abgefahren und der letzte Gast gegangen ist. So ist das in Texas. Wenn gefeiert wird, dann richtig, dann gibt es keine halben Sachen.

Nennt den Ort ganz einfach Chandler

Pete, Sue, Maggie und John sitzen unter einem riesigen Pekanbaum am See, ganz in der Nähe des neuen Ranch-Gebäudes und genießen die Mittagsruhe. Sie haben sich entschlossen, die Flitterwochen gemeinsam in Sandy Mills zu verbringen und zumindest ein paar Tage auszuspannen. Sie beobachten das neueste Familienmitglied beim Umherstreunen. Maggie hat den jungen Hund, einen wunderschönen Blue Lacy, bei Freunden gesehen und ihn sofort mitgenommen. Der junge Hund schaut immer wieder zu Maggie, auch wenn er sich etwas entfernt hat. Er weicht ihr kaum von der Seite.

„Was muss noch am Ranch-Gebäude gemacht werden? Es sieht doch schon sehr gut aus", möchte Sue wissen. „Wir müssen noch zwei Gebäude schaffen", erläutert Maggie, „eines für die Verwaltung der Erdölgeschäfte und ein zweites für die Baufirma. Die Geschäfte sollen nicht durcheinander gehen. Da werden sich noch einige Mitarbeiter einfinden und die müssen Platz zum Arbeiten haben." „Verschiedene Mitarbeiter wollen auch in der näheren Umgebung wohnen", ergänzt Pete, „und ich habe mit Bronsen besprochen, dass wir gegenüber auf der anderen Seite des Sees etwa zwanzig Häuser bauen werden, die dann von den Mitarbeitern gemietet werden können. Dazu soll dann noch ein Gemeinschaftsgebäude kommen mit einem Drugstore."

„Zwanzig Häuser sind ja schon ein Ort", sagt Sue lachend, „wie soll er denn heißen?" „Ehrlich gesagt", sagt Maggie, „darüber haben wir noch gar nicht nachgedacht. Aber du hast natürlich recht, die Menschen brauchen eine Adresse." „Warum nennen wir ihr ihn nicht Chandler Village?" schlägt Sue vor. „Chandler Village klingt gut", meint jetzt Pete, „John, was meinst du?" John hat sich bisher schweigend die Gespräche angehört und sagt: „Eines Tages stehen da vielleicht hundert Häuser oder mehr, dann müsst ihr den Namen ändern. Lasst den Zusatz Village doch weg und nennt den Ort ganz einfach Chandler. Ehrlich gesagt, ich brauche jetzt etwas Bewegung. Wie wäre es mit einem Ausritt in die Umgebung." Begeistert sind alle vier aufgesprungen und sitzen kurz darauf auf ihren Pferden.

Zunächst geht es in einem Bogen um den See herum und in Richtung auf einen Wald zu, der den See fast vollständig umgibt. Im Wald tauchen sie in angenehme Kühle ein, die vom Schatten der riesigen, Jahrhunderte alten Bäume, erzeugt wird. Sie befinden sich jetzt auf nahezu unberührtem Gebiet und müssen sich ihren Weg durch den Wald suchen. Nach einer halbe Stunde verlassen sie den Wald wieder und der Blick wird frei auf eine weitläufige, gewellte Ebene, die am Horizont zu einem weiteren Bergland führt. „Die Landschaft ist herrlich", sagt John, „wunderbare Weideflächen, saftiges Gras, Büsche, die Schatten spenden und Wasser, wohin man schaut. Hoffentlich wird hier nicht eines Tages auch noch Öl abgebaut." Pete schaut John etwas verwundert an: „Hast du etwas gegen Öl, John?" „Natürlich nicht, aber das Öl fordert einen hohen Preis von der Natur." „Wollen wir uns das einmal anschauen?" fragt Pete in die Runde und weist auf einen Berg. „Unser Ölfeld liegt ungefähr eine halbe Stunde von hier, hinter dem Berg."

„Herzlich Willkommen auf dem Sandy Mills Ölfeld", ruft Jim Bronsen ihnen schon von weitem entgegen. Er hat die Gruppe kommen sehen und zeigt sich sehr erfreut über den Besuch. Einige Arbeiter kümmern sich um die Pferde und man geht gemeinsam unter den fachlichen Ausführungen von Jim Bronsen über das Ölfeld. Bronsen übernimmt die Erklärungen: „Hier ist überall Öl in ungeahnten Mengen. Das Öl stammt aus vorhistorischer Zeit, als hier noch überall große Wälder standen. Die Erde hat sie aufgenommen und in Jahrmillionen unter hohem Druck und hoher Temperatur zu Erdöl umgewandelt. Wenn man so will, ist Erdöl gebundene Sonnenenergie aus längst vergangener Zeit, ein Wunder." „Das Öl wird vieles verändern", fährt Pete nachdenklich fort, „es wird den Brennstoff für die Automobile liefern. Diese brauchen eine Menge Straßen, die alle Orte miteinander verbinden werden und es ermöglichen, dass in den Orten Firmen errichtet werden können und der Handel sich entwickeln kann. Die Automobile werden größer und schneller werden und dann spielt es keine Rolle mehr, ob ich im Osten wohne oder hier in Texas, denn die Straßen werden alles verbinden und Chancen für jeden Ort unseres Landes schaffen."

„Und was wird aus unserer Ranch-Wirtschaft?" möchte John wissen. „Kein Problem", antwortet Pete, „die wird bleiben, aber sich natürlich anpassen müssen. Die Herden wird es auch weiterhin geben. Wir werden sie mit Lastwagen oder der Eisenbahn durch das ganze Land transportieren. Die Bevölkerungszahl wird wachsen und die Menschen brauchen Nahrung. Vielleicht werden die Herden dadurch noch größer und die Weideflächen werden knapp. Unsere drei Ranches werden an Bedeutung gewinnen, da bin ich ziemlich sicher." Die Gruppe wird zu einer Aufenthaltsbaracke geführt und dort mit Kaffee und kleinen Speisen versorgt, währen Bronsen sich mit Pete zurückgezogen hat, um einiges zu besprechen.

„Pete, wir müssen uns mit der Baufirma beeilen, damit uns die Bauaufträge nicht von anderen weggeschnappt werden. Ich habe schon mit einem Hersteller von Baumaschinen aus Detroit gesprochen. Er wird uns alles liefern, was wir zum Straßenbau benötigen, aber zu allererst müssen wir den Auftrag vom Staat Texas erhalten. Ich werde schon bald ein Angebot in Austin abgeben, aus dem du dich besser heraushalten solltest und wenn wir den Auftrag erhalten sollten, ist das der Startschuss für eine kräftige Entwicklung der Baufirma. Das ganze Land wird Straßen und Überlandwege erhalten. Es liegen Millionen buchstäblich auf der Straße."

„Wir sollten auch daran denken, dass nicht nur Straßen gebraucht werden, sondern auch Häuser. All die Orte, die wir mit Straßen verbinden, oder die durch den Straßenbau neu entstehen, brauchen Häuser. Wir sollten von vorne herein gleich zwei Geschäfte aufbauen, Straßenbau und Gebäudebau. In Chandler können wir gleich mit zwanzig Häusern beginnen. Den Auftrag vergeben wir selber."

„Pete, wir brauchen auch gute Mitarbeiter, vor allem Führungskräfte. Wir können uns nicht um alles kümmern. Wann immer uns einer auffällt, sollten wir ihn einfangen. Das ist in der nächsten Zeit ganz wichtig. Um die Arbeiter können die sich dann gleich selber kümmern. Ich kümmere mich um die Aufträge und du machst deine Politik, jedenfalls solange man dich lässt."

„Was meinst du damit?" fragt Pete jetzt etwas verwundert. „Na, denk doch mal nach, Pete, glaubst du wirklich, dass deine

Politikerfreunde sich das lange ansehen werden. Neid ist ein Grundantrieb in allen Menschen und den erhältst du mit steigendem Erfolg gratis. Aber mach dir deswegen keine Sorgen. Wir beide werden nie arbeitslos und sollte es eines Tages passieren, dass dich die Neidhammel ausbooten, dann kümmerst du dich eben nur noch um die Geschäfte, das bringt sowieso mehr ein. Du wirst sehen, eines Tages holen sie dich dann wieder, wenn es um höhere Ämter geht." „Meine Güte, Tim, manchmal staune ich über deine Weitsicht," sagt Pete, „so, jetzt werde ich mich mal wieder um die anderen kümmern, wir müssen sehen, dass wir noch vor Hereinbrechen der Dunkelheit wieder auf der Ranch sind. So genau kennen wir uns hier noch nicht aus. Da möchte ich mit den Frauen kein Risiko eingehen."

Wir müssen uns nicht mehr den Hintern wund reiten, wenn wir an die Ostküste wollen

Mit der Ruhe ist es im etwas verschlafenen El Paso ab heute vorbei. Ein Armeefort wurde eingerichtet und − wichtiger noch − die Eisenbahnlinie aus dem Osten der Vereinigten Staaten ist fertiggestellt. Heute ist der große Tag, an dem die erste Eisenbahn von Austin kommend El Paso erreichen wird. Um die Mittagszeit wird es soweit sein, dann wird der erste Zug in den neuen Bahnhof von El Paso einlaufen. Mit dem Zug werden viele wichtige Leute kommen, darunter der Eisenbahnchef, der Gouverneur und die Chandler Familie.

Einige Männer konnten es gar nicht abwarten und sind dem Zug entgegen geritten. Mit großem Hallo wird der Zug schon einige

Meilen vor El Paso begrüßt und auf dem letzten Stück begleitet. Eine große Menschenmenge erwartet den Zug um das neue Bahnhofsgebäude herum, jeder möchte dabei sein, bei diesem wahrhaft historischen Ereignis.

Dann ist es endlich soweit. Am Horizont erblickt man den Zug, der schnaufend eine letzte Anhöhe nimmt. Der Lokomotivführer gibt laute Pfeifsignale und die Begeisterung kennt jetzt keine Grenzen mehr. Hüte fliegen in die Luft, die Männer schießen Salut und eine Militärkapelle spielt die Nationalhymne. Langsam schiebt sich der Zug auf den Bahnsteig und kommt schließlich mit laut quietschenden Bremsen zum Stehen. Eine letzte Dampfwolke wird in die Luft entlassen und der erste Zug ist in El Paso angekommen. Die Ehrengäste verlassen die Waggons und werden von den Anwesenden herzlich begrüßt.

Als erster spricht Jonathan Baxter, der Sheriff von El Paso. „Ladies und Gentlemen", ruft er in die erwartungsvolle Menge, „dies ist ein bedeutender Tag für El Paso. Ab heute bricht eine neue Zeit an. Wir müssen uns nicht mehr den Hintern wund reiten, wenn wir an die Ostküste wollen. Nein, wir werden in Zukunft bequem in einem Salonwagen sitzen und mit einem Whiskey in der Hand die Landschaft an uns vorbeiziehen lassen, nicht schwitzen und im Staub verdrecken, sondern sauber und wohl gekleidet am Zielort ankommen, ganz so, wie unsere Ehrengäste, die ich hiermit auf das Herzlichste begrüße." Tosender Beifall unterstützt seine Worte. „Es ist uns natürlich eine besondere Ehre, heute unseren Gouverneur, Mister Abraham Duffee, unseren Abgeordneten, Mister Pete Chandler und den Chef der Eisenbahn, Mister Patrick Mac Albright in unserer Stadt begrüßen zu können. Ich weiß, welche Anstrengungen diese Herren unternommen haben, um El Paso möglichst schnell an das Eisenbahnnetz anzuschließen. Es gibt aber noch einen Anlass heute zu feiern. Unter uns befinden sich auch General Walter von Trotha, Oberbefehlshaber der US Army und Colonel Randolf Malony, der auch für El Paso zuständige Regimentskommandeur. Die Anwesenheit dieser beiden hohen Offiziere soll bezeugen, dass wir in El Paso auch ein neues Armeeforts haben und dass künftig die US Armee für unsere Sicherheit sorgen wird und den verdammten Viehdieben Beine machen wird, der Teufel soll sie holen." Lauter Beifall kommt aus der Menge.

Nach dem Sheriff spricht der Gouverneur von Texas, Abraham Duffee. Er unterstreicht die Bedeutung dieses Ereignisses und kündigt an, dass künftig aber auch Straßen gebaut werden sollen, damit in Zukunft jeder Ort mit dem Zug oder mit dem Automobil erreicht werden kann, so wie das an der Ostküste schon heute der Fall ist. „Wir wollen nicht die Ostküste mit ihren piekfeinen Städten kopieren", ruft der Gouverneur der Menge zu, „aber wir wollen am Fortschritt teilhaben. Dennoch wird Texas immer Texas bleiben, wo es viel Land gibt, viel Freiheit und Menschen, die sich das von niemandem nehmen lassen werden. Es leben die Vereinigten Staaten", ruft er zum Abschluss, „es lebe Texas."

In diesem Augenblick hört man von Ferne im Süden Schüsse. Eine wilde Knallerei scheint im Gange zu sein und ein Soldat der US Armee springt nach einem scharfen Ritt vom Pferd, um dem General der US Armee Meldung zu machen. Dieser spricht in Ruhe mit dem Soldaten und dem Colonel und besteigt dann die Rednertribüne. Er hebt die Hand und in der Menge stellt sich augenblicklich eine erwartungsvolle Stille ein.

„Ladies und Gentlemen", ruft er, „nicht einmal heute gönnt man den Einwohnern von El Paso einen ruhigen Tag. Wieder einmal haben Viehdiebe versucht, eine große Herde über den Rio Grande nach Mexiko zu treiben. Das ist ihnen natürlich nicht gelungen. Wir haben die Banditen erwischt und nach Mexiko zurückgetrieben, wo sie hingehören." Bravorufe ertönen aus der Menge und der General fährt fort: „Lassen sie sich aber die Freude an diesem schönen Tag nicht verderben, meine Damen und Herren. Feiern sie diesen bedeutenden Tag mit allen Gästen und als Oberbefehlshaber der US Armee bitte ich sie alle, seien sie freundlich zu meinen Soldaten. Sie sind zu ihrem Schutz hier, aber sie brauchen auch den Kontakt zur Bevölkerung. Meine Soldaten sind sehr diszipliniert, aber sie feiern in ihrer Freizeit auch einmal gerne, essen Steaks und trinken auch gerne einmal ein Glas Whiskey, so wie sie." Begeisterter Beifall beendet die Rede von General von Trotha.

Danach geht die Menge auseinander. Man besichtigt den Zug und die Wagen, bestaunt die Lokomotive, besichtigt den Bahnhof und man trifft sich in den Kneipen der Stadt. Am Nachmittag wird die Armee in El Paso einreiten und die Bevölkerung mit ihren Fahnen und mit Musik begrüßen. Nach der Armee ist jedermann eingeladen an einem Umzug durch die Stadt teilzunehmen. Es stehen Kutschen bereit und die Cowboys der verschiedenen Ranches werden auf ihren Pferden am Umzug teilnehmen. Sie werden ihre besten Kleidungsstücke und ihre schönsten Hüte präsentieren und den Mädels schöne Augen machen.

Pete Chandler wird morgen ein Büro einweihen, über das die Bevölkerung ihn erreichen kann und er wird Bob Cunningham mit der Leitung seines Büros betrauen. Die Familie Chandler wird sich dann noch ein wenig die Umgebung ansehen und gegen Mittag wieder mit dem Zug zurückfahren. Bis Chandler Station wird man wohl zehn Stunden benötigen und zwei ereignisreiche Tage werden dann zu Ende gehen. Tage, die das Leben in Texas verändern werden.

Leicht schaukelnd bewegt sich der Zug am nächsten Tag nach Osten, zunächst am Rio Grande entlang, dann eine Steigung nehmend durch die El Paso vorgelagerten Berge, die schroff wirken und spärlich bewachsen vorbeiziehen. Die Reisegesellschaft hat es sich in den Sitzen bequem gemacht. Es wird geraucht, geplaudert, mancher hält ein Schläfchen.

Die Chandlers sitzen zusammen, Jeff und Rose, Pete und Sue, auch Ron und Marilyn haben es sich nicht nehmen lassen, an dem Ereignis teilzunehmen. Jeff schaut nachdenklich auf die vorbeiziehende Landschaft. „Manchmal glaube ich zu träumen", sagt er, „ist das noch Texas? Wir sitzen hier gemütlich beisammen und lassen uns von diesem Dampfross durch die Gegend chauffieren. In drei Stunden erreichen wir unser Gebiet und in weiteren drei Stunden sind wir zu Hause auf unserer Ranch, mit eigenem Bahnhof. Wenn Vater das noch erlebt hätte."

Rose lacht und bemerkt: „Dein Vater würde dir raten, mit der Zeit zu gehen, Jeff. So, wie er es auch tun musste. Er hat hier nur einsame Natur vorgefunden, hat alles aufgebaut, Pferde und Rinder gezüchtet, Gewehre gekauft und die Herden mühsam zu den Abnehmern getrieben. Er hat sich mit Banditen und Viehdieben herumgeschlagen, hat geheiratet und hatte sogar noch Zeit, dich aufzuziehen. Da kann er doch wohl erwarten, dass du hier kein Museum verwaltest, sondern alles nutzt, was die neue Zeit bietet, um seinen Lebensweg voranzubringen." Den Zuhörern stockt der Atem und Jeff schaut Rose verwundert an. „Was war das denn?"

bemerkt er trocken, „bist du jetzt unter die Wanderprediger gegangen, Rose? Was glaubst du denn, was wir die ganze Zeit machen? Wir haben doch den Fortschritt nicht behindert, sondern unterstützt. Was anderes hätten doch die Kinder gar nicht zugelassen, oder täusche ich mich, Pete?"

„Nein, du täuscht dich nicht, und träumen muss immer erlaubt sein. Ich träume auch manchmal von unserem Land, von der Prärie, von unseren Herden und ich wünsche mir, dass vieles davon übrig bleibt und das die neue Zeit nicht alles verdrängt. Nein Pa, du bist alles andere als rückwärtsgewandt. Ich glaube sogar, dass deine Aufgabe vor allem darin besteht, uns gelegentlich auf den Boden zurückzuholen, wenn wir zu viel auf einmal wollen und dabei Gefahr laufen, die Risiken zu übersehen, die unweigerlich mit dem Fortschritt verbunden sind. Dann bist du der Einzige, der die Wurzeln zur guten alten Zeit aufrechterhält."

„Hörst du das, Rose, was Pete gesagt hat? Ich könnte ihm stundenlang zuhören." „Ist ja auch ein Wanderprediger, Jeff", bemerkt Rose trocken, „oder gibt es noch einen anderen Begriff für einen Politiker?" Ron hat bisher nichts gesagt und schmunzelnd zugehört. Jetzt schaltet sich Ron ein: „Bei so viel Klugheit schweige ich lieber. Mir knurrt der Magen und ich gehe jetzt etwas essen. Das bin ich auch der Zukunft schuldig, oder soll ich verhungert sein, bevor die Zukunft so richtig begonnen hat?" „Hervorragend", brummt Jeff, „endlich wieder ein normaler Beitrag. Kommt Leute, lasst uns etwas essen gehen, ich lade euch ein. Bis Chandler Station haben wir noch genug Zeit dazu."

Dies ist die Stunde der Vernunft

Die Chandlers haben alle Rancher und Farmer aus dem Westcounty zur Gründungsversammlung einer Genossenschaft für Ranch- und Farmerprodukte nach Stockten eingeladen. Der große Saal des Desert Inn Hotels ist überfüllt und man sieht auf den ersten Blick, dass es zwei Parteien gibt. Auf der rechten Seite des Saales haben sich die Rancher zusammengefunden und auf der linken Seite die Farmer. Es werden unfreundliche Blicke getauscht, die Atmosphäre ist angespannt.

Jeff Chandler hat vorne Platz genommen, erhebt sich jetzt und begrüßt die Anwesenden. „Gentlemen", sagt er, „ich danke für euer Kommen. Wir haben heute wichtige Entscheidungen zu treffen, von denen unser aller Wohl für die Zukunft abhängen wird. Wir wollen euch heute den Vorschlag machen, eine Genossenschaft zu gründen. Doch bevor wir irgendwelche Entscheidungen treffen, wollen wir ausgiebig über den Sinn und Zweck dieser Genossenschaft sprechen. Dazu ist auch euer Abgeordneter für unser County gekommen, Pete Chandler. Der ist, wie ja wohl jeder weiß, mein Sohn, was aber für seine Arbeit keine Bedeutung hat. Pete Chandler ist für euch alle da und vertritt eure Interessen in Austin. Egal über welche Probleme wir gleich sprechen, ich bitte euch nur, das auseinander zu halten. Dass Pete mein Sohn ist, hat nichts mit der Gründung der Genossenschaft zu tun. Respektiert das bitte. Jeder hier im Saal ist der Sohn von einem Vater und muss sich dafür nicht rechtfertigen. Ich sage das kein zweites Mal. So, nachdem das jetzt klar ist, übergebe ich das Wort an Pete Chandler, den Abgeordneten des Westcounty. Ich bitte mir Respekt aus. Ihr dürft Pete im Übrigen gerne mit „Herr Abgeordneter" ansprechen."

Im Saal erhebt sich Gemurmel und Pete Chandler nimmt am Tisch vorne Platz.

„Gentlemen", erhebt er jetzt das Wort, „wir alle, die wir hier zusammengekommen sind, sind Texas. Es gibt nicht nur Rancher oder Cowboys oder Farmer oder Feldarbeiter oder Wirte und ich könnte mit der Aufzählung fortsetzen, es gibt nur eine Bevölkerung und die stellt Texas dar. Ich weiß, dass es insbesondere zwischen Ranchern und Farmern in unserem Bezirk Probleme gibt, übrigens auch in anderen Teilen des Landes. Und man sieht das auch schon an der Sitzordnung hier im Saal. Die einen glauben, sie seien früher hier gewesen und die anderen hätten daher kein Recht, hier zu sein. Die anderen glauben, sie müssten überall Zäune ziehen, damit niemand ihr Land betritt und schießen auf jeden, der es wagt, einen Fuß auf ihr Land zu setzen. Rancher lassen ihr Vieh über die Felder der Farmer treiben. um ihre Ernten zu vernichten und es gibt Farmer, die das Wasser umleiten, damit die Rinder nicht zu ihren Tränken komme können. Ist euch eigentlich klar, welche Schäden ihr damit für euch selber und für Texas anrichtet? Bevor wir über die Genossenschaft sprechen, bitte ich euch, euer Verhalten zu ändern und ein nachbarschaftliches Verhältnis zu pflegen, indem ihr euch gegenseitig respektiert und nach Möglichkeit unterstützt und helft. Das vieles von dem, was ich vorhin aufgezählt habe ungesetzlich ist und mit Strafe verfolgt werden kann, möchte ich nur der Vollständigkeit halber erwähnen." Jetzt wird es laut im Saal und Pete macht eine Pause.

Der Farmer Sam Nicolsen hat sich erhoben und fragt: „Herr Abgeordneter, wozu brauchen wir eigentlich eine Genossenschaft und warum gründen wir nicht zwei, eine für Farmer und eine für Rancher?" Pete bedankt sich für die Frage und macht gleich zu

Beginn deutlich, dass er sie für durchaus berechtigt hält. „Mister Nicolsen, das können wir natürlich tun, aber das hätte mehr Nachteile, als Vorteile für uns alle. Wir brauchen auf jeden Fall eine oder mehrere Genossenschaften, damit wir unsere Interessen bündeln und gegenüber den Lebensmittelabnehmern, die im Übrigen auch in einer Art Genossenschaft zusammengeschlossen sind, besser vertreten können. Wir können so, bessere Lieferbedingungen und vor allem Preise durchsetzen und werden nicht auseinander genommen und gegeneinander ausgespielt. Nun zu ihrer Frage. Ja, wir können zwei Genossenschaften gründen, verhandeln aber immer mit einer Genossenschaft der Abnehmer auf der anderen Seite. Denen ist es gleichgültig, welche Art von Lebensmitteln sie kaufen. Für die gibt es nicht nur Fleisch oder Getreide oder Gemüse, sondern nur Lebensmittel. Je einiger sie sich sind, umso stärker können sie auftreten. Das sollten wir auch wollen. Außerdem ist zu bedenken, dass jede Genossenschaft einen Verein gründen muss, mit Personal und vor allem mit Büros in den größeren Städten des Ostens. Das kostet Geld und wäre nur einmal erforderlich. Außerdem können wir unsere Lieferungen besser abstimmen. Wir können den Transportraum auf den Zügen besser koordinieren und wir haben vor allem mehr Durchsetzungsvermögen, wenn wir gemeinsam auftreten, so wie es die anderen auch tun."

Pete erläutert jetzt die bestehenden Rahmenverträge mit Fleisch- und Lebensmittelfabrikanten an der Ostküste und Ron erklärt, wie die Genossenschaft in Zukunft funktionieren soll und welche Vorteile die Genossenschaftsmitglieder im Einzelnen haben werden. Die Genossenschaft tritt in ihrer Gesamtheit als Verhandlungspartner auf. Sie nimmt den Ranchern und Farmern zu vereinbarten Festpreisen ihre Produkte schon hier in Texas ab, sorgt für den Transport und Weiterverkauf und ist im Grunde genommen eine eigene Firma. Die Genossenschaft besteht aus den Mitgliedern, einer Geschäftsführung und einer Versammlung der Mitglieder, gegenüber der Rechenschaft abzulegen ist. Ein Rancher meldet sich mit der Frage, ob die Genossenschaft denn an den Produkten verdient? „Ja", sagt Ron, „das muss sie aber auch, um die Kosten der Organisation zu bestreiten. Es ist aber immer der Gewinn aller Genossenschaftsmitglieder, der in notwendigen Einrichtungen angelegt werden muss. Es werden Lagerhäuser gebraucht, Transportmittel und die schon erwähnten Büros. Vielleicht entschließen wir uns eines Tages, große und teure Arbeitsgeräte anzuschaffen und den Genossenschaftsmitgliedern zur Verfügung zu stellen. Dann brauchen diese das teure Gerät nicht einzeln anzuschaffen."

Jeff Chandler übernimmt noch einmal das Wort und erläutert den Anwesenden in einer eindrucksvollen Ansprache, wie sich die Dinge in Texas geändert haben und warum die Farmer und Rancher sich jetzt zusammenschließen sollten. Dann wird die Genossenschaft mit großer Mehrheit gegründet und Ron Chandler wird zum ersten Leiter der Genossenschaft gewählt und beauftragt, alle Formalitäten einzuleiten, die mit der Gründung der Genossenschaft verbunden sind.

Ron nimmt die Wahl an und erhebt noch einmal seine Stimme zu einem Schlusswort: „Gentlemen, ich sollte jetzt wohl sagen, Genossen. Ich bin fest davon überzeugt, dass dies hier und heute ein großer Tag für unseren Bezirk und für Texas ist. Dies ist die Stunde der Vernunft und unsere Kinder und Enkel werden noch davon Vorteile haben. Ihr könnt ihnen stolz erzählen, dass ihr dabei gewesen seid, als diese Genossenschaft, eure Genossenschaft, gegründet wurde. Ich werde mit der Arbeit sofort beginnen und mir eine Reihe von Helfern aus euren Reihen an die Seite holen. Sobald die grundlegenden Aufgaben erledigt sind, werde ich wieder eine Genossenschaftsversammlung einberufen und euch über die Dinge informieren, vielleicht brauche ich auch Unterstützung für die eine oder andere Entscheidung. Um schneller handeln zu können, werden wir wohl einen Beirat brauchen, aber mit Einzelheiten will ich euch heute nicht langweilen. Wir sollten das Ereignis jetzt aber feiern und ordentlich begießen. Rancher mit Farmern, Farmer mit Ranchern. Begrabt das Kriegsbeil ein für alle Mal und werdet gute Nachbarn, besser Freunde. Eure Kinder und Enkel werden stolz auf euch sein. Es lebe Texas, es leben die Vereinigten Staaten von Amerika."

Wie viele Firmen sind das dann?

Tim Bronsen und Pete besichtigen die Baustelle der ersten Straße, die von Austin nach Fort Worth gehen soll und von ihrer neuen Baufirma gebaut wird. Es herrscht ein reger Baustellenbetrieb und neben der Baustelle wurde ein großes Schild errichtet auf dem weit sichtbar steht: „Bronsen und Chandler Inc. Straßen- und Brückenbau." Das Schild wird von Zeit zu Zeit versetzt und wandert so mit der Baustelle weiter.

„Wir kommen gut voran, Pete", meint Tim Bronsen, „bei dieser Bauplanung haben wir große Vorteile. Wir lassen uns das Baumaterial zum größten Teil mit der Eisenbahn nach Austin liefern und laden dann auf Baufahrzeuge um, die schon den jeweils fertiggestellten Teil der Straße benutzen können. Das sollten wir in Zukunft immer so machen, vom nächstgelegenen Bahnanschluss beginnen und dann dem Streckenbau mit Fahrzeugen folgen." „Gibt es außer Ford noch andere Lieferanten für Transportfahrzeuge?" „Gibt es, aber nicht in den Staaten, sondern in Europa, Pete, die Fahrzeuge sollen sogar erheblich besser sein, wahrscheinlich sind sie aber auch teurer, schon wegen des langen Seetransports." „Darüber müssen wir noch sprechen", meint Pete, „aber wir sollten erst einmal mit dem Bauleiter Jerry O´ Conner sprechen. Da kommt er schon."

Jerry O´ Conner ist ein imposanter Mann, fast zwei Meter groß, kräftig gebaut und braun gebrannt. „Die hohe Firmenleitung gibt uns die Ehre", ruft er schon von weitem und schüttelt Tim und Pete die Hände so kräftig, dass Pete das Gefühl hat, ein Schraubstock habe ihn erwischt. O´ Conner hat viele Jahre im Osten der Vereinigten Staaten Straßen gebaut und ist ein erfahrener Mann und durchsetzungsfähiger Bauleiter. „Probleme, Mister O´ Conner?" fragt Tim Bronsen. „Nein, Mister Bronsen, keine wirklichen Probleme bisher", sagt O´ Conner, „wir werden die zweihundert Meilen in Rekordzeit schaffen, wenn nicht noch etwas unvorhergesehenes dazwischen kommt."

„Was ist mit den Brücken?" fragt Pete, „können wir die nicht vorziehen?" O´ Conner reibt sich das Kinn, blinzelt in die Sonne und sagt: „Könnten wir schon, Mister Chandler, aber die Sache hat einen Haken. Wir müssen über den Leon River und über den Brazos River. Der ist wirklich breit. Dann kommen da noch ein paar kleinere Creeks dazu, die sind aber kein Problem." „Und wo ist der Haken?" fragt Pete. „Dazu brauche ich Leute, mindestens zwei weitere Bautrupps und zusätzliche Transportfahrzeuge, die durch

215

unbebautes Gelände müssen. Die Straße kommt ja erst später."
„Aber wir gewinnen viel Zeit", sagt Pete, „Mister O´ Conner wir
machen das und wir besorgen ihnen alles, was sie dazu brauchen."
„Ist in Ordnung", brummt O ´Conner, „versuchen sie doch auch
bitte noch zwei Bauleiter für die Brücken zu finden, an der Ostküste
müssten die zu haben sein, ich selber kenne einige, die in Frage
kämen." „Wir kümmern uns darum", sagt Tim Bronsen, „wir
brauchen ohnehin mehr Personal, denn wenn diese Straße fertig ist,
kommt mit Sicherheit die nächste. Ich habe mal kalkuliert, wie das
weiter gehen soll und wie lange wir Aufträge haben werden. Ich
kann ihnen sagen, mir wurde ganz schwindlig bei der Berechnung.
Da ist genug Arbeit auch für andere Firmen, die noch kommen
werden." „Na prima, " brummt O ´Conner, „dann will ich mal
weitermachen, damit wir bald in Fort Worth sind. Schönen Tag
noch, meine Herren." O ´Conner legt den Finger an den Hut und
geht mit straffem Schritt zur Baustelle. „Der ist in Ordnung", sagt
Tim Bronsen, „von der Sorte brauchen wir noch mehr, Pete, komm
lass uns da unter dem Baum Platz nehmen, da sind wir geschützt
vor der Sonne." Beide wandern in den Schatten und lassen sich auf
dem Boden nieder.

„Pete", sagt Bronsen, „ wir müssen noch über weitere Schritte zum
Aufbau der Firma und zur Gewinnung weiterer Aufträge sprechen.
Um die Aufträge werde ich mich kümmern, da solltest du deine
Finger raus halten, mich interessieren nur die Bebauungspläne, den
Rest mache ich dann schon. Ich denke, wir sollten dazu Büros in
Austin und Philadelphia, besser vielleicht schon in Washington
einrichten. Ich halte es auch für erforderlich, dass wir uns stärker
um das Geschäft mit Baumaschinen und Fahrzeugen kümmern,
und zwar für das Baugeschäft und für das Ölgeschäft, sonst sind wir

dauerhaft von anderen Firmen abhängig. Außerdem gibt es die in Texas noch gar nicht."

„Ich glaube, du willst mir jetzt schonend beibringen, dass wir noch eine Firma brauchen", sagt Pete. „So ist es, " lacht Tim, „für das Ölgeschäft werden Straßen- und Transportfahrzeuge sowie Geräte benötigt. Wir sollten zügig eine Firma dazu gründen, die Automobile, Ölfördergeräte und Baumaschinen liefert. Das wäre dann die „West Texas Mobile Inc.", und ich wollte dir vorschlagen, dass John Simons Geschäftsführer werden sollte und sich um den Aufbau dieser Firma kümmert, die ihren Sitz in Austin und Philadelphia haben soll."

„Wie viele Firmen sind das dann?" fragt Pete. „Wenn wir den Straßenbau vom Häuserbau trennen, sind es zwei, mit der Ölfirma, der Straßenbaufirma und dem Fahrzeug- und Maschinenhandel sind es dann fünf Firmen." „Sauber", sagt Pete lächelnd, „und drei Ranches kommen auch noch dazu und Ron führt die Genossenschaft. Wo soll das enden?" „Macht dir das Probleme?" fragt Tim, „ich behaupte ja nicht, das wir das alles alleine machen müssen. Wir brauchen gute Leute und deine Familie muss ran, die kennen wir am besten und auf die kann man sich blind verlassen. Wir sollten das Ganze unter eine Verwaltung bringen, ich glaube das nennt man eine Holding, und dann führen wir den Laden gemeinsam. Ich kümmere mich um die Aufträge und du machst deine Politik."

„Ist diese Holding nicht auch eine Firma?" fragt Pete. „Ist sie", antwortet Tim, „aber anders geht das nicht, wir verlieren sonst die Übersicht und am Ende arbeiten unsere Firmen noch gegeneinander." „Wo stellen wir die Holding auf?" fragt Pete. „Sitz in Austin und Nebensitz in Philadelphia oder gleich in Washington", sagt Tim, „wir sitzen am Ort des Geschehens, bekommen alles mit und haben kurze Wege zu den Ministerien, den Parlamenten und Politikern." „Ich habe das Gefühl, dass mir das um die Ohren fliegt", meint Pete, „das kann doch nicht lange gut gehen."

„Pete", sagt Tim, „du wirst zunächst stiller Teilhaber und trittst als Firmenmitinhaber nicht in Erscheinung. Niemand kann dir vorschreiben, wo du dein Geld anlegst." „Dein Wort in Gottes Ohr", sagt Pete, „ich muss aber damit rechnen, dass es früher oder später zu Interessenkonflikten kommt und dann werde ich mich entscheiden müssen, was mir wichtiger ist, das Geschäft oder die Politik." Tim Bronsen ist aufgestanden und beobachtet den Baustellenbetrieb. „Bis jetzt haben wir uns nichts vorzuwerfen, Pete", sagt er, „wir kümmern uns um die Entwicklung von Texas und arbeiten dafür hart. Wir übernehmen ein gewisses Risiko und investieren unser Geld. Sollen wir uns dafür von Nichtstuern Vorwürfe machen lassen?" „Du hast ja Recht", sagt Pete versöhnlich, „aber wie soll ich im Zweifelsfall beweisen, dass der Unternehmer in mir nicht mit dem Politiker redet. Komm, lass uns nach Austin fahren. Dort ist morgen eine Sondersitzung des Parlaments angesetzt und ich ahne nichts Gutes."

Gehen sie ruhig davon aus, dass ich alles in guter Ordnung halte

Sondersitzung des Parlaments in Austin. Es soll ein Abgeordneter für das Parlament in Washington, den Kongress in der neuen Hauptstadt, gewählt werden. Rasch füllt sich der Sitzungssaal am späten Vormittag. Schon vorher auf den Gängen haben Abgeordnete in Gruppen zusammengestanden und über die

Kandidaten diskutiert. Dabei wurde immer wieder ein Name genannt: Pete Chandler. Aber es gibt auch Gegenstimmen, ihr Wortführer ist Hank Talbot, der Abgeordnete aus Sherman, der schon einmal Stimmung gegen Pete Chandler gemacht hat, dabei aber unterlegen war.

Dann werden die Türen geschlossen, die Sitzung beginnt. Der Vorsitzende des Abgeordnetenhauses von Texas, Henry Baskerville, eröffnet die Sitzung. „Sehr verehrte Abgeordnete dieses hohen Hauses", beginnt er, „wir wollen heute einen Abgeordneten für den Kongress der Vereinigten Staaten von Amerika in Washington, dem neuen Regierungssitz wählen, der den Staat Texas in den nächsten vier Jahren vertreten soll. Ich brauche nicht zu betonen, dass dieses Parlament nur über erstklassige Männer verfügt, von denen jeder einzelne in Frage käme. Dennoch wollen wir mit der Wahl auch einige Ziele erreichen und vor allem für Texas viel in Washington erreichen. Es wäre daher vorteilhaft, wenn der Kandidat über die notwendige Erfahrung und Reputation auch außerhalb von Texas verfügen würde, um so möglichst viel für uns zu erreichen. Die Tätigkeit ist auch mit gewissen Anstrengungen verbunden, wenn wir nur daran denken, welche Entfernungen der Kongressabgeordnete immer wieder zurücklegen muss, um sowohl in Washington, teilweise noch in Philadelphia, als auch hier in Austin immer wieder präsent sein zu können. Daher wäre es sicher nicht von Nachteil, wenn er über eine gute Gesundheit verfügen würde und noch nicht zu alt wäre, womit ich niemandem in diesem hohen Hause zu nahe treten möchte. Ich frage daher das hohe Haus, ob es aus ihren Reihen Vorschläge für dieses bedeutsame Amt gibt."

Der Abgeordnete Peter Stapelton, ehemals Leiter der Untersuchungskommission gegen Pete Chandler, tritt an das Rednerpult. „Hohes Haus, sehr geehrter Herr Präsident", beginnt er seine Rede, „der Herr Präsident hat das wichtigste schon angesprochen und die wesentlichen Kriterien für die Auswahl des Kongressabgeordneten genannt, den wir heute wählen wollen. Jeder hier wäre sicher würdig, dieses Amt zu übernehmen, aber wir müssen vor allem die Interessen unseres Staates Texas sehen. Daher gibt es durchaus auch ehrenwerte Abgeordnete, die noch ein klein wenig würdiger, als andere sind, die vor allem über die Verbindungen und einen guten Namen verfügen, der bei wichtigen Entscheidungen über unseren Staat in Washington und Philadelphia den Ausschlag geben kann. Ich spreche von einem Abgeordneten dieses hohen Hauses, der seine Tüchtigkeit auch über unsere Landesgrenzen hinaus schon unter Beweis gestellt hat. Dass er auch in seinem privaten Bereich sehr erfolgreich ist, spricht dabei nicht gegen, sondern für ihn. Sie werden schon erkannt haben, über wen aus unseren Reihen ich spreche. Ich spreche von Pete Chandler, den ich hiermit auch im Auftrage meiner Fraktion vorschlagen möchte."

Beifall brandet auf. Stapelton hebt die Hand und Ruhe kehrt ein. „Wir schlagen Pete Chandler auch aus einem anderen Grund vor. Erinnern sie sich bitte, wie ihm von Mitgliedern dieses Hauses vor einiger Zeit bitteres Unrecht angetan wurde in dem unseligen Vorwurf, mit der Übertragung von Land durch den Staat sei es nicht mit rechten Dingen zugegangen. Alles, aber auch alles konnte seinerzeit widerlegt werden und richtete sich am Ende gegen die Denunzianten." Rufe der Empörung werden laut. „Schreien sie nur", ruft Stapelton ungerührt, es gibt eben auch Abgeordnete in diesem Hause, die gänzlich unwürdig wären für dieses Amt, auch wenn der

Herr Präsident das eben sehr viel freundlicher dargestellt hat. Ich meine, wir habe an Pete Chandler auch etwas wieder gut zu machen. Er hat die unwürdigen Vorgänge seinerzeit mit bewundernswerter Haltung ertragen und allein schon dadurch bewiesen, welches Format er im Gegensatz zu manchem Hinterbänkler hat." Tosender Beifall. „Ich komme damit zum Ende und schlage den Abgeordneten Pete Chandler vor, in den Kongress der vereinigten Staaten von Amerika gewählt zu werden. Gott schütze Texas." Die Mehrzahl der Abgeordneten ist aufgesprungen und tosender Beifall begleitet Stapelton zu seinem Platz.

„Das Wort hat der Abgeordnete Hank Talbot aus Sherman", sagt der Präsident jetzt, „ich bitte um Ruhe." Jetzt wird es ganz still im Saal. Hank Talbot hat sich zum Rednerpult begeben und beginnt mit leiser Stimme zu sprechen: „Hohes Haus, sehr geehrter Herr Präsident", beginnt er, „ich möchte auf die von meinem Vorredner erneut aufgeworfene Affäre gar nicht mehr eingehen, obwohl ich immer noch glaube, dass ich seinerzeit Recht hatte." „Pfui, aufhören, unerhört", wird aus dem Plenum gerufen. Talbot hebt die Hand: „Ich verstehe ja ihre Aufregung", sagt er, „vor allem, wenn hier jemand anderer Meinung ist, als die Fraktion der Wohlhabenden und Großgrundbesitzer in diesem Haus, die jede Gelegenheit nutzen, um ihre Interessen durchsetzen und ihren Einfluss auch in Washington und Philadelphia geltend zu machen." „Lästermaul, Schmutzfink, Ehrabschneider", wird jetzt aus dem Auditorium gerufen". Der Präsident bringt die Glocke zum Einsatz und ruft: „Ich bitte um Ruhe! Bitte unterlassen sie auch alle Beleidigungen gegen Angehörige dieses hohen Hauses". „Sagen sie das dieser Übelkrähe", ruft ein Abgeordneter von hinten. „Herr Abgeordneter", ruft der Präsident, „ich rufe sie zur Ordnung.

Übelkrähe ist eine Beleidigung. Bitte unterlassen sie das. Der Abgeordnete Talbot hat weiterhin das Wort."

„Danke, Herr Präsident", fährt Talbot ungerührt fort, „das Wort muss ich mir merken. Ich wusste gar nicht, dass wir ein so ausgefallenes Exemplar in der Vogelwelt von Texas haben." Gelächter, vorsichtiger Beifall in einigen Reihen. „Wir Abgeordneten der Landarbeiterpartei bezweifeln keineswegs die Qualifikation von Pete Chandler für dieses Amt." „Hört, hört", klingt es aus dem Saal. „Nein, Pete Chandler ist ein ausgesprochen fähiger, junger Mann, der so fähig ist, dass er mittlerweile sogar schon eine Anzahl von Firmen sein eigen nennt, die alle mit teuren und umfangreichen staatlichen Aufträgen versorgt werden. Wir fragen uns daher, wie er das alles leisten will, hier und in Washington ein Mandat zu haben, eine Ranch zu führen, nach Öl zu bohren, Straßen zu bauen und wer weiß, was sonst noch alles zu seinen Geschäften gehört." „Wohl neidisch, was?" kommt es aus dem Saal. „Keineswegs", sagt Talbot, „nur besorgt, dass hier einer sich übernimmt, am Ende alles nur halb erledigen kann und das, was er macht, vor allem für sein eigenes Einkommen gut ist. Ich beantrage im Namen meiner Fraktion, einen anderen Abgeordneten zu wählen, damit Pete Chandler nicht überlastet wird."

Pete Chandler geht zum Rednerpult, nachdem der Präsident ihm das Wort erteilt hat und augenblicklich kehrt Ruhe ein. „Hohes Haus, sehr geehrter Herr Präsident", sagt er, „Ich möchte zunächst einmal für die Nominierung danken und meine Bereitschaft erklären, im Falle der Wahl, das Amt auch anzunehmen." Starker, nachhaltiger Beifall. Pete Chandler fährt fort: „Ich möchte dem Abgeordneten Stapelton und seinen politischen Freunden danken, dass sie sich um meine Gesundheit sorgen und mich lieber nur hier in Austin, als auch noch in Washington und Philadelphia sehen möchten. Mister Stapelton, wissen sie, was ich mache, wenn ich einmal Ruhe und Abstand brauche? Ich will es ihnen sagen. Ich reite mit meinem geliebten Bruder Ron in die Weite der Prärie, lasse die Sterne von Texas über uns aufgehen, nächtige im weichen Gras und lausche den Geräuschen der Herden und der Prärie und spreche mit Cowboys, die einen wichtigen Job für unser Land machen. Das ist Seelsorge in höchster Vollendung und schafft den nötigen Bodenkontakt, den wir auch als Abgeordnete dieses herrlichen Landes hin und wieder brauchen. Ich empfehle ihnen das auch und lade sie dazu ganz herzlich ein." Applaus und Bravo- Rufe. Pete fährt fort: „Was meine geschäftlichen Tätigkeiten betrifft, so gehen sie ruhig davon aus, dass ich alles in guter Ordnung halte. Ich bin an den genannten Geschäften stiller Teilhaber, das heißt Kapitalanleger – sie wissen hoffentlich, was das ist – so dass ich mich voll auf meine politische Arbeit konzentrieren kann. Sollte sich das einmal ändern, werde ich mich selbstverständlich für das eine oder andere entscheiden. Ich bitte auch um ihre Stimme, Mister Talbot. Gott schütze Texas."

Die Abgeordneten erheben sich von den Plätzen, minutenlanger Beifall ist zu hören. Pete Chandler wird mit großer Mehrheit in den Kongress nach Washington gewählt.

Heute haben wir jedenfalls großes Glück gehabt

Zwei Reiter streben in gemäßigtem Trab durch die Prärie nach Süden dem Rio Grande zu. In der weiten Landschaft kann man sie kaum wahrnehmen. Sie wirken fast winzig in der unendlichen Weite und die geschmeidigen Bewegungen der Pferde und Reiter fügt sich harmonisch in die stets leichte Bewegung des Präriegrases ein. Die Sonne steht schon hoch am Himmel und sengt ohne Erbarmen die Prärie und alles, was keinen Schattenplatz bevorzugt. Die Reiter, es sind Pete Chandler und Colonel Randolph Malony, wischen sich hin und wieder mit ihren Halstüchern die Gesichter, aber sie lassen sich von ihrem Vorhaben nicht abbringen, noch heute, das Fort Chandler am Rio Grande zu erreichen.

„Die Armee hat fünf Forts entlang der Grenze zu Mexiko am Rio Grande eingerichtet", sagt Colonel Malony, „wir haben die Sicherheit entlang des Rio Grande deutlich verbessert, Mister Chandler. Natürlich können wir nicht alle Überfälle aus Mexiko verhindern, aber die Anwesenheit der Armee zeigt deutlich Wirkung." Malony hat kurz seinen Stetson abgenommen und schaut hoch zum Himmel. „Verdammt heiß", fährt er fort, „wenn ich in Philadelphia geblieben wäre, säße ich jetzt im Schatten mit einem kühlen Drink. Aber ein begeisterter Kommisskopf muss das hier wohl haben." Pete Chandler lacht und wischt sich erneut die Stirn. „Stimmt schon, " meint er, „aber um nichts in der Welt würde ich dieses Land mit irgendeiner Stadt tauschen." „Und doch müssen sie viel Zeit als Abgeordneter in den Städten verbringen", schmunzelt Malony. Pete schweigt zunächst, schaut in Richtung einer Bergkette, der sie näher gekommen sind und deutet auf einen Einschnitt in den Bergen. „Dort müssen wir durch, Colonel. Nach zwei Meilen durch den Pass geht es dann hinunter zum Rio Grande. Ich schätze, dass wir am frühen Abend da sein werden." Die Reiter beschleunigen jetzt das Tempo und streben dem Pass zu, den sie nach einer weiteren halben Stunde erreichen. Hier wird es etwas angenehmer, da der Pass auf beiden Seiten von Bäumen und

Büschen gesäumt wird. Die Pferde gehen jetzt langsamer und ihre Tritte hallen von den Berghängen wieder.

Pete hat dem Colonel ein Zeichen gegeben und hält auf eine Schlucht zu, die auf der rechten Seite vom Pass wegführt. Als die Schlucht erreicht ist, hält Pete an und gleitet aus dem Sattel. Der Colonel tut es ihm gleich. „Ich habe etwas gesehen, Colonel", sagt Pete mit gedämpfter Stimme, „oben auf der Passhöhe haben sich mindestens zwei Männer versteckt. Ich konnte sie deutlich ausmachen, auch ihre Gewehrläufe. Sorry, ich konnte sie nicht zu offensichtlich warnen, sondern musste so tun, als hätten wir nichts bemerkt. Hier sind wir erst einmal sicher, Colonel. Die werden annehmen, dass wir hier rasten. Wir müssen überlegen, was wir jetzt tun." „Gutes Auge, Mister Chandler. Ich frage mich, warum mir das eigentlich entgangen ist. Ich war wohl in Gedanken."

Pete hat sich flach auf den Boden gelegt und gleitet jetzt vorsichtig im Schutz eines Gebüsches zurück zum Pass, um so einen Blick hinauf zur Passhöhe werfen zu können. So verharrt Pete eine ganze Zeit ohne sich zu bewegen. Dann gleitet er vorsichtig zurück, bis zu dem Platz, wo der Colonel bei den Pferden geblieben ist. „Na", fragt dieser, „haben sie etwas sehen können?" „Ja", sagt Pete, es sind mindestens zwei auf der linken Seite des Passes. Ich konnte allerdings die rechte Seite nicht einsehen. Das wäre zu auffällig gewesen. Wir sollten daher davon ausgehen, dass dort auch noch ein oder zwei Männer liegen. Das sind bestimmt Banditen, die es ja nicht weit haben von der mexikanischen Grenze bis hier. Auf unserem Gebiet hatten wir bisher wenig Strolche aus den Staaten Colonel, daher nehme ich an, dass die da oben aus Mexiko sind." „Aber warum erwarten uns diese Kerle?" „Ich habe einen Verdacht, Colonel, Viehdiebstahl ist schwierig, gefährlich und bringt nicht viel ein. Ich habe gehört, dass es in Mexiko mittlerweile Banden gibt, die Leute aus den Staaten entführen, um Lösegeld zu erpressen." Der Colonel denkt nach. „Meinen Sie, dass die ausgerechnet auf uns erwarten, Pete? Und vor allem, woher wissen die, dass wir hier vorbei kommen?" „Haben Sie jemandem gesagt, dass sie heute nach Fort Chandler wollen?" „Natürlich Pete, das musste ich doch. Ich hätte allerdings ein paar meiner Leute mitnehmen sollen. Das soll mir eine Lehre sein. Aber, warten Sie mal, wir haben da einen Mexikaner, der die Pferde betreut, und der ist vor kurzem spurlos verschwunden. Kann sein, dass der mit den Kerlen da oben unter einer Decke steckt. Zeitlich wäre das gar kein Problem, meine Pläne zu verraten."

„Wir müssen überlegen, wie wir das Problem lösen, Colonel. Da oben kommen wir jetzt nicht durch. Die werden uns zwar nicht töten wollen, sondern gefangen nehmen, aber es ist zu riskant, jetzt weiter zu reiten. Wir hätten auch kaum eine Chance, selbst jetzt nicht, wo wir Bescheid wissen." „Kommen wir auf anderem Weg durch die Berge, Pete?" „Ich überlege schon. Es hat aber keinen Zweck zurück zu reiten. Das würden die Banditen sehen und uns dann verfolgen. Im Augenblick glauben sie hoffentlich noch, dass wir rasten. Wir müssen es durch diese Schlucht versuchen und finden hoffentlich einen einigermaßen passablen Weg durch die Berge." „Worauf warten wir", fragt der Colonel. „Augenblick noch", sagt Pete, „ wir machen das Spiel mit. Ich gehe noch einmal zum Pass und suche etwas Holz und Zweige zusammen. Die sollen mich ruhig sehen. Sie sollen glauben, dass wir hier lagern und ein Feuer anzünden wollen. Vielleicht haben sie es ja eilig, ändern ihren Plan und kommen herunter."

Pete geht noch einmal bis zum Pass, sucht in aller Seelenruhe einige Zweige zusammen und achtet darauf, auch gut gesehen zu werden. Dann verschwindet er wieder in der Schlucht und geht sofort in Deckung. Vorsichtig lugt er um das Gebüsch und tatsächlich, oben auf der Höhe entsteht Bewegung. Die Banditen halten es nicht mehr für nötig, ihre Deckung zu halten. Ganz offen scheinen sie zu beraten, was sie jetzt tun sollen. „Es klappt", flüstert Pete dem Colonel zu, „in Kürze wird der Tanz beginnen. Wir nehmen oben an beiden Seiten der Schlucht Deckung, " schlägt Pete vor, „aber zuerst einmal werden wir ein schönes Feuer anzünden."

Die Pferde werden weggeführt und gut versteckt, dann legen sich Malony und Pete gut geschützt ungefähr fünfzig Meter über der Schlucht in einen Hinterhalt, die Gewehre sind geladen, niemand kann sie sehen. Lange brauchen sie nicht zu warten, dann erscheinen die Banditen am Eingang der Schlucht. Das Feuer können sie noch nicht sehen, den Rauch aber schon. So schleichen vier Männer in gebückter Haltung am Rande der Schlucht entlang, tief herunter gebeugt und stets auf Deckung durch das Gebüsch bedacht. Als sie das letzte Gebüsch vor dem Lagerfeuer erreichen, sind zwei Gewehre auf sie gerichtet und die Ahnungslosen wundern sich, am Feuer niemanden vorzufinden. Die ersten zwei Schüsse peitschen wiederhallend durch die Schlucht. Zwei Banditen sinken wortlos zu Boden. Die Überraschung ist perfekt. Die beiden anderen schauen hektisch nach oben und bringen ihre Gewehre in Anschlag. Zu spät, wieder zwei Schüsse und der Kampf ist schon beendet. Mit erstaunten Gesichtern lassen die beiden ihre Gewehre fallen und sinken wortlos zu Boden. Pete und Malony warten noch einen Augenblick, ob noch jemand kommt. Das ist nicht der Fall. Die Banditen bewegen sich noch, sie sind also nur verletzt. Schnell sind

Pete und Malony bei ihnen, nehmen ihnen die Colts ab, fesseln die Banditen und binden sie mit einem Strick zusätzlich zusammen. Dann schaut Pete sich die Verletzungen an.

„Ihr habt Glück gehabt", sagt er zu den Banditen, „ihr seid aus Mexiko?" Pete erhält keine Antwort, nur leises Stöhnen ist zu vernehmen. „Wer ist der Anführer?" will Pete wissen. „Das bin ich Senior", meldet sich einer der Banditen, „ich bin Pedro Gonzales und bin ein Riesenrindvieh. Niemals hätte ich auf ihren Trick hereinfallen dürfen." „Was habt Ihr gewollt?" will Pete jetzt wissen. „Das sagen wir nicht, Mister Chandler", brummt Gonzales. „So, sie kennen meinen Namen? Dann wissen sie auch, wer der andere Gentleman ist?" „Selbstverständlich, das ist Senior Colonel Malony. Ihr müsst uns Mexikaner nicht für dumm halten, wir wissen viel mehr, als ihr Yankees glaubt." „Davon bin ich überzeugt", antwortet Pete, „und für dumm halten wir euch bestimmt nicht, Gonzales, eher schon für schwer kriminell. Ihr wolltet uns kidnappen, habe ich recht?"

„Ich sage jetzt gar nichts mehr, " sagt Gonzales. Er hat wohl gemerkt, dass er schon viel zu viel gesagt hat und schweigt ab sofort eisern. Pete kümmert sich um die Verletzungen, verbindet die Einschüsse, kann aber feststellen, dass keiner von den Mexikanern lebensgefährlich verletzt wurde. „Wir müssen jetzt eure Pferde holen", sagt Pete ohne auf eine Antwort zu warten, „und dann machen wir gemeinsam einen kleinen Ausflug zum Fort Chandler. Zu Malony sagt Pete: „Bis dahin haben wir genügend Zeit, um über den Vorfall nachzudenken. Ich glaube, Colonel wir müssen uns auf ein ganz neues Verbrechen einstellen. Das hat schwerwiegende Folgen für die Geheimhaltung und für den Personenschutz. Heute haben wir jedenfalls großes Glück gehabt.

Zweimal wird uns das nicht gelingen." Am Abend erreichen Pete und Malony Fort Chandler und ein ereignisreicher Tag geht zu Ende. Die Soldaten im Fort sitzen in Gruppen zusammen und diskutieren sehr ernsthaft, was sich in Zukunft wohl ändern wird. Sie kommen zu dem vorläufigen Schluss, dass in Zukunft wohl mehr Soldaten gebraucht werden, jedenfalls nicht weniger.

Am nächsten Tag besprechen Malony und Pete die allgemeine Lage im Bereich des Forts Chandler. Sie besichtigen die Einrichtungen und besprechen Pläne für die Zukunft. Die Forts müssten miteinander verbunden werden. Auf einer neuen Straße von Stockten zur mexikanischen Grenze kann Fort Chandler demnächst sehr gut mit einem Automobil erreicht werden. Der Regimentskommandeur hält es aber auch aus Sicherheitsgründen für erforderlich, zusätzlich eine Straße entlang der Grenze zu Mexiko am Rio Grande entlang zu bauen. Die fünf Forts wären dann schneller und leichter bis El Paso zu erreichen. Pete verspricht, sich um dieses Projekt zu kümmern. Er erläutert bei dieser Gelegenheit dem Regimentskommandeur auch die Pläne für ein neues Transportfahrzeug. Mit denen kann bequem eine ganze Kompanie mit samt Gepäck und Ausrüstung transportiert werden. Der Kommandeur ist begeistert und will beim Oberbefehlshaber den Bedarf vortragen.

Der Colonel will noch im Fort bleiben, während Pete zurück muss, da die Familie Chandler sich auf der Ranch treffen will. Der Colonel besteht darauf, dass Pete von vier seiner Soldaten begleitet wird.

Na, Opa, wie gefällt dir das?

Auf der Chandler Ranch herrscht große Freude. In kurzem Abstand haben sich bei den drei jungen Paaren Enkel eingestellt: Robert, Randy und Jessica. Jeff und Rose sind glücklich. Die gesamte Familie mit allen Eltern, Schwiegereltern und Geschwistern trifft sich für ein paar Tage auf der Chandler Ranch zu einem Familientreffen. Es sind immerhin dreizehn Personen, die jetzt das Wohnhaus bevölkern und für Abwechslung sorgen schon die drei Enkel, die zurzeit auf dem Vorplatz versuchen, mit Lassos Kälber einzufangen.

Einige der anwesenden Cowboys halten sich die Bäuche vor Lachen, versuchen sich als Lehrmeister und wenn auch sie das Kalb verfehlen, lachen die Kinder und feuern mit Begeisterungsrufen die Kälber an. Jeff Chandler steht auf der Veranda und schaut schmunzelnd dem lustigen Treiben zu. Rose hat sich neben ihn gestellt und schaut ihn verschmitzt an. „Na, Opa, wie gefällt dir das?" Jeff schaut sich nach beiden Seiten um und antwortet: „Ich suche die Oma, die zu eurem Opa gehört. Hast du eine Ahnung Rose, wo die ist?"

„Schelm", sagt Rose, „damit habe ich nicht das geringste Problem, du doch auch nicht. Schau dir nur unsere Enkel an, einer hübscher, als der andere und Jessica wird eine Schönheit. Das sehe ich schon jetzt." „Sie hat ja auch eine schöne Oma", schmunzelt Jeff, „Rose, du bist die schönste Frau, die ich je gesehen habe. Die Natur ist brutal. Wenn man sich verliebt, dann gibt es keinen Ausweg mehr, kein Zurück. Der Mann ist verloren, wenn ihm das passiert." „Meinst du, das ist mit uns Frauen anders, Jeff?" „Gott sei Dank, Gleichberechtigung", knurrt Jeff, „was wohl aus denen wird?"

„Erst einmal glückliche Kinder, Jeff. Das ist das Wichtigste. Alles andere kommt von alleine. Das war bei unseren Kindern doch auch so, und alle sind doch gut geraten, oder? Unser Pete kann einmal ein berühmter Mann werden, wenn er so weiter macht." „Pete erstaunt mich immer mehr, Rose. Er ist so überlegen und baut mit größter Selbstverständlichkeit ein bedeutendes Lebenswerk auf. Wohin das einmal führt, wissen wir beide noch nicht. Aber ich habe auch das Gefühl, dass wir uns noch eines Tages über Pete wundern werden. Er ist beliebt und wird geachtet."

„Aber er hat auch Neider, Jeff. Das macht mir am meisten Sorgen. Stell dir vor, was um ein Haar hätte passieren können, als er mit Colonel Malony zum Fort unterwegs war." „Ja, aber Pete ist auch ein richtiger Westler. Er steht Ron dabei in nichts nach. Das hat sich damals schon gezeigt, als Ron und Pete gegen die Bande in New Mexiko vorgegangen sind. Ein guter Westler musst du sein, sonst hilft dir niemand. Hier in Texas zählt nicht nur Intelligenz. Du musst auch deinen Mann stehen, wenn es hart wird. Beide haben das und das macht mich stolz auf unsere Söhne und hoffnungsvoll, dass sie ihr Leben meistern." „Und sie halten zusammen, " sagt Rose, „das kann ihnen niemand nehmen."

Während die Kinder noch draußen herumtoben, man ist zum Kälberreiten übergegangen, versammelt sich die Familie im großen Wohnraum. Alle sind gekommen, auch die Davis und Fairfields, und Jeff beginnt das Gespräch. „Ihr glaubt gar nicht, wie sehr Rose und ich uns freuen, dass ihr alle gekommen seid", beginnt er, „wir glauben, dass wir das regelmäßig tun sollten und kommen auch gerne zu euch", sagt er zu Mike David und Thomas Fairfield gewandt, „man kann sich ja auch einmal in Sandy Mill treffen. Dort ist es wunderschön. Man glaubt gar nicht mehr in Texas zu sein, so wundervoll ist die Landschaft. Es gibt eine Menge zu beraten, während draußen im Hof die Zukunft herumtobt.

Ron hat ein paar Wünsche, die Genossenschaft betreffend. Maggie und John fühlen sich mit zwei Ranches ziemlich ausgelastet und Pete braucht, glaube ich, Unterstützung bei seiner Automobilfirma. Ich fürchte, dass die Familie immer noch nicht groß genug ist. "

Die Geschäfte fordern viel Zeit und Energie und der Familienrat verschafft sich einen Überblick über den Stand der Dinge. Man legt eine Aufgabenteilung fest. Auch Thomas Fairfield wird weitere Aufgaben in der Genossenschaft übernehmen und damit Ron Chandler entlasten. John Simons wird den Aufbau des Automobilhandels übernehmen, ein neuer Vormann wird gebraucht. Nick Carsson könnte Vormann auf der Davis Ranch werden, nachdem Shorty Chester sich gut als Vormann in Sandy Mills macht. „Dann brauchen wir aber einen neuen zweiten Vormann auf der Chandler Ranch", sagt Ron, „wenn jemand einen kennt, nehme ich Vorschläge gerne entgegen."

Die Familie sorgt sich um Pete, der im Augenblick auf sehr vielen Hochzeiten tanzen muss. Pete sieht das aber noch nicht tragisch, da die Verkehrsmittel Eisenbahn und Automobil die vielen Reisen doch sehr vereinfachen. Er macht sich aber Sorgen um die Sicherheit der Familie und erklärt das auch.

„Wir müssen den Zwischenfall in den Bergen sehr ernst nehmen", erklärt Pete, „das war kein Zufall, sondern der Beginn einer neuen Form von Kriminalität. Auch die Gangster werden aus ihrem Versagen lernen und künftig noch raffinierter, vor allem diskreter vorgehen. Ob es uns nun gefällt, oder nicht, wir alle sind in Zukunft gefährdet, auch und vor allem die Kinder. Kidnapping hat das Ziel,

Lösegelder zu erpressen und da brauche ich euch wohl nicht zu erklären, warum wir als Familie ganz oben auf der Wunschliste der Gangster stehen. Organisiert wird das alles in Mexiko und das macht die Sache besonders schwierig."

„Soll das heißen, dass wir in Zukunft auch die Kinder schützen müssen?" fragt Maggie. „Ja", sagt Pete, „ohne Wenn und Aber. Ich kann es nicht ändern. Die Lage ist nun einmal so." „Und was bedeutet das?" fragt Eleonore Fairfield. „Das bedeutet, dass wir in Zukunft besonders wachsam sein müssen", erklärt Jeff Chandler, „wir müssen unsere Wohngebäude schützen, nur noch mit Begleitmannschaften unterwegs sein und wir müssen unseren Kindern Begleitpersonen mitgeben, wenn sie die Ranch Gebiete verlassen wollen." „Dann brauchen wir mehr Leute", sagt Ron. „Richtig", sagt Jeff, „und wir werden uns sofort darum kümmern. Wir hätten das schon tun müssen, nachdem die Farm von Thomas und Eleonore überfallen worden ist. Aber das waren noch Banditen alter Art. Mit der neuen Kriminalität ist nicht zu spaßen." „In Stockten bieten mittlerweile auch Farbige aus dem Osten ihre Dienste an", sagt Maggie, „das sind sicher keine Cowboys, aber gutes Personal für Haus und Hof. Wir sollten auch denen eine Chance geben."

Der Familienrat will diese Treffen einmal im Jahr abhalten und sich so bei den vielen Geschäften besser abstimmen und natürlich zusammen sein. Nach dem Gespräch wird gut gegessen und die Bar geöffnet. Am nächsten Tag geht man wieder auseinander. Die Kinder sollen anschließend noch einige Zeit bei Jeff und Rose bleiben, da die jungen Eltern im Augenblick viel zu tun haben. Der Familienrat wird im Laufe der Zeit immer wichtiger werden, denn die Großfamilie Chandler, David, Fairfield und Simons hat alle

Weichen gestellt, um in Texas eine einflussreiche Dynastie zu werden.

Kann es sein, das dein Hengst grinst?

Ron und Pete nutzen das Treffen des Familienrates, um wieder einmal zusammen zur Herde am Pecos Valley zu reiten. Sie brauchen einfach diese gemeinsame Zeit, um vieles zu besprechen und um alte Erinnerungen aufzufrischen. Vor allem aber wollen sie den Kontakt zur Wirklichkeit und zum Ranch Betrieb nicht verlieren. Diese gemeinsamen Ausritte sind das Schönste, was beide sich vorstellen können und sie wollen auch in Zukunft nicht darauf verzichten.

„Na, Bruderherz, wie fühlst du dich?" fragt Ron und gibt seinem Pferd einen leichten Klapps auf den Hals. Pete schiebt den Hut in den Nacken, lächelt und sagt: „Es gibt nichts Schöneres, ich könnte auf alles andere verzichten". Beide unterbrechen den Ritt im Schatten einer Gruppe höherer Büsche und gönnen sich eine Pause. Pete hat sich gleich lang hingelegt und die Arme hinter dem Kopf verschränkt. „Wozu machen wir das alles bloß, Ron, wir haben das doch eigentlich gar nicht nötig. Mit unserer Ranch allein kämen wir doch prima klar." „Das sagst ausgerechnet du?" erwidert Ron etwas verwundert. Auch Ron hat sich hingelegt und die Arme vor der Brust verschränkt. Den Hut hat er über das Gesicht geschoben. Es entsteht eine Pause und beide hängen ihren Gedanken nach.

„Vater macht mir Sorgen", sagt Ron unvermittelt, „er hat hin und wieder leichte Schwächeanfälle. Er versucht das zu überspielen und glaubt wohl, wir würden nichts bemerken." „Wann war das?" „Neulich waren wir unterwegs nach Stockten", fährt Ron fort, „da machten wir eine Rast, so wie jetzt, und Vater musste sich an einem Baum festhalten, um nicht umzufallen. Ich versuchte, ihn zu stützen, aber da wurde er unwirsch und sagte mir, es sei nichts, es sei vielleicht etwas zu heiß und die Sonne mache ihm zu schaffen. Kennst du einen guten Arzt, Pete?" „Ja, in Austin gibt es einen sehr guten Arzt, Doc Sullivan. Über den erzählt man sich Wunderdinge. Sullivan soll eine ganz große Nummer in Boston gewesen sein, hat sich aber aus irgendeinem Grund in den Westen nach Texas abgesetzt. Aber, wie kriegen wir Pa zu ihm?" „Ich mach das schon", sagt Ron, „ich werde Pa unter irgend einem Vorwand mit nach Austin bringen und dann gehen wir einfach mit ihm zu diesem Doc Sullivan. Er wird uns schon nicht den Kopf abreißen, wenn er dahinter kommt, was wir mit ihm veranstalten. Hauptsache ist, dass er überhaupt zu einem Arzt geht."

„Das ist gut, Ron. Ich könnte Doc Sullivan schon einmal vorwarnen. Wir sollten aber nicht zu lange damit warten." „Nächste Woche muss ich wegen der Genossenschaft nach Austin", sagt Ron, „dann bringe ich Pa mit. Einen Grund finde ich leicht." „Vielleicht sollten wir ihm auch vorschlagen, dir die Leitung der Ranch zu überlassen", sagt Pete. „Immer langsam, Pete, das kommt später. Erst einmal müssen wir mit Pa zum Arzt. Dann sehen wir weiter. Wir müssen mit Ma darüber sprechen. Sie macht uns sonst Vorwürfe." „Zu Recht, vielleicht kann sie uns ja helfen, Pa nach Austin zu bekommen. Wollen wir noch weiter zum Pecos River oder bleiben wir hier und übernachten dort unter den Büschen?" Ron denkt einen Moment nach und schaut dann lächelnd zu Pete: „Die Rinder müssen wir ja wohl nicht zählen und die Jungs reden meist doch nur dummes Zeug. Lass uns hier bleiben, hier ist es genau so schön, wie anderswo und den langen Ritt können wir uns auch schenken." „Sehr gut", brummt Pete, "dann kümmere ich mich schon mal um das Essen und du kannst uns mal einen Whiskey spendieren. Schau mal die Pferde an, Ron, das gibt es doch gar nicht, die haben längst gemerkt, dass wir nicht weiter reiten wollen. Kann es sein, das dein Hengst grinst?"

Ron schaut zu den Pferden, schaut zu Pete, dann wieder zu den Pferden: „Ich glaube ich spinne, du hast Recht Pete, dieser Teufelskerl freut sich auf das Ende der Schinderei. Der kann was erleben. Wo kommen wir denn hin? Pass mal auf Pete, der kann was erleben." Ron springt auf und läuft auf seinen Hengst zu. „Auf geht's", ruf er, „komm hoch, weiter geht's!" Der Hengst ist aufgesprungen und tänzelt auf der Stelle. „Ist ja gut", beruhigt ihn Ron und nimmt den Sattel ab. „Für heute ist Schluss, alter Knabe. Ron nimmt auch der Stute den Sattel ab und beide Pferde drehen noch eine Ehrenrunde, bevor sie es sich gemütlich machen.

Das ist hier wie eine Schlangengrube, da kann man niemandem trauen

Pete und Sue befinden sich seit einigen Tagen in Philadelphia. In wenigen Tagen beginnt die nächste Periode der Sitzungen des Parlaments. Zunächst noch in Philadelphia, später im Jahr dann in Washington. Sie haben ein schönes Haus in der Nähe des Hafens gefunden und besichtigen die Räume. Es müssen noch einige Möbel gekauft werden, Personal muss gefunden werden. Tochter Jessica durchstreift das Haus und die Räume. An die neue Umgebung muss sich die Familie noch gewöhnen.

Adrian Goodrich, der Präsident des Parlaments und seine Frau Angy sind zu einem ersten Willkommensbesuch erschienen. Sie interessieren sich für die Familie, geben Ratschläge und bieten ihre Hilfe für das Einleben an. Das Abenteuer als Abgeordneter in Philadelphia hat begonnen.

Pete und Sue haben Adrian und Angy Goodrich in einen kleinen Raum gebeten, der großzügig verglast ist und einen Panoramablick auf den Hafen bietet. Dieser Raum ist schon eingerichtet und sie haben Platz genommen. Frau Goodrich ist begeistert: „Entzückend", ruft sie aus, „was für ein gemütliches Haus. Und dieser Blick auf den Hafen, Adrian, schau nur. Ich glaube, hier könnte ich den ganzen Tag verbringen. Was für ein Leben im Hafen. Das war mir gar nicht bewusst, was für ein Betrieb hier herrscht." „Das ist der Hauptumschlagplatz für alle Transporte in den Osten und nach Europa, meine Liebe", erklärt Adrian Goodrich seiner Frau. „Und was wird hier so umgeschlagen?" will Angy Goodrich jetzt wissen. „Alles, einfach alles. Wir verschiffen Rindfleisch aus Texas in Konserven aus Virginia, Baumwolle aus den Südstaaten, Leder, Früchte und Weizen, demnächst auch Erdölprodukte nach Europa und von dort kommt alles, was wir brauchen, zum Beispiel: Holz, Stahl, Maschinen, Automobile, schöne Möbel, Porzellan und dein Klavier."

Jetzt mischt Pete sich ein. „Gnädige Frau", sagt er, „der Handel über See wird für uns immer mehr an Bedeutung gewinnen. In Texas haben wir gewaltige Rindermengen mit tausenden und abertausenden von Tieren, die wir in die Fleischfabriken in den Osten mit der Eisenbahn transportieren und das Corned Beef wird in Europa stark nachgefragt. Das ist etwas ganz Besonderes dort. Wenn wir Fleisch in Zukunft auch besser konservieren, werden auch die Steaks eine große Nachfrage erzeugen. Wenn die Produktion unseres Erdöls aus Texas weiter so wächst, dann werden wir auch große Tankschiffe brauchen, denn das Erdöl wird weltweit benötigt, und wir haben zu viel davon."

„Ich bin beeindruckt", Mister Chandler", sagt Frau Goodrich, „ich glaube, sie werden ein sehr guter Politiker werden und sie, liebe Frau Chandler, werden ihren Mann sicher gut unterstützen. Das ist sehr wichtig, wissen sie? Aber das werden sie schon bald merken, dass unsere Männer sich hin und wieder den Ärger von der Seele reden müssen und dann sind wir an der Reihe. Neulich, kann ich ihnen sagen, da kam Adrian so was von geladen nach Hause. Ich dachte er steht kurz vor einem Tobsuchtsanfall, weil er unseren Dackel zum ersten Mal getreten hat. Das arme Tier rollte quer über den Teppich. Das macht er sonst nie, weil er den Dackel abgöttisch liebt, aber als der Hund vor ihm Männchen machte, da war seine Geduld zu Ende, da musste er sich einfach Luft verschaffen. Ich bin ja nur froh, dass ich kein Männchen vor meinem Mann gemacht habe. Wer weiß, was dann wohl passiert wäre?" sagt sie lachend und alle, außer Adrian Goodrich, stimmen in das Gelächter ein. „Liebling", sagt dieser etwas irritiert, „ich glaube nicht, dass das unsere jungen Freunde interessiert."

In der Zwischenzeit war von einer jungen Farbigen Tee serviert worden. Nachdem das Mädchen den Raum verlassen hat, sagt Angy Goodrich an Sue gewandt: „Das finde ich schön, dass sie eine Farbige eingestellt haben. Die armen Dinger müssen ja auch eine Arbeit haben. Wenn sie hier nichts finden, landen sie womöglich auf den Baumwollplantagen oder sonst wo."

„Mister Chandler", sagt Adrian Goodrich jetzt an Pete gewandt, „die politische Arbeit hier hat so ihre Tücken. Das werden sie noch merken. Das ist hier wie eine Schlangengrube, da kann man niemandem trauen. Viele wirtschaften in die eigene Tasche oder vertreten völlig undurchsichtige Interessen. Sie können niemandem trauen, auch nicht den Parteifreunden. Im Gegenteil, das sind die Schlimmsten. Bei denen setzt man normalerweise ein gewisses Vertrauen voraus und genau das ist das Problem. Die Regierungsmitglieder sind die Schlimmsten. Der Verkehrsminister macht undurchsichtige Geschäfte mit den Eisenbahngesellschaften und sogar der Präsident, man mag es gar nicht glauben, hat einen Skandal mit der Waffenindustrie am Hals. Mein Gott, was soll aus diesem Land nur werden."

„Mister Goodrich", sagt Pete, „ich glaube davon schon einiges in Texas miterlebt zu haben, vielleicht nicht in diesen Dimensionen, aber auch da geht es schon ganz ordentlich um Interessen. Ich möchte mir aber zunächst noch den Glauben an einen gewissen Anstand in der Politik bewahren und ich setze voraus, dass es vor allem um das Interesse unseres Landes und seiner Bürger geht. Dafür sind wir gewählt." Goodrich schaut Pete väterlich, freundschaftlich an: „Das erinnert mich an meinen Anfang, Mister Chandler, mein Gott, was für Illusionen ich hatte. Ich wollte die ganze Welt verbessern. Ich bin aber immer noch davon überzeugt, dass man das immer noch kann. Entscheidend ist, dass man hinter die Dinge schaut und sich nichts vormachen lässt. Es gibt ja niemals jemand zu, welche wahren Motive er hat und auf der offiziellen Ebene lässt sich dann immer noch ganz gut agieren. Wenn ich weiß, was jemand will, kann ich das berücksichtigen und doch das richtige Ergebnis erzielen, manchmal vielleicht mit Abstrichen, aber immerhin im Sinne der Sache. Politik besteht ohnehin immer aus Kompromissen."

„Ich bewundere ihre Erfahrung, Mister Goodrich. Ich glaube, dass viele Politiker insbesondere durch zu lange Abgeordnetenzeiten sich zu sehr von den Realitäten entfernen und den Blick für die Wirklichkeit verlieren. Sie sind möglicherweise auch von ihrem Job abhängig, weil sie keine Alternativen haben. Diesen Fehler möchte ich vermeiden. Ich habe auch andere Möglichkeiten als Politik und ich werde Schluss machen, wenn ich Zweifel an meiner Arbeit bekomme." „Sehr gut", sagt Goodrich, „das ist die richtige Einstellung, Mister Chandler. Ich kann mich meiner Frau nur anschließen. Ich glaube, sie werden ein guter Politiker."

Angy Goodrich schaut jetzt gebannt auf ein Haus am Rande des Hafens, das rote Lichter führt und vor dem es sehr belebt zugeht. „Schau doch mal, Adrian, das ist ja merkwürdig. Was da wohl los ist. So viele Frauen und Männer und die gehen da ein und aus. Was machen die da?" Goodrich und Pete tauschen einen vielsagenden Blick. „Ich glaube, das ist eine Arbeitsvermittlung, meine Liebe", sagt er. „Um diese Zeit? Und wie die Frauen gekleidet sind, direkt freizügig würde ich sagen, was meinen sie, Frau Chandler?" Sue hat das Gespräch lächelnd verfolgt und wirft Pete jetzt einen verschmitzten Blick zu. „In Austin gibt es auch so ein Haus", sagt Sue, „ da spielen die Frauen und Männer Karten miteinander, hat der Sheriff mal erklärt. Aber so genau weiß ich das auch nicht und ehrlich gesagt, interessiert es mich auch nicht besonders. Wir sind ein freies Land und da kann jeder privat tun und lassen was er will, Arbeit suchen oder Karten spielen oder was sonst so." Pete schaut seine Sue liebevoll an und meint: „Das hast du gut erklärt, Sue."

„Jetzt müssen wir aber gehen", sagt Goodrich und steht unvermittelt auf. „Den ersten Besuch darf man nicht über Gebühr ausdehnen. Wir hoffen, sie bald auch bei uns zu haben und wir wünschen Ihnen beiden eine schöne und erfahrungsreiche Zeit in Philadelphia" und nach einer kurzen Pause mit Blick auf seine Frau fährt Goodrich fort: „und wenn ich ihnen noch einen guten Rat geben darf, schaffen sie sich besser keinen Dackel an."

Ich hätte auch nichts dagegen, wenn ein wenig Westernromantik dabei wäre

Eröffnungssitzung des neu gewählten Parlaments in Philadelphia. Präsident Adrian Goodrich eröffnet die Sitzung und die Legislaturperiode. Eine Militärkapelle ist angetreten mit Trommeln und Fanfaren und die Abgeordneten singen die Nationalhymne: „Hail, Columbia, happy land. Hail, ye heroes, heav' n born band." Pete ist wie die meisten Abgeordneten sehr angerührt vom Eröffnungszeremoniell und ihm wird auf diese Weise die Bedeutung des Augenblicks und seine neue Verantwortung sehr bewusst.

Dann begrüßt der Präsident alle neuen Abgeordneten, die zum ersten Mal in das Parlament der Vereinigten Staaten gewählt worden sind, jeden persönlich. Er findet auch sehr freundliche Worte über Pete Chandler, von dem er sagt, er sei der jüngste Abgeordnete des Hauses aller Zeiten und er wünsche ihm und allen Mitgliedern des Hauses viel Erfolg bei ihrer verantwortungsvollen Aufgabe, zum Wohle des Landes und seiner Menschen.

Dann wird Adrian Goodrich als Präsident wiedergewählt und hält eine erste richtungsweisende Eröffnungsrede. Er beschreibt die Situation des Landes, weist auf immer noch offene Wunden nach dem Bürgerkrieg hin, die möglichst bald überwunden werden sollten. Der Präsident mahnt die Abgeordneten, nunmehr die Rechte der farbigen Bevölkerung durch Gesetzgebung zu stärken und der Rassentrennung zu begegnen. Er schildert die Situation der Indianer, die sich gegen die Landnahmen der Siedler immer noch wehren, was immer wieder zu Aufständen führt. Er äußert sich besorgt über die Weidekriege in Neu Mexiko und die Kriminalität an der Grenze zu Mexiko. Das Land muss jetzt rasch durch Eisenbahnen und Straßenbau erschlossen werden, damit die neuen Staaten im Westen raschen Anschluss an den Osten finden. Die Industrie macht große Fortschritte, was sich auch auf der Weltausstellung in Chicago im nächsten Jahr zeigen soll. Er fordert das Parlament auf, diese Weltausstellung nach Kräften zu fördern und zu unterstützen und entlässt dann die Fraktionen des Parlaments zu ihren ersten gemeinsamen Sitzungen.

Pete Chandler hat sich der Fraktion der Konservativen Partei angeschlossen und erfährt in einer ersten Fraktionssitzung, welche politischen Ziele in den nächsten Jahren verfolgt werden sollen. Dabei geht es aber vor allem um Angelegenheiten der Oststaaten und der großen Städte, um Eisenbahnbau, um Angelegenheiten der Armee, um Waffenlieferungen aus Europa und um die Planungen, die neue Hauptstadt fertigzustellen, die Washington heißt. Ihm fällt auf, dass die neuen Staaten des Westens überhaupt keine Rolle spielen. Das irritiert ihn und er nimmt sich vor, mit seinen Kollegen darüber zu sprechen. Für die nächste Fraktionssitzung stellt er den Antrag, die Probleme der Staaten im Westen zu beraten. Für Texas möchte er die Situation darlegen. Der Antrag wird angenommen.

Der Fraktionsvorsitzende der Konservativen, Henry Bruebaker, hat Pete in sein Abgeordnetenbüro gebeten und bespricht mit ihm Petes Vorschlag. „Mister Chandler", beginnt Bruebaker das

Gespräch, „ich bin sehr froh, wieder einen jungen Abgeordneten aus Texas in der Fraktion zu haben. Sie haben vorhin natürlich Recht gehabt. Wir kümmern uns hier immer noch vor allem um die Probleme des Ostens und sehen weder die Probleme, noch die Chancen, die im Westen bestehen.

Unser Land wird sich in der Fläche mindestens verdreifachen und immer mehr Menschen kommen aus Europa zu uns. Das Land wird sich in den nächsten Jahren permanent verändern und wir müssen aufpassen, dass uns die Probleme nicht um die Ohren fliegen." „Ich danke ihnen, Mister Bruebaker", antwortet Pete, „ich meinerseits muss natürlich auch lernen, dass ein Abgeordneter für das ganze Land Verantwortung trägt. Aber das werde ich schon schaffen, obwohl mir natürlich Texas ganz besonders am Herzen liegt. Wissen sie, man hat das Gefühl, in Texas in einem weiten Land zu leben, mit viel Natur und wenigen Menschen. Unsere Ranch liegt zwischen dem Rio Grande und dem Pecos River, zwei Tagesritte braucht man von Süden nach Norden und drei Tagesritte von Osten nach Westen. Alles ist so weit, so unendlich fast, das merkt man erst, wenn man in eine Stadt wie Philadelphia kommt. Hier ist alles so geordnet, so eng zusammengedrängt, enorm viel Leben auf engstem Raum. Da muss man sich ganz neu orientieren und da verstehe ich schon, dass die anderen Abgeordneten, die Texas nicht kennen, überhaupt kein Verständnis für die Belange dieses riesigen Staates haben können. Vielleicht sollten wir immer einmal in Abständen mit kleineren Gruppen aus der Fraktion nach Texas reisen, zunächst nach Austin, aber dann auch in das Land, damit sie auch ein Gefühl für diesen faszinierenden Teil unseres Landes bekommen. Ich würde mich gerne darum kümmern." „Das ist eine ausgezeichnete Idee, Mister Chandler, ganz ausgezeichnet. Ich hätte auch nichts dagegen, wenn ein wenig Westernromantik dabei wäre, sie wissen schon, was ich meine, Lagerfeuer, Prärie, Herden und so weiter." „Das wird sich gar nicht vermeiden lassen, Mister Bruebaker, der Westen ist eine andere Welt. Er zieht jeden in seinen Bann, ob er will, oder nicht. Ich werde ein schönes, eindrucksvolles Programm organisieren. Ich tue dies gerne für die Kollegen, vor allem aber für Texas, meine Heimat, die bekannt werden soll und von deren Ausstrahlung ich natürlich zu tiefst überzeugt bin." "Toll, Mister Chandler, bei der ersten Reise möchte ich gleich dabei sein. Wir sollten gar nicht lange damit warten, eine Legislaturperiode ist schneller abgelaufen, als man erwartet. Ich freue mich, auf ihren Vortrag vor der Fraktion." Bruebaker hat sich erhoben und verabschiedet Pete mit einem kräftigen Händedruck. Der nächste Besucher wartet schon draußen.

Ja, dann liegen sie da und ihr Pferd wundert sich

Jeff Chandler und Ron sind in Austin und haben dies und jenes dort erledigt. Auch Pete ist gekommen und alle drei bummeln durch die Stadt. „Ich möchte nicht in einer Stadt leben", brummt Jeff, „ich brauche wohl immer einen weiten Blick und nur wenige Menschen. Rinder sind in Ordnung, die geben wenigstens keine Widerworte, die Cowboys schon eher. Aber die sind häufig auch nicht viel intelligenter und lassen sich schon etwas sagen. Aber in der Stadt fragt man sich, was die Leute hier so treiben. Sie sitzen in den Saloons herum, prügeln sich manchmal, kaufen irgendwelches nutzloses Zeug ein und lassen sich die Haare schneiden." Sie stehen jetzt vor einem Friseurgeschäft und schauen belustigt auf die Reihe von Friseurstühlen, wo Männer sich die Haare schneiden lassen. „Das machen wir schneller und billiger am Lagerfeuer", brummt Jeff und weist auf einen Stuhl, „von dem würde ich mir aber nicht das Messer an die Kehle setzen lassen, auch wenn er vorgibt, mich rasieren zu wollen." Sie schlendern weiter.

Am Ende der Hauptstraße kommen sie zum Haus von Doc Sullivan und Pete schlägt vor, zu einem kurzen Besuch beim Doc reinzuschauen. Jeff ist ahnungslos und begrüßt Doc Sullivan freundlich. Dieser fragt Jeff, wie es ihm gehe und ob er etwas für ihn tun könne. Jeff sieht keinen Grund dazu, erwähnt aber beiläufig, dass er schon einmal einen leichten Schwächeanfall hatte. Doc Sullivan untersucht Jeff, hört ihn gründlich ab, stellt einige gezielte Fragen und kommt zu dem Ergebnis, dass Jeff offensichtlich eine Herzschwäche hat.

„Damit sollte man nicht spaßen, Mister Chandler"; sagt Doc Sullivan, „das kann den stärksten Mann umhauen und das ohne Vorankündigung, jederzeit und an jedem Ort." „Ich war doch bisher kerngesund", wehrt sich Jeff, „für mich waren Docs bisher nur dazu da, Revolverkugeln aus unvorsichtigen Kerlen herauszuschneiden." „Mister Chandler", fährt Doc Sullivan geduldig fort, „wir alle werden älter. Unser Körper läuft die vielen Jahre wie eine Maschine, ohne Unterbrechung, zuverlässig und auf Höchstleistungen. Aber irgendwann wird jede Maschine einmal schwächer. Sie verschleißt und kann eines Tages die Anforderungen nicht mehr so treu erfüllen. Dann kann sie streiken, sie hält einfach an und zeigt ihnen, dass sie nicht mehr kann." „Und was passiert dann?" will Jeff wissen. „Du meine Güte, was dann passiert?" wiederholt Doc Sullivan etwas belustigt, „Ganz einfach. Sie fallen um, wenn sie Pech haben vom Pferd, wo sie gerade sind auf der Weide, in der Prärie oder im Canyon. Rums, runter vom Pferd, den Aufschlag spüren sie schon gar nicht mehr. Das ist schon eine Gnade."

„Und dann?" fragt Jeff lauernd. „Ja, dann liegen sie da und ihr Pferd wundert sich. Und dann kommt es darauf an." „Worauf kommt es an?" „Ob noch jemand bei ihnen ist oder ob sie alleine sind, mit ihrem Pferd meinetwegen." „Verflucht und wenn ich alleine bin, mit meinem Pferd?" „Das ist dann ganz schlecht", erklärt Doc Sullivan, „dann bleiben sie da erst einmal liegen bis man sie vermisst und möglicherweise sucht. Und dann kommt es natürlich wieder darauf an."

„Worauf kommt es an", fragt Jeff jetzt schon sichtbar ungeduldig, „mein Gott, Doc, lassen sie sich doch nicht jedes Wort aus der Nase ziehen." „Na ja, Mister Chandler, denken sie doch mal nach. Dann kommt es darauf an, ob sie jemandem gesagt haben, wo sie hin reiten wollten. Wenn sie gesagt haben, wohin sie reiten wollten, dann wird man sie gezielt suchen können. Wenn sie aber nichts gesagt haben, muss man sie auf ihrem ganzen Ranch- Gebiet suchen und das kann ganz schön lange dauern. Aber im Grunde genommen macht das auch nichts mehr aus."

„Und warum das nun wieder?" „Weil sie wahrscheinlich schon tot sind, wenn man sie findet. Sie werden dann nur etwas später begraben, Mister Chandler." „Sie machen einem ja Mut Doc und was schlagen sie vor, was ich jetzt machen soll?" „Ich dachte, das sei ihnen jetzt klar", referiert Doc Sullivan, „die Maschine schonen, kürzer treten, die Leitung der Ranch ihrem Sohn überlassen, mehr auf der Veranda sitzen, bei ihrer Frau, nicht mehr rauchen, keinen Whiskey mehr trinken, weniger reiten und nie alleine und schnell den nächsten Doc holen, wenn es doch passiert."

„Mehr nicht?" fragt Jeff sarkastisch, „das ist ja ganz einfach, Doc, bringen sie mich jetzt ganz vorsichtig nach Hause?" Doc Sullivan lacht laut auf und kann sich kaum noch halten: „Das ist wirklich einfach, Mister Chandler, es ist nur schwer umzusetzen, weil da die Einsicht mitspielen muss." „Das kann man wohl sagen", knurrt Jeff, „wozu soll ich noch älter werden, wenn ich nur noch auf der Veranda sitze und nicht einmal mehr Whiskey trinken darf?" „Ein Gläschen täglich verordne ich als Medizin", sagt Doc Sullivan, „mehr aber nicht. Sie wollen doch noch möglichst lange etwas von ihrer Familie haben, von ihrer Frau, ihren Söhnen und Enkelkindern und alles läuft doch trotzdem weiter, ohne dass sie sich Sorgen machen müssen. Außerdem unterstützen sie ihre Familie mit ihrer Erfahrung und werden sicher in alles einbezogen sein. Das ist doch auch ein schönes Leben, Mister Chandler." „Sie können gut reden, Doc. Trotzdem möchte ich ihnen danken. Sie haben mir wirklich die Augen geöffnet. Kann ich zu ihnen kommen, wenn ich einmal wieder in Austin bin?" „Jederzeit mit großem Vergnügen. Ich wusste, dass sie mich verstehen würden, Mister Chandler." Doc Sullivan und Jeff drücken sich die Hände und alle drei verlassen die Praxis von Doc Sullivan. "Ich komme demnächst vorbei und zahle die Rechnung, Doc", sagt Pete beim Hinausgehen, "und vielen Dank für die Lehrstunde. Ich hoffe, sie zeigt Wirkung."

Als sie wieder auf der Straße sind, fragt Jeff, ob das eine Falle gewesen sei. Ron und Pete erklären ihm, dass sie sich Sorgen gemacht haben und dies bestimmt keine Falle war. Dann möchte Jer Ron und Pete in die Pflicht nehmen, gegenüber Rose kein Wort zu sagen, was sich aber als unnötig erweist. Rose weiß schon Bescheid, sie kennt nur nicht das Ergebnis der Untersuchung, machen ihm Ron und Pete klar. „Hervorragend", brummt Jeff, „ich bin also der einzige Unwissende gewesen. Das kann nur noch besser werden."

Die drei schlendern jetzt zum Bahnhof, wo der Zug nach El Paso über Stockten und Chandler Station schon wartet. Ron und Jeff verabschieden sich von Pete, der demnächst mit einer Gruppe von Abgeordneten aus Philadelphia einen Besuch auf der Ranch machen möchte. Ron wird ein interessantes Programm vorbereiten, mit viel Texasatmosphäre für Leute aus dem Osten und Jeff wird sich von den Abgeordneten als texanischer Haudegen und Rinderbaron bewundern lassen müssen. Er wird sich manche, eindrucksvolle Geschichte einfallen lassen, aus den wilden vergangenen Jahren, die am Lagerfeuer erzählt werden müssen, mit viel Whiskey nur für die Gäste. Dann steigen Jeff und Ron ein und kurze Zeit später verlässt die Eisenbahn mit lauten Pfeifensignalen und einer eindrucksvollen Dampfwolke den Bahnhof von Austin. Pete winkt ihnen noch eine Zeitlang hinterher. Dann geht er zurück in sein Büro. Die Arbeit als Abgeordneter wartet auch in Austin auf ihn.

Der Sternenhimmel über Texas glitzert, wie selten und Texas entfaltet seine Wirkung

Eine Gruppe von Abgeordneten der Konservativen Partei ist unter Führung des Fraktionsvorsitzenden Henry Bruebaker in Austin angekommen. Hier werden sie von Pete Chandler in Empfang genommen und in das Abgeordnetenhaus von Texas geführt. Die örtlichen Abgeordneten der Konservativen Partei begrüßen die Kollegen aus Philadelphia im Parlamentsgebäude. Pete hält einen Vortrag über die aktuelle Lage in Texas.

„Herr Vorsitzender, Mister Bruebaker, ehrenwerte Abgeordnete der Konservativen Partei, ich möchte sie im Namen aller anwesenden Abgeordneten der Konservativen Partei des Abgeordnetenhauses von Texas herzlich willkommen heißen. Es ist uns eine große Ehre, sie hier in Austin zu haben, um sie in den nächsten Tagen über die Lage und über Probleme des Staates Texas zu informieren und ihnen unser schönes, geliebtes Land zu zeigen. Auch das Vergnügen soll nicht zu kurz kommen, denn Texas alleine bereitet uns täglich Freude und wir hoffen, sie in den nächsten Tagen ein wenig zu Texanern machen zu können. Bevor ich mit meinen Ausführungen beginne, möchte ich darauf hinweisen, dass der Gouverneur von Texas, Mister Abraham Duffee, und die Vorsitzenden aller Fraktionen dieses Hauses, sie im Anschluss zu einem Dinner eingeladen haben, mit texanischen Spezialitäten, versteht sich."

Pete spricht dann über die Lage in Texas. Er erklärt, welche Schwierigkeiten mit dem Eisenbahnbau verbunden sind und sagt: „Stellen sie sich bitte vor, dass jede Meile, jeder Fuß der Strecke vielfach über private Gebiete führt. Es ist immer äußerste Überzeugungskraft erforderlich, um das Einverständnis für den Streckenverlauf zu bekommen, gegen Ausgleichsflächen natürlich und auch die werden knapp." Dann schildert Pete das Problem der unterschiedlichen Vorstellungen von Ranchern und Farmern. „Die sind manchmal wie Feuer und Wasser, liebe Kollegen. Man glaubt gar nicht, über was erwachsene Männer sich manchmal ärgern können und was denen alles einfällt, um den jeweils anderen zu schikanieren. Da werden Wasserzuläufe umgeleitet, egal ob die Rinder verdursten. Es werden die Rinder über Felder getrieben und ganze Ernten vernichtet. Danach gibt es natürlich wilde Rachefeldzüge, Schießereien, Mord und Totschlag. Das sind die reinsten Kriege, immer mit dem Ziel, die anderen von ihrem Land zu vertreiben. Hier ist das Gesetz gefordert und natürlich die Politik."

„Und was tun sie dagegen?" ruft ein Abgeordneter Pete zu. „Reden, reden, reden, Herr Kollege, und möglichst überzeugen. Man muss ihnen vorrechnen, welche Schäden sie sich gegenseitig zufügen und dass sie massiv gegen Gesetze verstoßen, wenn sie damit nicht aufhören." „Reicht das denn?" möchte ein anderer Abgeordneter wissen?" „Nein", sagt Pete, „natürlich nicht. Wir haben hier einen anderen Weg eingeschlagen. Wir haben die Rancher und Farmer in einen Raum gesteckt und ihnen klar gemacht, dass sie gemeinsam untergehen, wenn sie nicht zur Besinnung kommen. Sie werden es kaum glauben, aber der Eisenbahnbau hat uns dabei sehr geholfen."

„Wie das?" kommt die nächste Frage aus dem Raum. „Ganz einfach", sagt Pete, „wir haben beiden Seiten klar gemacht, dass wir ab sofort unsere Produkte gemeinsam vertreiben müssen. Alles, was hier produziert wird, muss in den Osten transportiert werden, mit der Eisenbahn. Aber damit das funktioniert, haben wir eine gemeinsame Genossenschaft gegründet, die den Ranchern und Farmern ihre Produkte abnimmt, für den Transport sorgt und in den Städten des Ostens Verträge mit den Fabriken schließt." „Und funktioniert das?" wird gefragt. „Es funktioniert, Herr Kollege. Aus engstirnigen Einzelkämpfern sind über Nacht Unternehmer geworden, die die Sinnlosigkeit und den Schaden der Streitereien eingesehen haben.

Es werden Funktionäre gewählt für die Genossenschaft und man muss regelmäßig die notwendigen Entscheidungen gemeinsam treffen." Die Zuhörer sind begeistert. „Das ist ja ein Modell für das ganze Land, Mister Chandler. Das müssen wir im Parlament in

Philadelphia vorstellen. Wir brauchen möglicherweise eine begleitende gesetzgeberische Maßnahme, um die Regeln dieser Genossenschaften zu klären, damit die Rancher und Farmer auch Rechtssicherheit bekommen und sich in anderen Staaten auch so organisieren."

„Ausgezeichnet, Herr Kollege", sagt Pete, „wir werden ihnen in den nächsten Tagen einen Besuch bei der Genossenschaft ermöglichen und sie sollten die Gelegenheit nutzen, mit den ehemaligen Streithähnen zu sprechen. Sie werden überrascht sein, was sich da geändert hat." Pete spricht noch weitere Themen an, schildert die Situation der Herden am Rio Grande, wo aus Mexiko immer wieder Rinderdiebstähle stattfinden, weist auf die sich rasch entwickelnde Erdölförderung hin und den Bedarf an Transportmitteln und Straßen und endet mit der Feststellung, dass Texas sich in den nächsten Jahren dramatisch verändern werde. Dazu benötigt Texas aber das Verständnis und die volle Unterstützung der Regierung und des Parlaments in Philadelphia. Er bekommt freundlichen Beifall und lobende Worte von Henry Bruebaker. Nach einer Stadtbesichtigung geht es noch zu einem Essen mit dem Gouverneur und den Fraktionsvorsitzenden und anschließend mit dem Zug weiter zur Chandler Station, wo sie schon von Ron und den Männern der Chandler Ranch erwartet werden.

Für die Abgeordneten stehen Pferde und Kutschen bereit, jeder wie er will. Hinaus geht es zur Ranch, wo man am frühen Abend ankommt. Die Sonne steht noch knapp über dem Horizont und die Cowboys führen den Abgeordneten ein Programm vor. Rinder werden eingefangen und gebrannt, Pferde zugeritten und Wettschießen veranstaltet. Dann beginnt der gemütliche Teil am Lagerfeuer. Tische und Bänke sind aufgestellt, ein Ochse dreht sich am Spieß und Steaks werden gebraten. Dann erscheint Jeff Chandler. Der Chef der Ranch wird von den Abgeordneten mit großer Ehrerbietung behandelt und er erzählt im Laufe des Abends die Geschichte der Familie Chandler, vom Großvater über den Vater bis heute. Die Getränke gehen gut und Countrymusik begleitet die Gespräche am Lagerfeuer bis tief in die Nacht. Der Sternenhimmel über Texas glitzert, wie selten und Texas entfaltet seine Wirkung auf jeden der noch Gefühle für die Natur hat. Die Besucher sind begeistert und verbringen eine kurze Nachtruhe in eigens aufgestellten Planwagen, mit denen die Einwanderer vor Jahren gekommen sind. Am nächsten Tag geht es nach einem Besuch bei der Genossenschaft weiter mit der Eisenbahn nach El Paso, der Grenzstadt und den Abschluss bildet ein Ritt entlang des Rio Grande bis zur Bahnlinie, die über lange Strecken am Rio Grande entlangführt. Eigens für die Abgeordneten hält der Zug auf der Strecke und so geht es dann wieder zurück über Austin nach Philadelphia. Pete begleitet die Kollegen während der ganzen Reise, die von allen Teilnehmern als voller Erfolg gewertet wird und eines wird sich nach der Reise geändert haben. Jeder Abgeordnete, der teilgenommen hat, kennt jetzt Pete Chandler.

Diese Einflussnahme wird ein gefundenes Fressen für Gegner und Neider sein

Tim Bronson, Petes Partner, hat dringend um ein Gespräch gebeten. Beide treffen sich in Philadelphia im Restaurant Louis Lesieur's. Tim berichtet während eines gemeinsamen Dinners über die laufenden Geschäfte. Die Erdölförderung läuft bestens, viel ergiebiger, als angenommen. Mit dieser Exploration haben sie ein gewaltiges Reservoir gefunden, das außerordentliche Einnahmen verspricht. Das Problem ist jetzt der Transport.

„Das Erdöl muss zügiger nach Austin abtransportiert werden, um dort auf Kesselwagen mit der Eisenbahn nach Osten gebracht zu werden. Fahrzeuge für den Straßentransport gibt es jetzt, Kesselwagen auch. Was noch fehlt, sind Straßen. Der Straßenbau geht zu langsam. Die Regierung muss mehr Geld bereitstellen Pete, damit schneller gearbeitet werden kann. Wenn das so weiter geht, dauert der Bau von Austin nach Fort Worth noch zwei Jahre und wir ertrinken im Erdöl."

Pete hat gespannt zugehört und sieht seinen Partner Tim jetzt direkt an. „Ich habe das kommen sehen Tim. Darf ich dennoch daran erinnern, dass ich genau aus diesem Grund nur eine stille Partnerschaft akzeptiert habe? Du kannst dir gar nicht vorstellen, welche Zustände hier in der politischen Community gerade bei diesen Themen herrschen. Der Verkehrsminister, der Verteidigungsminister, ja, selbst der Präsident haben ihre Skandale mit zu starker Verbindung von Politik und Business. Das wird man mir auch vorwerfen. Hier bleibt nichts verborgen, glaub mir das bitte."

Tim drängt Pete dennoch, seinen politischen Einfluss geltend zu machen, damit der Staat mehr Geld zur Verfügung stellt. Er bietet Pete außerdem an, wegen der unerwarteten Vorräte in Sandy Mills, die Firmenanteile neu zu bestimmen. Pete soll 50 % Anteile an der Firma erhalten. Pete will sich das noch überlegen, hat aber schwere Bedenken, sich wegen der Staatsgelder zu stark zu exponieren. „Das wird nicht gut gehen", sagt er, „man wird mir schon bald schwere Vorwürfe machen, wegen Vorteilnahme im Amt. Jeder weiß doch, dass ich im Erdölgeschäft und im Straßenbau engagiert bin und diese Einflussnahme wird ein gefundenes Fressen für Gegner und Neider sein."

Tim versteht das, macht Pete aber klar, dass er sich entscheiden muss. „Wir tun das alles nicht nur für uns, Pete, sondern für das ganze Land. Auch andere Firmen, aber auch die Rancher und Farmer werden von den neuen Straßen Vorteile haben. Wie kann es Abgeordnete geben, die überhaupt keine Interessen haben. Selbst Cowboys in diesem Amt hätten Interessen an günstigem Pferdefutter und niedrigen Whiskeypreisen".

Pete lacht und stimmt dem Vorschlag von Tim Bronson schweren Herzens zu, geht aber davon aus, dass er möglicherweise die Konsequenzen dieser Aktivitäten tragen muss. „Wir haben gut laufende Geschäfte, Pete" sagt Tim jetzt versöhnlich, „zur Not steigst du ganz um in die Firmen, das bringt ohnehin mehr, als der bezahlte Ärger in der Politik. Komm Pete, wir wollen heute auch mal froh sein über die guten Nachrichten beim Ölgeschäft. Welchen Whiskey kannst du hier empfehlen? Erzähl mir etwas über eure Ranch und über eure drei kleinsten Chandlers. Die sind schließlich unsere Zukunft."

Diese Spur führte eindeutig nach Mexiko

Kaum ist Pete wieder in seinem Büro, erhält er eine dringende Nachricht von Sheriff Bud Hanson aus Stockton. Er soll so schnell wie möglich zur Chandler Ranch kommen. Etwas Schlimmes ist passiert. Sein Neffe John, Rons und Marilyns Sohn, ist entführt worden. Einzelheiten sind noch nicht bekannt.

Pete benachrichtigt sofort Tim Bronson und seinen Fraktionsvorsitzenden und fährt mit der nächsten Bahn zur Chandler Station, um von dort weiter zur Ranch zu fahren. Dort herrscht große Aufregung. Jeff Chandler hat fast der Schlag getroffen. Ihm geht es nicht gut und er muss liegen.

Was ist passiert? John, der 6-jährige Neffe von Pete, wurde unbemerkt von allen Anwesenden von der Ranch entführt. Man macht sich schwere Vorwürfe. Sheriff Hanson ist anwesend und hat eine Nachricht der Entführer dabei, die mit einem Messer an die Eingangstür der Bank in Stockton gesteckt wurde. Danach werden die Chandlers aufgefordert, ein Lösegeld in Höhe von einhunderttausend Dollars bereitzuhalten. Die Übergabebedingungen werden noch mitgeteilt. Wird das Lösegeld nicht bezahlt, wird John sterben müssen. Es ist noch völlig unklar, wer hinter der Entführung steht. Die Special Police wurde eingeschaltet und wird den Fall übernehmen.

Schon am nächsten Tag erscheinen drei Officer der Special Police und übernehmen die Ermittlungen. Alle Anwesenden auf der Ranch werden befragt, die Bank wird überprüft, Spuren werden gesucht. Captain Billy Cooper leitet den Fall, seine Helfer sind die Sergeanten Jim Collins und Fred Bowing, alle drei erfahrene und harte Polizeireiter. Captain Cooper führt ein langes Gespräch mit Ron und Pete Chandler und befragt beide nach den zurückliegenden Einsätzen in Mexiko, nachdem das Vieh gestohlen wurde und in New Mexiko, nach dem Pferdediebstahl bei den Fairfields. Kann es sich um einen Racheakt handeln? Gibt es andere Feinde der Familie? Waren Fremde auf der Ranch?

Pete berichtet dem Captain von dem Überfallversuch zusammen mit Colonel Malony. Diese Spur führte eindeutig nach Mexiko.

Captain Cooper macht klar, dass in diesem Fall auch der Special Police die Hände gebunden seien und sie kein Recht hätten, in Mexiko einzugreifen. Sie kann bestenfalls die Kollegen in Mexiko um Unterstützung bitten, hatten aber bisher keine Erfolge damit. Ron lässt keinen Zweifel daran, dass er die Befreiung seines Sohnes dann in die eigenen Hände nehmen werde. Daran werde er ihn nicht hindern können, lässt Cooper erkennen.

Die Ermittlungen ziehen sich hin. Nach zwei Tagen wird ein Mexikaner in Stockton erwischt, der eine Nachricht der Überbringer ausgerechnet an das Sheriff Office anbringen wollte. Die Special Police nimmt ihn in die Mangel und erfährt nach kurzer Zeit, wer der Drahtzieher hinter dieser Aktion ist. Es ist Estobar Cautillos, der mexikanische Rinderbaron und größte Vieh Dieb im Grenzgebiet. Es handelt sich demnach doch um einen Racheakt, wegen der vereitelten Aktion am Rio Grande. Ein weiterer Beweis besteht darin, dass die Freilassung der damals gefassten Mexikaner erpresst werden soll. Aus der Nachricht geht hervor, dass die Freilassung sofort erfolgen soll und die Geldübergabe durch Abwurf aus der fahrenden Eisenbahn an einem noch zu bestimmenden Ort am Rio Grande noch mitgeteilt werde. Sollten nicht beide Bedingungen erfüllt werden, wird mit der Ermordung von John Chandler gedroht. Das Problem für die Special Police ist da. Ron entscheidet sich, sofort zu handeln und seinen Sohn selber zu befreien.

Das Beste, was Texas zurzeit zu bieten hat

Es wird sofort ein Aufgebot zusammengestellt. Ron übernimmt die Führung. Pete, Mike Lannigan, Nick Carsson, Shorty Chester mit fünf Cowboys der Sandy Mills Ranch und weitere zehn Cowboys der Chandler Ranch sind dabei. John Simons reitet mit zehn Cowboys der Davis Ranch mit. Der Häuptling der Apachen hat seine drei besten Krieger geschickt: Schneller Adler, Wilder Büffel und Rote Feder sind exzellente Spurensucher und tödliche Waffen, vor allem bei Nacht. Das Aufgebot ist vierunddreißig Mann stark, schwer bewaffnet und das Beste, was Texas zurzeit zu bieten hat. Captain Cooper ist schwer beeindruckt und rät Ron aus rechtlichen Gründen, auf alle Fälle den mexikanischen Alkalden in Los Morteros einzuschalten. Ron meint, dass er dann Cautillos auch gleich selber warnen kann. Der Alkalde ist keine Spur besser als der Rinderbaron. Der Captain sieht keinen Grund, zu widersprechen, befürchtet aber schwere diplomatische Konflikte. Das eindrucksvolle Aufgebot setzt sich in Marsch, zunächst bis zum Rio Grande und dann auf kürzestem Weg nach Chihuahua. Besondere Tarnung ist nicht erforderlich. Man dürfte mit ihrem Kommen rechnen. Die Männer werden fast drei Tage benötigen bis Chihuahua.

Das Aufgebot reitet Tag und Nacht und legt nur kurze Ruhepausen ein, um etwas zu sich zu nehmen, ein kleines Nickerchen zu halten und vor allem die Pferde zu wechseln. Es werden ausreichend Ersatzpferde mitgeführt. Schließlich befindet sich das Aufgebot drei Meilen vor Chihuahua und legt einen Stopp ein. Die Taktik wird beraten. Es soll zunächst abgewartet werden, bis es Nacht ist. Die drei Indianer werden dann die Festung von Cautillos erkunden und versuchen, den Aufenthaltsort von John Chandler zu finden. Nach ihrer Rückkehr wird der weitere Einsatz festgelegt. Die Indianer bitten darum, dass sie es alleine machen dürfen, da sie sich untereinander blind verstehen. Ron stimmt zu. Es wird Nacht und die Indianer machen sich auf den Weg.

Der Mond scheint jetzt und bietet den Indianern optimale Bedingungen für ihren Einsatz. Sie stellen zunächst einmal fest, dass Cautillos in einer nahezu uneinnehmbar erscheinenden Festung lebt. Eine Mauer umgibt das Hauptgebäude, alles ist streng bewacht. Sie beobachten und lassen sich Zeit. Dann stellen sie fest, dass in einem Nebengebäude regelmäßig Bewegung herrscht. Dieses Nebengebäude ist besonders stark bewacht. Hier muss der Junge sein.

Dann hilft das Glück. Eine dicke Wolkenschicht verdeckt den Mond. Es wird finster. Das ist die Zeit der Indianer. Sie handeln schnell. Die Wachen nehmen sie gar nicht wahr. Geräuschlos werden die Wachen am Tor durch Messereinsatz erledigt. Dann huschen sie zum Nebengebäude und erledigen alle dort stehenden Wachen mit Messern ohne irgendein Geräusch. Nach einer weiteren Minute sind die Indianer im Nebengebäude, ist John Chandler befreit und die Indianer bereits auf dem Rückweg zum Lagerplatz.

Jetzt erst hört man Geräusche und Geschrei aus Cautillos Festung, so dass Ron glaubt, der Einsatz sei schiefgelaufen. Die Erleichterung ist unbeschreiblich, als die Indianer mit John auftauchen. John wird sofort in Sicherheit gebracht und dann erfolgt nach einer kurzen Besprechung die Abrechnung mit Cautillos.

Das Aufgebot entfaltet jetzt seine ganze Kampfkraft. Cautillos Festung wird umstellt. Von den Schusswaffen wird kompromisslos

Gebrauch gemacht. Jeder, der sich nicht in Sicherheit bringen kann, wird erschossen. In diesem Ortsteil von Chihuahua ist jetzt der Teufel los. Schüsse peitschen durch die Nacht, Treffer werden durch wildes Geheule angezeigt. Das Gebäude und alle Nebengebäude werden angezündet und brennen später bis auf die Grundmauern nieder. Cautillos und drei seiner Leute werden gefangen genommen und sollen in Texas vor ein Gericht kommen. Nach einer Stunde ist alles vorbei und das Aufgebot bereits auf dem Rückweg nach Texas.

Der Rest wird eine Angelegenheit der Politik und der Gerichte sein, denkt Ron. Das Wichtigste aber ist: Robert ist befreit. Den Jungen hat er vor sich warm verpackt auf dem Sattel und der lange Heim Ritt macht ihm nicht das Geringste aus. Die Männer nehmen jetzt Rücksicht auf den Jungen und auf die Gefangenen und legen ein etwas gemäßigtes Tempo vor. Die Zufriedenheit steht den Männern in die Gesichter geschrieben. So erreichen sie am nächsten Morgen den Rio Grande und sind nach Durchquerung des Flusses wieder in Texas und sogar auf dem eigenen Gebiet der Chandler Ranch. Sie werden dort schon von ihren Cowboys und von den Männern der Special Police erwartet. Alle sind erleichtert und begeistert. Die Gefangenen werden übergeben und man macht sich auf den Heimweg zur Ranch.

Leider geht es ihren Neidern gar nicht um die Sache

Pete ist zurück in Philadelphia und trifft sich dort mit dem Fraktionsvorsitzenden der Konservativen Partei, Henry Bruebaker. Dieser eröffnet Pete ohne Umschweife, dass sich gegen ihn etwas zusammenbraut. Es geht darum, dass sich Pete als erfolgreicher

Geschäftsmann für staatliche Mittel für den Straßenbau eingesetzt hat und man ihm Befangenheit und Vorteilsnahme im Amt vorwirft. Dies wird schwer zu widerlegen sein. Noch schlimmer aber ist die Tatsache, dass Pete an der Befreiungsaktion seines Neffen in Mexiko beteiligt war und dort ausgerechnet als Abgeordneter gegen die Hoheitsrechte des mexikanischen Staates verstoßen hat. Dass ein Abgeordneter der Vereinigten Staaten beteiligt war, hat zu einem ernsten, diplomatischen Konflikt mit Mexiko geführt. Bruebaker macht klar: „Pete, ich halte sie politisch für absolut integer und im Falle der Befreiung ihres Neffen hätte ich wahrscheinlich genauso gehandelt. Leider geht es ihren Neidern gar nicht um die Sache. Sie wollen sie stürzen, so ist das in der Politik. Im Übrigen könnte man fast jeden Politiker in dieser Weise vorführen, aber auch darum geht es hier nicht. Es geht in diesem Fall um sie, den man loswerden möchte. Eigentlich können sie stolz darauf sein, dass man sie für so bedeutend hält. Das ist aber nur ein schwacher Trost."

Pete erkennt die Ausweglosigkeit der Situation und erklärt gegenüber Bruebaker, dass er sich aus allen politischen Ämtern sofort zurückziehen und künftig nur noch seinem Privatleben und seinen Geschäften nachgehen werde. „Mister Bruebaker", sagt Pete, „ich habe mir das alles auch schon überlegt und bin daher nicht einmal mehr überrascht. Ich gebe gerne zu, dass ich mir die Politik so nicht vorgestellt habe und mit großen Illusionen angetreten bin. Das Deprimierende daran ist, dass all die guten Menschen, die mich jetzt verfolgen, selber nicht besser sind und dass man diesen nun das Feld überlassen soll. Wohin führt das wohl? Andererseits gibt es ja immer auch noch aufrechte und anständige Leute in der Politik und die werden sich hoffentlich auf

Dauer durchsetzen. Auf diese Leute setze ich mein Vertrauen. Ich danke ihnen für die kameradschaftliche Zusammenarbeit und für ihre offenen Worte. Ich werde jetzt zum Präsidenten des Abgeordnetenhauses gehen und meinen Rücktritt erklären. Ich wünsche ihnen und der Konservativen Partei alles Gute für die Zukunft." In der Philadelphia Post steht am nächsten Tag die Schlagzeile: „Pete Chandler, Abgeordneter aus Texas, tritt aus persönlichen Gründen zurück."

Der Herr hätte ja auch statt seiner irgendeinen Strolch abberufen können

Die Ereignisse der letzten Zeit waren wohl zu viel für Jeff Chandler. Er hat lange das Krankenlager erdulden müssen, schaffte es aber am Ende nicht mehr, in das Leben zurückzukehren. Jeff Chandler verstirbt in den Armen von Rose und wird in einer bewegenden Beerdigung auf dem kleinen Familienfriedhof der Chandlers beigesetzt. Viele sind gekommen, um Jeff Chandler, dem zweiten Familienoberhaupt in der Dynastie die Ehre zu geben. Die Familie ist vollständig anwesend und versinkt in tiefe Trauer. Eine Militärkapelle ist angetreten und spielt getragene Trauermusik.

Ein Reverend, der eigens aus Stockton gekommen ist, spricht bewegende Worte: „Liebe Trauergemeinde, liebe Familie Chandler. Das ist heute ein schwerer Tag für die Familie, für die Freunde und für den Staat Texas. Jeff Chandler hat uns verlassen und wir wissen nicht, warum der Herr, in seinem unerfindlichen Ratschluss es so entschieden hat. Der Herr hätte ja auch statt seiner, irgendeinen Strolch abberufen können, von denen allein in Stockton genug herumlaufen. Aber nein, der Herr hat jetzt Jeff Chandler zu sich gerufen. Es war seine Zeit. Worauf wir aber vertrauen dürfen ist, dass der Herr seinen treuen Sohn, Jeff Chandler, nicht ohne Grund jetzt zu sich gerufen hat, nachdem Jeff Chandler ihm und den Menschen dieses Landes sein Leben lang auch als hoher Offizier treu gedient hat. Jeff Chandler war bisweilen ein harter Mann, ja er war ein harter Mann. Aber er musste so sein, um das Lebenswerk seines Vaters und seines zu erhalten und fortzuführen. Wenn Jeff Chandler einmal einen Störenfried dieser Ordnung aus dem Leben schaffen musste – und das war manchmal unvermeidlich - dann war Jeff Chandler der Letzte, der das gut fand. Im Gegenteil, Jeff Chandler fand immer noch gute Worte am Grab dieser Menschen und er las dann aus der Bibel, was uns beweist, dass er im Grunde seines Herzens ein gläubiger Mann war, auch wenn er manchmal hart sein musste. Er wird nur seinem Herrn gegenüber Rechenschaft ablegen müssen und wir sind gewiss, dass seine Gesamtbilanz positiv ausfallen wird. Schaut euch um, was Jeff Chandler geschaffen hat und was er seiner Familie hinterlässt. Ist das nicht das Werk eines tüchtigen und rechtschaffenden Mannes? Seinem ältesten Sohn, Ron Chandler, würde er vielleicht raten: Bewahre das alles, sei hart, wenn es erforderlich ist, und bewahre die Bibel immer in deiner Satteltasche auf. Jeff Chandler wird immer in unserem Andenken bei uns sein, durch sein Lebenswerk und durch seine Kinder und Enkelkinder. Der Herr hat's gegeben, der Herr hat's genommen. Halleluja! Amen!"

Im Anschluss spricht noch der Gouverneur von Texas, Abraham Duffee, der dem Verstorbenen posthum die Ehrenmedaille des Staates Texas verleiht und auf den Sarg legt, dann spricht noch Colonel Randolph Malony und lässt die Verdienste von Jeff Chandler in der Armee der Konföderierten und später in der Armee der Vereinigten Staaten Revue passieren. Auch er verleiht dem Verstorbenen posthum die Tapferkeitsmedaille der Armee. Der Sarg ist geschmückt mit der Flagge der Vereinigten Staaten und die Militärkapelle spielt jetzt die Nationalhymne. Dann wird die Ehrenflagge der Armee sorgfältig gefaltet und von einem Offizier Rose ausgehändigt. Damit geht das Zeremoniell zu Ende.

Im Anschluss setzt sich der Familienrat zusammen und bespricht, wie es in Zukunft ohne Jeff Chandler weitergehen soll. Das Leben muss weiter gehen, die dritte Generation muss jetzt die Verantwortung übernehmen. Ron Chandler erhebt das Wort: „Meine Lieben", sagt er in gedämpfter Tonlage, „heute haben wir unseren lieben Vater zu Grabe getragen. Er wird in Zukunft nicht mehr unter uns sein, uns führen und anleiten und Verantwortung für uns tragen. Das müssen wir jetzt selber tun und das versprechen wir unserem Vater, hier und heute. Ich weiß, dass ich jetzt das Oberhaupt der Familie bin und diese Verantwortung lastet auf mir. Mit eurer Hilfe werde ich es aber schaffen. Ich weiß, dass Vater die Ranch besonders am Herzen lag und wir werden diese Verantwortung auch weiter in seinem Sinne tragen. Natürlich wird die Familie auch an anderer Stelle tätig sein und wir haben damit auch schon begonnen. Was ich aber heute festhalten möchte ist, dass wir das Herzstück von Vaters Arbeit und sein Erbe, die Chandler Ranch, pfleglich führen und dieses Haus in Ehren halten werden. Sollte es einmal als Wohnsitz der Familie nicht mehr in Betracht kommen, so soll es als Museum weitergeführt werden, für alle Zeiten."

Der Teufel soll sie alle holen. Mich sieht da keiner wieder

Das Jahr 1882 bringt eine Vielzahl von Änderungen im Familienleben der Chandlers. Pete hat sich mit seinem Geschäftspartner Tim Bronson in der Firmenzentrale in Philadelphia getroffen und die weiteren Ziele des Unternehmens abgesteckt. Pete wird sich in Zukunft nur noch seinen Geschäften und, soweit möglich, seinem Privatleben widmen. Tim und Pete beschließen, in das Erdölgeschäft noch tiefer einzusteigen. Sie wollen die ganze Wertschöpfungskette von der Exploration, über die Förderung, den Transport, die Weiterverarbeitung in Raffinerien, bis zum Verkauf der Erdölprodukte künftig nutzen. Sie gründen einen universalen Energiekonzern, den es jetzt mit aller Kraft aufzubauen gilt. Nach Erweiterung des Unternehmens, soll die Konzernzentrale nach Washington verlegt werden.

„Pete", sagt Bronson, „im Grunde genommen bin ich froh, dass es so gekommen ist. Sicher schmerzt dich der Abgang aus der Politik noch eine Weile, aber ein solches Unternehmen, wie wir es aufgebaut haben und noch aufbauen wollen, kann man nicht nebenbei oder gar alleine führen. Durch die Politik bist du landesweit bekannt geworden und du bist jetzt ein einflussreicher Mann. Das wird uns sehr von Nutzen sein."

„Ich danke dir", sagt Pete, „du hast natürlich Recht, man kann nur auf einer Hochzeit tanzen. Was mich allerdings betroffen macht, sind der Neid, die Hinterhältigkeit und Niedertracht in der Politik. Ich hätte so etwas nicht für möglich gehalten." „Pete, du bist auf der Ranch behütet aufgewachsen. Dort galt euer Gesetz und es gab keine Konkurrenz. Das ist in der Politik ganz anders. Für die meisten

Politiker ist die politische Karriere ihre einzige Chance zu Einfluss und Wohlstand zu kommen. Dazu müssen sie das Spiel beherrschen, den Wählern Märchen erzählen, Seilschaften bilden, Konkurrenten wegbeißen und ansonsten wie Ehrenmänner erscheinen, denen nur das Wohl des Landes am Herzen liegt. In Wirklichkeit verfolgen sie nur eigene Ziele und füllen sich die Taschen auf Kosten der Allgemeinheit. So läuft das eben." „Na ja, " sagt Pete, „das waren Lehrjahre in der Politik. Der Teufel soll sie alle holen. Mich sieht da keiner wieder." Tim lacht jetzt auf, schaut Pete skeptisch an und sagt: „Vorsicht Pete, sei da mal nicht so sicher."

Der Neid ist für anständige Menschen eine Auszeichnung, die er sich hart erarbeitet hat

Die Familie trifft sich erneut auf der Chandler Ranch. Man gedenkt des verstorbenen Jeff Chandler und genießt einige Tage im Kreise der Familie. Es hat sich weiterer Nachwuchs eingestellt. Drei Kinder sind hinzugekommen: Nina, Ken und Jeff, der Kleinste. Man überlegt, wie die sechs Kinder in Zukunft erzogen werden sollen, die älteren sind jetzt sechs Jahre alt. Sue schlägt vor, in Philadelphia, wo sie und Pete auch weiterhin wohnen werden, eine Privatschule zu gründen, die Sue leiten wird. Diese Schule soll alle jetzigen und künftigen Kinder und Enkelkinder aufnehmen und für andere ausgewählte Kinder ebenso offen stehen. Wichtig wird als nächstes die Auswahl geeigneter Lehrer sein und die Gründung des dazu gehörenden Internats.

„Man wird uns das in Zukunft als Elitenbildung vorhalten", sagt Pete. „Soll es ja auch sein", antwortet Sue, „aber was sollen wir denn machen? Sollen die Kinder verstreut an verschiedenen Orten aufwachsen und dort in die indiskutablen Bretterschulen gehen? Als Lehrer werden zeitweise arbeitslose Landstreicher beschäftigt, die teilweise weniger wissen, als die einzuschulenden Kinder. Das wäre eine Aufgabe für die Politik, für eine anständige Schulausbildung zu sorgen, damit die Kinder am Ende nicht dümmer werden, als ihre Eltern.“

Jetzt mischt sich Ron ein: „Wenn ich mir das genau überlege, ist das schon ein Wunder, was aus uns ohne eine Schule dennoch geworden ist. Wir hatten zwar hin und wieder Hauslehrer, oder Landstreicher, wie Sue sie nannte, aber irgendwie ist es doch gut gegangen.“

Rose, die bisher zugehört hat, kann sich jetzt aber nicht mehr zurückhalten. „Das ist ja wohl der Gipfel“, stößt sie empört hervor, „jetzt kommt wohl die Abrechnung mit den Eltern, was? Ihr müsst begreifen, dass wir in einer ganz besonderen Situation gelebt haben. Wir mussten das Land besiedeln, lebten einsam und in großen Entfernungen voneinander und mussten uns für unseren Nachwuchs etwas einfallen lassen. Das ist etwas ganz anderes, als in den Großstädten im Osten. Dort gibt es Schulen und alles, was das Herz begehrt. Dort gibt es übrigens auch Geschäfte, Friseure und Theater. Auf all das mussten wir hier natürlich verzichten. Deswegen gehören wir aber noch lange nicht zu den Analphabeten oder Kulturlosen. Wie oft haben wir beraten, wie wir unseren Kindern etwas Bildung beibringen könnten. Alle haben dabei mitgeholfen, Vater, Nancy und ich, sogar Mike Lannigan hat mitgeholfen, obwohl der nur etwas von Rindern und Whiskey verstand. Wir haben unser Wissen zusammengetragen, uns Bücher besorgt und hin und wieder auch einen Landstreicher beschäftigt, einer war übrigens ganz gut, war nur zu kurz hier. Irgendwie haben wir euch groß gekriegt und ich glaube, ihr seid ganz gut gelungen. So ganz nebenbei seid ihr auch Rancher geworden, ausdauernde Reiter und ihr versteht das Handwerk eines Ranchers sehr gut. Da kann euch niemand etwas vormachen. Ich würde das als Schule des Lebens bezeichnen. Natürlich kann das nicht immer so bleiben. Es können ja auch nicht alle Kinder und Enkelkinder Rancher werden. Gründet also eure Privatschule und macht das Beste aus euren Kindern, für die Meinung der Leute könnt ihr euch sowieso nichts kaufen. Der Neid ist für anständige Menschen eine Auszeichnung, die er sich hart erarbeitet hat. Das war auch Vaters Devise. In diesem Geiste haben wir euch erzogen. Jetzt macht etwas daraus."

Nach dem Familientreffen reisen Sue und Pete sofort nach Philadelphia zurück und Sue kümmert sich um den Aufbau der Privatschule. Sie hat Glück, denn sie findet in der Nähe ihres Wohnsitzes ein frei werdendes Haus mit Gartengrundstück und Nebengebäuden zu einem günstigen Mietpreis. Das Haus bietet nach kleineren Umbauten ausreichend Platz für Klassenräume, einen Versammlungsraum, ein Lehrerzimmer, eine Bibliothek, eine Küche mit Speisesaal und im Quertrakt des Gebäudes befinden sich ausreichend Zimmer für das Internat. Die bisherigen Besitzer wollen nach Kalifornien umziehen und so kann das Objekt günstig erworben werden. Nach knapp drei Monaten sind alle Arbeiten abgeschlossen und Sue kann die Schule eröffnen.

Dazu wird eine bescheidene Eröffnungsfeier veranstaltet, bei der auch ein Reporter des Philadelphia Chronicle anwesend ist. Die Nachricht am nächsten Tag lautet: „Erste Privatschule in Philadelphia. Sue Chandler eröffnet eine Privatschule mit Internat in Philadelphia. Sie möchte damit Eltern, die geschäftlich im ganzen

Land tätig sind, wie die Chandlers, eine Möglichkeit bieten, für eine gute Ausbildung ihrer Kinder zu sorgen." Diese Meldung hat zur Folge, dass sich in den nächsten Wochen fast täglich Eltern melden, die ein ähnliches Problem, wie die Chandlers haben. Dabei handelt es sich um Geschäftsleute, Politiker und Künstler. Sue muss, nachdem sie fünfzehn Kinder aufgenommen hat, einen Annahmeschluss machen. Mehr möchte sie dem Internat am Anfang noch nicht zumuten. Eine Vergrößerung wird erst möglich sein, wenn die Schule eine sichere Basis für ihr Angebot gefunden hat und das Konzept sich als erfolgreich erwiesen hat.

Wir müssen darauf achten, dass sich in die Kette der Erdölwirtschaft niemand dazwischen schieben kann

In der Konzernzentrale in Philadelphia besprechen Tim und Pete die zukünftige Arbeitsteilung. Pete wird sich um die Außenbeziehungen des Konzerns, um Kontakte zur Politik, um die Geschäftsentwicklung im In- und Ausland und um die Öffentlichkeitsarbeit kümmern, Tim wird die internen Kernaufgaben des Konzerns und seiner Firmen leiten. Beide sind sich einig, dass sie weitere Führungskräfte zur Unterstützung in allen Geschäftsbereichen brauchen werden. Sie wollen auf infrage kommende Kandidaten künftig stärker achten.

„Pete", sagt Tim Bronson, „ich bin von der Richtigkeit unseres Konzepts fest überzeugt. Wir müssen darauf achten, dass sich in die Kette der Erdölwirtschaft niemand dazwischen schieben kann. Wenn es uns gelingt, die Kette vollständig zu schließen, gewinnen wir eine marktbeherrschende Position und können die Preise bestimmen. Wir werden auch von niemandem abhängig sein. Konkurrenz entsteht bestenfalls durch Energiekonzerne, die sich ähnlich aufstellen. Das werden wir nicht verhindern können, aber man wird sich sicher auf die Marktanteile und auf Strategien einigen können."

Pete lässt sich mit der Antwort etwas Zeit. „Verstehe, ich überlege schon, was der Staat von einem derartigen Kartell halten wird. In Washington ist das überhaupt noch kein Thema und wenn es zum Thema wird, dann sollte es schon zu spät sein. Man kann sich dann ja immer noch auf den Standpunkt stellen, dass erst die Wertschöpfungskette zu günstigen Angeboten an die Abnehmer führt und dass der Markt und der Wettbewerb sich ja durch verschiedene Unternehmen ergeben wird, die sich ähnlich aufgestellt haben. Es kommt dann darauf an, sich nicht dem Vorwurf der Absprachen auszusetzen. Aber das ist weit in die Zukunft gegriffen, soweit sind wir ja noch gar nicht. Und – wie gesagt – in Washington ist das überhaupt noch nicht auf der Tagesordnung."

Tim nickt mit sichtbarer Zufriedenheit. „Dann ist ja alles in Ordnung, Pete. Mir geht da noch etwas im Kopf herum und das dreht sich um den Begriff Energie. Für mich ist das ein Sammelbegriff, der Erdölprodukte einschließt. Ich bin ja Ingenieur, wie du weißt, und bin es gewohnt, die Dinge auch im Kopf zu ordnen. Energie ist ebenfalls eine Wertschöpfungskette, die ihren Ausgangspunkt in der Sonne hat.

Das Erdöl, das wir aus der Erde holen, ist Sonnenenergie, die in Millionen Jahren in der Erde umgewandelt worden ist, es bleibt aber immer Sonnenenergie, wenn auch in anderer Form. Die Sonne ist auch Ausgangspunkt für alle anderen Entwicklungen und

Umwandlungen auf unserer Erde. Man könnte auch sagen, ohne Sonne, keine Energie und keine bewohnte Erde." „Interessant", sagt Pete, „und was bedeutet das für unser Geschäft?"

„Das bedeutet auch ohne Energie kein Leben, Pete. Wir müssen unseren Blick weiten auf den Energiebegriff und sollten uns nicht auf einen Teil der Energie, das Erdöl, beschränken. Energie ist der Rohstoff der Zukunft. Wir müssen einmal analysieren, in welchen Formen Energie erzeugt wird und wo und wie sie gebraucht wird." „Wer soll das machen?"

„Ich denke da an einen Wissenschaftler, Henry Russel, einen jungen Physiker, der seine Promotion jetzt abgeschlossen hat und wie ein Löwe im Käfig nach einer Betätigung sucht. Vorläufig beschäftigt man ihn an der Harvard Universität in Cambridge Massachusetts mit der Betreuung von Studenten. Wir sollten Russel einstellen und mit zukunftsweisenden Studien und dem Aufbau einer Forschungsabteilung beauftragen. Mit dem Energiethema könnte er gleich anfangen." „Mach das", sagt Pete, „Forschung bleibt aber dein Bereich. Ich bin gespannt, was daraus wird."

Tim Bronson bespricht mit Pete anschließend noch ganz offen die nahe Zukunft ihrer Partnerschaft. Tim hat keinen Nachwuchs und auch keine Nachfolger für seinen Anteil. Er bietet Pete an, dass er gegen eine Abstandszahlung oder als künftiger stiller Teilhaber in zwei Jahren aus dem Konzern aussteigen möchte. Pete wäre dann alleiniger Chef in allen Firmen und müsste sich rechtzeitig um eine geeignete technische Unterstützung kümmern. „Ich habe damit schon gerechnet", sagt Pete, „und ich werde dir ein faires Angebot für deinen Anteil machen, Tim. Ich bitte dich nur, nach deinem Ausscheiden noch eine Zeitlang mein Berater zu bleiben und mir bei der Suche nach einem geeigneten Nachfolger für deine Position zu helfen. Ich brauche einen Ingenieur. Dein Rat ist mir sehr wichtig."

Hier müssen wir aufpassen, dass wir dem Präsidenten der Vereinigten Staaten nicht die Schau stehlen

Die Hauptstadt der Vereinigten Staaten, Washington, ist fast fertiggestellt und hat jetzt alle bundesstaatlichen Einrichtungen aufgenommen, auch das Parlament. Pete und Sue werden einen weiteren Wohnsitz in Washington benötigen, der noch im Bau ist. Der bisherige Wohnsitz soll aber in Philadelphia erhalten bleiben, wo Sue auch die Privatschule und das Chandler Internat führen wird.

Die Jubiläumsfeierlichkeiten in Washington sind beeindruckend und zeigen der Welt, dass hier ein neues, bedeutendes Land entstanden ist, das sich in rasantem Aufschwung befindet. Jeder in Washington ist auf den Beinen. Paraden werden auf den neuen, breiten Alleen abgehalten, alle Museen sind geöffnet, Kongress und Senat können besichtigt werden und die Ministerien stehen für Besucher offen. Viele ausländische Gäste sind gekommen und staunen über die Stimmung im Land und über die erstaunlichen Leistungen seiner Wirtschaft. Die Vereinigten Staaten präsentieren sich als Land der unbegrenzten Möglichkeiten.

Die neue Konzernzentrale der Chandler Holding in Washington befindet sich ebenfalls noch im Bau und Pete besichtigt mit Tim Bronson die Baustelle. „Wir müssen aufpassen, Pete, dass wir die Baubestimmungen für Washington einhalten. Danach ist der

Kongress das höchste Gebäude in Washington." „Wir bauen in die Fläche hinein", bemerkt Pete, „und wir müssen noch ausreichend Baugrund für die Zukunft vorhalten. Der ist allerdings knapp im Distrikt Washington. Ich habe mir überlegt, dass wir noch ein weiteres Grundstück auf der anderen Seite des Potomac Rivers erwerben, dann könnte man in ferner Zukunft den Repräsentationsteil vom Verwaltungsteil des Unternehmens trennen. Der Teil des Distrikts, der auf der anderen Seite des Potomac liegt, soll an Virginia zurückgegeben werden und wird Alexandria heißen." „Lass uns so viel Baugrund wie möglich in Alexandria kaufen Pete, man kann ja nie wissen, was die Zukunft noch bringt."

Beide stehen jetzt vor dem Haupteingang der künftigen Zentrale und begutachten das Eingangsportal mit mächtigen Säulen und einem großzügigen Vorplatz. „Das gefällt mir", sagt Pete, „auch hier müssen wir aufpassen, dass wir dem Präsidenten der Vereinigten Staaten nicht die Schau stehlen, sonst fahren hier in Zukunft die Staatsgäste vor und nicht im Weißen Haus." Tim schirmt mit der Hand die Sonne ab, schaut auf das entstehende Gebäude und brummt: „Wahnsinn, Pete, ich als Ingenieur, fühle mich auf unseren Baustellen viel wohler. Dort kann man die Arbeit fühlen und riechen und verliert nicht das Gefühle für den Sinn unserer Tätigkeit". Nach einer kurzen Pause sagt Tim: „Dennoch freue ich mich auf meinen bevorstehenden Ruhestand, Pete. Ich habe mir vorgenommen, die Welt zu bereisen und mir all das anzuschauen, was ich bisher nicht sehen konnte. Ich freue mich auf die entlegensten Winkel der Erde und vielleicht werde ich ein Buch schreiben über meine Reisen. Schreibst du mir das Vorwort?" „Mach ich", antwortet Pete, „da werde ich mir einen passenden Text einfallen lassen. Tim, du wirst mir fehlen." Pete hat den Arm um Tims Schulter gelegt und weitere Worte wären jetzt überflüssig.

Es ist, als säßen alle in einem schnell fahrenden Zug, von dem man nicht mehr abspringen kann

Ungeachtet seiner umfangreichen Geschäftstätigkeiten, die er auch beibehalten muss, wird Pete als Senator des Staates Texas in den Senat der Vereinigten Staaten in Washington gewählt. Die alten Geschichten scheinen in Vergessenheit geraten zu sein. Die politischen Freunde der Konservativen Partei möchten einen so erfolgreichen und einflussreichen Mann wie Pete, als Senator für Texas in Washington haben.

Erschwert wird die Aufgabe durch das Ausscheiden Tim Bronsons, für den es noch keinen Ersatz gibt. Pete beruft seine Schwester Maggie in die Konzernspitze. Maggie wird die Konzernzentrale in Washington führen, John Simons, ihr Mann, führt weiterhin die Automobilbranche des Konzerns in Austin. Das Familienleben wird für alle immer schwieriger. Die geschäftlichen und im Falle Petes auch die politischen Verpflichtungen beginnen, eine Eigendynamik zu entwickeln, der sich niemand entziehen kann. Es ist, als säßen alle in einem schnell fahrenden Zug, von dem man nicht mehr abspringen kann. Das Leben wird von Terminen bestimmt und es erscheint kaum noch möglich, dass sich drei Mitglieder der Familie einmal auf einen Termin einigen können. So werden auch die Familientreffen immer seltener, die Zeitabstände nehmen zu.

Immerhin geht es den Kindern gut. Sie leben gemeinsam im Internat mit Freunden und Rose, die Großmutter hat wie selbstverständlich eine Fürsorgerolle gegenüber den Kindern übernommen. Dazu wird sie nach Fertigstellung des neuen Anwesens nach Alexandria ziehen und ein eigenes Haus auf dem neuen Gelände der Chandlers beziehen. Von hier aus will sie sich künftig in den Ferien und an Wochenenden um die Kinder kümmern.

„Ich mache das nicht selbstlos", hat sie zu Pete gesagt, „natürlich macht mir das Freude und gibt dem Rest meines Lebens noch einen Sinn. Die Kinder brauchen ein Gefühl der Geborgenheit und sie sollen als Familie aufwachsen. Sie sollen schließlich all das, was ihre Eltern heute aufbauen, zusammenhalten und weiterentwickeln. Dazu wird jedes Mitglied der Familie gebraucht. Ihr Eltern müsst einen Weg finden, eurer Elternverantwortung nachzukommen. Das wird nicht ganz leicht sein bei euren Verpflichtungen, die ihr euch aufgeladen habt. Kommt, so oft es euch möglich ist zu den Kindern. Mein Haus steht euch offen und groß genug wird es auch sein. Ich weiß nicht, ob wir Erfolg damit haben werden, aber es ist der einzige Weg, der mir eingefallen ist und ich werde versuchen, meinen Beitrag zu leisten, solange es mir vergönnt ist. Schade, dass Jeff das nicht mehr erleben durfte. Er wäre sicher ein großartiger Opa gewesen."

Pete hat seiner Mutter aufmerksam zugehört und pflichtet ihr bei. "Ma", sagt er, "dass du dich so intensiv um die Kinder kümmern kannst, ist ein Segen für die ganze Familie. Natürlich fehlen mir die Kinder manchmal, aber es ist ein schönes Gefühl zu wissen, dass sie im Internat und außerhalb des Internats dann bei dir wohl aufgehoben sind."

Wir müssen Erdöl fördern und sind hier keine Landschaftspfleger

Das Familientreffen findet diesmal in Sandy Mills statt. Auch hier hat sich einiges verändert. Die Ranch wird mit großem Geschick von Shorty Chester geführt, der aus der Ranch einen Musterbetrieb gemacht hat. Das ursprüngliche Ranch Gebäude wurde vergrößert und einige Anbauten haben die Baufirma und die Häuserverwaltung aufgenommen.

Den See umschließt zu einem Viertel jetzt die kleine Stadt Chandler, in der vor allem die Arbeiter der Erdöl- und der Baufirma mit ihren Familien leben. Es gibt einige Geschäfte, einen Saloon, eine Bank, eine kleine Schule und eine Kapelle. Chandler hat einen Sheriff, einen Doc und eine Freizeitanlage am See, die vor allem von den Kindern genutzt wird, auch von den Kindern der Familie Chandler, wenn sie in Sandy Mills sind.

Robert, Randy und Jessica sind jetzt acht Jahre alt und für ein paar Tage mit Sue aus Philadelphia nach Sandy Mills gekommen. Nina, Ken und Jeff sind fünf Jahre alt und werden nächstes Jahr auch in das Internat wechseln. Bis dahin wohnen sie noch bei ihren Eltern, Nina auf der Chandler Ranch, Ken in Austin bei ihrem Vater und Jeff in Philadelphia. Die Freude ist immer groß, wenn die sechs Kinder zusammenkommen. Dann denken sie sich spannende Spiele aus, die Umgebung wird unsicher gemacht. Sie reiten aus und stöbern in den Wäldern Tiere auf. Sie sind tagsüber voll beschäftigt und die Eltern sehen sie erst am Abend wieder. Die Kinder haben sich auch an die zwei Begleiter gewöhnt, die ständig in ihrer Nähe sind und sie kaum bei ihrem Tun stören. Sie sind wie Schatten, den man auch nicht vermeiden kann. Manchmal treiben sie mit ihren Begleitern harmlose Possen, wie sie meinen. Dann versteckt sich eines der Kinder und die anderen tun so, als hätten sie es gar nicht gemerkt. Dann geraten die Begleiter in große Aufregung und die Kinder amüsieren sich köstlich, wenn das gesuchte Kind wieder auftaucht. Ihnen ist der Ernst des Begleitschutzes nicht wirklich bewusst.

Die Landschaft von Sandy Mills ist idyllisch, wird aber beeinträchtigt durch die industrielle Struktur der Erdölförderung auf den Feldern der Firma. Hier sieht es schlimm aus: Bohrtürme, soweit das Auge reicht, Barackenlager, umherliegendes Bohrmaterial, Pipelines, ausgemusterte Fahrzeuge und großflächig ausgelaufenes Erdöl. Es gibt im ganzen Land bereits Kritiker, die auf diese Zustände aufmerksam machen. Pete und Maggie nutzen die Gelegenheit, um sich ein Bild vor Ort zu machen und mit dem Bauleiter Christopher Bone zu sprechen, der aber kein Auge für die Unzulänglichkeiten auf dem Firmengelände hat. Ihn interessieren ausschließlich die Ergebnisse und das sind vor allem Produktionszahlen und Mengen, die gefördert werden. „Die Männer leben hier in der Wildnis", erklärt Bone, „sie müssen sich manchmal abreagieren und das tun sie mit Kartenspiel und Whiskey und da gehen schon manchmal einigen die Pferde durch. Dann gibt es wohl schon mal Schlägereien, aber noch nie Tote." „Dennoch", erklärt Pete geduldig, „das Gelände sieht furchtbar aus, Mister Bone, als ob hier die Vandalen hausen würden. Schauen sie sich doch einmal um, all dieser Schmutz und Schrott, der hier überall herumliegt. Was macht das denn für einen Eindruck."

„Wir sind hier kein Freizeitpark, Mister Chandler", brummt Bone verdrossen. Wir müssen Erdöl fördern und sind hier keine

Landschaftspfleger." „Das Erdöl gehört aber in die Tanks, Mister Bone, und nicht in die Landschaft", sagt Pete schon erkennbar ungeduldig. „Wo gehobelt wird, da fallen Späne", gibt Bone zur Antwort. „Schluss jetzt", beendet Pete das Gespräch, „räumen sie das hier auf und sammeln sie das Erdöl wieder ein, wie, das ist ihre Sache. Ich werde ihnen jemanden schicken, der das kontrollieren wird." „Tun sie das", brummt Bone, dreht sich grußlos um und verschwindet. Maggie hat nur zugehört und meint jetzt: „Und einen andern Baustellenleiter werden wir auch einsetzen müssen. Dieser hier kann dann woanders eine Müllhalde verwalten."

Maggie und John Simons verkünden am letzten Tag des Familientreffens, dass sie sich trennen wollen. Die Tätigkeiten an verschiedenen Orten, John in Austin und Maggie in Philadelphia, haben ein Familienleben unmöglich gemacht. Man will freundschaftlich verbunden bleiben und für Randy und Ken gemeinsam sorgen. Die beiden wollen aber die familiären Erwartungen und Verpflichtungen auf diese Weise beenden. Die Familie ist bestürzt und rät beiden, die Trennungzeit zu nutzen, um auch über einen Neuanfang nachzudenken. Alle nehmen befriedigt zur Kenntnis, dass es Dritte in diesem Fall noch nicht gibt. John Simons ist deutlich betroffen und versucht um Verständnis zu werben: „Wir haben uns die Entscheidung nicht leicht gemacht, das dürft ihr uns glauben. Ich liebe Maggie immer noch und wünsche mir, dass wir zusammenbleiben könnten. Aber wir müssen uns entscheiden, wer von uns mit seiner Arbeit aufhört. Entweder höre ich mit dem Automobilhandel in Austin auf und ziehe zu Maggie nach Philadelphia, in der Hoffnung, dass sie nach Sandy Mills, Philadelphia und demnächst Washington nicht erneut wechselt, vielleicht nach Europa, oder Maggie hört auf und zieht nach Austin."

„Ich möchte nicht mein ganzes Leben lang zu Hause sitzen", wirft Maggie jetzt ein, „ich möchte etwas unternehmen und zum Einkommen beitragen. Die Zeiten ändern sich. Für Mutter war das noch ganz selbstverständlich, so zu leben. Ich möchte es nicht." Jetzt schaltet Ron sich ein: „Du hast noch gar nichts über deine Gefühle zu John gesagt, Maggie. Sind die noch vorhanden? Wenn Ja, dann finden wir sicher eine Lösung." „Natürlich liebe ich John", sagt Maggie spontan, „das macht die Entscheidung ja auch so schwer." Es herrscht erst einmal längeres Schweigen.

Dann nimmt Pete das Gespräch wieder auf: „Ihr hättet früher mit uns sprechen sollen, dann hätten wir das hier vielleicht vermeiden können. Es gibt in einem Familienunternehmen immer einen Weg, auch für euch. Ihr gehört zusammen, schon wegen Randy und Ken. Dass ihr euch unter diesen Bedingungen trennen wollt, können wir gar nicht verantworten. Gibt es wirklich keine Dritten in dieser Angelegenheit, John,   Maggie?" Beide verneinen noch einmal. „Dann", fährt Pete fort, lösen wir das Problem hier und heute. Es ergeht folgende Entscheidung der Unternehmensleitung: John wird in die Konzernzentrale nach Philadelphia, später Washington, versetzt und übernimmt in der Konzernleitung die Automobil- und Fahrzeugbranche, die noch ausgebaut und mit viel Sachverstand geführt werden muss. Vorher besorgt John einen Nachfolger als Geschäftsführer in Austin und weist diesen ein. Seid ihr mit dieser Entscheidung einverstanden?" Maggie und John umarmen sich und nicken begeistert. „Dann", fährt Pete fort, „wird es so gemacht und wir sollten jetzt darauf anstoßen, dass die Familie eine erste Krise überstanden hat. Es wird hoffentlich die Einzige bleiben."

Wieso Jungs? Was, wenn sich ein Mädel dafür interessiert?

Ron und Pete treffen sich auf der Chandler Ranch. Sie nehmen sich Zeit, um zwei Tage lang über das Gebiet der Ranch zu reiten und an vergangene Zeiten zu denken. Diesmal streben sie nach Norden zur Chandler Station und darüber hinaus zur Davis Ranch, die jetzt wirtschaftlich mit der Chandler Ranch zusammengelegt worden ist. Als sie die Davis Ranch erreichen, begrüßt sie Mike Davis vor dem Ranch Gebäude. „Schön, dass ihr mal wieder den Weg hierher gefunden habt", ruft er Ron und Pete schon von weitem zu. Diese zügeln ihre Pferde. „Hallo, Mike", ruft Ron, „ist doch Ehrensache. Pete war zufällig bei uns und ich konnte ihn überreden, gleich mitzureiten." „Recht so, Pete", sagt Mike Davis, „man muss auch mal etwas anderes sehen, als immer nur Philadelphia und Washington. Kommt rein, ich habe gerade einen Kaffee gemacht." Die Drei führen ein langes Gespräch. Ron ist vor allem an den Ranch Betrieben interessiert. Er hat jetzt viel mit der Genossenschaft zu tun und muss sich auch noch um den Bau der Fleisch- und Konservenfabrik kümmern. Da passt es gut, dass Mike Davis sich mit seiner ganzen Erfahrung um die beiden Ranch Betriebe kümmern kann.

Mike Davis, obwohl schon siebzig Jahre alt, hat ein waches Auge auf alles Geschehen hier, auch auf der Chandler Ranch und er führt die Geschäfte mit großem Geschick. Ron hat dadurch eine große Entlastung und empfindet Mike Davis fast schon als Vaterersatz. „Mike", sagt Ron, „das ist ein großer Glücksfall, dass du dich noch so um alles kümmern kannst. Dabei hast du jetzt ein doppelt so großes Gebiet zu verwalten. Sind die Vormänner und Mannschaften in Ordnung?" „Sind sie", antwortet Mike Davis, „Mike Lannigan hat bei euch drüben alles im Griff und Nick Carsson hat jetzt die Aufgaben von John Simons übernommen und macht das bei mir hier auch ganz prima." „Bringt die Zusammenlegung Vorteile?" möchte Pete wissen. „Ja, ganz ohne Frage", sagt Mike, „wir haben jetzt die Möglichkeit, die Rinder immer auf die besten Gebiete zu treiben und wir haben eine ganz andere Auswahl bei der Zucht. Insgesamt liefern wir auch größere Mengen und bekommen dafür auch bessere Preise. Aber das weiß Ron ja."

Sie besichtigen dann noch die Bauarbeiten für die neuen Fleisch- und Konservenfabriken, die in der Nähe der Bahnlinie gebaut werden und die damit zusammenhängenden Gleis- und Straßenbauarbeiten. Auch hier entstehen weitere Häuser für die Arbeiter und ihre Familien. Der Ort wird „Davis Village" heißen. Dann geht es wieder zurück zur Davis Ranch, wo es ein gutes Essen und einen guten Whiskey gibt. Die drei sitzen noch lange vor der Ranch und sprechen über alles Mögliche.

Im Sommer soll es wieder ein zünftiges Rodeo in Stockton geben. Alle Mannschaften der Chandler Ranch, der Davis Ranch, aus Sandy Mills und der Fairfields Pferdzucht werden sich daran beteiligen, diesmal in vier getrennten Mannschaften. Das belebt den Wettbewerb und die Chancen für die eigenen Jungs steigen.

Mike Davis hat die Beine von sich gestreckt und die Hände hinter dem Kopf verschränkt. „Wie hat sich das Leben doch verändert", sagt er, „früher hatten wir nur unser Gebiet im Kopf, waren eifersüchtig aufeinander und haben uns das Leben gegenseitig schwer gemacht. Heute arbeiten wir zusammen, transportieren unser Vieh mit der Eisenbahn nach Osten, stellen bald unsere eigenen Lebensmittel her und haben dadurch alle zusammen nur Vorteile. Schade, dass Jeff das nicht mehr erlebt hat." „Wir haben dich ja noch, Mike", sagt Ron, „bleib gesund und reite vorsichtig, du wirst noch lange gebraucht. Wir müssen noch herausfinden, wer von unseren Jungs einmal die Ranch Betriebe übernehmen soll." „Wieso Jungs", fragt Pete, „was, wenn sich ein Mädel dafür interessiert". „Dann eben ein Mädel", sagt Ron, „Hauptsache die Betriebe laufen weiter. Wir müssen einmal genauer hinschauen oder vielleicht ein bisschen nachhelfen."

Die Sonne ist lange untergegangen, als die drei den Abend beenden. Am nächsten Morgen müssen Ron und Pete zurück. Es gibt viel zu tun, für alle.

Es entsteht eine eigene Gemeinschaftskultur, die Rose Sanssouci nennt

Familientreffen, diesmal in Alexandria. Das neue Haus von Pete und Sue ist der pure Luxus. Ein Anwesen am Rande Washingtons unmittelbar am Potomac River gelegen, das Grundstück viele Hektar groß mit einer gewaltigen zentralen Villa, Gästehäusern, Stallungen und Reitgelände, Gärtnerei, Fahrzeugpark, Schwimmbad und einem Privatzoo für die Kinder. Es fehlt an nichts. Besucher gehen ein und aus, die Familie trifft sich hier regelmäßig auch mit Freunden und Partnern.

Rose, jetzt sechsundsechzig Jahre alt, ist nach Washington in das Anwesen der Familie umgezogen, bewohnt ein eigenes, etwas abseits gelegenes Landhaus, das sie ihre Ranch nennt und genießt hier das gute Klima des Ostens und ihre Rolle als Familienälteste. Sie hat ein waches Auge auf alle Enkelkinder, die in den Ferien und an manchen Wochenenden bei ihr wohnen. Nur so kann sie alle im Auge behalten und bei aufkommendem Kummer helfen. Die Enkelkinder lieben ihre Großmutter und die gemeinsame Zeit bei ihr. Die Eltern werden dann nicht vermisst. Es entsteht eine eigene Gemeinschaftskultur, die Rose Sanssouci nennt, Sorgenfrei. Auch sonst hat Rose alles im Blick. Man vertraut sich ihr an und die Familie fragt sich manchmal, wer eigentlich die wirklichen Fäden in der Familie zieht? Rose sitzt auf der Terrasse ihres Hauses und beobachtet die im Park spielenden Kinder. Sie haben einen kleinen Parcours aus niedrigen Hindernissen aufgebaut und versuchen jetzt; einzeln auf den Ponys durch diesen Parcours zu reiten ohne Fehler zu machen. Dabei sind sie ganz bei der Sache. Hin und wieder hört sie den Ruf: „Schau mal Oma Rose, wieder ein fehlerfreier Ritt, Robert gewinnt schon wieder." Dann lächelt Rose, winkt den Kindern zu und freut sich, dass es ihnen gut geht.

Inzwischen ist fast geräuschlos Pete hinter sie getreten, hat die Hände vor ihre Augen gelegt und sagt kein Wort. „Wer ist das?" fragt Rose. „Ich bin es", sagt Pete lachend, „ich sehe, es geht dir gut." „Ja, Pete mir geht es gut. Setz dich doch." Beide schauen jetzt den Kindern zu und als Nina durch den Parcours reitet, sagt Rose: „Nina ist eine gute Reiterin. Ich glaube, sie wird ein richtiges Westernmädel. Sie ist so praktisch veranlagt und fasst zu, wo es nötig ist. Ich glaube, sie hat vorhin die meisten Stangen und Kästen geschleppt, so klein, sie auch ist." Dann ruft Rose ihre Haushälterin und bittet sie, den Kindern etwas zu trinken zu bringen.

Nach einer Weile wendet sich Rose direkt an Pete. „Wie geht es mit Maggie und John, Pete? Ich konnte in letzter Zeit kaum schlafen, als ich hörte, dass die beiden sich trennen wollten." „John wird nach Philadelphia und später hierher nach Washington kommen. Dann sind die beiden wieder zusammen. Den Rest müssen sie dann natürlich alleine regeln." „Das hast du toll gemacht, Pete. Sag mir bitte, ob ich auch etwas tun kann." „Kannst du", antwortet Pete, „wenn die beiden hier in Washington sind, sollten sie so viel Zeit, wie eben möglich auch mit Randy und Ken verbringen. Du solltest die beiden Jungs dann etwas freigeben." „Ist doch selbstverständlich Pete", antwortet Rose, winkt den Kindern zu und ruft: „Seid bitte vorsichtig, nicht so wild reiten. Es geht auch etwas langsamer." Nach einer Weile fährt Rose fort: „Sag mal, Pete, möchtest du Robert in der Firma haben?" Pete lächelt und stupst Rose am Arm an. „Das weißt du doch längst. Natürlich kommt Robert in die Firma. Er hat ein großes Interesse an Automobilen und kennt alle Marken. Teste ihn ruhig mal, du wirst staunen, was Robert schon alles weiß." Rose schaut auf die Kinder und auf Robert, der gerade durch den Parcours reitet. „Ein stattlicher Junge", sagt Rose, „die Mädels werden ihm schöne Augen machen." „Wie soll das wohl anders sein, bei so einer Oma", sagt Pete und hat sich schon in Sicherheit gebracht, bevor Rose ihm einen Klapps versetzen kann. „Ich muss los", sagt Pete, „pass gut auf die Kinder auf, bis bald, Ma."

Ich würde mir wünschen, dass wir darauf unsere Energie konzentrieren und nicht darauf, ob irgendjemand in unserem Staat zu viel arbeitet

Abraham Duffee geht in den Ruhestand und Pete wird mit vierzig Jahren Gouverneur von Texas. Abraham Duffee ist stolz und glücklich, Pete als Nachfolger zu haben. Pete wird mit großer Mehrheit gewählt.

Für das moderne Texas ist das aus seiner Sicht eine Sternstunde, was sicher nicht alle Politiker so sehen. Der steile Aufstieg durch die Ämterfolge, insbesondere aber die immer mehr ausufernden geschäftlichen Tätigkeiten Pete Chandlers, sind manch einem Neider ein Dorn im Auge. So beschäftigen sich beauftragte Späher mit all seinen Tätigkeiten, mit dem einzigen Ziel, Material gegen den neuen Gouverneur zu sammeln, um ein Amtsenthebungsverfahren zu gegebener Zeit zu begründen. Pete weiß davon, kümmert sich aber nicht weiter darum.

Pete und Sue beziehen jetzt zusätzlich auch die Residenz des Gouverneurs in Austin, wo sie sich gemeinsam aber immer nur vorübergehend aufhalten können. Beide versuchen ihr Bestes, die vielen Verpflichtungen in der Politik, im Geschäftsleben und im privaten Bereich unter einen Hut zu bringen. In Austin begegnet man Sue und Pete wie Stars. Man bemüht sich, von ihnen eingeladen zu werden und man unternimmt alles, um sie einzuladen und mit ihrer Anwesenheit zu glänzen. Es ist die Kombination aus noch jugendlichem Elan und dem unübersehbaren wirtschaftlichen Erfolgen, die dieses Paar so attraktiv macht.

Alles, was in Texas Rang und Namen hat, ist der Einladung zum Empfang in den Gouverneurspalast gefolgt. Eine lange Reihe von Fahrzeugen hat sich vor dem Eingang gebildet und die Gäste betreten nacheinander den Haupteingang. Im großen Saal begrüßen Pete und Sue die Gäste persönlich, die sich dann mit einem Getränk versorgen und sich unter die schon Anwesenden mischen. Viele sind auch schon in den zum Gouverneurspalast gehörenden Park gegangen, wo Stände der Ranches und Farmen und der Gewerbetreibenden aufgebaut sind. Dort erhalten die Gäste alles, was das Land zu bieten hat, Getränke und Speisen nach Landesart. Sehr begehrt sind natürlich Steaks von echten texanischen Rindern.

Pete betritt ein Podest und begrüßt noch einmal die Anwesenden auch im Namen seiner Frau Sue und man hört ihm aufmerksam zu. „Herr Gouverneur außer Dienst, Mister Duffee, Herr Präsident des Abgeordnetenhauses, meine Herren Abgeordneten, meine Damen und Herren", beginnt Pete seine Ansprache, „ich möchte Sie alle, auch ihm Namen meiner Frau Sue, ganz herzlich zu diesem Empfang begrüßen. Wir freuen uns, dass Sie unserer Einladung in so großer Zahl Folge geleistet haben und wir möchten Sie bitten, so lange wie möglich zu bleiben. Wir beide werden versuchen, mit jedem von Ihnen im Laufe des Abends zu sprechen. Bevor ich aber noch ein paar Worte zur allgeneinen Lage sage, möchte ich sie bitten, mit mir die Gläser zu erheben und auf das Wohl von Texas und seiner reizenden Damen anzustoßen."

Beifall brandet auf. „Danke", fährt Pete fort, „ich würde am liebsten auf jede Dame einzeln anstoßen, so gut schmeckt der Sekt." Gelächter und erneuter Beifall. „Noch einmal, danke", fährt Pete fort, „sie machen es mir leicht. Ich wende mich zunächst an die

Damen, denn ich weiß, dass sie es mit uns Männern nicht leicht haben. Wir Männer, sind viel unterwegs, auf den Weiden oder Feldern, in geschäftlichen Angelegenheiten oder in der Politik. Sie, meine Damen, halten uns den Rücken frei, indem sie sich um Haus und Familie kümmern und ohne sie wären wir Männer alle nur arbeitende Einzelkämpfer und wir müssten uns fragen, für wen wir das alles eigentlich machen. Den Vorwurf, dass ich persönlich zu viel mache, kenne ich. Dieser Vorwurf hat aber andere Hintergründe und deshalb werde ich jetzt nicht weiter darauf eingehen. Wäre ich auf der häuslichen Ranch geblieben und hätte weder Geschäfte, noch Politik gemacht, so würden mich die gleichen Leute heute loben, sollten sie mich überhaupt kennen. Erlauben sie mir daher bitte noch ein paar Worte zu Texas, dem aus meiner Sicht schönsten Land der Vereinigten Staaten. Texas befindet sich im Aufbruch zu einem vielseitigen Land mit einer gemischten Struktur, die das ursprünglich Ranch- und Farmerwesen mit modernen Elementen einer Lebensmittel- und Energiestruktur verbindet. Die dazu notwendige Infrastruktur von Eisenbahnen und Straßen ist im Entstehen und wird Texas an die Spitze der Staaten katapultieren. Jeder der will, kann hier mitmachen und sich einbringen. Ich würde mir wünschen, dass wir darauf unsere Energie konzentrieren und nicht darauf, ob irgendjemand in unserem Staat zu viel arbeitet."

Bravorufe und lauter Beifall folgen diesen Worten, auch Gelächter. „Ich möchte wirklich niemandem zu nahe treten", fährt Pete fort, „aber mir ist es viel lieber, einer arbeitet für unser Land zu viel, als dass er Langeweile hat und seine ganze Energie darauf richtet, herauszufinden, was andere tun." Dröhnendes Gelächter und dann wieder Beifall. Jetzt wird Pete ernst. „Ich möchte das aber nicht nur ins Lächerliche ziehen, meine Damen und Herren, denn die meisten von ihnen wissen sehr genau, wie belastend unser Leben sein kann und ich bin mir natürlich sehr bewusst, dass es immer auch Grenzen gibt. Ich möchte ihnen daher versichern, dass ich in dem Falle, zwischen meinen Tätigkeiten entscheiden werde, bisweilen gibt es da aber noch kein Problem. Ich möchte ihnen allen einen schönen und interessanten Abend wünschen und freue mich jetzt auf die Gespräche mit ihnen." Noch einmal erhält Pete Beifall, dann begibt er sich zu Sue und mischt sich mit ihr unter die Gäste.

Hier haben wir jetzt ein kleines Paradies und können über Arbeit nicht klagen

Die Familie trifft sich im Pecos Valley bei den Fairfields. Auch hier ist der Fortschritt unübersehbar. Die Farm ist um einige Gebäude gewachsen, die Pferdezucht hat sich zu einem Gestüt entwickelt, mit Spitzenpferden und einer erfahrenen und erfolgreichen Mannschaft, samt Trainern, Ärzten und Sportlern. Auf dem Gestüt befinden sich Reitanlagen und ein ländliches, aber sehr gemütliches Hotel, das sich zu einer schicken Adresse entwickelt hat. Wer im Reitsport etwas auf sich hält, bezieht hier seine Pferde und übt sich in den Weiten des Pecos Valley im Reiten und Ausspannen.

Bei diesem Familientreffen fehlen erstmals die Großmutter Rose und die Kinder, die wegen der doch zu strapaziösen Reise in Washington bei Rose gelassen wurden. So können die erwachsenen Mitglieder der Familie ausgiebig das aktuelle Geschehen besprechen und Pläne und Vereinbarungen für die Zukunft treffen. Über dem Treffen liegt ein wenig Trauer um den fehlenden Jeff. Die Familie erfährt, dass es bei Ron und Marilyn, aber auch bei Pete und

Sue demnächst wieder Nachwuchs geben wird. Über Maggie und John wird aber auch gemunkelt.

Thomas Fairfield besichtigt mit Ron und Pete das Gestüt und zeigt mit ein wenig Stolz, was sich hier alles verändert hat. „Du hast wirklich tolle Pferde", sagt Ron, „was ist dein Geheimnis?" „Es ist die Auswahl der wilden Pferde in der Prärie auf einem wirklich großen Gebiet", erklärt Thomas Fairfield, „und dazu gehört ja glücklicherweise mittlerweile halb Texas, und es ist die Zucht. Hier herrscht bei uns ein strenges Regime, da hat der Zufall keine Chance mehr. Natürlich gehört dazu auch die Ausbildung der Pferde."

„Du bist jetzt in Texas Spitze, wenn nicht in den USA", sagt Pete. „Nicht ganz, Pete, aber du sprichst einen wichtigen Punkt an. Ich werde mich in der nächsten Zeit auch im Osten umsehen, ob wir nicht auch von dort geeignete Tiere zur Zucht holen sollten. Wir dürfen nicht zu einseitig werden. So groß Texas auch ist, es ist dennoch begrenzt." „John", sagt Pete, „hast du schon einmal darüber nachgedacht, ob es nicht zweckmäßig wäre, Reiterhotels an unseren anderen Standorten aufzubauen. Ich denke da zunächst an Washington, Philadelphia, Austin, Sandy Mills und El Paso. Das würde deinen Bekanntheitsgrad erheblich steigern."

„Die Idee ist vorzüglich, Pete, und ich werde mir das durch den Kopf gehen lassen. Ich sehe nur ein Problem. Wie wird das unser Leben verändern, Eleonores und meines. Hier haben wir jetzt ein kleines Paradies und können über Arbeit nicht klagen. Es bleibt aber immer noch genug Zeit, um zu leben. Damit dürfte es beim Aufbau einer Hotelkette vorbei sein."

„Thomas hat Recht", sagt jetzt Ron, „mir geht es ähnlich. Ich möchte unsere Aktivitäten auch nicht mehr steigern. Die beiden Ranches und die Genossenschaft reichen aus. Wir müssen das alles jetzt erst einmal festigen und an eine Nachfolge für die Zukunft denken. Wir haben eine Menge aufgebaut, unsere Kinder können das gerne ausbauen, wenn sie es für richtig halten. Denk an Papa. Ich hätte ihm so gewünscht, dass er noch lange ohne Verantwortung für die Ranch seinen Ruhestand hätte genießen können. Leider war ihm das nicht vergönnt. Er hat immerhin seine Nachfolge geregelt, wir noch nicht."

Dem wird sie hoffentlich Beine machen

Pete besucht die Zentrale der „Texas Automobile and Business Trucks Companie" in Austin. John Simons ist noch drei Monate Geschäftsführer und schildert Pete die Lage der Firma. Das Geschäft boomt. Die Nachfrage an Fahrzeugen kann kaum gedeckt werden. Das gilt für Personenwagen, vor allem aber für Lastwagen und Baumaschinen.

John bittet Pete, in Europa Geschäftsverbindungen zu schaffen, damit die hochwertigen Fahrzeuge aus Europa, vor allem aus England und Deutschland, importiert werden können. „Das kannst du demnächst von Washington aus gleich selber machen", sagt Pete, „hast du einen Nachfolger für Austin gefunden?" „Nein, habe ich noch nicht." „Aber ich habe vielleicht eine Lösung", sagt Pete, „Julie Justin, die Tochter des Abgeordneten Harold Justin könnte geeignet sein. Julie Justin hat sich durch ihr Studium der Nationalökonomie die notwendigen Grundlagen geschaffen, mehr, als wir jemals haben werden und ich werde sie mir in Washington einmal ansehen. Ihr Vater hat mich gebeten, Julie in unserem Unternehmen aufzunehmen. Ich werde sie vielleicht mal auf Christopher Bone und den Saftladen in Sandy Mills ansetzen. Pass mal auf, dem wird sie hoffentlich Beine machen."

„Ist Julie nicht zu jung?" fragt John jetzt zweifelnd. „Wie alt muss man denn sein, um einen Betrieb zu führen? Wie alt waren wir, John? Wir hatten nicht einmal ein Studium. Wir haben höchstens studiert, wie man sich den Hintern auf Pferderücken durchreitet." Jetzt lacht John auf und meint schmunzelnd: „Stimmt schon, Pete. Man muss auch etwas Vertrauen haben. Julie kann sich ja hier zunächst ein oder zwei Monate einarbeiten, bevor ich nach Washington komme." „Das ist mir ganz wichtig, John. Wir brauchen in der Zentrale für jeden Geschäftsbereich einen Verantwortlichen, der sich voll um diesen Bereich kümmert. Aber jetzt zeig mir mal die Fahrzeuge."

Auf dem riesigen Firmengelände stehen dicht gedrängt Fahrzeuge aller Art. In den Werkstätten herrscht reges Treiben. John hat zwei Fahrzeuge aus Europa vor sein Büro stellen lassen und besichtigt mit Pete diese technischen Wunderwerke. Da ist ein Fahrzeug für Lastentransport mit einer langen Ladefläche aus England und ein Personenfahrzeug aus Deutschland, an dem Daimler Benz steht. Pete ist ganz fasziniert von diesem Fahrzeug.

Sie untersuchen in allen Details den mit Petroleum getriebenen Lastwagen mit einem Lastenaufbau und Holzrädern und den sehr schicken Personenwagen der Firma Daimler Motoren Gesellschaft, den Pete sich als Geschäftswagen gut vorstellen kann. Der Wagen ist in schickem Rot lackiert, hat viel Chrom und helle Ledersitze. John wird ein weiteres Fahrzeug dieses Typs für Pete ordern. John und Pete sprechen auch darüber, dass Robert als erster Chandler der nächsten Generation als Assistent von John in die Automobilfirma eintreten soll. Wenn John nach Washington wechselt, soll Robert zunächst in Austin bleiben und von Julie lernen. Pete reist anschließend weiter nach El Paso.

Da fällt ein Schuss

In El Paso wird Pete als Gouverneur mit allen Ehren am Bahnhof empfangen. Der Bürgermeister und die örtlichen Politiker führen Pete durch die Stadt und zeigen ihm, was alles in der letzten Zeit gebaut wurde und was entstanden ist.

„Herr Gouverneur, wir haben ihnen viel zu verdanken. Sie haben für uns in El Paso viel getan, dennoch haben wir immer noch ein Anliegen." Pete wird gebeten, die industrielle Basis dieser abgelegenen Stadt zu fördern, wobei man natürlich davon ausgeht, dass Pete auch Werke seiner Firmen nach El Paso legen könnte.

Am Eingang zum Stadtverordnetenhaus wartet eine große Menschenmenge, die Pete freundlich begrüßt. Pete winkt der Menge zu und gibt den örtlichen Lokalreportern ein Interview. Da fällt ein Schuss. Pete wird getroffen und fällt um, ein Attentat ist geschehen. Wilde Aufregung und Entsetzen machen sich breit. Pete wird sofort in das Hospital gebracht und dort intensiv von Ärzten behandelt. Nach einer Stunde ist klar, dass Pete großes Glück gehabt hat. Die Kugel ist in die Brust eingedrungen, knapp am Herzen vorbeigegangen und am Rücken wieder ausgetreten. Pete hat viel Blut verloren, befindet sich aber außer Lebensgefahr. Er muss allerdings noch eine Zeitlang im Hospital bleiben, bis er wieder seine Tätigkeiten aufnehmen kann.

Die Polizei nimmt sofort die Ermittlungen auf. Die Spuren führen wieder einmal nach Mexiko. Der Sheriff informiert sofort die Special Police, die sich um den Anschlag kümmern wird. Am Ende wird sich aber zeigen, dass die Special Police auch in diesem Fall nichts tun kann, es bleibt nur die Möglichkeit, auf diplomatischem Wege zu protestieren und zu überlegen, wie die Grenze nach Mexiko noch besser überwacht werden kann.

Sue ist sofort nach El Paso geeilt und ist bei Pete am Krankenlager geblieben. Das Hospital wird scharf bewacht und der Zustand von Pete verbessert sich täglich. Pete kann nach einer Woche das Hospital verlassen und mit Sue zusammen mit der Eisenbahn zunächst zur Chandler Ranch zurückkehren, wo er sich noch etwas Ruhe gönnen muss. Sie sitzen im Zug und beobachten den an ihnen vorbei ziehenden Rio Grande.

„Wir haben großes Glück gehabt, Pete", sagt Sue, „ich möchte mir gar nicht vorstellen, wie es ohne dich weitergehen sollte. Was treibt Menschen zu solchen Handlungen an, einfach auf dich zu schießen?" „Wir werden das vielleicht nie herausfinden", antwortet Pete, „ich habe natürlich auch viel darüber nachgedacht, ob all das, was ich tue, den Einsatz meines Lebens lohnt. Ich meine, der Preis ist zu hoch und das Risiko ist nicht überschaubar. Immer, wenn ich in Zukunft vor einer Menschenmenge stehe, muss ich doch davon ausgehen, dass irgendjemand eine Waffe auf mich anlegt, um mich zu erschießen. Ich kann nichts dagegen tun, außer damit aufzuhören, Politik zu machen." „Eine grauenvolle Vorstellung, Pete. Ich wäre dazu wahrscheinlich nicht imstande, mir vorzustellen, dass jederzeit jemand auf mich schießen könnte." „So ist es aber, Sue. Ich kann mir diese Vorstellung ja nicht einfach wegdenken. Ich weiß nur nicht, ob ich es schaffe, mich künftig vor eine Menschenmenge zu stellen und natürlich stelle ich mir die Frage, wozu sollte ich das tun. Ich brauche die Politik nicht, um mein Leben zu führen und ich spüre in mir auch kein Sendungsbewusstsein. Ich tue dies alles, weil andere Menschen und Parteifreunde mich darum gebeten haben, weil sie in meinem Wirken offensichtlich etwas Positives für unseren Staat sehen. Dabei kann mir keiner von denen das Risiko abnehmen, das ich eingehe und eine finanzielle Frage ist es für mich schon gar nicht. Ich habe mich noch nicht entschieden, ob ich weitermachen werde." „Pete, entscheide dich ganz nach deinem Gefühl. Deine Entscheidung wird die Richtige sein und du kannst dich darauf verlassen, dass ich in jedem Fall zu dir stehen werde." Pete umarmt Sue und beide verfolgen schweigend die an ihnen vorbeiziehende Landschaft.

Ich bin mir natürlich darüber im Klaren, dass ich großes Glück hatte

In der Konzernzentrale in Washington wird Pete begeistert empfangen. Alle Mitarbeiter sind vor dem Gebäude versammelt und jeder möchte Pete die Hand drücken. Pete ist sichtlich bewegt, schüttelt viele Hände und umarmt seine Schwester Maggie und seinen Geschäftspartner Tim Bronson, der eigens zu diesem Ereignis angereist ist. Pete hebt die Hand und es entsteht aufmerksames Schweigen. „Ich danke euch für den warmen Empfang", sagt Pete, „wie ihr seht, geht es mir schon wieder ganz gut. Ich bin mir natürlich darüber im Klaren, dass ich großes Glück hatte, aber meine Uhr ist offensichtlich noch nicht abgelaufen." Die Mitarbeiter klatschen begeistert in die Hände und man begibt sich in das Gebäude, um die Arbeit wieder aufzunehmen.

Maggie hält Pete einen langen Lagevortrag und hat mit viel Eigeninitiative alle notwendigen Entscheidungen in der Zwischenzeit getroffen. Tim Bronson ergänzt das Gesagte und schildert die Fortschritte, die in der Zwischenzeit auf den Baustellen und in der Geschäftsentwicklung erzielt wurden. Bronson schließt mit den Worten: „Wir freuen uns sehr, dass du wieder da bist und das wir den furchtbaren Schreck jetzt gemeinsam überwunden haben. Das Ganze hat uns natürlich auch nachdenklich gemacht, Pete, aber die Entscheidungen, die sich für dich daraus ergeben, kann dir niemand abnehmen." Es entsteht eine kurze Unterbrechung, da der Abgeordnete Harold Justin Pete sprechen möchte.

Justin erkundigt sich nach Petes Befinden, brummt etwas von unhaltbaren Zuständen im Westen und kommt gleich zur Sache. Er dankt Pete dafür, dass er seine Tochter Julie in seine Firma einstellen möchte. Julie ist seit zwei Monaten nach ihrem Studium der Nationalökonomie wieder zu Hause in Washington und sucht eine geeignete Stelle. Eine Erfahrung in einer weltweit engagierten Firma dürfte genau das Richtige für seine Tochter sein. Pete bittet darum, dass Julie in den nächsten Tagen zu einem Vorstellungsgespräch kommen soll. Alles Weitere werde er mit den anderen Mitgliedern der Geschäftsleitung besprechen.

Mit Maggie berät sich Pete noch über den Wunsch des Abgeordneten Justin, dann wird noch das Programm für eine geplante Europareise besprochen. Pete, Sue und Maggie werden diese Reise gemeinsam durchführen. Ihnen schwebt ein umfangreiches Programm vor. Es soll politische und geschäftliche Termine geben und ein paar touristische Höhepunkte sollen natürlich auch dabei sein. „Europa ist unsere kulturelle Wiege, Maggie", sagt Pete, „daher müssen wir die wichtigsten Länder Europas unbedingt kennen lernen."

Chandler Internat entlässt ersten Schüler in das Leben

Im Chandler Internat in Philadelphia befinden sich zurzeit fünfzehn Kinder, davon sechs der Chandler Familie: Robert, der Älteste wird das Internat in Kürze verlassen, Randy und Jessica werden ihm in einem Jahr folgen, Nina, Ken und Jeff bleiben noch drei Jahre im Internat. Alle anderen Schülerinnen und Schüler sind Kinder von Politikern oder Geschäftsleuten. Die Lehrkräfte sind handverlesen, die Schule gilt als Eliteschule.

Sue, als Leiterin, alle Lehrkräfte und alle Kinder sind in der Aula versammelt und verabschieden Robert, als ersten Schüler des Internats, der es jetzt verlassen wird. Auch Ron, Marilyn, Pete und Rose Chandler sind gekommen. Sue hält eine bewegende Rede auf den ältesten Sohn von Ron und Marilyn.

„Verehrte Anwesende, mein lieber Robert", beginnt Sue ihre Rede, „heute ist es also soweit, das Chandler Internat wird den ersten Schüler, seit Gründung in das Leben entlassen und sie alle können sich vorstellen, dass es natürlich ein besonderes Ereignis auch für die Chandler Familie ist, wenn Robert heute seine Schulzeit beendet. Als wir vor zwölf Jahren das Internat gründeten, standen wir vor einem ziemlichen Problem. Unsere Kinder lebten mit ihren Eltern in verschiedenen Städten und an manchen Orten gab es noch keine Schulen, wie wir sie in den Städten des Ostens mittlerweile gewohnt sind. Wir haben uns damals umgehört und festgestellt, dass auch andere Eltern ein ähnliches Problem hatten. Da war es naheliegend, diesem Mangel durch Gründung eines Internats abzuhelfen. Wir haben uns damals vor allem von der Frage leiten lassen, was unsere Kinder brauchen, um Startchancen für ihr Leben zu erhalten. Es ging ganz bestimmt nicht darum, unseren Kindern Privilegien einzuräumen, wie uns manchmal vorgehalten wurde. Es ging uns ausschließlich darum, dass Eltern, die für unser Land viel leisten, auch sicher sein sollten, dass ihre Kinder darunter nicht auch noch leiden müssen.

Ich sage unseren Kritikern hier ganz ehrlich und selbstkritisch, dass unser Erziehungskonzept nicht nur Vorteile mit sich bringt. Ich nenne hier nur ein Problem, mit dem wir alle fertig werden müssen. Eltern und Kinder würden es vorziehen, jeden Tag miteinander verbringen zu können. Dies ist der Preis, den alle für die Gewissheit zahlen müssen, dass unsere Kinder eine gute Schulausbildung und eine einfühlsame Erziehung im Internat erhalten. Ich glaube, sagen zu können, dass wir hier im Internat eine große Familie sind und dass hier Freundschaften wachsen, die wahrscheinlich ein Leben lang halten werden. Dafür möchte ich vor allem den Lehrern und Erziehern des Internats Dank sagen.

Ich möchte aber auch den Eltern danken, die das Leben im Internat durch große Anteilnahme und Spenden unterstützen und die so viel Zeit, wie es ihnen möglich ist, mit ihren Kindern hier oder zu Hause verbringen. Ich bin davon überzeugt, dass unser Konzept das Richtige ist und sich bewährt hat. Wir überlegen, ob wir ähnliche

Internate auch in anderen Orten, vor allem im Westen unseres Landes anbieten sollen."

Sue erhält Beifall von den Anwesenden und fährt dann fort: „Nun zu dir, Robert. Ich weiß, dass es dir jetzt doch schwerfällt, das Internat zu verlassen und in das Leben einzutreten. Du bist aber verständnisvoll genug, einzusehen, dass alles im Leben seine Zeit hat, die Kindheit, die Schulzeit, die berufliche Ausbildungszeit, die jetzt folgen wird und die Zeit danach. Da du heute als einziger Schüler das Internat verlässt, bist du auch der Beste deines Jahrgangs." Gelächter im Saal, auch Robert muss lachen. „Aber, lieber Robert, du bist auch wirklich gut gewesen als Schüler und wenn ich mir das so überlege, dann haben wir eigentlich nur gute Schüler in unserem Internat."

Wieder zustimmender Beifall von den Anwesenden. „Robert, mit dir wollen wir heute auch eine neue Tradition für das Internat begründen. Wir werden für entlassene Absolventen einen kleinen Wohnbereich bereithalten, damit sie, wann immer es ihnen möglich ist, hierher zurückkommen und bei uns wohnen können. Wir verbinden das mit dem Wunsch, dass sie dann auch den Schülern des Internats begegnen und über ihre Erfahrungen im Leben in Form eines Kaminabends berichten. Wir wollen uns jetzt erheben und zum Anlass der ersten Entlassung eines Schülers unsere Nationalhymne singen." Nach der Feierstunde begeben sich alle Anwesenden und Gäste in den Gemeinschaftsraum, wo ein gemeinsames Essen vorbereitet wurde. Der Philadelphia Chronicle titelt am nächsten Tag: "Chandler Internat entlässt ersten Schüler in das Leben. Weitere Internatsgründungen im Westen sind geplant."

Eine interessante, junge Frau

Pete und Maggie haben Julie Justin in Maggies Büro empfangen und lernen Julie zum ersten Mal persönlich kennen. Julie berichtet über ihren bisherigen Werdegang, über ihr Studium und über ihre Ziele. Sie macht auf beide einen guten Eindruck. Maggie und Pete beschließen, Julie als Volontärin einzustellen. Sie wird von Maggie geführt werden und soll zunächst in Vierteljahresabständen alle Firmenbereiche des Konzerns kennen lernen. Danach wird man über ihren weiteren Einsatz entscheiden.

Maggie sagt zu Julie: „Willkommen bei uns, Julie, wir freuen uns sehr, dass sie bei uns eintreten wollen und wir haben große Erwartungen an sie, gerade wegen ihrer Ausbildung. Wir bitten sie, sich vor allem mit der Automobilbranche in Austin vertraut zu machen. Dazu werden sie etwa ein Vierteljahr Zeit bekommen. Dann müssen wir über ihren Einsatz in Austin entscheiden.

Zwischendurch bitten wir sie, sich einmal für ein paar Tage zur Erdölförderung nach Sandy Mills zu begeben und sich den Betrieb einmal gründlich anzusehen. Dort gibt es einige Probleme, wie sie sicher selber feststellen werden. Wir haben sie beim Betriebsleiter, Christopher Bone, angemeldet. Bitte machen sie sich ein eigenes Bild und schlagen sie uns vor, was dort geändert werden muss. Lassen sie sich von der ruppigen Gangart von Bone nicht beeindrucken. Sie handeln in unserem Auftrag und ihr Rat ist uns wichtig. Haben sie noch Fragen?" „Nein", sagt Julie, „ich möchte mich aber bei ihnen bedanken, dass sie mir diese Chance geben und ich verspreche ihnen, dass ich meine volle Kraft dem Unternehmen widmen werde. Ich brenne schon darauf, das, was ich im Studium gelernt habe, jetzt auch endlich anwenden zu dürfen. „Das freut uns", sagt jetzt Pete, „und wir wünschen ihnen viel Glück dabei. Wenden sie sich in der nächsten Zeit ausschließlich an uns, wenn sie Fragen haben oder wenn es Schwierigkeiten geben sollte. Die sind aber dazu da, Dinge zu klären und zu verbessern."

Nachdem Julie gegangen ist, tauschen Pete und Maggie ihre Eindrücke aus und sind beide der Meinung, dass Julie für das Unternehmen noch wertvoll werden könnte. „sagt Maggie, „und was für eine Ausbildung sie hat. Pete, da Eine interessante, junge Frau", können wir nicht mithalten." „Das kann man wohl sagen, aber unsere Ausbildung war das Leben, den Rest haben wir mühsam durch die Praxis gelernt. Unseren Kindern wird es einmal besser gehen, wenn sie nach dem Internat auch in ein Studium gehen können. Dafür allein lohnt sich schon der Einsatz."

Als Präsident können sie natürlich nicht noch nebenbei ein Unternehmen führen

Henry Bruebaker, der Vorsitzende der Konservativen Partei, hat Pete in Austin in seinem Gouverneursgebäude aufgesucht und möchte mit ihm etwas Wichtiges besprechen. In einem Jahr werden Präsidentschaftswahlen in den Vereinigten Staaten stattfinden und es gibt eine große Mehrheit in der Partei, die vorschlägt, dass Pete als Spitzenkandidat der Konservativen in den Wahlkampf um das Amt des Präsidenten der Vereinigten Staaten gehen soll.

Pete ist zunächst sprachlos und sagt nach einer Weile: „Vielen Dank für das ehrenvolle Angebot, Mister Bruebaker. Wie sie aber wissen, bin ich Unternehmer und das mache ich nicht mit halber Kraft." „Das sollen sie zu auch gar nicht", antwortet Bruebaker, „es geht zunächst einmal um ihr grundsätzliches Einverständnis und um den dann folgenden Vorwahlkampf. Sollten sie, was wir alle hoffen, in einem Jahr zum Präsidenten der Vereinigten Staaten von Amerika gewählt werden, dann wäre es an der Zeit, eine Übergangslösung für ihr Unternehmen zu finden. Als Präsident können sie natürlich nicht noch nebenbei ein Unternehmen führen. Das müsste dann für die Dauer ihrer Amtszeit ein anderer übernehmen. Wenn sie einverstanden sind, sollen sie auf einem Parteitag in drei Monaten in Washington nominiert werden."

Pete ist immer noch irritiert und bittet um Bedenkzeit. Dieses Amt lässt sich aus heutiger Sicht ganz sicher nicht mehr mit seinen Verpflichtungen gegenüber dem Konzern in Einklang bringen. Pete muss sich mit seiner Familie beraten und eine Lösung für die Übergangszeit des Wahlkampfes, aber natürlich auch darüber hinaus finden. Bruebaker bittet Pete, sich möglichst rasch zu entscheiden und gibt ihm zwei Wochen Bedenkzeit. Er möchte dann so schnell wie möglich, die weiteren Vorbereitungen beginnen. Die Zeit bis dahin ist knapp. Bevor er geht, weist er Pete noch darauf hin, dass es natürlich in der Partei mindestens einen Gegenkandidaten im Vorwahlkampf geben wird, aber das ist gute demokratische Tradition. Rasch erhebt sich Bruebaker, gibt Pete die Hand und verlässt das Büro.

Pete bleibt noch eine Zeitlang sitzen und grübelt vor sich hin. Dann springt er auf, geht in sein Sekretariat und sagt: "Ich muss sofort nach Hause auf die Chandler Ranch. Bitte sagen sie alle Termine in der nächsten Woche ab oder verschieben sie diese. Bitte laden sie auch telegrafisch unseren Familienrat auf die Chandler Ranch ein.

Pete und Sue werden vielleicht im Weißen Haus wohnen

Der Familienrat trifft sich auf der Chandler Ranch. Das Wohnhaus wurde den Bedürfnissen einer gewachsenen Familie angepasst, neue Räume sind hinzugekommen, ein Swimmingpool bietet der Familie Ruhe und Entspannung, ansonsten wurde der ursprüngliche Teil so belassen; ein Museum, wie die Kinder finden.

Pete, Sue, Ron, Marilyn und Maggie haben sich unter aus Kalifornien herangeschafften Palmen am Pool zusammengesetzt, beraten die Situation des Konzerns und überlegen, wie auf den Vorschlag, Pete zum Präsidentschaftskandidaten zu machen, reagiert werden soll.

Ron lässt als erster seinen Gedanken freien Lauf: „Es ist kaum zu glauben. Unser kleiner Bruder soll Präsidentschaftskandidat werden. Pete und Sue werden vielleicht im Weißen Haus wohnen und unsere Kinder spielen im Park." „Soweit ist es lange noch nicht", gibt Pete zu bedenken, „eine Kandidatur ist noch lange keine Wahl. Mich beschäftigt viel mehr, was meine Gegner wohl gegen mich auffahren werden, und Gegner gibt es auch in den eigenen Reihen. Die nennen sich Parteifreunde und sind die Gefährlichsten."

Maggie sagt: „Das dürfte ziemlich klar sein Pete, man wird dir deinen unternehmerischen Erfolg verübeln und dir Ämterhäufung und mögliche Vorteilsnahme durch das Amt vorhalten. Dagegen kann man kaum etwas einwenden." Sue mischt sich ein: „Nach der Logik darf ein Kandidat überhaupt keinen Beruf haben oder irgendeine Tätigkeit ausüben. Der Präsident legt doch alles nieder und schwört einen Amtseid. Ihm Eigennutz zu unterstellen, ist doch pure Boshaftigkeit, die man jedem unterstellen kann." Marilyn sagt: „Kann man ein Angebot für eine solche Kandidatur überhaupt ablehnen? In welchem Land leben wir eigentlich. Vor dem Gesetz sind doch alle gleich und für die Kandidatur zählen doch vor allem die Persönlichkeit und das Vertrauen darauf, dass der Kandidat für das Amt geeignet ist."

Es entsteht eine Pause. „Dennoch müssen wir entscheiden, wer in der eventuellen Amtszeit - und das können zehn Jahre werden - das Unternehmen führen soll", sagt Pete, „ich muss mich entscheiden, was mir wichtiger ist, das Amt oder unser Unternehmen. Ehrlich gesagt, kann man das Unternehmen eigentlich nicht einem Außenstehenden anvertrauen. Das kann nur jemand aus der Familie übernehmen." Ron meldet sich jetzt wieder zu Wort: „Das sehe ich auch so. Maggie müsste dann das Unternehmen führen und John kann sie unterstützen. Ihr beide seid am besten darauf vorbereitet. Wenn Pete zum Präsidenten gewählt würde, müsste er sich vollständig aus dem Geschäft zurückziehen. Da gibt es keine halben Sachen." „Während der Kandidatur kann alles zunächst so bleiben", sagt Pete", „ich muss aber glaubwürdig und definitiv erklären, dass ich alle Tätigkeiten im Unternehmen einstelle, wenn ich gewählt werde. Maggie und John können das dann machen. Daran habe ich keinen Zweifel. Wir dürfen auch nicht vergessen, dass wir noch drei Ranchen haben und ein Gestüt. Da haben wir aber Ron, Mike und Thomas. Ron kümmert sich um die Fleischfabriken. "

Nach langen Gesprächen — es beginnt bereits zu dämmern - entscheidet die Familie, dass Pete annehmen soll. Einer solchen Aufgabe kann und darf kein Amerikaner sich verweigern. Der Plan steht und alles ist zunächst auf die Kandidatur ausgerichtet. Erst im Falle der Wahl muss dann ein Wechsel vorgenommen werden.

Europa ist die Heimat unserer Vorfahren

Pete, Sue und Maggie befinden sich auf der Überfahrt nach Europa. Sie reisen seit zwei Tagen auf einem US Passagierschiff „Spirit of Liberty" von New York kommend und brauchen noch weitere vier Tage bis Southampton in England. Zeit genug, um etwas zu entspannen, den exzellenten Service an Bord der Senatorenklasse zu genießen und die Europareise in allen Einzelheiten noch einmal durchzugehen. Die Reise wird sie durch England, Frankreich und Deutschland führen. Es wird politische und geschäftliche Gespräche geben. Maggie hat einige Vertragsentwürfe dabei, die mit verschiedenen Unternehmen verhandelt und unterzeichnet werden sollen. Dabei geht es vor allem um Erdölgeschäfte, Fahrzeuge und Fleischkonserven. Eine Europazentrale soll in London eröffnet werden. Das Programm wird aber auch einige touristische Höhepunkte bieten, so unter anderem London, Paris, Berlin und München.

Maggie hat es sich in einem Liegestuhl bequem gemacht und schaut hinauf in den blauen Himmel über dem Atlantik, der nur von wenigen Wolken durchzogen ist. Es ist schön warm und es geht eine leichte Brise. Das große Schiff macht leichte Bewegungen und man hört, wenn der Bug regelmäßig eintaucht. Aus den Schornsteinen steigt dunkelgrauer Rauch auf, der hinter dem Schiff noch eine Zeitlang zurückbleibt.

„Warum können wir eigentlich nicht immer auf diesem Schiff bleiben?" fragt Maggie, „mir gefällt das Leben an Bord. Das Essen ist hervorragend, die Kabinen sind gemütlich, das Personal ist aufmerksam und auf die tägliche Arbeit kann ich eigentlich verzichten." „Kauf dir doch das Schiff", meint Sue, „du hast dann auch eine feste Adresse und wir besuchen dich dann hin und wieder an Bord." „Was kostet wohl solch ein Schiff?" sinniert Maggie. „Ich schätze, da musst du ein paar hundert Millionen Dollar haben", sagt Pete, „du musst aber auch an die Betriebskosten denken, die müssen regelmäßig hereinkommen." „Und es muss auch noch etwas übrig bleiben", meint Maggie, „eine Million im Jahr würde schon reichen."

Pete hat sich erhoben und geht zur Reling. Er schaut auf das vorbeiströmende Wasser und sagt: „Ich staune, wie schnell so ein Schiff ist. Da steigen wir in USA ein und sind nach wenigen Tagen in Europa. Ich habe keine Vorstellung, wie das dort aussieht." „Europa ist die Heimat unserer Vorfahren", sagt Sue, „ich habe mich einmal etwas mit der Geschichte Europas befasst. Die ist ganz schön kompliziert, finde ich. Über zweitausend Jahre Geschichte von Völkern und Imperien, die kamen und untergingen. Allein Rom existierte fast tausend Jahre, verfiel dann in Bedeutungslosigkeit und niemand kann die Gründe dafür wirklich nennen. Rom war am Ende wahrscheinlich zu groß und ausgedehnt und hatte wohl keine Kraft mehr, sich gegen von außen hereindrängende Völker zu verteidigen. Der Wohlstand hat sicher auch mit dazu beigetragen. Man war satt und ohne Ehrgeiz."

„Als unsere Vorfahren Europa verließen, so etwa vor hundert Jahren, da hatten sie gute Gründe auszuwandern", fügt Pete an, „die meisten hatten wohl keine Perspektive mehr und waren von dem Wunsch beseelt, in Amerika ein neues Leben anzufangen. Man muss sich einmal den Mut vorstellen, alles zurückzulassen und mit Segelschiffen in eine ungewisse Zukunft zu fahren, über einen unendlich groß erscheinenden Ozean, in ein Land, dass niemand kannte und wo sie von niemandem erwartet wurden."

„Ja", meint Maggie, „die haben schier Unglaubliches gewagt. Ich vermute, die Not in Europa muss so groß gewesen sein, dass sie dieses Risiko auf sich nahmen und nur noch von der Hoffnung lebten." „Und was haben sie in Amerika aufgebaut", sagt Pete, „sozusagen aus dem Nichts haben sie Städte geschaffen, einen riesigen Kontinent besiedelt und sich gegen alle Widerstände durchgesetzt. Wir genießen heute die Früchte ihrer Leistungen. Das sollten wir nie vergessen."

„Was macht uns zu Amerikanern?" fragt Maggie. „Es ist genau diese Einstellung, die Pete eben beschrieben hat, die uns - und hoffentlich auch uns drei – zu Amerikanern macht", sagt Sue, „es ist der Optimismus alles erreichen zu können, wenn wir es nur wollen. Es ist der Hunger, neue und entfernte Ziele zu verfolgen. Und ich glaube, es ist auch die Eigenschaft, keinen Neid zu kennen, die Leistungen anderer anzuerkennen und sich gegenseitig zu helfen, wenn es nötig ist."

„Schön wäre es", sagt Pete, „der Neid anderer macht mir schwer zu schaffen. Ich kann es eigentlich nicht verstehen, warum einige Zeitgenossen sich mit dem, was andere haben, so schwer tun. Jeder hat doch die Möglichkeit, selber Erfolg zu haben." „Trotzdem", sagt Sue, „das sind Einzelne, die es immer geben wird. Unsere Landsleute zeichnet genau das aus, was wir vorhin festgestellt haben und deswegen lebe ich auch gerne in unserem Land. Ich bin wirklich gespannt auf Europa mit seiner Jahrtausende alten Kultur." Ein Stuart tritt heran und bietet auf einem Tablett zusammengestellte Getränke und Snacks an. Nachdem Maggie ihre

Auswahl getroffen hat, sagt sie: „ich glaube, ich bleibe doch für immer auf diesem Schiff. Hier lässt es sich leben."

Das Wissen und Können finden wir ganz sicher hier in Europa

Pete, Sue und Maggie sind nach ihrer Ankunft von Southampton sofort mit der Eisenbahn nach London gefahren. Sie werden in Paddington Station von John Grisham erwartet, dem künftigen Leiter ihrer Europazentrale. John Grisham ist ein stattlicher Mann, perfekt mit einem dunkelgrauen Anzug und einem Zylinderhut gekleidet. „Willkommen in London", sagt er und verbeugt sich tief vor den Damen. Er hat zwei Träger mitgebracht, die sich um das Gepäck kümmern.

Vor der Station wartet ein Taxi und schon geht es hinein in den Londoner Verkehr. Es beginnt ein wahres Taxirennen durch die Straßen und Gassen der Stadt. London fasziniert die Drei, eine atemberaubend alte Stadt, dicht bevölkert, mit viel Verkehr und Industrie, die sie schon bei der Einfahrt mit der Eisenbahn an der Peripherie gesehen haben.

Auf dem Weg zum „Kensington Continental" fahren sie schon bei der ersten Fahrt durch London am Buckingham Palast vorbei. Sie bewundern das gewaltige, alte Bauwerk und die eindrucksvoll sich bewegenden Wachen am Eingang des Palastes. Vor dem Hotel werden sie von Pagen erwartet, die sie freundlich begrüßen und sich sofort um das Gepäck kümmern. In der Hotellobby herrscht viel Betrieb. Es gibt mehrere Sitzecken und Gruppen von Personen, die dort intensiv miteinander sprechen und offensichtlich Teestunde halten. Neben dem Ausgang zum hoteleigenen Park wird auf einem Flügel Musik gespielt. Niemand von den Gästen nimmt Notiz von den Neuankömmlingen.

Das Hotelpersonal ist dagegen umso eifriger um sie bemüht. „Sie kommen aus den USA?" fragt der Bedienstete an der Rezeption, „ich hoffe, sie hatten eine gute Überfahrt. Mein Gott, da möchte ich einmal in meinem Leben auch noch hin." „Tun sie es doch einfach", sagt Pete lächelnd, „wenn sie morgen das Schiff in Southampton nehmen, sind sie schon in einer Woche in New York." „Tatsächlich?" fragt der Bedienstete etwas verlegen, „wie klein doch die Welt geworden ist, Sir. Ich werde es mir überlegen, aber ich fürchte, mit morgen wird das noch nichts." „Wie heißen sie?", fragt Pete, „wir werden in zwei Wochen mit der „Spirit of Liberty" von Southampton aus zurückreisen, vielleicht sehen wir sie ja auf dem Schiff." „Mein Name ist Steve Stapelton, Sir. Ich glaube, sie haben mich ganz verwirrt. Hoffentlich bringe ich heute nicht alles durcheinander. Ich wünsche ihnen einen guten Aufenthalt in London, Sir." Pete lässt einen sichtlich verwirrten Hotelangestellten zurück.

In London werden verschiedene Gespräche geführt und Verträge geschlossen. Eine Europazentrale mit drei Mitarbeitern wird in der Bondstreet eröffnet. Dazu wurden einige Geschäftspartner und Politiker zu einem Empfang eingeladen. John Grisham hat alles dazu vorbereitet. Die Räumlichkeiten der „Chandler Holding Company" sind sehr repräsentativ ausgewählt und eingerichtet und es haben sich an die fünfzig Gäste in den Räumlichkeiten eingefunden. Pete ist an das bereitgestellte Podium getreten und begrüßt die Anwesenden:

„Ladies and Gentlemen", beginnt er, „ich möchte sie in unserer Europazentrale begrüßen und ich danke ihnen für ihr Kommen. Die Chandler Holding ist ein Unternehmen in den Vereinigten Staaten, das sich zum Ziel gesetzt hat, die in den USA noch fehlenden Industriezweige voranzubringen. Vor allem im Westen der Vereinigten Staaten, woher wir kommen, fehlt es noch an vielem, aber das Land Texas ist unendlich reich an Bodenschätzen, gesegnet durch eine atemberaubende Natur, und mehr noch, durch eine Bevölkerung, die nur ein Ziel kennt: vorwärts.

So bieten sich auch Unternehmen atemberaubende Möglichkeiten in der Erdölbranche, im Städte- und Straßenbau, in der Ernährungswirtschaft und im Ausbau der Mobilität. Mit all den Dingen befassen wir uns und ich möchte ihnen meine Frau Sue und meine Schwester Maggie vorstellen, die mitten unter ihnen sind." Freundlicher Beifall. „Wir wissen natürlich auch, dass wir noch Vieles lernen und aufbauen müssen und das Wissen und Können finden wir ganz sicher hier in Europa und in England, dem ersten Ziel unserer Reise.

Mittlerweile haben sie uns ja auch verziehen, dass wir Amerikaner uns selbstständig gemacht und einen eigenen Staat gegründet haben." Leises Gelächter. „Andrerseits haben wir Amerikaner auch ihnen verziehen, dass sie das nicht gleich verstehen wollten, aber das alles ist Geschichte. Heute verbindet Amerika und Großbritannien eine verlässliche Freundschaft und wir Amerikaner wissen sehr genau, wo die Wurzeln unserer Vergangenheit sind und welcher Kultur wir uns zugehörig fühlen können. Ich möchte mich kurz fassen, denn für geschäftliche und politische Gespräche gibt es in den nächsten Tagen Gelegenheit genug. Ich möchte ihnen aber noch sagen, dass wir uns freuen würden, sie − wer immer die

Gelegenheit haben wird – auch einmal in unserem Land zu begrüßen und ihnen zu zeigen, wie wir leben und was uns Amerikaner verbindet.

Fühlen sie sich bitte wohl in unseren neuen Räumlichkeiten und nutzen sie diese Firmeneinrichtung für alle Geschäfte, die wir in Zukunft gemeinsam betreiben wollen. Unser Repräsentant hier ist John Grisham, den ich bei dieser Gelegenheit auch vorstellen möchte, wo ist er? John, zeig dich doch bitte einmal. Hier ist er, meine Damen und Herren, bringen sie ihm bitte ihr Vertrauen entgegen, besser noch ihre geschäftlichen Angelegenheiten. Ich danke ihnen." Freundlicher Beifall beendet Petes Rede, der sich danach unter die Gäste mischt.

Bei den Gesprächen in den nächsten Tagen fällt auf, dass es in England gegenüber den anderen europäischen Ländern, allen voran Deutschland, schwere Vorbehalte gibt. Deutschland ist nicht gut angesehen, da es nach Kolonien trachtet, allgemein als wirtschaftlich stärker angesehen wird und vor allem ein riesiges Flottenbauprogramm betreibt, eine Provokation gegen England. Anlässlich eines Abendessens erklärt Sir Edward Salisbury, ein Abgeordneter des Oberhauses, die politische Situation.

„Der deutsche Kaiser muss verrückt sein", erklärt Sir Edward Salisbury ganz undiplomatisch, „er ist mit unserer Queen verwandt und macht eine englandfeindliche Politik. Immer große und anmaßende Worte. Die englische Presse kümmert sich kaum noch um den Unsinn, den unsere eigenen Politiker reden. Immer der Kaiser voran mit den unmöglichsten Sprüchen. Er möchte auch ein Weltreich führen, als wäre das britische Weltreich nicht schon Problem genug und sein durchgedrehter Großadmiral Tirpitz lässt Kriegsschiffe bauen, so dass die englischen Werften schon gar nicht mehr mithalten können. Wenn der Kaiser nur ein bisschen Grips im Kopf hätte, würde er besser mit England eine für beide Seiten erträgliche Flottengröße aushandeln und beide Länder hätten noch Geld, um die Renten der Kriegsveteranen zu bezahlen. Wenn das so weiter geht, wird Europa einen schlimmen Krieg erleben."

„Was ist mit den Franzosen?" möchte Pete wissen. „Die Franzosen würden Deutschland lieber heute als morgen angreifen. Die haben nicht vergessen, dass man ihnen 1871 Elsass Lothringen weggenommen hat und dass der Rhein nicht mehr ihre Grenze ist. Die Franzosen können vor lauter Patriotismus gar nicht mehr klar denken. Ich sage ihnen, ein Funke und der ganze Frieden fliegt in Europa in die Luft."

„Das hört sich ja nicht gut an", meint Pete, „hoffentlich kann sich Amerika da heraushalten." „Ja, hoffen sie das nur, aber das ist alles noch viel schlimmer", fährt Salisbury fort, „da gibt es ja noch mehr Verrückte in Europa. Da ist noch der Kaiser von Österreich, eine Figur aus dem vorigen Jahrhundert. Der träumt auch von Größe und Weltreich und verfügt über eine Armee von Praline' Soldaten, die vielleicht noch imstande sind, Hoffräuleins den Kopf zu verdrehen, sich zu schlagen und Schulden zu machen, aber außer Walzer beherrschen die nichts Militärisches mehr. Dennoch möchte Österreich den Balkan und Ungarn beherrschen und lässt keine Gelegenheit aus, den russischen Zaren zu beleidigen."

„Das ist ja furchtbar", sagt Pete, „aber Russland ist doch wohl vernünftig?" Salisbury schüttelt mit dem Kopf. „Der russische Zar ist genauso verdreht wie die ganze dynastische Inzucht in Europa, alle verwandt und verschwägert, unmoralisch und ungebildet. Russland versucht ständig, sich nach Süden in den Kaukasus und darüber hinaus zu Lasten des Osmanischen Reichs, man nennt es - den kranken Mann am Bosporus - auszudehnen. Dabei ist das Land schon so groß, dass es gar nicht mehr regiert werden kann. Ich sage ihnen Mister Chandler, das geht nicht gut. Es wird bald einen Weltkrieg geben und danach werden wir in einer anderen Welt aufwachen.

Der dynastische Adel kapiert überhaupt nicht, dass er gegenüber einer rasch wachsenden Bevölkerungszahl auch soziale Verpflichtungen hat. In Zukunft wird es um eine Verbesserung der Lebenssituation der Menschen gehen und nicht mehr darum, ob jeder Prinz und jede Prinzessin auch richtig verheiratet werden kann. Die Menschen werden sich das nicht mehr gefallen lassen. Europa wird von Amerika lernen, wie ein geordnetes, demokratisches Staatswesen auszusehen hat." „Ehrlich gesagt, Mister Salisbury", sagt Pete nachdenklich, „so habe ich das noch nie gesehen. Danke für ihre drastische Politikstunde. Besuchen sie mich doch einmal in Washington. Ich würde ihnen dann gerne auch unsere Politik erklären."

Touristisch gibt es ebenfalls viel zu sehen: den Tower, das Parlamentsgebäude und Piccadilly Circus. Kulturell ist auch ein Besuch in der Oper ein großes Ereignis. Dann geht es weiter nach Frankreich, denn es ist noch viel zu tun auf dieser ersten Europareise.

Hier gibt es noch offene Rechnungen aus dem deutsch-französischen Krieg

Mit der Eisenbahn geht es nach Dover, mit dem Schiff von Dover nach Calais und weiter mit der Eisenbahn nach Paris. Sie wohnen im Hotel de Ville, einem Prachtbau im Stile eines Renaissance Schlosses, und bewundern die so völlig andere Hauptstadt, die wie aus einem anderen Jahrhundert wirkt. Die breit angelegte Avenue de Champs-Elysses mit dem Arc de Triomphe steht in krassem Gegensatz zu den kleinen, gemütlichen Plätzen und Gassen in den Stadtteilen. Prachtvoll sind die Bauwerke aus dem 18.Jahrhundert, so der Elysee-Palast, das Pantheon und der Louvre. Ein ganz besonderes Bauwerk ist der Eiffelturm, der wegen seines strengen technischen Aussehens so gar nicht in das klassische Bild der übrigen Architektur passen will, aber dennoch einen gewissen Reiz ausübt. An dem Eiffelturm laufen immer noch Bauarbeiten. Irgendwie scheint er noch nicht fertig zu sein.

Insbesondere die abendlichen Rundgänge entlang der Seine und vorbei an Notre Dame machen ihnen viel Vergnügen. Das raffinierte Essen in den kleinen Restaurants und der französische Wein tun ihr Übriges. Alle Drei sind begeistert von der Atmosphäre dieser Stadt, die einen einfühlsamen Menschen nicht unberührt lassen kann.

Die Geschäfte sind in den nächsten Tagen schnell erledigt, einige Verträge werden geschlossen. Dabei geht es vor allem um die Lieferung von Fleischkonserven, umgekehrt wird ihnen angeboten, französischen Wein nach Amerika einzuführen, was ursprünglich gar nicht in ihrer Planung lag.

Die politischen Gespräche mit Abgeordneten geben zu denken. Was schon in England erkennbar war, bestätigt sich auch hier. Frankreich ist schlecht zu sprechen auf Deutschland. Hier gibt es noch offene Rechnungen aus dem deutsch- französischen Krieg von 1870/71. Die Wegnahme von Elsass- Lothringen schmerzt und in Frankreich gilt es als ausgemacht, dass der Rhein die natürliche Grenze zu Deutschland ist. Dafür wäre man wohl auch zu einem Krieg bereit. Etwas wehmütig verlassen Pete, Maggie und Sue Paris mit der Eisenbahn und sind fast einen Tag und eine Nacht unterwegs nach Berlin.

Schade, dass es so etwas in Amerika nicht gibt

In Berlin wohnen sie im Hotel „Adlon". Diese Hauptstadt ist ganz anders. Sie vermittelt Ordnung, Arbeitsamkeit, Industrie und strenge preußische Bauten und Alleen. In Berlin werden Verträge mit der Lebensmittelindustrie und in Marienfelde für Fahrzeuge geschlossen. Es werden auch politische Gespräche geführt.

Die allgemein negative Stimmung in Europa spiegelt sich auch hier wider, wenn auch mit anderen Begründungen. Man hat den Eindruck, dass Deutschland sich trotz seiner industriellen Erfolge nicht ausreichend gewürdigt fühlt. Man will Kolonien, dazu braucht man eine starke Flotte und man will Augenhöhe gegenüber England, vor allem in der Weltpolitik.

Auffallend ist das Erscheinungsbild einer stark vom Militär dominierten Bevölkerung. Viele Uniformen sieht man im Straßenbild. Den Uniformierten wird hier offensichtlich eine besondere Hochachtung entgegengebracht. Das war in England und Frankreich anders.

Auf einer langen Eisenbahnfahrt nach Bayern werden die verschiedenen Landschaften bewundert, wird in München schließlich Station gemacht. Gewohnt wird im „König Ludwig von Bayern". München ist eine gemütliche Stadt, landesverbunden, urban. Von hier aus fährt man mit einem Automobil an den Chiemsee und weiter in die Alpen. Pete, Sue und Maggie sind fasziniert. Die Königsschlösser Bayerns sind älter als die Vereinigten Staaten.

Den Abschluss bildet eine Weiterfahrt nach Cannstatt, wo Daimler-Benz Fahrzeuge bestellt werden. In Cannstatt besichtigen sie zum ersten Mal ein Werk, in dem Automobile in größerer Stückzahl hergestellt werden. In den Gesprächen mit der Geschäftsleitung wird ihnen deutlich, welche Bedeutung das Transportmittel „Automobil" in der Zukunft haben wird. Ihnen wird klar, dass diese Entwicklung an Amerika nicht vorbeigehen wird. Sie schließen Lieferverträge und einen Generalvertrag für den Vertrieb der Fahrzeuge in den Vereinigten Staaten.

Den Abschluss der ereignisreichen Reise bildet ein Volksfest in München, mit Musik und Bier und bayerischer Gemütlichkeit. Dazu hat die Geschäftsführung von Daimler Benz ihre neuen Partner eingeladen und es geht richtig zünftig zu. Tanzgruppen in historischen Kleidern führen Volkstänze auf und eine Blaskapelle macht die richtige Stimmungsmusik dazu. Schade finden sie nur, dass es so etwas in Amerika nicht gibt.

So geht es schließlich per Eisenbahn wieder zurück nach Calais, weiter mit dem Schiff nach Dover und weiter nach Southampton.

Von dort geht es dann zurück nach Amerika. Auf der Rückfahrt lassen sie noch einmal ihre Eindrücke Revue passieren. Man ist sich einig, dass diese Reise geschäftlich ein voller Erfolg war. Politisch brodelt es jedoch in Europa und es könnte zum Krieg kommen, wobei niemand weiß, was das auch für die Vereinigten Staaten bedeuten würde.

Gleich zu Beginn der Rückreise gibt es noch eine Überraschung. Auf dem Sonnendeck trifft Pete ein bekanntes Gesicht aus England. Es handelt sich um Steve Stapelton, den Hotelangestellten aus London. „Das ist aber eine Überraschung", sagt Pete, „mit allem hätte ich gerechnet, aber nicht mit ihnen." „Ja, Mister Chandler", sagt Stapelton, „genau genommen kann ich es ihnen verdanken, dass ich jetzt auf diesem Schiff bin. Vielleicht brauchte ich ja auch nur noch einen kleinen Stoß, um meinen Traum wahrzumachen. Den habe ich von ihnen erhalten." „Setzen wir uns doch", sagt Pete, „was werden sie in den Vereinigten Staaten machen?" Stapelton schaut etwas verlegen. „Wenn ich es wüsste, würde ich es ihnen sagen. Ehrlich gesagt, ich habe keine Vorstellung, was ich in Amerika machen werde und wohin ich gehen soll. Dennoch freue ich mich auf eine ungewisse Zukunft."

Pete ist sprachlos. „Das gibt es doch gar nicht", sagt er, „und ich habe sie noch dazu überredet. Wissen sie was, Mister Stapelton, kommen sie doch mit uns nach Washington, da kann ich ihnen vielleicht helfen. Erzählen sie mir doch mal, was sie so alles gemacht haben, bis sie in London in dem Hotel gelandet sind." „Alles und nichts, Mister Chandler", sagt Stapelton, „mein richtiger Name ist eigentlich Stapillon, ich stamme nämlich aus Frankreich, aus dem Elsass genaugenommen, wo meine Eltern einen kleinen Winzerbetrieb hatten. Nachdem unsere Heimat aber Deutschland zugeordnet wurde, habe ich mich entschlossen, nach England zu gehen und meinen Namen etwas den Inselgewohnheiten angepasst. Stapelton klingt englischer, finden sie nicht?"

„Zweifellos", sagt Pete etwas nachdenklich, „so, so, im Weinanbau waren ihre Eltern tätig. Verstehen sie denn etwas von Wein?" „Ganz bestimmt, Mister Chandler. Als Junge musste ich fleißig mithelfen, im Weinberg, bei der Ernte und in der Kelterei. Ich glaube, wir hatten den besten Wein im ganzen Elsass. Na ja, das ist vielleicht etwas übertrieben, aber ein Winzer muss seinen Wein immer für den Besten halten." „Verstehe", sagt Pete, „das ist ja interessant. Wissen sie was, Mister Stapelton, da hätte ich vielleicht sogar etwas für sie. Wir haben überraschenderweise in Frankreich Verträge zum Weinimport nach Amerika abgeschlossen und da könnten wir einen Fachmann wie sie, gut gebrauchen. Wie wär's, hätten sie Lust für uns zu arbeiten?" „Unter einer Bedingung", antwortet Stapelton, „ich würde gerne wieder Stapillon heißen." „Einverstanden", sagt Pete und gibt Stapelton die Hand, „das ist ein Vertrag, Mister Stapelton, Verzeihung Stapillon. Sie sind unser Mann für das künftige Weingeschäft. Willkommen an Bord."

Es sollte mich wundern, wenn wir den nicht fertigmachen könnten

Zurück in Washington beginnt der Vorwahlkampf. Die Partei der Konservativen plant die Wahlkampfauftritte der Kandidaten. Neben Pete hat auch der konservative Abgeordnete Kenneth Grayborn Aussichten auf die Kandidatur. Es geht darum, den demokratischen Amtsinhaber Ulyssis S. Grant abzulösen. Er ist der einzige demokratische Politiker, der zum ersten Mal die lange Reihe konservativer Präsidenten durchbrochen hat. Wegen schwerer Korruptionsvorwürfe gegen den amtierenden Präsidenten und seine Regierung, stehen die Aussichten für einen konservativen Kandidaten gut. Pete bespricht mit dem Wahlkampfleiter, James Crash, das Programm der nächsten Monate. Dabei kommen ihm zum ersten Mal Bedenken.

„Mister Chandler", erläutert Crash das anstehende Programm, „wir werden Wahlkampfauftritte in allen großen Städten haben. Die Säle sind bereits angemietet, die Plakate sind verteilt. Sie werden ein großes Publikum haben. Über die Wahlkampfreden müssen wir noch sprechen. Wir müssen die Schwachstellen des Amtsinhabers gnadenlos aufdecken und seine Korruption an das Licht der Öffentlichkeit zerren. Es sollte mich wundern, wenn wir den nicht fertigmachen könnten." Pete sagt zunächst kein Wort dazu und Crash fährt fort: „So eine Chance kann nicht ungenutzt bleiben. Ein Präsident, der Bestechungsskandale hat, ist eigentlich ein toter Mann. So ein Glück hat man selten. Wir brauchen den Leuten gar nicht zu sagen, was sie in Zukunft machen wollen. Der Skandal deckt alles zu."

„Finden sie das in Ordnung, Mister Crash", fragt Pete, „einen amtierenden Präsidenten auf diese Weise fertig zu machen, wie sie sich ausdrücken? Wie sicher sind denn die Vorwürfe gegen ihn? Gibt es eine Anklage?" „Nein, Mister Chandler, eine Anklage gibt es noch nicht, aber massenhaft Gerüchte. In der Skandalpresse brodelt es. Genau genommen kann uns das auch egal sein, ob an diesen Gerüchten etwas dran ist. Der Präsident ist doch selber schuld an seiner Situation, wenn in solcher Weise über ihn geredet wird.

Irgendetwas ist doch immer dran an Gerüchten und ihnen hilft es bei der Kandidatur."

„Das kann man natürlich so sehen, Mister Crash, aber ich habe auch gewisse Vorstellungen, von Anstand und Sitte und dem, was sich gehört. Und da passt eine solche Einstellung nicht ganz zu meiner Welt." Crash schaut verwundert und meint: „Ich dachte sie wollen die Wahl gewinnen und ich muss einen Weg finden, damit sie Präsident werden. Wenn sie überall nur den lieben Sohn aus gutem Hause spielen wollen, Blümchen und Lob auf den Amtsinhaber verteilen wollen, dann brauchen sie gar nicht erst anzutreten. Was glauben sie, was die Gegenseite schon alles gegen sie vorbereitet. Darüber müssen wir auch noch sprechen, denn das kann so nicht alles hingenommen werden. Da müssen wir ordentlich gegenhalten, Mister Chandler."

„Also, eine allgemeine Schlammschlacht auf beiden Seiten? Darüber muss ich erst noch einmal nachdenken. Ich weiß nicht, ob ich dazu bereit bin, Mister Crash." Crash schaut verwundert und sagt: „Das kann ja heiter werden. Lassen sie sich aber nicht zu lange Zeit mit ihren Überlegungen, sonst läuft uns die Zeit davon. Einen besseren Plan habe ich nicht, Mister Chandler." „Macht nichts", sagt Pete, „meine Seele werde ich im politischen Geschäft ganz bestimmt nicht verkaufen. Wenn es nur diesen Weg gibt, Präsident zu werden, dann bleibe ich lieber, was ich bin."

Mit Bone werden wir keine Verbesserung der Situation erreichen

Pete und Maggie sitzen in der Konzernzentrale in Washington zusammen. Julie Justin berichtet über ihre Eindrücke während des

Volontariats. Sie ist begeistert von dem Unternehmen und hat eine Reihe von Vorschlägen, wie die einzelnen Firmen weiter entwickelt werden können. Dann kommt sie auf die Zustände bei der Erdölförderung in Sandy Mills zu sprechen. Sie schildert die chaotischen Zustände auf den Baustellen und die Verschandelung und Schädigung der Landschaft und der Natur. All dies kann zu einem beträchtlichen Imageschaden für das ganze Unternehmen führen.

„Ich weiß nicht, wie lange sie nicht mehr auf den Ölfeldern waren, Mister Chandler", sagt Julie, „aber ich komme direkt von dort. Ich kann ihnen sagen, es sieht schlimm dort aus. Die Arbeiter hausen dort wie Tiere und überall ist Erdöl in großen Seen ausgelaufen. Das Schlimmste aber ist, dass der Bauleiter, Christopher Bone, keinerlei Verständnis dafür hat, dass sich etwas ändern muss. Mit Bone werden wir keine Verbesserung der Situation erreichen." „Dann müssen wir ihn rausschmeißen", schaltet sich jetzt Maggie ein, „Bone ist für die Zustände verantwortlich. Wir werden ihn aber kaum für die Folgen seines verantwortungslosen Handelns haftbar mache können. Haben sie eine Vorstellung, Julie, wie wir das Öl da wieder wegkriegen?" „Ehrlich gesagt, nein", sagt Julie, „es muss wahrscheinlich abgesaugt und wegtransportiert werden, aber wohin damit? Das frage ich mich schon die ganze Zeit. Ich habe allerdings auch eine Idee." „Raus damit", sagt Maggie, „wir brauchen eine Problemlösung." „Öl bleibt ÖL", fährt Julie fort, „egal ob es aus der Erde oder aus einem See kommt, es hat die gleiche Qualität. Wir könnten es vielleicht direkt auf dem Erdölfeld weiter verarbeiten. Das klingt vielleicht verrückt, könnte aber doch eine Lösung des Problems darstellen." „Sie meinen, wir sollten es direkt auf dem Ölfeld raffinieren?" schaltet sich Pete jetzt ein. „Warum nicht?" sagt Julie, „gibt es irgend einen Grund, warum dort keine Raffinerie stehen soll?" „Im Grunde genommen gibt es keinen Grund. Es ist doch egal, ob wir das Erdöl zur Raffinerie transportieren oder die Raffinerie zum Erdöl bringen. Raffiniert werden muss in jedem Fall. So schlagen wir zwei Fliegen mit einer Klappe."

Pete hält das für eine gute Idee und merkt dann noch an, dass die Zustände auf dem Ölfeld auch seinen Wahlkampfbemühungen schaden können. Julie Justin erhält ihren ersten Auftrag, Vorschläge für eine Verbesserung der Situation bei der Erdölförderung auszuarbeiten und das Projekt einer Raffinerie auf dem Ölfeld zu planen. Erste Ergebnisse werden schon bald benötigt. Außerdem wird ein neuer Baustellenleiter benötigt. Christoper Bone soll entlassen werden.

Meine Damen und Herren, ich verspreche hiermit vor Zeugen, dass ich in Zukunft alles tun werde, um älter zu werden

Pete führt eine Wahlkampfveranstaltung in Chicago durch, es herrscht ein Riesenauflauf. Viele Menschen besuchen die zurzeit laufende Weltausstellung und nutzen die Gelegenheit, den jungen Präsidentschaftskandidaten zu sehen. Pete hält seine erste Wahlkampfrede und entwickelt sein Programm.

„Ladies and Gentlemen", ruft Pete in die Menge, "ich freue mich, so viele Wählerinnen und Wähler einmal persönlich zu sehen. Und genauso freut es mich natürlich, mich ihnen einmal vorstellen zu können. Ich weiß, dass sich viele die Frage stellen, ob ich als Präsidentschaftskandidat nicht zu jung bin. Nun, ich bin jetzt achtundvierzig Jahre alt und das ist nach der Verfassung der Vereinigten Staaten alt genug für das Amt. Aber ich bin für manche meiner politischen Kontrahenten offensichtlich nicht alt genug. Der amtierende Präsident ist achtundsechzig Jahre alt, wie kann da ein zwanzig Jahre jüngerer, der ausgerechnet auch noch aus Texas kommt, gegen den Präsidenten antreten?"

Allgemeine Belustigung und leises Gelächter ist zu hören. „Ja, sie lachen, aber das scheint ein wirkliches Problem zu sein. Ich habe mir lange überlegt, was ich meinen politischen Kontrahenten antworten soll und mir ist immer nur das gleiche eingefallen, meine Damen und Herren. Ich verspreche hiermit vor Zeugen, dass ich in Zukunft alles tun werde, um älter zu werden." Brüllendes Gelächter und begeisterter Beifall branden auf. Das Eis ist gebrochen.

„Das ist natürlich nicht mein politisches Programm, meine Damen und Herren, aber so leicht macht man es mir in diesem Wahlkampf. Nachdem das also geklärt ist, erwarten sie natürlich zu Recht, dass ich ihnen erkläre, welche politischen Ziele ich mit meiner Kandidatur verbinde und worauf sie sich einstellen müssen, sollte ich Präsident der Vereinigten Staaten werden. Liebe Wählerinnen und Wähler! Ich - Pete Chandler - stamme aus Texas, und ob sie es glauben oder nicht, dort leben ganz normale Menschen, die das große und weite Land entwickeln, Nahrungsmittel auch für die östlichen Staaten herstellen und Erdöl liefern für eine sich rasant entwickelnde Zukunft im ganzen Land.

Wir Texaner, lieben unseren Staat und wir lieben die Vereinigten Staaten von Amerika, das Land, von dem wir alle glauben, dass es das schönste Land auf der Erde ist." Tosender Beifall. „Ja, es ist das schönste Land auf der Erde, weil wir Amerikaner täglich unsere Träume verwirklichen, Träume ein unglaublich großes Land zu entwickeln, Träume von der Erreichbarkeit aller vernünftig gesetzten Ziele, Träume von Gerechtigkeit und Demokratie, Träume von der grenzenlosen Freiheit jedes Einzelnen und Träume von der Zukunft unseres Landes, in dem unsere Kinder ebenso ihre Träume verwirklichen sollen, wie wir alle das heute tun."

Spontaner Beifall braust auf, dazwischen Hoch-Rufe. Pete macht eine kleine Pause und schaut freundlich in die Menge. Als der Beifall langsam nachlässt, fährt Pete fort: „Meine Damen und Herren, zwischen Virginia, New York, Massachusetts und den anderen Oststaaten und Texas, New Mexiko, Colorado und Kalifornien, den neuen Staaten im Westen, liegen immer noch Welten. Der Osten ist hoch entwickelt und der Stabilitätsanker für unser Land. Der Westen, befindet sich in einer enormen Entwicklung, dort stürmen die Menschen noch in die Zukunft, erobern immer neue Gebiete, bauen Eisenbahnen und Straßen, finden Erdöl und Gold, züchten gewaltige Rinderherden und betreiben große Farmen zur Getreideproduktion. Ich habe den Traum, dass beide Teile des Landes sich respektieren, zusammenhalten und gemeinsam ein neues Amerika schaffen, das eines Tages, das bedeutendste Land der Erde sein wird. Wir alle können dazu beitragen."

Nicht enden wollender Beifall. „Ja, das bedeutendste Land der Erde kann Amerika werden. Ich war vor kurzem in Europa und ich war entsetzt, wie die Regierungen dort miteinander umgehen und mit dem Feuer spielen. Es gibt keine Einigkeit in Europa, nur offene, alte Rechnungen, Missgunst zwischen den Staaten und überall der Wunsch, endlich wieder Krieg gegeneinander führen zu können. Dabei ist Krieg das Schlimmste, was Menschen sich gegenseitig antun können. Und ehrlich gesagt, sind es ja auch nicht die Menschen in Europa, die den Krieg wollen, es sind die alten und überaus einflussreichen politischen Strukturen und Protagonisten einer langsam untergehenden Welt. Es waren diese Zustände in der alten Welt, meine Damen und Herren, die unsere Vorfahren veranlasst haben, Europa zu verlassen und hier in Amerika eine neue Welt aufzubauen, eine Welt mit Chancen für alle und eine Welt des Friedens. Sollte ich Präsident der Vereinigten Staaten werden, dann werde ich alles tun, um unser Land aus einem Krieg in Europa herauszuhalten."

Wieder brandet Beifall auf, die Menschen sind begeistert. Nach einer kurzen Pause fährt Pete fort: „Meine Damen und Herren, ich werde aus den vorderen Reihen gefragt, was ich von den Korruptionsvorwürfen gegen den amtierenden Präsidenten halte." Jetzt wird es sehr ruhig in der Menge. „Meine Damen und Herren, sie werden von mir kein Wort zu solchen Vorwürfen hören. Ich werde mich zum Programm jedes Präsidentschaftskandidaten äußern, wenn es eines gibt. Über die Amtsführung des demokratischen Amtsinhabers Ulyssis S. Grant werde ich mich nicht äußern. Im Wahlkampf setzt man sich mit politischen Themen auseinander und nicht mit Gerüchten. Wir sollten bedenken, dass wir hier über den amtierenden Präsidenten der Vereinigten Staaten sprechen, der unser Vertrauen und unseren Respekt verdient."

Es ist immer noch ganz ruhig in der Menge, dann brandet erneut Beifall auf, die Menschen schauen sich an und jubeln Pete zu, der mit einigen wenigen Sätzen seinen Wahlkampfauftritt beendet. „Verehrte Anwesende", ruft Pete in die Menge, „ich möchte für ein einiges Amerika kämpfen und bitte sie dazu um ihre Stimme. Es lebe unser schönes Land, Gott schütze Amerika."

Erneuter Jubel brandet auf, nicht enden wollender Beifall und in die Begeisterung hinein, intoniert eine Kapelle die Nationalhymne, die begeistert mitgesungen wird. Mit beiden Armen in die Menge grüßend und Hände- schüttelnd verlässt Pete die Bühne.

Durch seine geschickte Rede konnte Pete schwierige Fragen an ihn vermeiden. Dennoch haben diese sich nicht erledigt. Dabei wird es erwartungsgemäß um die Doppelbelastung als Unternehmenschef und Politiker gehen und um die Naturschädigungen durch Erdölförderung in Sandy Mills. Pete wird darauf Antworten geben müssen. In einem internen Gespräch mit James Clash, seinem Wahlkampfmanager, wird die weitere Strategie besprochen. Allen Beteiligten des Teams ist klar, dass die Schwachpunkte beseitigt werden müssen. Obwohl Clash die Einlassungen Petes auf den Präsidenten nicht clever genug findet, muss er sich den Vorgaben Petes fügen, und die bestehen darin, den amtierenden Präsidenten nicht schlecht zu machen.

Ich staune über die Aufbruchstimmung in Amerika

In die Wahlkampfauftritte wird ein Besuch der Weltausstellung in Chicago einbezogen. Hier kann Pete sich einem großen Publikum zeigen und bekannt werden. Die Weltausstellung findet in der Lagunenparklandschaft am Michigan See statt, hat siebzigtausend Aussteller aus aller Welt angezogen und wird begleitet von einem großen Freizeitpark mit dem Wahrzeichen des größten Riesenrades der Welt.

Petes Konzern hat zum ersten Mal einen Ausstellungsstand eingerichtet, auf dem wechselweise Ron, Maggie, John Simons oder Pete die Ehrengäste, Geschäftspartner und Besucher begrüßen. Pete erhält von dem Generaldirektor der deutschen Automobilfirma Daimler Benz, Heinrich Dachser, Besuch, der das Angebot „den Vertrieb der deutschen Fahrzeuge für Amerika" zu übernehmen mit ihm detailliert besprechen möchte. Auf dem Stand der Chandler Holding Incorporation werden einige Fahrzeuge vom Typ Daimler Benz gezeigt, darunter ein schickes Cabriolet mit Ledersitzen und viel Chrom, das allgemein bestaunt wird. Pete und Dachser haben sich in einem Besprechungsraum zurückgezogen und Dachser eröffnet das Gespräch.

„Ich staune über die Aufbruchstimmung in Amerika", sagt er, „man wird direkt davon angesteckt. Schade, die ist in Europa so nicht mehr zu spüren. Alle reden nur noch vom Krieg. Manche sind ganz versessen darauf, als wäre Krieg nur ein Gesellschaftsspiel. Niemand kann sich vorstellen, welche ungeheuren Werte in einem Krieg vernichtet werden und den Schaden kann ohnehin niemand berechnen." „Da haben sie Recht, Mister Dachser", stimmt Pete zu, „ich habe das bei meinem Aufenthalt in Europa auch gespürt und ich kann es nicht begreifen. Können sie, wenn es zu einem Krieg kommt, überhaupt produzieren und exportieren?" „Ich hoffe es, aber niemand weiß das genau", brummt Dachser, „ich habe mir schon überlegt, ob wir nicht ein Automobilwerk in Amerika aufbauen sollten. Wie wäre es, würden sie sich daran beteiligen? Den Vertrieb haben sie ja schon."

„Ich könnte mir das vorstellen", antwortet Pete, „haben sie das schon einmal in einem anderen Land gemacht?" „Haben wir nicht, aber ich habe ein kleines Team damit beauftragt, mir alle notwendigen Planungsunterlagen dazu zusammenzustellen. Dieses Team könnte ich zu ihnen schicken und würde sie bitten, einen geeigneten Standort in Amerika zu finden. Ich habe auch den Entwurf eines Gesellschaftervertrages dabei. Den sollten sie sich einmal genau ansehen. Können wir uns morgen Abend zum Essen treffen und alles Weitere besprechen, Mister Chandler?" „Einverstanden", sagt Pete, „sie sind mein Gast. Wir haben hier ein tolles Restaurant direkt am Michigansee. Es heißt Bronsons Seaside Inn. Bronson war mein Partner und ist ein guter Freund von mir. Ich schlage vor, morgen um acht Uhr." „Einverstanden", sagt Dachser, „übrigens, ich möchte sie zu ihrer Wahlkampfrede beglückwünschen. Die war ganz ausgezeichnet. Was passiert eigentlich, wenn sie gewählt werden?" „Gar nichts", sagt Pete, „unser Unternehmen läuft dann ungestört weiter. Die Führungsfragen sind schon geregelt. In dem Falle würde ich eine Auszeit nehmen und meine Schwester Maggie wäre ihre Ansprechpartnerin. Sie wird morgen Abend dabei sein." „Entzückend", sagt Dachser, „Amerika steckt voller Überraschungen. Also, dann bis morgen Abend."

***

In New York tritt Pete vor einer großen Menge auf und wird bejubelt. Im Wahlkampf zeigt sich, dass Pete ausschließlich gegen ältere Männer antritt und dass sein noch jugendliches Auftreten ihm ganz besondere Sympathien bringt. Auf diese Karte soll im Weiteren gesetzt werden. Der Bankchef der New York Banc of Columbia, Henry Sachs, bittet Pete um ein Treffen. Sie verabreden sich zu einem Dinner in einem kleinen italienischen Restaurant, wo sie einen gemütlichen Abend verbringen. Im Laufe des Abends sondiert Sachs eine mögliche Zusammenarbeit der Bank mit Petes Konzern. Sachs rechnet Pete die Vorteile eines eigenen Bankhauses vor und bietet die Übernahme einer Beteiligung der Bank am Konzern von zwanzig Prozent an, im Gegenzug soll der Konzern dafür dreißig Prozent Anteile an der Bank übernehmen. Das Geschäft kommt zustande. Der Konzern wächst weiter, wird unabhängiger und weitet sich in den Geschäftsbereichen immer mehr aus. Pete fragt Sachs auch, was er von einer Kapitalbeteiligung in der aufstrebenden Elektrotechnikindustrie hält. Dieses könnte ein Energiebereich der Zukunft werden, der völlig unabhängig von der Erdölindustrie Energie produzieren könnte. Sachs bestaunt die Weitsicht von Pete und bestätigt ihm seine Überlegungen. Er weist darauf hin, dass es zurzeit zwei junge Unternehmer gibt, die den Markt mit unterschiedlichen technischen Konzepten aufbauen. Beide brauchen dringend Kapital. Da wäre ein Einstieg in eine Zukunftstechnologie jetzt gut möglich.

Kommen hierher direkt von der Hochschule und wollen mir Vorschriften machen

Julie Justin und Christopher Bone treffen sich auf dem Gelände der Erdölförderung in Sandy Mills. Sie besichtigen die ausgedehnte Anlage und Julie teilt Bone mit, dass sie den Auftrag von Pete Chandler hat, mit dem Baustellenleiter über notwendige Änderungen auf dem Firmengelände zu sprechen und Vorschläge dazu vorzulegen. Julie erläutert, was aus ihrer Sicht bei dieser

Arbeitsweise alles schief läuft und welchen Schaden der Ruf des Konzerns dadurch nehmen kann. „Die Zustände im Lager sind katastrophal" sagt Julie, „und die Schäden in der Landschaft durch ausgelaufenes Erdöl sind kaum noch zu beseitigen. Mister Chandler hat mich beauftragt, dafür zu sorgen, dass sich die Zustände hier schnellstmöglich ändern."

Bone ist platt, zeigt überhaupt kein Verständnis dafür und ist nicht bereit, von einer Frau überhaupt irgendwelche Ratschläge anzunehmen. „Was bilden sie sich eigentlich ein", stößt er hervor, „kommen hierher, direkt von der Hochschule, und wollen mir Vorschriften machen. Verziehen sie sich in ihre Küche und kümmern sie sich um ein ordentliches Essen und saubere Klamotten für ihren Mann, wenn sie überhaupt einen haben sollten. Hier bestimme ich und jetzt lassen sie mich zufrieden, ich habe zu tun." Bone dreht sich um und lässt Julie grußlos zurück.

Julie schüttelt den Kopf und setzt die Besichtigung alleine fort, führt Gespräche und erarbeitet einen Vorschlag an die Konzernleitung. Dann verlässt sie ebenfalls grußlos das Firmengelände und macht sich auf den Weg zurück nach Washington.

Ich werde selbstverständlich meine Aufgaben als Unternehmer ruhen lassen

Auf der Wahlkampfveranstaltung in Austin ist die Hölle los. Halb Texas ist auf den Beinen und möchte den jungen Präsidentschaftskandidaten bejubeln. Hier hat Pete ein Heimspiel, haben andere Kandidaten überhaupt keine Chance. Der amtierende

Präsident gilt als unbekannt, da er sich hier noch nie sehen lassen hat. Pete hält eine mitreißende Rede und der Beifall will kein Ende nehmen. Bei dieser Rede geht Pete ganz auf die Belange von Texas ein.

„Ladies and Gentlemen", ruft Pete in die Menge, „ich komme im Augenblick viel herum und werde als Texaner ziemlich bestaunt. Viele unserer Landsleute können sich offensichtlich gar nicht vorstellen, dass jemand aus Texas sich um das Amt des Präsidenten der Vereinigten Staaten bewirbt. Texas ist für viele noch eine unbekannte Welt, wo Menschen sind, die es im geordneten Osten nicht mehr ausgehalten haben, die untertauchen wollten und wo es weder Gesetz noch Ordnung gibt und wo das Verbrechen zu Hause ist." „Hört, hört!" ruft es aus der Menge. „Ja, das glauben viele", fährt Pete fort, „aber woher sollen sie es auch wissen. Ich erkläre den Menschen im Osten immer, was für eine wichtige Aufgabe es ist, wenn Menschen im Westen, von Texas bis Kalifornien dieses Land aufbauen. Ich erkläre ihnen, dass die Grundlagen ihrer Nahrung schon zum großen Teil aus Texas kommen und dass nichts über ein richtig großes Steak aus Texas geht. Wir müssen Geduld miteinander haben und uns gegenseitig anerkennen und genau das werde ich fördern, wenn ich Präsident dieses Landes werden sollte."

Beifall! „Und, Ladies and Gentlemen", fährt Pete fort, „ich möchte hier noch ein Thema ganz deutlich ansprechen, das mir zunehmend vorgehalten wird. Sollte ich zum Präsidenten dieses Landes gewählt werden, so werde ich selbstverständlich meine Aufgaben als Unternehmer ruhen lassen. Das ist doch ganz selbstverständlich. Ich werde mich dann ausschließlich um das Amt des Präsidenten kümmern und die Leitung des Unternehmens meiner Familie überlassen. Da wird es keine Interessenkonflikte geben, das verspreche ich ihnen."

Erneuter Beifall und Zustimmung. Pete geht noch auf die besondere Situation in Texas ein und auf die Bedeutung, die dieses Land in Zukunft haben wird. Er erklärt, dass er keine Beteiligung der Vereinigten Staaten an einem Krieg in Europa wünscht und er bittet darum, dass Rancher und Farmer künftig noch enger zusammenarbeiten sollen. Ein Anfang ist mit den Genossenschaften schon gemacht. Dann beendet eine gemeinsam gesungene Nationalhymne die Wahlkampfveranstaltung. Alles scheint in bester Ordnung zu sein.

Nach der Wahlkampfveranstaltung nimmt Pete seine Amtsgeschäfte im Gouverneursamtssitz wieder auf und es meldet sich ein Rechtsanwalt, namens Daniel Witherspoon. Dieser empfiehlt Pete ziemlich unverblümt, dass er einige hochrangige Politiker als Mandanten vertritt und dass diese ihm, Pete, raten, von der Präsidentschaftskandidatur zurückzutreten. Pete zeigt sich verwundert und bittet um Aufklärung.

„Die kann ich ihnen geben", sagt Witherspoon, „dass ein Präsidentschaftskandidat zugleich ein erfolgreicher Unternehmer ist, hat es noch nie gegeben. Meine Mandanten fürchten eine totale Vermischung der Amtsgeschäfte, wenn die Firmenzentrale künftig in das Weiße Haus verlegt würde. Amtsmissbrauch und Vorteilsnahmen wären die Folge." „Wer sagt ihnen eigentlich, dass ich nicht genau das mache, was ich eben auf der Wahlveranstaltung den Menschen gesagt habe, nämlich eine klare Trennung von Amt und Geschäft?" „Das sind Versprechen, Mister Chandler. Wir beide wissen doch genau, dass sich kein Kandidat um das schert, was er vor der Wahl versprochen hat." „Sie haben ja schöne Ansichten, Mister Witherspoon."

Witherspoon macht deutlich, dass seine Mandanten kein Interesse daran hätten, Pete als Geschäftsmann zu ruinieren, als Politiker solle er aber zurücktreten und nicht auch noch nach dem höchsten Staatsamt streben. Es war bisher guter Brauch, dass der amtierende Präsident auch wiedergewählt wird. Da gäbe es auch keinen Zweifel, bei den infrage kommenden anderen Kandidaten. Ein junger, erfolgreicher Unternehmer könne allerdings die Wiederwahl gefährden und das wollen seine Mandanten nicht. „Glauben sie mir, Mister Chandler, es ist das Beste für alle, wenn sie diesmal auf eine Kandidatur verzichten. Meine Mandanten bieten ihnen sogar an, sie in die Demokratische Partei aufzunehmen. Dann können sie das nächste Mal ganz sicher mit der Wahl zum Präsidenten rechnen. Wäre das nicht ein faires Angebot? Nehmen sie das nicht an, bin ich befugt, ihnen zu sagen, dass gegen sie eine Kampagne laufen wird, die sie niemals überstehen werden. Sie haben die Wahl, Verzicht und Ruhe jetzt und Präsident das nächste Mal oder Kampf und Kampagne und Reputationsverlust auf Dauer." Als Witherspoon gegangen ist, verabredet sich Pete mit seinem Vorgänger im Amt des Gouverneurs, Abraham Duffee, mit dem er sich zu einem Dinner treffen will.

***

Julie Justin trifft Pete in Austin bei einem Dinner und berichtet ihm über die negative Reaktion des Baustellenleiters Christopher Bone. Dann trägt sie Pete vor, was aus ihrer Sicht geschehen muss. Das gesamte Gelände der Erdölförderung muss entrümpelt und geräumt werden. Die Bauarbeiterbaracken sind zum Teil abbruchreif und müssen erneuert werden. Im Camp muss ein Mindestmaß an Ordnung einkehren, und ein Beauftragter eingesetzt werden, der die Rechte und Pflichten des Hausherrn übernimmt. Größtes Problem aber ist der große Umfang ausgelaufenen Erdöls, das große Gebiete der Natur zerstört hat. Das Erdöl muss soweit noch möglich, abgesaugt und abtransportiert werden, besser noch gleich einer Raffinerie vor Ort zugeführt werden. Der verbleibende Rest muss chemisch gebunden werden. Die verwüsteten Flächen müssen renaturiert und wieder angepflanzt werden, und vor allem die Arbeitsweise bei der Erdölförderung muss umgestellt werden, damit sich die Dinge nicht wiederholen. Das alles wird viel Geld kosten und wird mit dem jetzigen Baustellenleiter nicht zu machen sein. Pete bedankt sich bei Julie, gibt einen Maßnahmenplan in Auftrag, der schnell umgesetzt werden muss. Um eine Neubesetzung der Baustellenleitung wird Pete sich kümmern. Beide verbringen dann noch einen harmonischen Abend mit gutem Essen, Getränken und langen Gesprächen. Über seine Sorgen mit der Kandidatur sagt Pete nichts.

Die Zukunft gehört ganz sicher ihnen Pete

Pete trifft sich mit dem mittlerweile im Ruhestand befindlichen ehemaligen Gouverneur Abraham Duffee und seinem Wahlkampfleiter James Cash. Der ehemalige Gouverneur hört sich

Petes Bericht aufmerksam an und grübelt eine Weile vor sich hin. Dann nimmt er Stellung.

„Ich bedauere Pete, dass die Probleme so frühzeitig und schnell kommen. Das liegt vor allem daran, dass sie viel zu erfolgreich und eine echte Gefahr für die Demokraten und den Amtsinhaber darstellen. Um dieser Gefahr zu begegnen, werden ihre Gegner alles tun, was ihnen möglich ist. Der Kampf ist eröffnet. Pete, ich rate ihnen, das Amt des Gouverneurs beizubehalten und sich innerhalb der Konservativen Partei mit ihrem Mitbewerber Kenneth Grayborn darauf zu einigen, dass sie für diese Präsidentenwahl in das zweite Glied zurücktreten. Grayborn hat dann möglicherweise keine Chance, ist wesentlich älter als sie und wird das nächste Mal nicht mehr antreten. Dann kommt ihre Stunde, da der Amtsinhaber nicht ein weiteres Mal antreten wird."

„Und wie soll ich das ihrer Meinung nach begründen?" „Vor der Öffentlichkeit können sie die Erklärung abgeben, sich vom Attentat noch nicht vollständig erholt zu haben. Das bringt zusätzliche Sympathien. Die Zukunft gehört ganz sicher ihnen, Pete."

„Die Gegenseite bietet mir an, in die Demokratische Partei einzutreten und dann das nächste Mal für sie zu kandidieren", sagt Pete. „Sieh mal einer an, die wollen aber auch gar nichts dem Zufall überlassen", schmunzelt Abraham Duffee, „aber ich weiß ja, dass sie auf so etwas unter keinen Umständen eingehen werden. Sehen sie Pete, ihre Aussichten für das nächste Mal sind gut." So wird es schließlich gemacht. Nach kurzer Bedenkzeit und erneuter Beratung im Familienkreis gibt Pete eine entsprechende Erklärung ab.

Chandler Erdöl. Erfolgreich und der Natur verpflichtet

Der amtierende Präsident wird am Wahltag wiedergewählt. Um Pete ist es tatsächlich ruhiger geworden. Die Gegner haben sich an die zwischen den Parteien vereinbarten Abmachungen gehalten. Pete geht wieder seinen Geschäften nach und hat eine Delegation aus Politikern, Geschäftsleuten und Reportern auf das Gelände der Erdölfirma in Sandy Mills eingeladen.

„Meine Damen und Herren", erläutert Pete den Besuchern, „willkommen auf unserem Erdölfeld in Sandy Mills. Dies ist eine Firma von mehreren der Chandler Holding. Ich habe sie heute hierher gebeten, um ihnen unsere Produktionsmethode zu verdeutlichen. In den vergangenen Monaten ist ja sehr viel Kritisches über das Erdölfeld berichtet worden. Wir haben uns das sehr zu Herzen genommen und wollen ihnen heute das Ergebnis unserer Bemühungen zeigen. Sehen sie den oberirdischen Erdöl-See dort drüben. Der war der Stein des Anstoßes, da man annahm, dass wir das alles so lassen würden. Aber wir verfolgen eine andere Philosophie. Sehen sie jetzt einmal nach rechts und sie werden die Baustelle einer Raffinerie sehen, die in wenigen Monaten ihren Betrieb aufnehmen wird. Vom See zur Raffinerie sehen sie auch schon eine Pipeline. Wir werden in Zukunft einen Teil des Erdöls gleich an Ort und Stelle hier in Sandy Mills weiterverarbeiten und die Endprodukte, nämlich Kraftstoff, unmittelbar an die Tankstellen in Texas liefern. Mit dem Erdöl aus dem See werden wir beginnen. Erdöl ist ein Naturprodukt und kein Gift. Es ist unbedeutend, ob es sich in der Erde befindet oder auf der Erde liegt. Das macht keinen Unterschied. Durch den See sparen wir teure Tankzwischenlager, was sich am Ende auch positiv auf die Verbraucherpreise auswirken wird."

Dann wird das völlig neu gestaltete, aufgeräumte und umorganisierte Gelände gezeigt, auch das Dorf zur Unterbringung der Fabrikarbeiter. „Schauen sie", erläutert Pete, „wir haben hier alles erneuert und ein kleines Dorf geschaffen, in dem die Arbeiter nach ihrer schweren Arbeit Ruhe finden. Das Dorf heißt Sandy Mills und hat jetzt auch einen Sheriff, vor dem die meisten Respekt haben. Ganz am Ende der Dorfstraße sehen sie eine Baustelle. Das wird die Kapelle von Sandy Mills. Dort können die Arbeiter am Sonntag zum Gottesdienst gehen. Wir suchen noch einen Pfarrer, aber mit ihrer Hilfe werden wir den wohl noch finden. Das dürfte eine ganz besondere Aufgabe für einen Pfarrer sein, unseren Arbeitern den Glauben beizubringen. Schade, dass ich so viel zu tun habe, sonst würde mich die Aufgabe schon reizen." Allgemeines Gelächter setzt ein.

Es werden Aufnahmen gemacht und in den Zeitungen lauten die Schlagzeilen: „Chandler Erdöl. Erfolgreich und der Natur verpflichtet. Pfarrer für Sandy Mills gesucht. Wer traut es sich zu?" Die Kollegen der Erdölindustrie lesen diese Schlagzeilen äußerst skeptisch. Sie fragen sich, was ihr junger Kollege, Pete Chandler, diesmal wieder im Schilde führt. Es wird nicht lange dauern und sie erhalten Besuch von Reportern, die ihre Erdölfelder besichtigen wollen.

Gewinne durch Ausbeutung von Menschen und Zerstörung der Natur darf es bei uns Chandlers niemals geben

Der Familienrat trifft sich auf der Chandler Ranch. Diesmal ist die Stimmung gedrückt. Rose kann aus gesundheitlichen Gründen nicht teilnehmen und in Europa droht Krieg. Robert und Randy sind bereits von der Armee gemustert worden. Robert soll zur Luftwaffe und Randy zur Marine eingezogen werden. Die Familie macht sich Sorgen.

Ron, als Familienoberhaupt, resümiert die Situation und wirft einen besorgten Blick in die Zukunft. Dabei entwirft er einige Grundsätze, nach denen auch in Zukunft die Familie handeln wird. „Wir müssen uns den großen politischen Entwicklungen anpassen, ob es uns nun gefällt oder nicht", führt Ron aus, „wir können nur froh sein, dass uns ein Krieg in unserem Lande erspart bleibt. Sorgen machen uns natürlich unsere Jungen, die schließlich unsere Zukunft sind. Insgesamt können wir aber mit dem Erreichten mehr als zufrieden sein. Wir sind eine bedeutende wirtschaftliche Macht geworden. Der Ranch-Betrieb ist fast schon Episode. Ob wir glücklich damit werden, liegt allerdings bei uns. Bei allem Ehrgeiz für immer neue Projekte, müssen wir aber immer mit beiden Beinen auf dem Boden bleiben.

Was wir tun, tun wir nicht nur für uns. Wir haben Verantwortung für viele Mitarbeiter und wir haben eine Verantwortung für die Natur. Ist diese erst einmal zerstört, gibt es meistens keinen Weg mehr zurück. Gewinne durch Ausbeutung von Menschen und Zerstörung der Natur darf es bei uns Chandlers niemals geben. Das sollten wir uns fest vornehmen und ich bin sicher, dass wir das gemeinsam so sehen und dass wir das auch unserem Vater schuldig sind. Und noch etwas möchte ich hinzufügen. Wir haben auch eine Verpflichtung der jüngeren Generation gegenüber. Das sind nicht nur unsere Kinder und Enkelkinder, das sind auch die vielen Kinder, denen es nicht so gut geht, wie unseren Kindern. Sue hat schon damit begonnen, Schulen zu gründen. Das muss unser Markenzeichen werden, hilfebedürftigen Kindern eine gute Ausbildung zu ermöglichen."

Alle haben aufmerksam zugehört. Schließlich sagt Pete: „Danke Ron, besser kann man es nicht sagen. Hoffentlich kommen unsere zwei, Robert und Randy, wieder gesund zurück und hoffentlich geht der Kelch eines Weltkrieges noch an Europa und an der Welt vorbei. Mit Pete verabredet sich Ron, am nächsten Tag zu den Herden am Rio Grande zu reiten, so wie sie es früher immer gemacht haben.

Weites Land am Rio Grande

Ron und Pete sind früh unterwegs und wollen abends am Rio Grande sein. Die Sonne brennt unbarmherzig auf die beiden Reiter hernieder. Sie reiten geduckt und haben die Hüte tief in das Gesicht gezogen. Um den Mund tragen sie Tücher, die sie vor dem Staub schützen und die Pferde greifen kraftvoll und gleichmäßig aus. Die Prärie ist in dieser Gegend eben und gefährliche Felsen oder Unebenheiten brauchen Ron und Pete hier nicht zu erwarten. So verschmelzen sie mit der Prärie und streben den erkennbar werdenden Bergkämmen am Horizont zu.

Sie haben viel Zeit für kurze Gespräche und erinnern sich an frühere Zeiten und an den gemeinsamen Ritt damals zum Pecos Valley. Was hat sich seither alles verändert und was wird die Zukunft bringen? Sie hängen ihren Gedanken nach und nutzen immer wieder die Gelegenheit, kurze Gedanken auszutauschen.

Dann geht es noch einmal in den Canyon hinunter. Ganz vorsichtig bewegen sich jetzt ihre Pferde und suchen den sichersten Weg tief hinunter. Für Gespräche ist jetzt keine Zeit. Hier gilt nur die volle Konzentration. Wenn ein Pferd einmal etwas rutscht, ist höchste Vorsicht geboten. Aber es geht gut. Langsam nähern sie sich dem schmalen Weg entlang des in diesem Canyon tobenden Rio Grande. Sie machen eine kleine Pause, bleiben aber aufgesessen. Sie trinken aus Ledersäcken das mittlerweile lauwarme Wasser, wischen sich den Schweiß von der Stirn und lächeln sich an. „Weiter?" fragt Ron. „Weiter", sagt Pete sichtlich zufrieden.

Dann geht es noch eine Weile am Rio Grande entlang. Der Canyon wird langsam weiter, der Rio Grande wird breiter und fließt ruhiger. Eine Weile kann man die Reiter noch sehen, die auf einen Felsen zuhalten, wo der Weg nach Süden abknickt. Dann verschwinden Ron und Pete hinter dem Felsknick. Eine Weile hört man noch das Geräusch der Hufe auf dem felsigen Boden. Dann wird es ganz still im Canyon.

Stille und atemberaubende Natur bleiben zurück und die Weite des Landes und der Prärie am Rio Grande.

Ende

Bibliografische Information der Deutschen Nationalbibliothek: Die Deutsche Nationalbibliothek verzeichnet diese Publikation in der Deutschen Nationalbibliografie; detaillierte bibliografische Daten sind im Internet über dnb.d-nb.de abrufbar.

TWENTYSIX – Der Self-Publishing-Verlag
Eine Kooperation zwischen der Verlagsgruppe Random House und BoD – Books on Demand

© 2016

Herstellung und Verlag:
BoD – Books on Demand, Norderstedt

ISBN: 978-3-7407-1700-1